國家古籍整理出版專項經費資助項目

范成大集校箋

一

〔宋〕范成大 撰
吴企明 校箋

上海古籍出版社

圖書在版編目(CIP)數據

范成大集校箋 /（宋）范成大撰；吴企明校箋. —
上海：上海古籍出版社，2022.12（2024.5 重印）
（中國古典文學叢書）
ISBN 978-7-5732-0502-5

Ⅰ.①范… Ⅱ.①范… ②吴… Ⅲ.①宋詞-選集②古典散文-散文集-中國-南宋 Ⅳ.①I214.422

中國版本圖書館 CIP 數據核字(2022)第 200590 號

中國古典文學叢書
范成大集校箋
（全五册）
〔宋〕范成大　撰
吴企明　校箋
上海古籍出版社出版發行
（上海市閔行區號景路 159 弄 1-5 號 A 座 5F　郵政編碼 201101）
（1）網址：www.guji.com.cn
（2）E-mail：guji1@guji.com.cn
（3）易文網網址：www.ewen.co
常州市金壇古籍印刷廠印刷
開本 850×1168　1/32　印張 71.625　插頁 27　字數 1,200,000
2022 年 12 月第 1 版　2024 年 5 月第 2 次印刷
印數：801—1,300
ISBN 978-7-5732-0502-5

I·3669　精裝定價：380.00 元

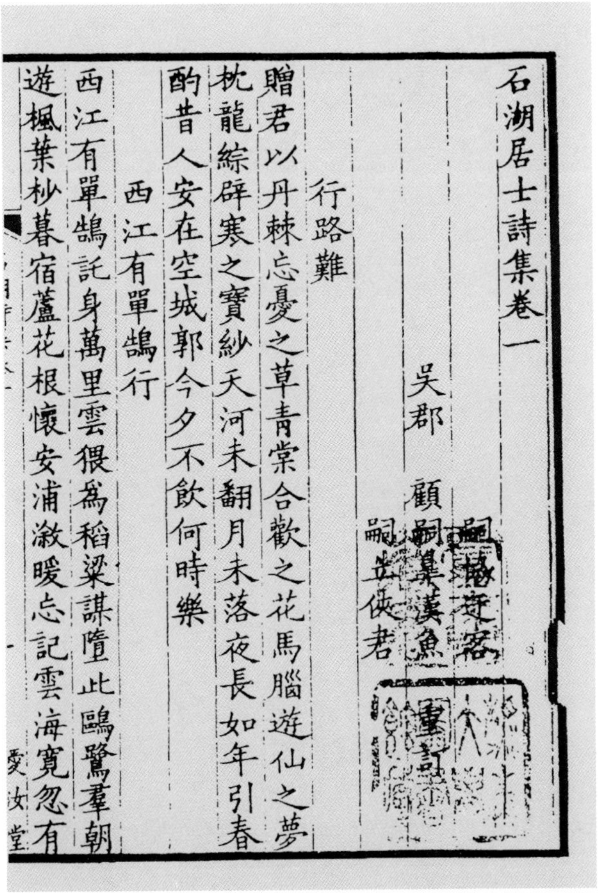
石湖居士詩集卷一

嗣協迂客

吴郡　顧嗣集漢魚

嗣立俠君

行路難

贈君以丹棘忘憂之草青棠合歡之花馬腦遊仙之夢
枕龍綜辟寒之寶紗天河未翻月未落夜長如年引春
酌昔人安在空城郭今夕不飲何時樂

西江有單鵠行

西江有單鵠託身萬里雲猥爲稻粱謀墮此鷗鷺羣朝
遊楓葉杪暮宿蘆花根懷安浦漵暖忘記雲海寬忽有

愛汝堂

《四部叢刊》影印顧嗣立刻本《石湖居士詩集》

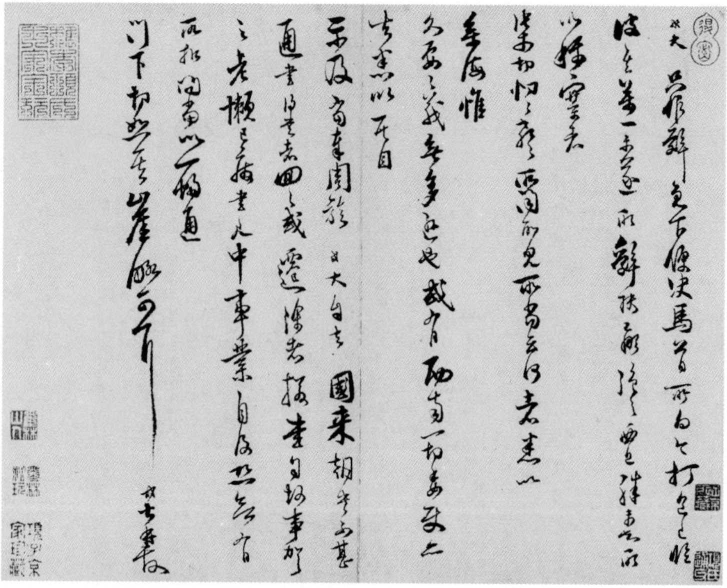

范成大墨迹（《與友人帖》，今藏臺北故宫博物院）

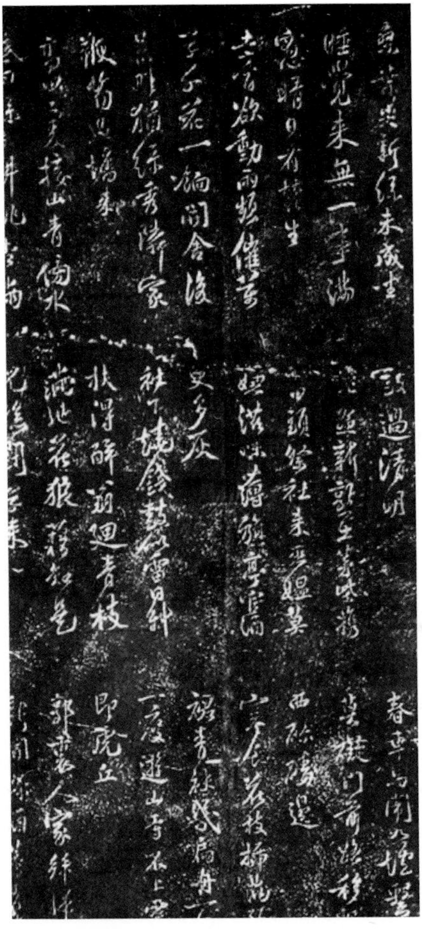

明代刻田園詩碑（今存蘇州范成大祠）

吴企明先生2020年6月攝於蘇州范成大祠

前言

我在整理劉辰翁詞集時，曾經發表過一段感慨：「歷代評論家所以没有重視劉辰翁的創作活動，没有將他放在文學史應有的位置上，與文集的過早散佚和傳世作品多所舛誤有密切關係。」（見劉辰翁詞校注前言）無獨有偶。當我董理鄉賢范成大集，經過六年艱辛勞動，到庚子歲春范成大集校箋即將付梓的時候，我再一次發出類似的感慨：范成大的歷史貢獻和文學成就之被低估，應該説也與他的著作大量散佚和缺乏深入研究有着直接關係。

爲此，筆者下决心盡全力做好范成大集的輯校解讀和研究工作，重新審視范成大的歷史地位，全面評判他的文學創作，與大家一起走近范成大，讀懂他的理想與追求、情感與精神、憂慮與歡樂、奮進與無奈，給予這位名臣、名作家以全新的認識。

一、生平經歷和人格魅力

范成大（一一二六—一一九三），字至能，號此山居士、石湖居士，蘇州吴縣人。生於靖康元年，卒於紹熙四年，享年六十八歲。祖范師尹，贈太子少傅；父范雩，宰相蔡襄孫女婿，潞國公文彦博外孫女婿，宣和六年進士，授江陰教授，紹興十年入爲諸王宫大小學教授，官至校書郎兼玉牒所檢討官，時石湖隨父在杭。石湖自幼聰慧，「年十二，遍讀經史，十四能文詞」（周必大資政殿大學士贈銀青光禄大夫范公成大神道碑，以下略稱周必大神道碑）。十七歲，顯仁皇后自金歸來，石湖獻賦頌，名列前茅。

總觀范成大一生的經歷，可以用四個「十年」來概述。

（一）讀書十年

紹興十三年（一一四三），范雩卒。十四年起，石湖讀書於崑山薦嚴禪寺，周必大神道碑：「公煢然哀慕，十年不出。」

石湖幼年受父母教誨，勤於學業，很早便掌握了讀書求知的門徑，再經十年閉户讀書，積淀厚重，學養富贍，爲他日後治國理政、詩文創作奠定了堅實的基礎。其間，又參加詩社，結交不少詩友，相與唱酬，開啓了詩歌創作道路。初，石湖并無應舉之念，經父執王葆督勉：「子之先君，期爾禄仕，志可違乎？」（周必大神道碑）遂於紹興二十三年（一一五三）赴建康府漕試，二十四年舉進士，結束了「讀書十年」的生活，開始進入仕途。

（二）京官十年

舉進士後，石湖於紹興二十六（一一五六）至三十年，任徽州司户參軍，這是他進入仕途最初的歷練。從紹興三十二年（一一六二）入行在監太平惠民和劑局開始，到乾道七年（一一七一）罷中書舍人，自西掖回蘇，石湖度過了他的「京官十年」的生活。

隆興元年（一一六三），孝宗修高廟聖政，石湖兼任聖政所檢討官。二年，除樞密院編修官；十二月，試館職，任秘書省正字。乾道元年（一一六五），遷校書郎，兼國史院編修官，又遷著作佐郎。二年二月，爲吏部員外郎，仍兼國史院編修官。三月，爲言者論罷，奉祠歸蘇。乾道三年，起知處州，四年到任，置義役，興水利，民便之。五年（一一六九），召對稱旨，孝宗曰：「卿文學詞翰，宜直禁林。」「不專在内制，正要士人宿直備顧問。」（見周必大神道碑）任禮部員外郎，兼崇政殿説書，并兼國史院編修官、實録院檢討官；本年十二月，爲起居舍人，兼侍講，仍兼實録院檢討官。六年五月，又爲起居郎，秉承孝宗意，假資政殿大學士、左太中大夫、醴泉觀使兼侍講、丹陽郡開國公，充金國祈請國信使使金，求陵寢地及更定受書禮。石湖至金，進國書，與金君臣當廷申辯，詞意慷慨，不畏淫威，抱必死之決心，賦詩以明志：「萬里孤臣致命秋，此身何止一漚浮！提攜漢節同生死，休問羝羊解乳不？」（卷一二會同館）九月，自金還朝，孝宗知其忠節，獎勞之。十月，拜中書舍人。七年（一一七一），自西掖歸吴，出知静江府。

這十年，范成大走過一生中不同尋常的人生歷程。他既受知於朝廷大臣洪邁、陳俊卿等人，更受到孝宗的賞識，入館職，逐步升遷，累官至禮部員外郎、中書舍人，成爲朝廷中近臣。他也没有辜負孝宗的知遇，毅然接受使金重任，經常奏疏或面諫，爲孝宗提出許多治國理政的建議，爲國事作出重要貢獻。

（三）外官十年

自乾道九年（一一七三）赴廣西帥任，到淳熙十年（一一八三）罷知建康府，提舉臨安洞霄宫歸吴，恰恰又是十年。這十年，雖然也曾短暫召回行在，任權禮部尚書僅五月，還參知政事僅兩月，大部分時間，都在各地任封疆大吏。南至桂林，西至成都，東至明州、建康，對安定邊疆、發展當地經濟作出重大貢獻。

乾道七年，石湖從西掖歸吴待闕；十二月，以集英殿修撰知静江府、廣西經略安撫使；八年十二月始赴任；九年三月，入桂林城接任。他在廣西帥任上，釐鹽政，復官賣法，抑漕司而實郡縣，民不食貴鹽；教練兵勇，團結傜人，靖安邊疆；革除販馬弊政，劾姦吏常恭之罪，取信於邊民。淳熙二年（一一七五），石湖即將離任，還申奏八劄。石湖自桂林帥調任蜀帥，以敷文閣待制、成都府制置使知成都府。到任後，他整訓將士、修飭邊防，抵禦犯邊之敵，罷黜失職官吏；罷和糴、減酒税，體恤民生，發展生產；修繕名勝古迹，保護歷史文化。石湖在成都任上，爲鞏固西部邊境作出重要貢獻。

淳熙四年（一一七七），石湖因病辭蜀帥，召對行在，除權禮部尚書。五年，以禮部尚書知貢舉。四月，拜參知政事，兼權修國史日曆。六月，以言者論罷。七年（一一八〇），知明州，兼沿海制置使。在明州任上有如下重要舉措：一、罷進奉局，罷貢奉海物，還行鋪錢；二、設保甲制，防備海盗；三、抑制蕃舶貿易，杜絶錢幣外流。八年，因石湖「治郡有勞」，除端明殿學士，知建康府，兼行宫留守。四月，抵建康任，恰逢歲旱，奏請移軍儲米二十萬石賑飢民，並請減租税，流徙歸里，措置荒政有力。十年（一一八三），積勞成疾，請辭，除資政殿學士、提舉洞霄宫，返里。石湖仕途生涯至此基本結束。

（四）退隱十年

自淳熙十年辭官歸里後，石湖一直在蘇養病閑居。其間，朝廷徵召過二次，第一次是淳熙十五年（一一八八）知福州，翌年春赴任，行至婺州，因病力辭奉祠，歸。第二次是紹熙三年（一一九二），加資政殿大學士、知太平州。到任僅一月，愛女卒，哀痛不能自制，遂請納禄，復得洞霄而歸。四年（一一九三）九月五日卒，賜銀青光禄大夫，追封吴郡公，謚文穆，葬吴縣至德鄉上沙祖塋。

范成大一生留心世務，勠力國事，宋光宗曾用「文章德行，師表縉紳」八字（徐自明宋宰輔編年録卷一八引光宗求言詔中語）贊譽。具體説來，他出使金國忠貞愛國，不辱使命，大節凛然，有古大臣之風烈；他立朝輔君主，剛正不阿，屏退不肖，直言敢諫，悉意以陳，有古諍臣之節操；他出守四方，仁民愛物，興利除害，言出必行，有古仁人之風標；他禮賢下士，知人善任，待人接物，寬容大度，有古君子之遺風。范成大以他的人格魅力，赢得衆人贊譽，朝野敬慕。有兩件事，給人留下深刻的印象。他愛護下屬，平和待人，共議國事，唱酬詩咏，與衆人結下深厚友誼。淳熙二年（一一七五），石湖自桂林移帥成都，幕僚、友人數十人遠道相送，不忍分袂，石湖居士詩集卷一五興安乳洞有上中下三巖妙絶南州率同僚餞别者二十一人遊之：「華裾繡高原，故人紛後陪。……南遊冠平生，已去首猶回。」獨楊商卿父子、譚德稱相送至嘉州，已逾千里。此情此境，感人至深，足見范成大深得人心。石湖入蜀時，見夔峽山路艱險，乃命夔峽守臣四人修治。石湖居士詩集卷一六麻線堆詩序記其事：「余觀峽路，皆未嘗經修，感德寳之事，作麻線堆詩一首，以風夔路使者及歸、峽二州長吏沈、葉、管、熊四君。」吴船録卷下：「（七月甲子）余前入蜀時，亦以江漲不可泝，自此路來，極天下之艱險。乃命峽州守管鑑、歸州守葉默、倅熊浩及夔漕沈作礪，請略修治。」石湖時爲成都府制置使，號令不及峽中，四君乃峽中地方官，而「皆相聽許」，募工修治，以通行旅，這完全是受到范成大「人格魅力」的感召。

二、政治理想和文學創作

清顧沅吳郡名賢圖傳贊評石湖曰：「達於政體，使不辱命。晚歸石湖，怡神養性。」這十六個字難以全面地反映范成大的政治理想及其社會貢獻，更難以探求其文學創作。筆者要論說范成大及其文學創作，唯一可走的正道，便是「回歸文學本位」，借用宋長白的一句話：「當于全集中求之。」（柳亭詩話卷一九「七言警句」條中語）恰好，筆者六年來天天與范成大「見面」，日日走進他的精神世界，我從二千餘首詩詞作品和數百篇文章（輯存之佚文）中，去尋找、去把握、去體認石湖的思想情感、言論行動以及詩文作品的奧秘。

范成大熟讀經書、史傳，系統地接受儒家思想的熏陶，他的政治思想必然以儒家學説爲主導。他的文學創作，也必然是他的政治理想和情感世界在詩文創作中的自然表現。

范成大的政治理想，首先表現在他嚮往堯舜盛世，他在論記注聖語劄子（輯佚卷六）説：「帝者莫盛於堯舜。」次韻郊祀慶成（卷九）詩云：「帝德重堯緒，天心與舜禋。」他期望當今聖上以二典爲理政之準則，論勤政疏（輯佚卷五）云：「今聖主將大有爲，以躡堯舜之迹。」

石湖期望群臣都是賢德之人，送郭明復寺丞守蜀州（卷二二）：「去去進明德，後日五四賢。」能輔弼君王實現堯舜之治。送通守林彦强寺丞還朝(卷六)：「只今廣廈論唐虞，斟酌正須醫國手。」他希望林彦强能成爲輔助君王實施堯舜之治的「醫國手」。他自己也以此爲目標，周必大神道碑説他：「洵美范公，心期致主。」指出范成大懷有輔佐君王達到堯舜之治的「心期」，誠如杜甫那樣能「致君堯舜上」(奉贈韋左丞丈二十二韻)。

施行仁政，是石湖政治思想中最爲核心的部分，他歷年所上的奏疏、劄子，主張「仁民固本」、愼刑罰、薄税賦、罷和糴，一切從仁政愛民出發。諸如論邦本疏(輯佚卷五)措置荒政劄子(輯佚卷六)，無不表現石湖仁政思想。他出任地方長官，所施行的許多政治舉措，如興水利、釐鹽政、行義役，都是他推行仁政的具體表現。而他的詩歌創作，更是涌現了大量的愛民詩，除代表作四時田園雜興以外，他如「遥憐老農苦」(卷二大暑舟行含山道中雨驟至霆奔龍挂可駭)、「爲國憂元元」(卷一〇與王夷仲檢討祀社)、「東屯平田秔米軟，不到貧人飯甑中」(卷一六夔州竹枝歌九首之六)、「萬隴登禾新霽色」(卷六次韻知郡安撫九日南樓宴集三首之三)、「流渠湯湯聲滿野，今年醉飽鷄豚社」(卷一八初發太城留别田父)，憂農之所憂，樂農之所樂，愛民之心，隨處可見。

鋭意進取，建立功業，是歷代儒士的理想，也正是石湖前三個「十年」的行爲準則。他期望自己能建功業於宇宙間，晚集南樓(卷六)：「宇宙勳名無骨相。」江安道中(卷一九)石湖見到韋皋碑，因而唱出「威名功業吾何有」的名句。這時，他剛辭蜀帥離成都，在四川任職三年的功績衆所周知，詩句實際上是他自謙之詞。

南宋前期，外有宋金對峙，内有主和、主戰之紛争，在這一特定歷史背景下，范成大宗儒的政治思想，又有獨特的表現。首先，他維護宋朝權威，堅持抗戰，恢復中原。冬祠太乙六言四首之一（卷九）：「願挽靈旗北指，爲君直擣陰山。」癸水亭落成示坐客長老之記曰癸水繞東城永不見刀兵余作亭於水上其詳具記中（卷一四）：「願挽江流接河漢，爲君直北洗欃槍。」他的愛國思想，在使金時所寫的七十二首詩中，得到充分的表現，而題夫差廟（卷一八）：「千齡只有忠臣恨，化作濤江雪浪堆。」斥責夫差縱敵遺患，爲伍子胥鳴冤，以古諷今，諷刺當時之主和派。

其次，他堅决措置邊防，增强國力，在桂林、成都、明州任職期間，臨民布政，爲鞏固邊疆作出重大貢獻。請措置邊防疏（輯佚卷五）：「内教將兵，外修堡寨，仍講明寨丁，教閲團結之法。」九月十九日衙散回留大將及幕屬飲清心堂觀晚菊分韻得謀暮字（卷一七）：「分弓滴博平，嗚劍伊吾小。君看天山箭，狐兔何足了！開邊吾豈敢，自治有餘巧。」詩咏分兵禦邊患事。石湖言出必行，西南邊境賴以安定。

范成大的政治思想有其複雜性和多變性。他的世界觀固然以儒家爲宗，但也深受佛老思想影響。黄震黄氏日鈔卷六七記：「公喜佛老。」他十五歲時便結識慧舉，平時常與僧徒交往，喜讀佛書，無盡燈後跋（輯佚卷九）説：「念佛三昧，深廣微密。」説佛學深微，很有見識。我不贊同周汝昌先生的説法，他在范石湖集前言中説：「石湖作品，在思想上受釋道兩家的影響較多，常有消極情緒出現，更壞的是有時寫些偈子式的詩，排比禪語，了無意致。」佛老思想在我國歷史文化發展史上，並非一無是處、都是消極的，我們應該對之作出科學的、具體的分析。佛學、道學中的一些哲理，在我國社會發展、文化傳承和文學創作中產生過積極作用。范成大有一篇論孝宗原道辨劄子，黄震日鈔節録云：

原道論一出，則儒術益明，二氏不廢。

黄震另有評語：「此殆公佛學中自有所見。」李心傳建炎以來朝野雜記乙集卷三：

淳熙中，壽皇嘗作原道辨，大略謂三教本不相遠，特所施不同。至其末流，昧者執之，而自爲異耳。以佛修心，以道養生，以儒治世，可也，又何惑焉。

又云：

史公奏曰：「……陛下此文一出，須占十分道理，不可使後世之士議陛下，如陛下之議韓愈也。望陛下稍竄定末章，則善無以加矣。」程泰之時以刑部侍郎侍講席，亦爲上言之，於是易名三教論。

可見，南宋時代，三教合一的思想，已爲君臣共識，石湖的劄子認同這種思想。寄題鹿伯可見一堂（卷二一）：「豈敢避堂邀蓋公。」用漢代蓋公的故事（見漢書曹參傳），意謂用道家「治道貴清静而民自定」的思想來治理政事，正是「三教合一」思想的反映。石湖詩文，特别是晚年養病家居時所作的不少篇章，常用佛老思想修性養生，北山堂開爐夜坐（卷二〇）：「閒無雜念惟詩在，老不甘心奈鏡何？八萬四千安樂法，元無秘密可伽陀。」次韻養正元日六言（卷三三）：「渴飲飢餐困睡，是名真學瞿曇。」石湖將禪理、道學與世俗生活結合起來，自我寬慰，不糾纏於虛空、玄幻之理，洵爲「真學」。至於石湖汲取佛學中「六根互通」之説，運用於文藝思想和創作中，詳見下文。以上所説是范成大政治思想複雜性的一面。

范成大的政治思想還有多變性的一面。他前三個「十年」的生活和思想，積極進取，奮發圖强，不顧病骨衰弱，遠道赴任，臨民施政。但是，石湖游宦他鄉，時露羈旅之愁，思鄉之情，重九賞心亭登高（卷一二）：「飲罷此身猶是客，鄉心却附晚潮回。」畫工李友直爲余作冰天桂海二圖冰天畫使北虜渡黄河時桂海畫游佛子巖道中也戲題（卷一四）：「明朝重上歸田奏，更放岷江萬里船。」晚年，他長期在家養病，被衰病所困，不免時有哀嘆之吟，但他在病中仍不廢報國雄心，甲辰人日病中吟六言六首以自嘲之五（卷二三）：「報國丹心何似，夢中抵掌掀髯。」晚年功名灰念，還有生活追求，詠懷自嘲（卷二九）：「日日教澆竹，朝朝遣探梅。園丁應竊笑，猶自説心灰。」因此，説石湖前期思想積極，晚年思想消極，都不免有簡單化的毛病。

三、文藝思想與詩文作品

范成大的詩文創作，前代論家談得比較多的，是他的詩。

范成大是「南宋四大家」之一。楊萬里謝張功父送近詩集：「近代風騷四詩將。」（四人：范石湖、尤梁溪、蕭千巖、陸放翁。）尤袤稱：「温潤有如范致能者乎？痛快有如楊廷秀者乎？高古如蕭東夫，俊逸如陸務觀。是皆自出機杼，亶有可觀者。」（姜夔白石道人詩集自序引）方回跋遂初尤先生尚書詩：「尤、楊、范、陸詩特擅名天下。」其中，方回説最爲流行，因楊萬里比蕭東夫更爲著名。

石湖詩，早年模仿的痕迹比較明顯，如行路難、車遥遥、青青磵上松送致遠入官、夜宴曲（以下共二首效李賀）、樂神曲（以下共四首效王建）。自從他中進士、吏新安，走上仕途以後，既得江山神助，又經社會歷練，詩筆日健，詩藝猛進。他的詩，繼承並發展歷代詩歌創作的優秀傳統，上學詩騷、古今樂府、漢魏風骨，唐取李杜，宋效蘇黄，藝術淵源十分長遠，比較成功地汲取、融合歷代詩歌的藝術風格和表現技巧，卓然自成一家，突破中晚唐和江西詩派詩風的樊籬。

就時代特徵而言，石湖詩兼有唐韻宋調。唐詩重興象，重含蓄，貴氣象渾厚，石湖詩具唐韻者如鄂州南樓（卷一九）：「誰將玉笛弄中秋？黄鶴飛來識舊游。漢樹有情横北渚，蜀江無語抱南樓。燭天燈火三更市，摇月旌旗萬里舟。却笑鱸鄉垂釣手，武昌魚好便淹留！」宋詩重理致，重意趣，貴曲折透脱，石湖詩具宋調者，如題日記（卷四）：「誰言萬事轉頭空，未轉頭時亦夢中。若向夢中尋夢覺，覺來還入大槐宫。」姜宸英唐賢三昧集序：「能以唐自名其家，自放翁、石湖而外，不可多得。」張愬葛莊詩鈔序：「如半山、石湖諸老，誰得以非唐目之？」石湖詩「饒有唐韻」，雖時有宋調，但以唐韻爲主，這是論家共識。

就語言風格而言，石湖詩可以分成兩大類。一類詩真實描寫眼前景物、身邊人事，語言淺俗平易，「羌無故實」、「即目所見」（鍾嶸詩品語），清新自然，如月夜泛舟新塘（卷四）：「溪上清風柳萬重，緑煙無路月朦朧。船頭忽逐回塘轉，一水迢迢却向東。」另一類詩用語典、事典較多，運化前人詩文佳句，傳達自我情思；或則借用歷史人物，比擬自身景況，如中秋無月復次韻（卷八）：「屋山從捲杜陵茅，門徑慵芟仲蔚蒿。澹澹白虹風暈壯，紛紛蒼狗雨雲高。凌空累筯仙無術，半夜撞鐘句謾豪。枵腹題詩將底用？真成兔角與龜毛。」八句詩，連用六典，呈現出石湖詩以學養性的特色。

石湖詩的藝術風格，前人言之多矣。楊萬里標舉「清新」（千巖摘稿序）、尤袤標舉「温潤」（白石道人詩集自序引）、宋濂標舉「宏麗」（答章秀才論詩書）、方回標舉「典雅標致」（曉山烏衣圻南集序）、汪森標舉「豐致」（梅山續稿序）、王昶標舉「清遠」（舟中無事偶作論詩絶句四十六首），諸家各舉一隅。要之，石湖詩清新婉麗，平雅精工，時見杜陵之沈鬱，李、蘇之奔逸，在宋詩壇上獨樹一幟。

就詩歌體格而言，石湖兼工衆體。前代論家較多論説石湖律絶，如劉克莊、方回、賀裳等人。絶句之工者，如冬日田園雜興（卷二七）：「斜日低山片月高，睡餘行藥繞江郊。霜風掃盡千林葉，閒倚笻枝數鸛巢。」澹秀可愛。律詩之工者，如代聖集贈別（卷一一）：「一曲悲歌水倒流，尊前何計緩千憂？事如夢斷無尋處，人似春歸挽不留。草色粘天鶗鴂恨，雨聲連曉鷓鴣愁。迢迢緑浦帆飛遠，今夜新晴獨倚樓。」精工雅致。石湖的近體詩，還有一個特徵，即喜寫組詩。絶句動輒連章蟬聯，少則三四首，如臙脂井三首（卷二）、宴坐庵四首（卷二），多則九首十首，如夔州竹枝歌九首（卷一六）、題請息齋六言十首（卷二四），甚至多至六十首，如四時田園雜興。律詩以二三首組詩爲常見，如次韻平江韓子師侍郎見寄三首（卷一四），爲七律組詩。偶而寫出十二首五律組詩，如藻姪比課五言詩已有意趣老懷甚喜因吟病中十二首示之可率昆季賡和勝終日飽閒也（卷二四）。石湖詩情涌動，詩思沛然，一首律絶無法容納許多意象和思緒，所以常常采用組詩的方式，以盡詩興。然而，大家都忽視了石湖的長篇古詩、歌行體詩。石湖既繼承了樂府民歌「感于哀樂，緣事而發」的優良傳統，又發揚元結開創的「即事命篇，無復依倚」的新題樂府和元白、張王等發展的新樂府精神，寫出催租行（卷三）、後催租行（卷五）、刈麥行（卷一一）、勞畬耕（卷一六）、臘月村田樂府（卷三〇）等歌行體詩，表現農民的疾苦和歡樂、田家的生活和習俗，完全可以與四時田園雜興媲美。贈子文雜言（卷七），由三、五、六、七、八、九言句式組成，平仄聲韻交替轉换，靈活自由，淋漓酣暢，便於抒發激越、迭變的思想感情，非常妥切地表現感士不遇的主旨。

石湖除了愛國詩、愛民詩以外，還有幾種題材内容的詩篇值得關注，前代論家還未予以重視。石湖一生「行萬里路」，足迹半天下，寫了大量的紀遊詩，各地的山川勝迹、風土人情，盡在他的詩筆下涌現，與他的紀遊文相呼應，文筆優美，佳作迭現。寫水之勝境，如次韻馬少伊郁舜舉寄示同游石湖詩卷七首之三（卷一一）：「鏡面波光倒碧峰，半湖雲錦萬芙蓉。去年蕩槳香風裏，行傍石橋花正濃。」狀山之奇景，如龍門峽（卷一八）：「插天千丈兩碧城，中有玉塹穿巖扃。瀑流懸布不知數，亂落嵌根飛白雨。瑶琨爲室雲爲關，龍君所居朱夏寒。不辭擊棹更深入，萬一龍驚雷破山。」

石湖酷愛花卉，平生寫下無數咏花詩，梅、蘭、荷、菊、牡丹等常見花卉以外，每見奇花異卉，必有咏唱，在桂林，有紅荳蔻花（卷一四）、燕堂後盧橘一株冬前先開極香（卷一四）。在成都，有寶相花（卷一七）、太平瑞聖花（卷一七）、垂絲海棠（卷一七）；在蘇州，有園丁折花七品各賦一絶（卷二三）、小春海棠來禽（卷二七）。這些詩，描繪各品花卉之形貌、色彩、神態，有時還運用自然審美觀念，賦予它們深厚的人文意藴，它們是「春」的禮贊，更是「美」的頌歌。

石湖的節令詩特别多，每逢「元日」、「上元」、「清明」、「七夕」、「中秋」、「重九」、「除夕」等節日，他總是感發興會，寫詩以懷人、繪景、述懷、記述節日風物，如甲午除夜猶在桂林念致一弟使虜今夕當宿燕山會同館兄弟南北萬里感悵成詩（卷一四）、丙申元日安福寺禮塔（卷一七）、上元紀吴中節物俳諧體三十二韻等。特别有意思的是，他連綴、綰帶五年之「重九」所作詩詞，憶念萬里遊宦之情思，很感人。丁酉重九藥市呈坐客（卷一七）詩序云：「余於南北西三方，皆走萬里，皆遇重九，每作水調一闋。……今歲倦遊甚矣，不復更和前曲，乃作此詩以自戲。」三年後，他已回家鄉，逢重九日，作水調歌頭（見輯佚卷一，録自周密澄懷録），序云：「始余使虜，是日過燕山館，賦水調，首句云：『萬里漢家使。』後每自和。桂林云：『萬里漢都護。』成都云：『萬里橋邊客。』明年，徘徊藥市，頗嘆倦遊，不復再賦，但有詩云。」兩序相應，説明作「重九」詩詞之緣由。

石湖詞數量不多，石湖詞、石湖詞補遺凡九十一首，本書輯佚卷一輯得十九首，共一百十首。楊長孺石湖詞跋（永樂大典卷二二六六湖字韻）以醉落魄海棠爲「先生最得意者」。黄昇絶妙詞選選石湖眼兒媚萍鄉道中乍晴卧輿中困甚小憩柳塘等數闋。近代論家詹安泰無庵説詞（一九四七年中山大學文學院院刊「文學」）亦以眼兒媚爲石湖小詞之「絶佳者」。可惜，現代諸家中國文學史、詞史，大都没有談到石湖詞，或則雖論及而一筆帶過。

周必大是范成大的密友，他在與范至能參政劄子（周益國文忠公集卷六〇）中説：「樂府措之花間集中，誰曰不然？」洵爲知言。蓋花間集有「濃而穆」和「淡而穆」之區别，石湖詞恰恰符合「淡而穆」的風格特徵，石湖浣溪沙新安驛席上留别：

送盡殘春更出游，風前蹤跡似沙鷗，淺斟低唱小淹留。　月見西樓清夜醉，雨添南浦緑波愁，有人無計戀行舟。

丁丙善本書室藏書志卷四〇：「文穆詩雄一代，詞亦清雅瑩潔。」説的正是這種風格。近人詹安泰無庵説詞也説：「重、拙、大爲作詞三要，固也。然輕清微妙之境界，亦不易到，因此等境界，不容不用意，又不容大著力也。馮正中『風乍起』詞，深得此中三昧。宋詞家惟韓子耕、范石湖有此境。」

其實，石湖詞兼備衆體。水調歌頭燕山九日作、水調歌頭（細數十年事），感激豪宕，可與稼軒詞並駕。念奴嬌（吴波浮動），寫曠達之胸懷，直可與張孝祥念奴嬌過洞庭瀟散出塵之想媲美。滿江紅始生之日丘宗卿使君攜具來爲壽坐中賦詞次韻謝之：「志千里，功名兆。光萬丈，文章耀。」豪情滿懷，置之稼軒集中，後人亦難辨認。又如水龍吟壽留守，頌劉珙功業云：「黄扉紫闥，化鈞高妙，風霆揮掃。漠北寒烟，嶠南和氣，笑談都了。自玉麟歸去，金牛再款，却回首，人間少。」詞尾：「想知心高會，寒霜夜永，儘横參曉。」全詞氣概雄豪。此外，石湖還將田園風光寫入詞中，蝶戀花：「江國多寒農事晚，村北村南，穀雨纔耕遍。秀麥連崗桑葉賤，看看嘗麪收新繭。」如此豐富多彩的題材内容和藝術風格，用眼兒媚一調無論如何難以概括石湖詞的全貌。

石湖文，長期散佚，所以評論文字很少，宋人尚能見到，故周必大曰「文章瞻麗清逸」（神道碑），樓鑰曰「文章甚偉」（資政殿大學士通議大夫范成大轉一官致仕制）。宋人有兩則評論，給人的印象極深刻，一爲楊萬里石湖先生大資參政范公文集序：

> 至於公，訓詁具西漢之爾雅，賦篇有杜牧之之深刻，騷詞得楚人之幽婉，序山水則柳子厚，傳任俠則太史遷。

一爲黄震黄氏日鈔卷六七：

跋語多簡峭可愛，惟漁社圖有韻，梅林集有情，皆長而佳。

其文簡樸無華。

石湖的紀遊文，尤可稱道。石湖有紀行三録（明盧襄合刻於建安書坊），即攬轡録、驂鸞録、吴船録。他記録了自泗州到燕山、自蘇州到桂林、自成都還吴路程中的所見所聞，遊覽了沿途的許多名勝古迹，有不少片段，都是極佳的紀遊文，如驂鸞録（乾道八年十二月十九日）紀遊石林，（九年閏月十四日）紀遊薌林。又如吴船録（淳熙四年六月）癸巳，紀遊雙溪；（秋七月）戊午，紀遊神女廟；（八月）戊辰，紀遊黄牛峽。而（六月）乙未、丙申紀遊大峨山光相寺一段，尤見精彩：

逡巡，忽雲出巖下，傍谷中，即雷洞山也。雲行，勃如隊仗。既當巖，則少駐。雲頭現大圓光，雜色之暈數重。倚立相對中，有水墨影，若仙聖跨象者。一碗茶頃，光没，而其傍復現一光如前，有頃亦没。雲中復有金光兩道，横射巖腹，人亦謂之小現。日暮，雲物皆散，四山寂然。乙夜，燈出，巖下徧滿，彌望以千百計。夜寒甚，不可久立。

丙申。復登巖眺望，巖後岷山萬重，少北則瓦屋山，在雅州，少南則大瓦屋，近南詔，形狀宛然瓦屋一間也。小瓦屋亦有光相，謂之辟支佛現此。諸山之後即西域雪山，崔嵬刻削，凡數十百峰，初日照之，雪色洞明如爛銀晃耀曙光中。此雪自古至今，未嘗消也。山綿延入天竺諸蕃，相去不知幾千里，望之但如在几案間，瑰奇勝絶之觀，真冠平生矣。復詣巖殿致禱，俄氛霧四起，混然一白，僧云銀色世界也。有頃，大雨傾注，氛霧辟易。僧云：「洗巖雨也，佛將大現。」兜羅綿雲復布巖下，紛鬱而上，將至巖數丈輒止。雲平如玉地，時雨點有餘飛。俯視巖腹，有大圓光，偃卧平雲之上。外暈三重，每重有青黄紅緑之色。光之正中，虚明凝湛，觀者各自見其形現於虚明之處，毫釐無隱，一如對鏡，舉手動足，影皆隨形而不見傍人。僧云攝身光也。此光既没，前山風起雲馳，風雲之間復出大圓相光，横亘數山，盡諸異色，合集成采。峰巒草木，皆鮮妍絢蒨，不可正視。雲霧既散，而此光獨明，人謂之清現。凡佛光欲現，必先布雲，所謂兜羅綿世界。光相依雲而出，其不依雲，則謂之清現，極難得。

食頃，光漸移，過山而西。左顧雷洞，山上復出一光，如前而差小，須臾亦飛行過山外，至平野間，轉徙得得，與巖正相值，色狀俱變，遂爲金橋。大略如吴江垂虹，而兩圯各有紫雲捧之。凡自午至未，雲物凈盡，謂之收巖，獨金橋現，至酉後始没。

此景奇絶，此文誠爲紀遊美文。明何宇度益部談資卷上：「宋陸務觀、范石湖皆作記妙手，一有入蜀記，一有吴船録，載三峽風物，不異丹青圖畫，讀之躍然。」明陳宏緒吴船録題詞有詳贍的評論，云：

范石湖吴船録二卷，自成都至平江數千里，飽歷飫探，具有夙願。其紀大峨八十四盤之奇，與銀色世界兜羅綿雲，攝身清光，現諸異幻，筆端雷轟電掣，如觀戰於昆陽，呼聲動地，屋瓦振飛也。蜀中名勝不遇石湖，鬼斧神工，亦但施其伎巧耳。豈徒石湖之緣，抑亦山水之遭逢焉。

石湖的紀遊文，與他的許多優美的紀遊詩，相輔相成，構成完美的紀遊文學，成爲石湖詩文作品中一道亮麗的風景綫。

一位作家在創作實踐中不斷地領悟、尋繹出許多藝術見解和文藝主張，而文藝思想又回過頭來指導自己的創作實踐。周而復始，他的文藝思想愈見高明，而創作實踐愈爲猛進。范成大正是這樣一位作家。

范成大並没有專門論述文藝思想的著作或文章，他有不少藝術觀見於他的詩篇和文章中，值得關注的是以下八點。

其一，主張文藝源於生活。這種思想，早年寫的晚集南樓（卷六）「江山得句有神工」，後來的送江朝宗歸括蒼（卷二二）「詩情故崒嵂，袖有天都峰」、「攟拾著錦囊，撫掌夸窮工」，都有充分體現。其二，主張文藝表現生活美，夏夜（卷一）：「儻無詩句子，將奈明月何！」月夜之美，只有用詩表現之。慶充自黄山歸索其道中詩書一絶問之（卷六）：「常日錦囊猶有句，况從三十六峰來。」老友從黄山來，定有詩句將黄山美景描繪出來。其三，重視藝術構思，曉出古巖呈宗偉子文（卷五）「平生癖幽討」、「搜枯尚能句」，搜索枯腸，形容藝術構思十分辛苦。次韻宣州西園二首（卷五）「相公筆力挽回春」，通過藝術構思，詩人詩筆可以回春。其四，主張擴大表現功能。

從二千餘首詩詞，可以看出石湖努力擴大詩歌的表現功能，融抒情、言志、議論、描寫、記述的功能於一體，四時田園雜興六十首，最爲典型。謁南嶽（卷一三）描寫衆山奇狀，記述寺院景物、壁畫，非常細緻。其五，主張運用通感手法。石湖是我國較早地從佛學中領悟到「通感」藝術手法的詩人，耳鳴戲題（卷一四）：「圓通無別法，但自此根修。」晚集南樓（卷六）：「懶拙已成三昧解，此生還證一圓通。」本詩談論詩法，「證圓通」即「六根互用」之通感法。其六，主張融通詩畫。賞雪騎鯨軒子文夜歸酒渴侍兒薦茗飲蜜漿明日以姹同遊戲爲書事邀宗偉同作（卷六）：「懸知畫不到，未省詩能說。」真瑞堂前丹桂（卷二一）：「畫不能摹句寫成。」美景畫不成，用詩代替。石湖寫過題畫詩數十首，將畫境轉換成詩境，融通詩畫，洵爲絕妙好詩。其七，變化運用前人技巧，力求創新。落鴻（卷一）「淚濕秋衣不肯乾」，自李賀謝秀才有妾縞練改從於人秀才引留之不得後生感憶座人製詩嘲誚賀復繼四首之四「淚濕紅輪重」句化出，變「紅輪」爲秋衣，變「重」爲不肯乾，語若己出。望金陵行闕（卷二）「靜聽西城打夜濤」，自劉禹錫金陵五題石頭城「潮打空城寂寞回」句化出，從「打」字點化，用「靜聽」點明本意。嘲蚊四十韻（卷二〇），效劉禹錫聚蚊謠，變七言古詩爲五言；變平仄轉韻爲仄聲韻一韻到底；變主旨諷刺官僚爲刺近習竊權。其八，主張博取衆長，自成一家，詳見本節有關石湖詩藝術淵源之論說。

范成大是宋代名臣，是傑出的政治家，他爲宋代的政治、經濟、軍事、文化的發展，作出過重大貢獻。他又是一位著名的詩人、文學家，他詩詞兼善，文備衆體，文學創作能直面人生、思想進步，文筆清峭，風格多樣，爲我們留下了許多優秀作品，是宋文壇上舉足輕重的作家。我們也注意到，范成大在南宋前期激烈的鬭争漩渦中，時有無奈之嘆；晚年衰病閑養，時露頹悵之感，這些因素也明顯地滲透進他的文學創作中。世界觀中的弱點，創作活動的缺憾，成爲他政治生涯和文學創作中的「瑕點」，然而從總體上考察，應是瑕不掩瑜。范成大是我國歷史和文學史上光彩耀眼的瑜玉，他在政治上、文學上所作出的重大貢獻，不可磨滅，將永垂史册。

四、本書校箋工作的六種學術舉措

從實際需要出發，本書校箋工作採用六種學術舉措，即以范注范、多學科並舉、多元化研究方法、强化文學元素、堅持「六字方針」和設置題解，下面分述之。

（一）以范注范

本書整理工作最顯著的一個特徵，便是「以范注范」，這是由范成大文學創作的特性决定的。乾道六年（一一七〇），范成大使金，作攬轡録，逐日記載出京過宋、金分界綫直達燕山的全部過程及其所見所聞，是極爲難得的歷史文化資料。整個過程中，他又作詩七十二首。將詩文參照解讀，可助理解。乾道八年（一一七二），范成大離蘇赴廣西帥任，作驂鸞録，逐日記述途中情況，可以之參讀沿途所作詩，如卷一三與吴興薛士隆使君遊弁山石林先生故居，讀驂鸞録（十二月）十八、十九日記事，可知薛季宣（士隆）、葉夢得（石林）的活動，與詩作相輔。石湖任職桂林後，曾撰寫過一部很重要的著作桂海虞衡志，這部筆記詳細記載以桂林爲中心的廣右地區植物、動物、礦産、土産、工技、巖洞、風俗、氣候、文字等，不啻爲廣右地區的博物志。要讀懂石湖在桂林任職期間所寫的詩，必需用它作注，方能明白原委。離成都帥任還吴時，石湖寫出吴船録，這是他諸記中最爲詳備的一部，保留了許多珍貴的原始資料，如僧繼業到天竺求舍利及貝多葉書的宗教活動，蜀地寺廟中的隋唐繪畫資料，自蜀至吴沿途的自然風光和各地風物。石湖自蜀歸吴寫成的許多詩篇，都可與吴船録比照，如卷一六麻線堆詩，筆者以吴船録卷下（七月）甲子條的記事作注，則詩意與文意互相補充，十分貼切。其餘如詩篇中咏及吴地人物、勝迹、名物、風情，我便以吴郡志之相關部分作注，明確恰當。還有一些頗具地方色彩的詞語，如「盤攤」（卷一七巫山縣）、「灎澦撒髮」（卷一九瞿唐行），不知何意，一般工具書查不到，幸賴吴船録有記載，以此作注，解決了疑難問題。這個舉措，並不一定適合其他作家詩文集的箋釋，但對范成大集而言，却是很合適的。

（二）多學科並舉

范成大自幼熟讀經史諸子、説部別集，酷愛書畫藝術，他的詩文作品，涉及古代哲學、史學、文學、藝術學等多方面的知識。因此，爲石湖集作注，根據實際需要，筆者運用多學科並舉的手段，即運用哲學、史學、文學、藝術學、歷史地理學、文獻學、語言學等多種學科的知識，箋釋、解讀他的詩詞、散文。沈欽韓范石湖詩集注偏重於史學，所以無法全面、周詳地説清石湖詩文的内涵。范成大是南宋時期著名書法家，與張孝祥齊名，並稱「張范」。他寫出十餘篇關於書法的序跋和詩歌，品評十餘位書法家的藝術造詣。他不是畫家，却與繪畫有不解之緣。孔凡禮范成大年譜説他「亦善畫」，依據吴儆平齋記（竹洲集卷一〇）：「石湖文章字畫妙天下。」按，此「字畫」之畫乃筆畫之畫，是品評書法的專用名詞，並不是指繪畫作品。范成大與許多畫家有交往，寫過畫跋畫記五篇、題畫詩五十六首，論及畫家五十餘人。因此，運用書學、畫學知識來詮解他的詩文作品，是理所當然的事。

這裏，我想着重説一説歷史地理學和語言學的問題。石湖詩文中寫到的地名，常用「舊名」，與歷史事件有關，普通史書的地理志中查不到。如卷二五小峨嵋「劉項蝸争鬦靈璧」，寫到劉邦、項羽戰於垓下，即古靈璧地。李吉甫元和郡縣圖志卷九宿州苻離縣有「靈璧故城」，虹縣有「垓下聚」，記劉項争戰事。又如卷一六曉發飛烏晨霞滿天少頃大雨吴諺云朝霞不出門暮霞行千里驗之信然戲記其事「或加陰石鞭」，語出酈道元水經注卷三七記狼山縣南有陰陽石，居民遇旱則鞭陰石。一般地理書中難以查到。由此觀之，箋注石湖詩文，運用歷史地理學知識十分必要。

石湖詩有兩個明顯的特徵，一類詩語言古奥艱深，用典故較多；一類詩語言通順，多用俗語。因此，箋注石湖詩既要運用語言學中的訓詁知識，又要將常見的俗語注出。我經常既注經史之本文，又注經史之「注」、「疏」，如用莊子語，既注出莊子原文，再附以釋文、疏，以助理解。卷八次韻子文客舍小樓「散盡生涯千答布」，沈氏僅注史記貨殖列傳。按，「答」，史記作「荅」，王引之經義述聞卷二七爾雅中「釋器」，以爲「荅」即「瓵，瓦器」，「千荅布」，即用千瓵糵麴鹽豉換來的貨幣。用訓詁之法，對詩句作解，纔能準確。石湖詩句中的俗語，筆者常用張相詩詞曲語辭匯釋、王鍈詩詞曲語辭例釋、胡樸安俗語典等工具書作注。

(三) 多元化的研究方法

爲做好本書的校箋，筆者運用校勘、辨僞、正誤、輯佚、箋注、詮解、作品繫年、品評等多元化的研究方法，並以考證爲核心，解决各類疑難問題。如水龍吟壽留守，孔凡禮以爲此詞他人作，爲成大壽，見范成大年譜淳熙十年譜文。筆者通過考證，依據版本、詞寫秋末景物、劉珙任知建康府的年份、石湖自蜀歸吴年月四點，認定此乃石湖壽劉珙詞，作于淳熙四年。宿義林院(卷二)詩集編於賞心亭再題與荆公墓之間，失當。筆者於新安志卷五考得義林院位於績溪惟新下鄉麟福里，乃鄉間小寺，詩乃作於石湖任新安掾巡檄屬縣時，不應編在崑山讀書、赴建康府漕試諸詩之間。

（四）强化文學元素

在校箋過程中，筆者强調增强校箋的文學性。從校勘層面看，除了重視版本依據外，筆者還運用詩詞韻律作爲依據，校訂文字之是非。園林（卷三〇）顧本「鐵硯磨成雙鬢雪」，誤，因下句末三字爲「一繩牀」，無法形成對偶，當依活字本、叢書堂本、董鈔本、詩淵校改爲「雙雪鬢」。這樣，既合律詩對偶規律，又有版本依據。天平先隴道中時將赴新安掾（卷五）顧本「三年江路旅愁生」，「生」爲下平聲八庚韻，與全詩上平聲十一真韻不叶，而活字本、叢書堂本、董鈔本作「新」，當據改。再從箋注層面看，注詩，特別重視詮解石湖詩中相關的詩史知識、詩人生平、詩歌體式、詩歌技法等。注詞，特別重視詮解石湖詞中有關的詞史知識、詞體特徵、詞人生平、藝術風格、詞作技法等。注文，特別重視石湖文中不同的文體特徵、寫作技法等。如在白玉樓步虚詞六首（卷三二）注中對「步虚詞」作了詳盡詮解；在嶺上紅梅（卷五）注中指出此詩雖爲八句，却非律詩，乃爲古詩，從詩體特徵上加以分析説明。

（五）堅持六字方針

我在校箋辛棄疾詞時，曾在前言中提到「六字方針」，即「取長」、「正誤」、「補闕」。現在，校箋范成大集，我將繼續堅持這六字方針。對前代學者的研究，如沈欽韓的范石湖詩集注、富壽蓀標校的范石湖集、黄畬石湖詞校注、于北山范成大年譜、孔凡禮范成大年譜、孔凡禮范成大佚著輯存等著作，都進行深入考量，作出細緻、審慎的考覈、辨析，分清它們的是與非、得與失、優長與缺失，取其所長、正其所誤、補其所闕。無論是校勘、輯佚、注釋、作品繫年、品評等諸方面，都是如此。

（六）設置「題解」

筆者在每篇作品後設置「題解」一欄，這是我近年來整理、校箋唐宋詩詞集所作的第一次嘗試。

引發我產生設置「題解」想法的主因是「佚文」。收録佚文，必須注明來源出處，版本依據，有些還要加考辨，放在注釋中不合適。所以我吸取前輩學者的經驗，用「題解」來解決問題。「題解」還有其他用途，石湖許多詩文作品，涉及人物、地點、人事背景、文體知識等，都可以在「題解」中作交代。特别是人物首次出現，徵引大量史料考證其生平時，專門在「題解」中作介紹，眉目清楚。其次，「題解」可以將作品繫年、詩人當時的職務、生活地點、作詩緣起等依次交代。再次，石湖與許多詩人有唱酬，次韻詩數量很多，筆者將唱和之作附於「題解」中，便於讀者比照，可以幫助讀者理解石湖詩詞的原意。其四，評論石湖詩文作品的文字不多，不便單獨設立「集評」一欄，筆者便將爲數不多的評論資料，納入「題解」中。總之一切與詩題、文題相關連的信息，統一收納在内。

五、全集整理有五處突破

自從二〇一五年與上海古籍出版社達成整理出版范石湖集的意向後，迭經六度春秋，我終於完成了全書的校箋工作。回顧六年工作，認真審視書稿，與沈欽韓范石湖詩集注、富壽蓀標校范石湖集、黄畬石湖詞校注、于北山范成大年譜、孔凡禮范成大年譜相比，我認爲在校勘、箋注、輯佚、人事交游、評論等五個方面，有新的進展，有所突破，充分體現出筆者對書稿品位和學術質量的執著追求。

（一）校勘

富壽蓀先生校范石湖集，用顧嗣立刻本作底本，參校以黄昌衢刻本、宋詩鈔。校石湖詞，用知不足齋叢書本作底本，參校以彊邨叢書本和全宋詞，寫出校記，列出異文，對原文未加校改，僅標是否。

此次整理，石湖詩集仍以顧本作底本，因爲此本經多次出版，已爲通行本，便於查核。筆者另外選用明弘治十六年金蘭館銅活字印本（以下簡稱「活字本」）、明長洲吴氏叢書堂鈔本（簡稱

「叢書堂本」)、清順治九年董説鈔本(簡稱「董鈔本」)爲校本，又選用明成化元年紫陽書院刻本方回瀛奎律髓所選石湖詩、宋詩鈔、詩淵作爲參校本。這裏，我要特别介紹詩淵。詩淵是一部明人編纂的、規模相當宏大的、專收歷代詩詞的類書，一九八一年書目文獻出版社據北京圖書館藏明稿本影印出版，纔讓這部稀世典籍流布於寰宇，受到學術界廣泛重視。詩淵選録石湖詩九百餘首，數量特别多，占石湖存世詩作的二分之一。其文字與活字本、叢書堂本、董鈔本相同者極多，版本源流比較接近。再者，詩淵成書年代較早，據孔凡禮先生推測，約在明代初年。(詩淵前言：「詩淵在永樂十九年以前即已見書。」「現存永樂大典各韻没有引用詩淵，説明詩淵的編纂約與永樂大典同時代或稍晚些。」)編纂者應該見到過散佚前的范石湖大全集，故極有文獻價值。

經過校勘，筆者發現顧本有不少錯字、漏字，理應據諸本校改，富氏有的已經發現，僅標「是」字，未加校正，有的未發現。漏字如卷二次韻唐子光席上賞梅：「纖手撚香□□公。」叢書堂本、詩淵作「俱惱」，因據補；同卷次韻唐子光教授河豚：「食魚要是□黄粱。」叢書堂本、詩淵作「問」，因據補。錯字如卷一一壬辰天申節赴平江錫燕因懷去年以侍臣攝事捧御杯殿上賦二小詩，「天申」顧本誤作「天中」，富氏未發現；卷四送郭季勇同年歸衡山：「何敢吏朱游。」「朱游」顧本誤作「朱浮」，富氏引沈欽韓説，却未改；卷一不寐：「幽田恍澒洞。」「幽田」顧本誤作「丹田」，富氏未發現；卷一九江安道中「有韋皋記功碑。」「韋皋」顧本誤作「韋高」，富已發現，然未改正；卷九次韻郊祠慶成：「天旋鳳曆新。」「鳳曆」顧本誤作「鳳律」，富氏未發現；卷一九夜泊歸州，「歸州」顧本誤作「歸舟」，富氏未發見。其例甚多，不再贅引，讀者可詳見於「校記」。富氏校石湖詞之底本、參校本與富氏同，但增加歷代詩餘、陽春白雪、絶妙好詞作參校本。富氏校勘中存在的問題與詩集部分同，可詳見正文「校記」，此不贅述。

佚文輯存，也存在校勘問題，如輯佚卷七春晚晴媚帖，六藝之一録「昨聞知郡中」之「聞知」，上海博物館藏帖、式古堂書畫彙考作「惟知」；「邇者返漁樵」之「邇者」，上博藏帖作「拙者」，均應據改。又如輯佚卷九跋北齊校書圖，輯自李慈銘越縵堂日記，波士頓美術館藏畫、穰梨館過眼録於「尚欠對榻七人」前，尚有「此軸」二字，今據補；「風俗之移久矣」，「移」原作「遺」，亦據之改正。

通過校勘，是正了錯字，補出了缺漏，列出了異文，爲學人提供了一部比較精準的范成大集文本。

（二）箋注

范成大詩、詞，前人有注本，清沈欽韓有范石湖詩集注上、中、下三卷，近人黄畬有石湖詞校注一卷。

沈欽韓（一七七五—一八三一），字文起，號小宛，吴縣木瀆人。嘉慶十二年舉人，官安徽寧國訓導。勤讀苦學，博通經史，旁及諸子百家，著述富贍，有春秋左氏傳補注、漢書疏證、後漢書疏證、三國志補注、水經疏證等，又有韓集補注、蘇文忠詩注補正、王荊公詩集李壁注勘誤補正、王荊公文集注、范石湖詩集注等。

沈欽韓之范石湖詩集注（以下或簡稱「沈注」），有三種版本，我使用續修四庫全書所收録之清光緒潘氏刻功順堂叢書本。要爲石湖詩作注，必先考察沈注的學術價值及其缺點。經過數年的工作，我認定沈注有三大長處，極有利於解讀石湖詩。其一，沈氏長於史學，熟諳左傳、四史，石湖詩所用之史學僻典，他能擷其出處，實是不容易。如卷一七初四日東郊觀麥苗「相將飽喫濘沱飯」，注出後漢書馮異傳；卷二四題請息齋六言十首之三「泣裹難防叔魚」，注出左傳昭公十三年。其二，沈氏熟悉説部，石湖詩中所用説部之典，多能一一擷出。如卷一嘲里人新婚「笠簑細寫歸舟事」，注出逸史；卷六再韻答子文「百年子莫占元緒」，注出劉敬叔異苑；卷二八素羹「合和二物歸藜糝」，注出説苑雜言。其三，沈氏熟悉佛典，石湖詩中之佛語、禪理，都能抉其源。如卷一七密室憊坐「誰家」句，沈氏用翻譯名義集爲注；卷三一净慈顯老爲衆行化且示近所寫真戲題五絶就作畫贊，他接連注出四個佛典。

沈注的缺點，最主要的是過於簡略，該注而未注的地方實在太多，諸凡人事交游、名物典章、地名勝迹、書畫藝術、詩歌技法、民俗風情、訓詁俗語等，都需要注疏、詮解，人們纔能讀懂石湖詩。這恰恰是筆者需要花大力氣的地方。

其次，有不少詩句，沈注雖注出來源出處，但僅僅一點，很不明確，難明其義。如卷八次韻子文客舍小樓「散盡生涯千答布」，沈注僅言「史記貨殖傳」，讀者仍無法理解句意；卷二一羔羊齋小池兩涘木芙蓉盛開有懷故園「寒窘令人瘦」，僅云「此用魏志賈逵事」，然三國志魏書賈逵傳未載此事，實見於裴松之注引魏略。

再次，沈注還有不少失誤，如果不加訂正，容易誤導讀者。如卷一五寄題潭帥王樞使佚老堂，沈注王樞使爲王剛中，誤，筆者考訂此潭帥爲王炎；卷二三甲辰人日病中吟六言六首以自嘲「我亦自厭餘生」，沈注以爲出東坡乞常州居住表，誤，實出東坡謝量移汝州表。

其四，沈注運用地理書時序過晚，不當。我國歷代行政區劃多有更易，地名迭變，所以箋注唐宋詩文集，最好使用當時或稍後的地理書。如卷一五鼎河口枕上作，沈氏用一統志注「鼎河口」，可用酈道元水經注卷三七；卷二一香山，沈氏用名勝志注「香山」，可用寶慶四明志；卷二二重九賞心亭，沈氏用明一統志注「賞心亭」，可用景定建康志。

針對沈注的實際情況，筆者充分汲取其優長，又處處審視其注語，有誤則正之，有闕則補之。同時放開手脚，廣泛裒集資料，將它當作無人箋注過的集子做好箋釋工作。

石湖詞，近人黄畬作石湖詞校注，齊魯書社一九八九年出版。黄畬（一九一三—二〇〇七），字經笙，號紉蘭簃主，臺灣淡水人。長期居住在北京，著有歐陽修詞箋注、陽春集校注、山中白雲詞箋等。黄畬先生長於詩詞，校注石湖詞，比較詳明妥貼。筆者工作時，多所借鑑取益，對其不足處，則詳加補充，如水龍吟壽留守，對孔凡禮范成大年譜之異説，未加辨析。筆者在此詞「題解」一欄中考定「留守」即是劉珙，證孔氏之誤。又如蝶戀花「看看嘗麨收新繭」，黄氏用開元天寶遺事「麨繭」條作注，欠當。按此句寫吴地農家喜事，宜以吴郡歲華紀麗之記事爲注。

輯佚部分，大都爲散文，其所涉及的歷史人物、事典語典、名物等在詩詞部分大都已經注釋過，所以，輯佚部分相較於詩詞注釋較少，爲避重複之故也。

（三）輯佚

范成大的作品，散佚甚多，前人述之備矣。最早爲之做輯佚工作的是傅璇琮先生，寫成范成大佚文輯録與繫年（載文學遺産增刊第十一輯），後又作范成大佚文篇目（載楊萬里范成大資料彙編）。二十世紀八十年代初，孔凡禮先生繼續做范成大佚文輯存工作，於一九八三年出版范成大佚著輯存（以下簡稱「孔輯」），書中吸收了傅先生的成果。最後，全宋文出版，范成大佚文部分，吸收了孔氏的成果。于北山先生雖無輯佚專書，但他在范成大年譜中引録過不少范成大佚文，亦足資參考。當我開始從事范文輯佚時，本以爲很容易，只要將孔輯、全宋文的内容編排一下即可。但是，經過一段時間的探索後，我發見「易事」不易，實際上已有的成果還存在問題，必須做好輯考工作，最後纔能將石湖佚文確定下來。其一，現有成果中有些篇目，不是范成大佚文，如孔輯有癸水亭記「癸水繞東城，永不見刀兵」，乃古記中語，見范成大桂海虞衡志雜志。

其二，現存佚文中夾雜他人之文字，輯自於黄震黄氏日鈔卷六七中的佚文，表現最爲突出，如輯佚卷四上折估事奏，孔輯將黄氏之文字與范文連書之，理當將黄震文字從中剥離開來，剔除之；又同卷繳僞會齊仲斷案奏，孔輯將黄氏附加之語亦録入，欠當，亦應剔除之。

其三，爲范文輯佚，亦須校勘，因爲佚文出自不同典籍，文字有異同，很有參考價值，應該列出「校記」，以供學人參考，如輯佚卷三起復新知廬州葉衡可敷文閣待制樞密都承旨制，出永樂大典卷一三四九九，題上原脱「文」字，據宋史職官志二補；又如輯佚卷九跋婺源硯譜，輯自古今事文類聚别集，原文「今其冗塞」之「冗」，據新安志卷一〇引歙硯説改爲「坑」；「數年」，黄震黄氏日鈔作「數十年」近是；原文「牛尾」，據蘇軾鳳咮硯銘改爲「牛後」。餘參上文（一）校勘所談佚文校勘問題。

其四，前人所輯尚有遺漏，筆者從詩淵中輯得佚詩二首，從金程宇美國所藏宋人墨迹胜録、岳珂寶真齋法書贊、宋會要輯稿、成都文類、歷代名臣奏議、崔敦禮宫教集（永樂大典卷二二六六）、徐璬黄山紀勝、周密癸辛雜識等典籍中，輯得范成大佚文十餘篇，如跋西塞漁社圖、黎州蕃部還納漢口三十九人奏、論文州邊事劄子、暘谷洞題名等。

（四）人事交游

搞好人事交游的研究和箋注，是范成大集整理工作的重中之重。

爲什麽？因爲范成大一生接觸了太多的人。他在崑山讀書時期，與邑中士人、寺院僧人都有交往；到新安作官時，與州郡長官、同僚、當地士人親切相處；在臨安任京官時，他與高、孝、光三位皇帝有密切的過從，與王公大臣、各級官吏，有頻繁的往還；作封疆大吏時，更是與各級官吏、幕府僚屬、當地名士甚至平民百姓有來往。他工詩、善書、喜愛繪畫，與無數詩人唱酬，爲名家法書、名人畫幅題跋、題詩，他還與僧人道士談空有，説神仙，相聚甚洽。所有這些人和事，都是南宋前期歷史的縮影，都與石湖實現政治理想、貫徹文藝思想、實踐文學創作有密切關係。因此，對這些人物作出深入的探索和詳盡的介紹，是研究者的重要任務。沈注在這方面十分簡略，于北山、孔凡禮兩位先生搜集了許多史料，集中體現在兩位先生各自的范成大年譜中，遠遠超過沈注。但仍然有欠缺，他們的工作偏重於歷史人物，所得資料，側重於史料，不够周全。筆者發揮自己的學術長處，充分利用了辛棄疾研究和畫學研究的成果，借助於熟諳吴地文獻和宋代史料筆記的有利條件，盡可能多地爲石湖集中的每位人物裒集相關資料，做好人物交游的研究和箋注。

如卷九次韻李子永雪中長句，于北山范成大年譜僅援宋詩紀事小傳，很簡略，筆者乃據樓鑰檃庵居士文集序、中興以來絶妙詞選「李洪傳」、陸增祥八瓊室金石補正卷一一五般若善知識祠記、景定建康志等資料，對李泳作了全面介紹。又如卷一〇次韻趙德莊吏部休沐，于北山范成大年譜僅引餘干縣志，筆者因補韓元吉直寶文閣趙公墓誌銘、辛棄疾水調歌頭壽趙漕介庵、景定建康志等資料充實之。又如卷二二寶公祈雨感應用陳中公韻賦詩爲謝，陳中公即陳俊卿，于、孔兩譜未及，筆者據宋史本傳、莆陽比事、庶齋老學叢談等典籍，考其生平。

石湖與畫家有交往，如李結、趙師羿等人，于、孔兩譜均未及之，筆者因詳考之。舉李結爲例，卷一〇李次山自畫兩圖其一泛舟湖山之下小女奴坐船頭吹笛其一跨驢渡小橋入深谷各題一絶，李次山即李結，宋代畫史無載，夏文彦圖繪寶鑑補遺僅云：「李結，工山林人物。」筆者因據范成大雪溪漁社圖跋、范成象崑山縣新修學記、全宋詞小傳、范成大吴郡志、咸淳毗陵志等資料，考其生平歷仕，與石湖交游始末。

石湖與僧人有交游，如現老、虎丘範長老、慧舉等人，于、孔兩譜舉其人而一筆帶過，筆者乃盡力裒集資料以舉證。舉慧舉爲例，卷二〇贈舉書記歸雲丘、卷二二送舉老歸廬山、次韻舉老見嘲未歸石湖，舉書記、舉老，即慧舉，筆者乃據樓鑰跋雲丘草堂慧舉詩集、陸游跋雲丘詩集後、寶慶四明志，考知詩僧慧舉乃廬山普光院僧，善詩，有雲丘詩集。筆者又於范成大題佛日淨慧寺東坡題名（輯佚卷九）文中，考知石湖於十五歲時便與慧舉有交游。

（五）評論

前代論家評論范成大及其文學創作，普遍存在以偏概全的弊病，顧沅吴郡名賢圖傳讚首開其例，後代許多論家，包括現代的蘇州通史、蘇州藝術通史都沿着這一思路立論，沒有全面評論他的政治思想和從政業績。對石湖的文學創作，前代論家，多談詩，少談詞與文。談詩，又集中在使金七十二首、四時田園雜興，少談他的數量衆多的愛國、愛民詩。談詞，多談眼兒媚，少談其他風格的詞。這種思想方法，無法正確認識和評價范石湖及其文學創作。

有鑑於此，筆者從事范成大集的校箋和研究，早就抱定全面地、深入地、辯證地評論范成大及其文學創作的決心，努力糾正以偏概全的思想方法。筆者撰寫本書前言，確定「平生經歷與人格魅力」、「政治理想與文學創作」、「文藝思想與詩文作品」三個論題，從三個方面，詳盡論述范成大的人生經歷、人格魅力、政治思想、社會貢獻、詩文創作的藝術特徵和文學價值。我從他的全部作品出發，探索、紬繹，精心論述其政治思想和從政功績，既談他不畏强勢、堅持氣節的愛國精神，也談他興利除弊、減租免税的仁政舉措，又談他重視軍事、鞏固國防的傑出貢獻。精心論述其文學創作，既談他的創作實踐，又論其文藝思想；既談他的詩，又論他的詞與文；既談他愛國、愛民的詩歌内容，又論他的紀遊、節令、咏花詩；既談他的主導風格，也論其多樣風格，目的就是要讓大家全面地、準確地認識范成大的政治思想、政治業績、社會貢獻、詩詞文的藝術特徵及其成就，以便正確地、恰如其分地評價他的歷史地位。

六、結束語

我做范成大集的校箋工作，得到上海古籍出版社領導的關愛，很快確定出版意向，又得到蘇州市委宣傳部的經費資助。工作過程中，責任編輯不厭其煩地提供了多方面的幫助；蘇州大學文學院楊旭輝、趙杏根、蘇州大學出版社史創新、蘇州大學學報編輯部黄建林等同志幫我查找資料，趁着書稿殺青、即將付梓的機會，向衆多的、曾經爲我的箋注工作給予幫助的同志，表示衷心的感謝。整個校箋工作面廣量大，涉及的問題繁多，書稿中定有不少疏忽和誤失，我真誠地期望得到國内外史學、文學界的專家和廣大讀者的諟正。

吴企明

庚子歲初夏識於蘇州西塘北巷蓮花苑寓所

范成大集校箋目録

前言……一

石湖居士詩集卷一

行路難……一
西江有單鵠行……三
車遥遥篇……五
放魚行……五
晚步東郊……七
元夜憶群從……七
登西樓……八
不寐……九
河豚歎……一二
續長恨歌七首……一五
雷雨鄰舍起龍……二〇
次韻唐致遠雨後喜涼……二一
秋日二絶……二二
窗前木芙蓉……二三
嘲里人新婚……二四
過松江……二五
過平望……二七
長安閘……二九
桊木 并序……三〇

兩木 并序……三二
道中……三五
落鴻……三五
題山水橫看二首……三六
瑞香花……三七
讀史……三八
浙江小磯春日……四〇
代聖集贈別……四〇
二月三日登樓，有懷金陵、宣城諸友……四一
寒食郊行書事二首……四二
初夏二首……四三
夏夜……四四
與時敘、現老納涼池上，時敘誦新詞甚工……四五
林元復輓詩……四六
戲贈少梁……四七
南徐道中……四八

石湖居士詩集卷二

望金陵行闕……五一
金陵道中……五三
曉行……五四
秦淮……五四
重九獨登賞心亭……五六
賞心亭再題……五七
宿義林院……五八
荆公墓二首……五九
十月朔客建業，不得與兄弟上冢之列，悲感成詩……六〇
白鷺亭……六一
臙脂井三首……六二
秦淮 并序……六四
九月三日宿胥口，始聞雁……六六
欲雪……六七
讀史三首……六八

宴坐庵四首……六九
青青磵上松送致遠入官……七一
除夜感懷……七二
次韻唐子光席上賞梅……七四
夜行上沙見梅，記東坡作詩招魂之句……七六
次韻唐子光教授河豚……七八
題如夢堂壁……八〇
曉起……八一
再遊上方……八一
即事……八二
春晚即事……八三
春晚三首……八三
樂先生闢新堂以待芍藥、酴醾，作詩奉贈……八四
題城山晚對軒壁……八六
題城山挂月堂壁……八七
姑惡　并序……八八
大暑舟行含山道中，雨驟至，霆奔龍挂可駭……八九
題畫卷五首……九〇
六月七日夜起坐殿廡取涼……九二
中秋卧病呈同社……九四
秋日雜興六首……九五

石湖居士詩集卷三

擬古……九九
立春日郊行……一〇〇
次韻漢卿舅即事二絶……一〇一
晚潮……一〇二
一篙……一〇二
碧瓦……一〇三
題記事册……一〇四
暮春上塘道中……一〇五
江上……一〇六

餘杭道中……一〇六
陳侍御園坐上……一〇七
獨遊虎跑泉小庵……一〇七
王希武通判輓詞二首……一〇八
劇暑……一一一
次韻時敘……一一三
夜宴曲……一一二
神絃……一一四
樂神曲……一一六
繅絲行……一一六
田家留客行……一一七
催租行……一一八
緘口翁……一一九
春思……一二〇
次韻漢卿舅臘梅二首……一二一
宿東寺二首……一二三
範老前歲相別，約歸括蒼，便游四明，今不知何地，暇日有懷……一二三
癸亥日泊舟吳會亭……一二四
時敘火後，意不釋然，作詩解之……一二五
題湯致遠運使所藏隆師四圖……一二七
欠伸……一二七
倦繡……一二八
倚竹……一二八
嗅梅……一二八
晚步……一三一
題開元天寶遺事四首……一三二
讀甘露遺事二首……一三五
半塘……一三六
楓橋……一三七
橫塘……一三八
胥口……一三八
香山……一三九
上沙……一四〇

天平寺……一四〇
白雲泉……一四一
山頂……一四二
山徑……一四三
泉亭……一四四
金氏庵……一四四
平雲閣……一四五
鐵錫……一四六
放鶴亭……一四六
馬跡石……一四七
金沙……一四八
龍母廟……一四八
白蓮堂……一四九
白善坑……一五〇

石湖居士詩集卷四

賀樂丈先生南郭新居……一五一
歲旱，邑人禱第五羅漢得雨，樂先生有詩，次韻……一五三
次韻時叙賦樂先生新居……一五五
病中夜坐呈致遠……一五七
戲題藥裹……一五七
夜歸……一五八
田舍……一五八
戲題致遠書房……一五九
烏戍密印寺……一五九
月夜泛舟新塘……一六一
客舍……一六一
病中夜坐……一六二
秋芸有春緑……一六三
三湘怨……一六三
夜發崑山……一六四
十一月十二日枕上曉作……一六五
南樓望雪……一六六
除夜書懷……一六七

戲答澹庵小偈……一六八
偶書……一六九
題立雪圖……一七〇
題日記……一七〇
題張氏新亭……一七一
玉臺體……一七二
枕上……一七三
斑騅……一七三
題傳記二首……一七四
病中絶句八首……一七五
病中三偈……一七七
雲間湖光亭……一七九
高景庵泉亭……一七九
晚入盤門……一八〇
九月三十日夜出關候致遠不至……一八一
次韻致遠自毗陵見寄二首……一八一
元日山寺……一八二
題記事册……一八三
寄贈致遠并呈現老……一八四
春後微雪一宿而晴……一八五
雪霽獨登南樓……一八六
次時叙韻送至先兄赴調……一八七
上沙遇雨快涼……一八七
自天平嶺過高景庵……一八八
高景山夜歸……一八九
白雲嶺……一八九
偃月泉……一九〇
代人七月十四日生朝……一九〇
題金牛洞……一九一
曉自銀林至東灞登舟，寄宣城親戚……一九三
讀唐太宗紀……一九四
重讀唐太宗紀……一九六

石湖居士詩集卷五

復自姑蘇過宛陵，至鄧步出陸……一九九

題南塘客舍 …………………… 二〇〇
南塘冬夜倡和 …………………… 二〇〇
游金牛洞題石壁上 …………………… 二〇一
浄行寺傍皆圩田，每爲潦漲所決，民歲歲興築，患糧絶，功輒不成 …… 二〇二
衮山道中 …………………… 二〇三
花山村舍 …………………… 二〇三
清明日狸渡道中 …………………… 二〇四
寒食客中有懷 …………………… 二〇五
南塘寒食書事 …………………… 二〇六
周德萬攜孥赴龍舒法曹，道過水陽相見，留别女弟 …………………… 二〇六
高淳道中 …………………… 二〇七
夜至寧庵，見壁間端禮昆仲倡和，明日將去，次其韻 …………………… 二〇七
行唐村平野，晴色妍甚 …………………… 二〇八
嶺上紅梅 …………………… 二〇九
浙東參政寄示會稽蓬萊閣詩軸，次韻寄題二首 …………………… 二一〇
外舅輓詞二首 …………………… 二一二
天平先隴道中，時將赴新安掾 …………………… 二一三
元夕泊舟雲川 …………………… 二一四
桐川郡圃梅極盛，皆圍抱高木，浙中無有 …………………… 二一五
牧馬山道中 …………………… 二一六
宿牧馬山勝果寺 …………………… 二一六
游寧國奉聖寺 …………………… 二一七
自寧國溪行至宣城，舟人云凡百八十灘 …………………… 二一七
次韻宣州西園二首 …………………… 二一八
晚步西園 …………………… 二一八
送端言 …………………… 二一九
早發竹下 …………………… 二一九
小澗 …………………… 二二〇

次韻子文探梅水西，春已深，猶未開。水西，謂歙溪，而黄君謨州學記云：瀕江地卑。蓋此水爲浙江之源，正可謂之江也 …………………… 二二一
後催租行 …………………… 二二二
次韻子文衝雨迓使者，道聞子規 …………………… 二二三
奉題胡宗偉推官攬秀堂 …………………… 二二四
次韻太守出郊 …………………… 二二五
曉出古巖呈宗偉、子文 …………………… 二二七
積雨蒸潤，體中不佳，頗思故居之樂，戲書呈子文 …………………… 二二八
簽廳夜歸用前韻呈子文 …………………… 二二九
趙聖集詩説少年俊遊，用前韻記其語戲之 …………………… 二三〇
次溫伯用林公正、劉慶充倡和韻 …………………… 二三一
次韻溫伯夜坐。今日忽得舍弟到杭消息，喜見於詞 …………………… 二三二
再次韻呈宗偉、溫伯 …………………… 二三四
次韻溫伯納涼 …………………… 二三五
雨涼二首呈宗偉 …………………… 二三五
明日復雨涼，再用韻二首 …………………… 二三六
次韻慶充避暑水西寺 …………………… 二三七
送滕子昭績溪罷歸 …………………… 二三八

石湖居士詩集卷六

次韻溫伯謀歸 …………………… 二四一
次韻溫伯雨涼感懷 …………………… 二四二
次韻子文雨後思歸 …………………… 二四三
次韻溫伯苦蚊 …………………… 二四四
慶充自黃山歸，索其道中詩，書一絶問之 …………………… 二四五
曉出古城山 …………………… 二四六
李深之西尉同年談吴興風物，再用古城韻 …………………… 二四七
七月五日夜雨快晴 …………………… 二四八

次韻宗偉、温伯……二四九
再韻答子文……二五一
道見蓼花……二五二
次韻温伯種蘭……二五三
次韻子文……二五四
次韻知郡安撫九日南樓宴集三首……二五五
晚集南樓……二五七
賞雪騎鯨軒，子文夜歸酒渴，侍兒薦茗飲蜜漿，明日以姹同游，戲爲書事，邀宗偉同作……二五九
從聖集乞黄巖魚鮓……二六一
從宗偉乞冬笋山藥……二六二
雪後守之家梅未開，呈宗偉……二六二
次韻温伯城上……二六四
知郡安撫，以立春日揭所書新安郡，榜南樓之上，曉雪紛集，邦人以爲善祥，遂開宴以落之。輒賦長句一篇，以附風謡之末……二六四
次韻知郡安撫元夕賞倅廳紅梅三首……二六六
新安絶少紅梅，惟倅廳特盛，通判朝議召幕僚賞之，坐皆有詩，亦賦古風一首……二六八
胡宗偉罷官改秩，舉將不及格，往謁金陵丹陽諸使者，遂朝行在，頗有倦游之歎，作詩送之……二六九
黄伯益官舍賞梅……二七三
次韻朱嚴州從李徽州乞牡丹三首……二七四
送琴客許揚歸永嘉……二七六
送李徽州赴湖北漕……二七七
送通守林彦强寺丞還朝……二七八
送温伯歸福唐納婦，且約復游霅川……二七九
次韻宗偉閲番樂……二八〇
題漫齋壁……二八一

四月十六日拄笏亭偶題……二八三
次韻即席……二八三
五月聞鶯二首……二八四
知郡檢詳齋醮禱雨，登時感通，輒賦古風，以附輿頌……二八五

石湖居士詩集卷七

送子文雜言……二八七
新館……二八九
臨溪寺……二九〇
盤龍驛……二九一
竹下……二九二
寒亭……二九二
清弋江……二九三
隱静山……二九四
新嶺……二九六
送通守趙積中朝議請祠歸天台……二九七
送詹道子教授奉祠養親……二九八
道子教授奉祠，諸生率余祖席如意院……三〇〇
淳安……三〇一
嚴州……三〇二
釣臺……三〇三
桐廬……三〇四
富陽……三〇四
餘杭……三〇五
於潛……三〇六
昌化……三〇七
百丈山……三〇七
昱嶺……三〇八
王千嶺……三〇九
刈麥……三〇九
插秧……三一〇
曬繭……三一〇
科桑……三一〇

龍學尚書新安侯羅公輓詞二首……三一一
龍學侍郎清河侯張公輓詞二首……三一五
新安侯夫人俞氏輓詞……三一八
次韻甄雲卿晚登浮丘亭……三一九
古風上知府秘書二首……三二〇
拄笏亭晚望……三二二
乳灘……三二二
浮丘亭……三二三
風月堂……三二五
寄贈泉石使李元直入覲……三二七
休寧……三二九
祁門……三三〇
靈山口……三三一
浮梁……三三二
番陽湖……三三三
回黄坦……三三四
桑嶺……三三四
天都峰……三三五
温泉……三三六

石湖居士詩集卷八

伏聞知府秘書欲取小杜桐廬詩語，以見花名堂。成大記東坡送鄭户曹詩云：「蕩蕩清河壖，黄樓我所開。遲君爲坐客，新詩出瓊瑰。樓成君已去，人事固多乖。」此段大類今日。成大行且受代，計梅開堂成，歸舟已下南浦，欲爲坐客不可得。懷不能已，請先爲公賦之……三三七
知府秘書遺帳下持新詩追路贈行，輒次韻寄上……三三九
寄上鄙句之明日，舟次梅口，南枝已有春意，復次知府秘書贈行高韻……三四〇

睎真閣留别方道士賓實……………………三四一
程助教遠餞求詩……………………………三四二
次伯安推官贈别韻…………………………三四三
次景琳録事贈别韻…………………………三四四
次黄必先主簿同年贈别韻二首……………三四五
次胡經仲知丞贈别韻………………………三四七
次諸葛伯山贍軍贈别韻……………………三四八
次韻樂先生除夜三絶………………………三五〇
次韻唐幼度客中。幼度相别數年，
復會於錢塘湖上……………………………三五二
客中呈幼度…………………………………三五三
奠唐少梁晉仲兄弟墓下……………………三五三
鎮東行送湯丞相帥紹興……………………三五四
水月庵謁現老不值…………………………三五七
次韻邊公辨…………………………………三五七
中秋無月復次韻……………………………三五九
公辨用前韻見贈，復次韻…………………三六〇
公辨再贈，復次韻…………………………三六一
送施元光赴江西幕府………………………三六二
次韻林子章阻淺留滯………………………三六三
次韻馬少伊木犀……………………………三六四
林夫人輓詞…………………………………三六六
李仲鎮懶窩…………………………………三六七
次韻陳季陵寺丞求歙石眉子硯……………三六八
次韻季陵貢院新晴…………………………三七一
次韻周子充正字館中緋碧兩桃花…………三七二
明日子充折贈，次韻謝之…………………三七三
明日大雨復折贈，再次韻…………………三七四
張恭甫正字折贈館中碧桃，因次子
充韻…………………………………………三七四
雨中報謁呈劉韶美侍郎……………………三七五
雨中集水月…………………………………三七七
送洪景盧内翰使虜二首……………………三七八
次韻嚴子文旅中見贈………………………三八〇

次韻子文客舍小樓……………… 三八〇
次韻劉韶美大風雨壞門屋………… 三八二
洪景盧内翰使還入境，以詩迓之…… 三八三
寄題向撫州采菊亭……………… 三八五
古風二首上湯丞相……………… 三八五
冷泉亭放水…………………… 三八七
九月十日南山見梅……………… 三八八
送汪聖錫侍郎帥福唐…………… 三八九
送王純白郎中赴閩漕…………… 三九〇
長至日與同舍遊北山…………… 三九一

石湖居士詩集卷九

次韻尹少稷察院九宫壇齋宿……… 三九三
冬祠太乙六言四首……………… 三九五
次韻李子永雪中長句…………… 三九六
次韻子永見贈建除體…………… 三九八
與胡經仲、陳朋元遊照山堂，梅數
百株盛開…………………… 四〇〇
次韻胡邦衡秘監……………… 四〇一
三月四日驟煖………………… 四〇二
久雨地濕……………………… 四〇二
晝錦行送陳福公判信州………… 四〇三
送張真甫中書奉祠歸蜀………… 四〇五
送周子充左史奉祠歸廬陵……… 四〇六
送陳天予大監同年使閩………… 四〇八
送陸務觀編修監鎮江郡歸會稽待
闕…………………………… 四〇九
送李仲鎮宰溧陽……………… 四一一
送吴元茂丞浦江……………… 四一二
雪晴呈子永…………………… 四一三
次韻子永雪後見贈…………… 四一三
次韻郊祀慶成………………… 四一四
從巨濟乞蠟梅………………… 四一七
次韻朋元賣花處見梅………… 四一八
與正夫、朋元遊陳侍御園……… 四一八

正月十四日雨中與正夫、朋元小集夜歸　四二〇
次韻子永夜雨　四二〇
次韻朋元遊王氏園　四二一
遊靈石山寺　四二二
次韻李器之編修靈石山萬歲藤歌　四二三
次韻正夫遊王園，會者六人　四二五
四月五日集陳園照山堂　四二七
題寶林寺可賦軒　四二七
次韻朋元久雨　四二八
韓無咎檢詳出示所賦陳季陵户部巫山圖詩，仰窺高作，歎息彌襟。余嘗考宋玉談朝雲事，漫稱先王時，本無據依，及襄王夢之，命玉爲賦，但云：「頩顔怒以自持，曾不可乎犯干。」後世弗察，一切溷以媟語，曹子建賦宓妃，亦感此而作，此嘲誰當解者？輒用此意，次韻和呈，以資撫掌　四二九
次韻樂先生吴中見寄八首　四三二
胡長民監元輓詞　四三五
次韻朋元、正夫夜飲　四三六
次韻趙正之同年客中　四三七
次韻陳季鄰户部且過庵　四三八
朋元不赴湖上觀雪之集，明日余召試玉堂，見寄一絶，次其韻　四三九

石湖居士詩集卷十

翰林學士何公溥輓詞　四四一
送洪内翰使虜二首　四四三
次韻趙德莊吏部休沐　四四五
次韻王夷仲正字同遊成氏園　四四六
王季海秘監再賦成園復次韻　四四八
春晚偶題　四四九
倪文舉奉常將歸東林，出示綺川西

溪二賦，輒賦長句爲謝，且以贈
行……………………………………四四九
送吴智叔檢詳直中秘使閩………四五二
楊君居士輓詞…………………四五三
送周畏知司直歸上饒待次………四五四
次韻魏端仁感懷俳諧體…………四五五
次韻李子永梅村散策圖…………四五六
太師陳文恭公輓詞……………四五七
送陳朋元赴溧陽………………四六一
次韻韓無咎右司上巳泛湖………四六二
太保節使趙公輓詞……………四六二
太宜人程氏輓詞………………四六四
與王夷仲檢討祀社……………四六五
王園官舍睡起…………………四六七
古風酬胡元之…………………四六七
題徑山凌霄庵…………………四六八
徑山傾蓋亭……………………四七〇
題徑山寺樓……………………四七〇
丙戌閏七月九日，與王必大登姑蘇
臺，招王浚明、陳淵叔、耿時舉避
暑，次時舉韻…………………四七一
明日夜雨陡涼，復次前韻呈時舉…四七三
七月二日上沙夜泛……………四七四
浴罷……………………………四七五
寄溧陽陳朋元明府，約秋末過之…四七五
次韻耿時舉苦熱………………四七六
次韻王浚明用時舉苦熱韻見贈……四七七
李次山自畫兩圖，其一泛舟湖山之
下，小女奴坐船頭吹笛；其一跨
驢渡小橋，入深谷。各題一絶…四七七
太傅楊和王輓歌詞二首…………四七九
少卿直閣鄭公輓歌詞…………四八一
高景庵讀舊題有感……………四八四
華山道中………………………四八五

送嚴子文通判建康……四八五
次韻王浚明詠新居木犀……四八六
提刑察院王丈輓詞……四八七
送闕壽卿校書出守簡州……四九〇
頃自吏部郎去國時，獨同舍趙友益追路送詩，數月友益得儀真，過吳江，次元韻招之……四九二
長沙王墓在閶門外……四九三
次韻孫長文泊姑蘇館……四九四
長文再作，復次韻……四九四
次韻耿時舉、王直之夜坐……四九五
次韻徐子禮提舉鶯花亭 并序……四九五

石湖居士詩集卷十一

己丑五月被召至行在，遇周畏知司直，和五年前送周歸弋陽韻見贈，復次韻答之……五〇一
次韻馬少伊、郁舜舉寄示同游石湖詩卷七首……五〇二
玉堂寓直……五〇四
己丑中秋寓宿玉堂，聞沈公雅大卿、劉正夫户部集張園賞月，走筆寄之……五〇五
八月二十二日寓直玉堂，雨後頓涼……五〇七
次韻答吳江周縣尉飲垂虹見寄……五〇八
次韻徐廷獻機宜送自釀石室酒三首……五〇九
玉堂寓直，曉起書事，記直舍老兵語……五一〇
與長文、正夫游北山……五一一
致政承奉盧君輓詞二首……五一二
寓直玉堂拜賜御酒……五一四
送汪仲嘉侍郎使虜，分韻得待字……五一五
李翬知縣作亭西湖上，余用東坡語名之曰飲綠，遂爲勝概……五一六

草蟲扇 …… 五一七
送汪仲嘉待制奉祠歸四明，分韻得論字 …… 五一八
魯如晦郎中輓詞二首 …… 五一九
初約鄰人至石湖 …… 五二〇
社日獨坐 …… 五二一
與周子充侍郎同宿石湖 …… 五二一
和周子充侍郎見寄樂府戲贈之作 …… 五二二
壬辰三月十八日石湖花下作 …… 五二三
刈麥行 …… 五二四
壬辰天申節，赴平江錫燕，因懷去年以侍臣攝事，捧御杯殿上，賦二小詩 …… 五二五
壬辰七月十六日侵晨真率會，石湖路中書事 …… 五二六
次韻施進之惠紫芝朮 …… 五二七
題醉道士圖 …… 五二八
五雜俎四首 并序 …… 五二九
兩頭纖纖二首 …… 五三〇
再賦五雜組四首 …… 五三一
夜坐聽雨 …… 五三二
寒夜獨步中庭 …… 五三三
會散夜步 …… 五三三
孟嶠之家姬乞題扇二首 …… 五三四
周畏知司直得湖南帥屬，過吴門，復用己丑年倡和韻贈别 …… 五三五
偶書 …… 五三七
雙燕 …… 五三七
戲題牡丹 …… 五三八
春日三首 …… 五三八
高樓曲 …… 五三九
湘江怨 …… 五三九
採蓮三首 …… 五四〇
弔陳叔寶詞 …… 五四一

石湖居士詩集卷十二

渡淮……五四三
汴河……五四四
虞姬墓……五四四
宿州……五四六
雷萬春墓……五四六
雙廟……五四七
睢水……五四八
伊尹墓……五四九
留侯廟……五四九
西瓜園……五五〇
宜春苑……五五一
京城……五五一
護龍河……五五二
福勝閣……五五三
相國寺……五五三
州橋……五五五
宣德樓……五五五
市街……五五六
金水河……五五七
壺春堂……五五八
漸水……五五九
李固渡……五六〇
天成橋……五六〇
舊滑州……五六一
扁鵲墓……五六二
羑里城……五六二
文王廟……五六三
相州……五六四
秦樓……五六四
翠樓……五六五
講武城……五六六
七十二塚……五六六
趙故城……五六七

邯鄲道……五六七
藺相如墓……五六八
邯鄲驛……五六九
叢臺……五六九
臨洺鎮……五七〇
邢臺驛……五七一
柳公亭……五七一
内丘梨園……五七二
大寧河……五七二
柏鄉……五七三
唐山……五七四
光武廟……五七五
趙州石橋……五七七
柏林院……五七七
欒城……五七八
呼沱河……五七八
真定舞……五七九
東坡祠堂……五八一
松醪……五八二
望都……五八二
安肅軍……五八三
出塞路……五八三
白溝……五八四
太行……五八四
固城……五八五
范陽驛……五八六
定興……五八六
清遠店……五八七
琉璃河……五八七
灰洞……五八八
良鄉……五八八
盧溝……五八九
燕賓館……五九〇
橙綱……五九一

蹋鴟巾……五九一
耶律侍郎……五九二
龍津橋……五九三
燕宮……五九三
會同館……五九四

石湖居士詩集卷十三

與吴興薛士隆使君遊弁山石林先生故居……六〇一
自石林回過小玲瓏，巖竇益奇，昔爲富人吴氏所有，今一子尚幼，山檢校於官……六〇四
濯纓亭在吴興南門外……六〇六
乾道己丑守括，被召再過釣臺，自和十年前小詩，刻之柱間。後五年自西掖帥桂林，癸巳元日，雪晴復過之，再用舊韻三絶……六〇七
玉山道中……六〇八
桃花壇下望龜峰……六〇九
清音堂與趙德莊太常小飲，在餘干琵琶洲傍，洲以形似得名……六一〇
過鄱陽湖次游子明韻……六一一
豫章南浦亭泊舟二首……六一二
清江道中橘園甚夥……六一三
清江臺在臨江郡圃西岡上，張安國題榜……六一三
自冬徂春，道中多雨，至臨江、宜春之間特甚，遂作苦語……六一五
玉虛觀去宜春二十五里。許君上升時，飛白茅數莖，以賜王長史，王以宅爲觀。觀旁至今有仙茅，極異常草，備五味，尤辛辣，云久食可仙，道士煮湯以設客……六一六
入分宜……六一七
方竹杖……六一八

游仰山謁小釋迦塔，訪孚惠二王遺蹟，贈長老混融……六一八
大雨宿仰山，翌旦驟霽，混融云：「無乃開仰山之雲乎？」出山道中，作此寄混融……六二〇
初入湖南醴陵界……六二二
醴陵驛……六二三
湘潭道中詠芳草……六二四
初見山花……六二四
櫧洲道中……六二五
浮湘行……六二五
湘江洲尾快風挂帆……六二七
泊湘江魚口灘……六二八
謁南嶽……六二九
兩蟲……六三三
衡陽道中二絶……六三四
衡州石鼓書院……六三五
合江亭 并序……六三六
沈家店道傍棣棠花……六三七
邵陽口路麤惡，積雨餘濘難行……六三八
馬鞍驛飯罷縱步……六三九
黄羆嶺……六三九
衡永之間，山路艱澀，薄晚吏卒鬨云：「漸近祁陽，路已平夷。」皆有津津之色……六四一
書浯溪中興碑後 并序……六四二
愚溪在零陵城對岸，渡江即至。溪甚狹，一石澗耳，蓋衆山之水，流出湘中……六四五
宿清湘城外田家……六四六
宿深溪驛，去廣右界只一程……六四七

石湖居士詩集卷十四

晚春二首……六四九
紅荳蔻花……六五〇

偶題……………………………………六五一
次韻郭季勇機宜雪觀席上留别……六五一
次韻許季韶通判雪觀席上…………六五二
送周直夫教授歸永嘉………………六五三
贈趙廉州……………………………六五四
去年過弋陽訪趙恂道通判，話西湖
舊遊，因題小詩，近忽刻石，寄來
謾録…………………………………六五五
送唐彦博宰安豐，兼寄呈淮西帥趙
渭師郎中……………………………六五六
燕堂後盧橘一株，冬前先開極香…六五八
乾道癸巳臘後二日，桂林大雪尺
餘，郡人云前此未省見也。郭季
勇機宜賦古風爲賀，次其韻………六五九
次韻陳仲思經屬西峰觀雪…………六六一
喜雪示桂人…………………………六六二
寄題商華叔心遠堂，用卷中韻……六六三
送郭季勇同年歸衡山………………六六四
甲午歲朝寓桂林，記去年是日泊桐
江，謁嚴子陵祠，迤邐度嶺，感懷
賦詩…………………………………六六六
癸水亭落成，示坐客長老之記曰：
癸水繞東城，永不見刀兵。余作
亭於水上，其詳具記中……………六六七
緩帶軒獨坐…………………………六六八
食罷書字……………………………六六九
次韻平江韓子師侍郎見寄三首……六七〇
宜齋雨中……………………………六七四
次韻許季韶通判水鄉席上…………六七五
水鄉酌别但能之主管，能之將過石
康…………………………………六七六
六月十五日夜汎西湖，風月温麗…六七七
燕堂書事……………………………六七八
酒邊二絶……………………………六七九

枕上作……六八一
思歸再用枕上韻……六八二
李正之提點行至郴，用予忙字韻寄，和答……六八三
曉出北郊……六八四
甘雨應祈三絶……六八五
與鄭少融、趙養民二使者訪古訾家洲，歸憩松關。二君欲助力興廢，戲書此付長老善良，以當疏頭……六八六
淳熙甲午桂林鹿鳴燕，輒賦小詩，少見勸駕之意……六八七
逍遥樓席上贈張邦達教授，張癸未省闈門生也。同年進士俱會樓上者七人……六八九
畫工李友直爲余作冰天、桂海二圖，冰天畫使北虜渡黄河時，桂海畫游佛子巖道中也。戲題……六九一
耳鳴戲題……六九二
復作耳鳴二首……六九三
碧虛席上得趙養民運使寄詩，約今晚可歸，次韻迓之……六九五
寒夜……六九六
甲午除夜，猶在桂林，念致一弟使虜，今夕當宿燕山會同館，兄弟南北萬里，感悵成詩……六九六
乙未元日用前韻書懷，今年五十矣……六九七
再用前韻……六九九
與同僚遊棲霞，洞極深遠，中有數路，相傳有通九疑者。燭將盡乃還，飲碧虛上，陳仲思用二華君韻賦詩，即席和之……七〇〇
施元光在崑山，病中遠寄長句，次韻答之……七〇一

次韻趙養民碧虚坐上……七〇二
贛州明府楊同年輓歌詞二首……七〇二

石湖居士詩集卷十五

初發桂林，有出嶺之喜，但病餘便覺登頓，至靈川疲甚，自歎羸軀乃無一可，偶陸融州有使來，書此寄之……七〇五
甘棠驛……七〇七
靈泉……七〇七
嚴關……七〇八
施進之追路出嚴關，且寫予真，戲題其上……七〇九
興安乳洞有上中下三巖，妙絶南州，率同僚餞别者二十一人遊之……七一〇
鏵嘴……七一二
大通界首驛……七一四
陳仲思、陳席珍、李静翁、周直夫、鄭夢授追路過大通，相送至羅江分袂，留詩爲别……七一五
懷桂林所思亭……七一六
羅江……七一七
初入湖湘懷南州諸官……七一八
清湘縣郊外雜花盛開，有懷石湖……七一九
珠塘……七二〇
題湘山大施堂……七二一
清湘驛送祝賀州南歸……七二二
清湘驛送王柳州南歸二絶……七二三
七里店口占……七二四
全守支耀卿飲餞七里，倅楊仲宣復攜具至深溪酌别，且乞余書，走筆作此，兼寄耀卿……七二五
深溪鋪中二絶，追路寄呈元將、仲顯二使君……七二六
戲題愚溪……七二六

初泛瀟湘 …… 七二七
湘口夜泊，南去零陵十里矣。營水來自營道，過零陵下，湘水自桂林之海陽至此，與營會合爲一江 …… 七二八
南臺瑞應閣，用壁間張安國韻 …… 七二九
湘潭 …… 七三〇
泊長沙楚秀亭 …… 七三〇
題嶽麓道鄉臺 …… 七三一
寄題潭帥王樞使佚老堂 …… 七三三
湘陰橋口市别游子明 …… 七三五
竈渚 …… 七三六
大波林 …… 七三六
連日風作，洞庭不可渡，出赤沙湖 …… 七三七
寄題贛江亭 …… 七三九
浯溪道中 …… 七四〇
夜泊灣舟大風雨，未至衡州一百二十里 …… 七四一
泊衡州 …… 七四二
步入衡山 …… 七四二
重遊南嶽 …… 七四三
四明人董嶧久居嶽市，乞詩 …… 七四五
三月十五日華容湖尾看月出 …… 七四六
釣池口阻風，迷失港道 …… 七四七
鼎河口枕上作 …… 七四八
安鄉縣西晚泊 …… 七四九
澧陽江 …… 七四九
澧浦 …… 七五〇
澧江漁舍 …… 七五〇
孫黄渡 …… 七五一
潺陵 …… 七五二
將至公安 …… 七五三
公安渡江 …… 七五四
荆渚堤上 …… 七五四
渚宫野步題芳草 …… 七五五

發荆州……七五六
虎牙灘……七五八
峽州至喜亭……七五九
初入峽山效孟東野……七六二
土門……七六三
桃花鋪……七六四
覆盆鋪……七六五
小望州……七六六
大望州……七六七
一百八盤……七六七
火墨坡下嶺……七六八
八場平聞猿……七六九
鑽天三里……七六九
蛇倒退……七七〇
大丫隘……七七一

石湖居士詩集卷十六

麻線堆……七七三
戲書麻線堆下……七七六
胡孫愁……七七六
判命坡……七七七
千石嶺……七七七
九盤坡布水……七七九
荒口……七七九
四十八盤……七八〇
紫荷車……七八〇
錦帶花……七八一
入秭歸界……七八二
早發周平驛，過清烈祠下……七八三
白狗峽……七八四
秭歸縣……七八五
歸州竹枝歌二首……七八六
昭君臺……七八七
人鮓甕……七八九
巴東峽口……七九〇

初入巫峽……七九一
將至巫山遇雨……七九二
巫山高 并序……七九四
刺濆淖 并序……七九六
嘲峽石 并序……七九八
勞畬耕 并序……八〇一
巫山縣……八〇四
自巫山遵陸以避黑石諸灘，大雨不可行，泊驛中一日，吏士自秭歸陸行者亦會……八〇五
燕子坡……八〇七
鬼門關……八〇七
離巫山好晴，午後入瞿唐關，憩高齋半日……八〇八
灩澦堆……八〇九
夔州竹枝歌九首……八一〇
雲安縣……八一四
萬州……八一五
横溪驛感懷……八一七
午夜登嶓山……八一八
峽石鋪……八一九
嶓龍嶺……八二〇
嶓龍瀑布自山頂漫汗淋漓，分數道而下，望之宛從天降，當爲城中布水第一……八二一
峰門嶺遇雨，泊梁山……八二二
⿰忄卩邡驛大雨……八二三
墊江縣……八二三
巾子山又雨……八二四
鄰山縣……八二五
没冰鋪晚晴月出，曉復大雨，上漏下濕，不堪其憂……八二五
金山嶺……八二六
明日至鄰水又雨……八二六

殘夜至峰頂上……八二七
望鄉臺……八二八
蚤晴發廣安軍，晚宿萍池村莊……八二九
巴蜀人好食生蒜，臭不可近。頃在嶠南，其人好食檳榔合蠣灰。扶留藤，一名蔞藤，食之輒昏然，已而醒快。三物合和，唾如膿血可厭。今來蜀道，又爲食蒜者所薰，戲題……八三〇
嘉陵江過合州漢初縣下……八三一
新晴行郪水上，與涪江相近……八三二
小溪縣……八三二
茸山道中感懷……八三三
曉發飛烏，晨霞滿天，少頃大雨。吴諺云：「朝霞不出門，暮霞行千里。」驗之信然，戲紀其事……八三三
遂寧府始見平川，喜成短歌……八三七

石湖居士詩集卷十七

九月十九日衙散回，留大將及幕屬，飲清心堂觀晚菊，分韻得謀暮字……八三九
冬至日銅壺閣落成……八四一
十二月十八日海雲賞山茶……八四三
雨後東郭排岸司申梅開方及三分，戲書小絶，令一面開燕……八四五
鞭春微雨……八四六
緑萼梅……八四七
玉茗花……八四七
張正字母夫人朱氏輓詞……八四九
十二月二十四日西樓觀雪……八五一
丙申元日安福寺禮塔……八五二
初三日出東郊碑樓院……八五四
郊外閲驍騎剪柳……八五五
初四日東郊觀麥苗……八五五

櫻桃花……八五六
再出東郊……八五七
三月二日北門馬上……八五八
上巳前一日學射山、萬歲池故事……八五八
上巳日萬歲池上呈程詠之提刑……八五九
新作錦亭，程詠之提刑賦詩，次其韻二首……八六〇
錦亭然燭觀海棠……八六二
寶相花……八六三
三月二十三日海雲摸石……八六三
四月十日出郊……八六四
納涼……八六五
西樓獨上……八六六
曉詣三井觀……八六六
曉起……八六八
舫齋晚憩……八六八
秋雨快晴，静勝堂席上……八六九
新涼夜坐……八七〇
秋老，四境雨已沛然，晚坐籌邊樓，方議祈晴，樓下忽有東界農民數十人，訴山田却要雨，須長吏致禱，感之作詩……八七一
西樓夜坐……八七三
立秋月夜……八七四
前堂觀月……八七五
有懷石湖舊隱……八七六
太平瑞聖花……八七七
無題……八七八
晁子西寄詩謝酒，自言其家數有逝者，詞意悲甚，次韻解之，且以建茶同往……八七九
早衰不寐……八八一
晚步宣華舊苑……八八一
西樓秋晚……八八三

明日分弓亭按閱，再用西樓韻 …… 八八四
丁酉重九藥市呈坐客 …… 八八六
會慶節大慈寺茶酒 …… 八八七
冬至日天慶觀朝拜，雲日晴麗，遥想郊禋慶成，作驩喜口號 …… 八八九
十一月十日海雲賞山茶 …… 八九〇
海雲回，按驍騎於城北原，時有吐番出没大渡河上 …… 八九〇
合江亭隔江望瑶林莊梅盛開，過江訪之，馬上哦此 …… 八九二
新作官梅莊，移植大梅數十本繞之 …… 八九三
丁酉正月二日東郊故事 …… 八九四
二月二十七日病後始能扶頭 …… 八九五
病中聞西園新花已茂，及竹逕皆成，而海棠亦未過 …… 八九六
枕上 …… 八九七
初履地 …… 八九七
密室僊坐 …… 八九八
春晚初出西樓 …… 八九九
春晚卧病，故事都廢，聞西門種柳已成，而燕宫海棠亦爛漫矣 …… 九〇〇
病起初見賓僚，時上疏匄祠未報 …… 九〇一
陸務觀云：春初多雨，近方晴，碧鷄坊海棠全未及去年 …… 九〇二
清明日試新火作牡丹會 …… 九〇三
三月十九日夜極冷 …… 九〇四
垂絲海棠 …… 九〇五
浣花戲題争標者 …… 九〇五
鹿鳴宴 …… 九〇六
陸務觀作春愁曲悲甚，作詩反之 …… 九〇七
種竹了題愛山亭 …… 九〇八
題錦亭 …… 九〇九

石湖居士詩集卷十八

初發太城留别田父 …… 九一一

入崇寧界……九一三
懷古亭……九一五
離堆行……九一五
崇德廟……九一七
戲題索橋……九一九
青城山會慶建福宮……九二〇
再題青城山……九二二
玉華樓夜醮……九二三
上清宫……九二五
最高峰望雪山……九二七
范氏莊園……九二七
青城縣何子方使君同年園池……九二九
何同年書院……九二九
江源縣張季長正字家善頌堂……九三〇
蜀州西湖……九三二
新津道中……九三三
次韻陸務觀編修新津遇雨，不得登修覺山，徑過眉州三絶……九三四
中巖……九三六
慈姥巖與送客酌別，風雨大至，涼甚。諸賢用中巖韻各賦餞行詩，紛然擘牋。清飲終日，雖無絲竹管絃，而情味有餘……九三七
次韻陸務觀慈姥巖酌別二絶……九三八
次韻代答劉文潛司業二絶……九三九
玻璃江一首戲效陸務觀作……九四一
余與陸務觀自聖政所分袂，每別輒五年，離合又常以六月，似有數者。中巖送別，至揮淚失聲，留此爲贈……九四二
萬景樓……九四四
凌雲九頂……九四六
戲題方響洞……九四七
問月堂酌別……九四八

別後寄題漢嘉月榭 …… 九四九
過燕渡望大峨，有白氣如層樓，拔起叢雲中 …… 九五〇
蘇稽鎮客舍 …… 九五一
峨眉縣 …… 九五一
初入大峨 …… 九五二
華巖寺 …… 九五三
中峰 …… 九五四
雙溪 …… 九五五
寶現溪 …… 九五六
點心山 …… 九五八
大扶舁 …… 九五九
小扶舁 …… 九五九
胡孫梯 …… 九六〇
雷洞平 …… 九六〇
八十四盤 …… 九六一
娑羅平 …… 九六二
思佛亭曉望 …… 九六三
光相寺 …… 九六三
七寶巖 …… 九六四
淳熙四年六月二十七日，登大峨之巔，一名勝峰山，佛書以爲普賢大士所居。連日光相大現，賦詩紀實，屬印老刻之，以爲山中一重公案 …… 九六五
請佛閣晚望，雪山數十峰如爛銀，晃耀暑光中 …… 九七〇
净光軒 …… 九七〇
虎溪 …… 九七一
白雲峽 …… 九七一
孫真人庵 …… 九七二
龍門峽 …… 九七三
既離成都，故人送者遠至漢嘉分袂，其尤遠而相及於峨眉之上者

六人：范季申、郭中行、楊商卿、嗣勳、李良仲、譚德稱，口占此詩留別 …………………… 九七四
聞威州諸羌退聽，邊事已寧，少城籌邊樓闌檻修葺亦畢工，作詩寄權制帥高子長 …………………… 九七六

石湖居士詩集卷十九

犍爲江樓 …………………… 九七九
宣化道中 …………………… 九八〇
將至叙州 …………………… 九八一
七夕至叙州登鎖江亭，山谷謫居時屢登此亭，有詩四篇，敬用其韻 …………………… 九八二
江安道中 …………………… 九八三
瀘州南定樓 …………………… 九八五
題譚德稱扇 …………………… 九八六
題楊商卿扇 …………………… 九八七
題楊子容扇 …………………… 九八七
譚德稱、楊商卿父子送余，自成都合江亭相從，至瀘南合江縣始分袂，水行踰千里，作詩以别 …………………… 九八八
發合江數里，寄楊商卿諸公 …………………… 九八九
過江津縣睡熟，不暇梢船 …………………… 九八九
恭州夜泊 …………………… 九九〇
大熱泊樂温，有懷商卿、德稱 …………………… 九九二
涪州江險不可泊，入黔江檥舟 …………………… 九九三
妃子園 …………………… 九九四
豐都觀 …………………… 九九五
萬州西山湖亭秋荷尚盛 …………………… 九九八
下巖 …………………… 九九九
魚復浦泊舟，望月出赤甲山，山形斷缺如鼉龍坐而張頣，月自缺中騰上山頂 …………………… 一〇〇〇
夔門即事 …………………… 一〇〇一
瞿唐行 …………………… 一〇〇二

夜泊歸州 …… 一〇〇三
秭歸郡圃絶句二首 …… 一〇〇五
宋玉宅 …… 一〇〇六
後巫山高一首 …… 一〇〇七
黄牛峽 …… 一〇〇九
假十二峰 …… 一〇一〇
扇子峽 …… 一〇一一
荆渚中流，回望巫山，無復一點，戲成短歌 …… 一〇一二
魯家洑入沌 …… 一〇一三
鄂州南樓 …… 一〇一四
題黄州臨皋亭 …… 一〇一六
江州庾樓夜宴 …… 一〇一八
東林寺 …… 一〇二〇
過虎溪，對東林，蒼巖翠樾，下浸大澗，宛似靈隱冷泉。囑長老法才作亭，名曰過溪，且爲率山丁薙草定基，一朝而畢 …… 一〇二二
病倦不能過谷簾、三峽，寄題 …… 一〇二三
湖口望大孤 …… 一〇二四
澎浪磯阻風 …… 一〇二五
馬當洑阻風，居人云：非五日或七日風不止，謂之重陽信 …… 一〇二六
放舟風復不順，再泊馬當，對岸夾中馬當水府，即小説所載神助王勃一席清風處也。戲題兩絶 …… 一〇二八
守風嘲舟子 …… 一〇二九
佛池口大風復泊 …… 一〇二九
長風沙 …… 一〇三〇
九月八日泊池口 …… 一〇三一
池州九日，用杜牧之齊山韻 …… 一〇三二
離池陽十里清溪口，復阻風 …… 一〇三三
梅根夾 …… 一〇三四

宿長蘆寺方丈……一〇三四
將至吴中，親舊多來相迓，感懷有作……一〇三五

石湖居士詩集卷二十

淳熙五年四月二日，直宿玉堂，懷舊二絶句……一〇三七
初歸石湖……一〇三八
寄蜀州楊道人……一〇四〇
送同年萬元亨知階州……一〇四〇
次韻蜀客西歸者來過石湖，并寄成都舊僚……一〇四二
十一月大霧中自胥口渡太湖……一〇四三
靈祐觀……一〇四四
林屋洞……一〇四五
包山寺……一〇四七
毛公壇福地……一〇四九
上方寺……一〇五〇
銷夏灣……一〇五一
橘園……一〇五二
華山寺……一〇五三
縹緲峰……一〇五六
鎮下放船過東山二首……一〇五六
翠峰寺……一〇五七
社山放船……一〇五八
東山渡湖……一〇五九
與游子明同過石湖……一〇六〇
次韻同年楊廷秀使君寄題石湖……一〇六一
自閶門騎馬入越城……一〇六二
姚夫人輓歌詞……一〇六三
北山草堂千巖觀新成，徐叔智運使吟古風相賀，次韻謝之……一〇六四
贈舉書記歸雲丘……一〇六六
題査山林氏庵……一〇六七
木瀆道中風雨震雷大作……一〇六八

光福塘上……………………………………一〇六九
與至先兄遊諸園看牡丹，三日行
徧……………………………………一〇七〇
次韻同年楊使君回自毗陵，同泛
石湖，舟中見贈……………………一〇七一
頃乾道辛卯歲三月望夜，與周子
充内翰泛舟石湖松江之間，夜
艾歸宿農圃，距今淳熙己亥九
年矣。余先得歸田，復以是夕
泛湖，有懷昔遊，賦詩紀事……一〇七三
嬾牀午坐……………………………一〇七五
秋前三日大雨………………………一〇七六
秋前風雨頓涼………………………一〇七六
立秋後二日泛舟越來溪三絶……一〇七七
采菱户………………………………一〇七七
曉起聞雨……………………………一〇七八
説虎軒夜坐…………………………一〇七九
偶書…………………………………一〇七九
睡覺…………………………………一〇八〇
閶門行送胡子遠著作守漢川……一〇八一
嘲蚊四十韻…………………………一〇八三
閶門戲調行客………………………一〇八六
九月二十八日湖上檢校籬落……一〇八七
晚步吴故城下………………………一〇八七
上沙田舍……………………………一〇八八
與現、壽二長老遊壽泉，因話去
年林屋之遊，題贈………………一〇八九
渡太湖………………………………一〇九〇
再渡胥口……………………………一〇九〇
跨馬過練墟喜晴……………………一〇九一
晚歸石湖……………………………一〇九一
北山堂開爐夜坐……………………一〇九二
入城…………………………………一〇九三
次韻蚤蚊……………………………一〇九四

冬至晚起，枕上有懷晉陵楊使君……一〇九五
寒雨……一〇九六
戲贈脚婆……一〇九六
除夜前二日夜雨……一〇九七
次韻章秀才北城新圃……一〇九八
夢中作……一〇九九
北城梅爲雪所厄……一一〇〇
雪後六言二首……一一〇〇
元夕大風雨二絶……一一〇一
春懷……一一〇一
自橫塘橋過黄山……一一〇二
次韻謝李叔玠追路送笋……一一〇二

石湖居士詩集卷二十一

秀州門外泊舟……一一〇五
臨平道中……一一〇六
夜過越上不得遊覽……一一〇七
道中古意二絶……一一〇八
觀禊帖有感三絶……一一〇九
浙東舟中……一一一〇
初赴明州……一一一一
寄虎丘範長老……一一一二
次韻汪仲嘉尚書喜雨……一一一三
曉起……一一一四
大風……一一一四
大黄花……一一一四
進修堂前荷池……一一一五
州宅堂前荷花……一一一五
新荔枝四絶……一一一六
甬東道院午坐……一一一八
東門外觀刈熟，民間租米船相銜入門，喜作二絶……一一一九
探木犀……一一二〇
九月五日晴煖步後園……一一二一
九日憶菊坡……一一二一

重陽九經堂作…………一一二二
真瑞堂前丹桂…………一一二三
題羔羊齋外木芙蓉…………一一二四
進思堂夜坐懷故山…………一一二四
楊少監寄西征近詩來，因賦二絶爲謝。詩卷第一首乃石湖作別時倡和也…………一一二五
羔羊齋小池兩涘，木芙蓉盛開，有懷故園…………一一二七
鹿鳴席上贈貢士…………一一二八
大廳後堂南窗負暄…………一一三〇
晚步北園…………一一三一
謝賜臘藥感遇之什…………一一三二
立春後一日作…………一一三三
春前十日作…………一一三四
三江亭觀雪…………一一三五
懷歸寄題小艇…………一一三六
雪後雨作…………一一三八
再雪…………一一三八
立春日陪魏丞相登三江亭…………一一三九
寄題鹿伯可見一堂…………一一四一
將赴建康出城…………一一四四
寺莊…………一一四四
育王方丈…………一一四五
鰻井…………一一四六
妙喜泉…………一一四七
明月堂…………一一四七
自育王過天童，松林三十里…………一一四八
香山…………一一四八
育王望海亭…………一一四九
天童三閣…………一一四九

石湖居士詩集卷二十二

送江朝宗歸括蒼…………一一五一
鍾山閣上望雨…………一一五三

除夜……………………………………一一五三
元日……………………………………一一五四
體中不佳偶書…………………………一一五五
坐嘯齋書懷……………………………一一五六
寶公祈雨感應，用陳中公韻賦詩
爲謝……………………………………一一五七
送徐叔智運使奉祠歸吴中……………一一五九
送舉老歸廬山…………………………一一六〇
題現老真………………………………一一六一
致一齋述事……………………………一一六一
次韻楊同年秘監見寄二首……………一一六二
曉起信筆………………………………一一六四
送曾原伯運使歸會稽，用送徐叔
智韻……………………………………一一六四
王南卿母挽詞…………………………一一六六
次韻鄭校書參議留别…………………一一六七
重九賞心亭登高………………………一一六八
寄題王仲顯讀書樓……………………一一六九
菊樓……………………………………一一七一
北門覆舟山道中………………………一一七一
送郭明復寺丞守蜀州…………………一一七二
元日謁鍾山寶公塔……………………一一七四
元日馬上二絶…………………………一一七四
春晚……………………………………一一七五
北窗偶書，呈王仲顯、南卿二友……一一七六
中秋清暉閣静坐，因思前二年石
湖、四明賞月…………………………一一七六
玉麟堂會諸司觀牡丹、酴醾三絶……一一七七
重九獨坐玉麟堂………………………一一七八
次韻舉老見嘲未歸石湖………………一一七八
次韻曾仲躬侍郎同登伏龜二絶………一一七九
題李雲叟畫軸，兼寄江安楊簡卿
明府二絶………………………………一一八一
晨出蔣山道中…………………………一一八二

有感今昔二首……一一八三
種竹歎。向在成都，種竹滿西園，偶苦寒疾。朅來金陵，復種繞池，未幾以眩臥閤。家人子遂謂不當種竹，其説甚可怪歎，口占此詩……一一八五
公退書懷……一一八六

石湖居士詩集卷二十三

初秋二首……一一八七
蝙蝠……一一八七
蛩……一一八八
四花……一一八八
謝範老問病……一一八九
二偈呈似壽老……一一九〇
諸惺庵枕上……一一九二
癸卯除夜聊復爾齋偶題……一一九二
甲辰人日病中，吟六言六首以自嘲……一一九四
正月九日雪霰後大雨二首……一一九六
正月十日夜大雷震二首……一一九六
吴燈兩品最高……一一九七
燈夕懷廣蜀舊事……一一九八
上元紀吴中節物俳諧體三十二韻……一一九八
雪寒探梅……一二〇二
曉枕三首……一二〇三
不寐……一二〇四
戲書二首……一二〇四
耳鳴……一二〇五
案上梅花二首……一二〇六
古梅二首……一二〇七
至昌爲具賞東軒千葉梅，然梅尚未開……一二〇八
喜周妹自四明到……一二〇九

占星者謂命宫月孛，獨行無害，但
去年復照作災，今年正月一日
已出，而歲星作福，戲書二絶…… 一二〇九
題藥方…… 一二一〇
園丁折花七品各賦一絶…… 一二一一
單葉御衣黄…… 一二一一
水精毬，輕盈嫵媚，不耐風日…… 一二一一
壽安紅，深色粉紅，多葉易種，
且耐久…… 一二一二
疊羅紅，開遲旬日，始放盡…… 一二一二
崇寧紅…… 一二一二
鞓紅…… 一二一二
紫中貴…… 一二一二
聞春遠牡丹盛開…… 一二一四
蜀花以狀元紅爲第一，金陵東御
園紫繡毬爲最…… 一二一四
喜雨…… 一二一五
嘲風…… 一二一五
大風…… 一二一六
風止…… 一二一六
苦雨五首…… 一二一六
謝龔養正送蘄竹杖…… 一二一八
寄題祝郢州白雪樓…… 一二一九
夏至二首…… 一二二〇
重午…… 一二二一
積雨作寒五首…… 一二二三
喜晴二首…… 一二二四
子文大丞重午日走覓煮酒，清
甚，殆與遠水一色，何其妙
哉？數語奉謝…… 一二二四
子文見和，云亦有小鬟能度曲，
復用韻戲贈…… 一二二五

石湖居士詩集卷二十四

題請息齋六言十首…… 一二二七

送劉唐卿户曹擢第西歸六首……一二三〇
富順楊商卿使君，顯與余相別于瀘之合江，渺然再會之期。後九年，迺訪余吴門，則喜可知也。今復分袂，更增惘然，病中强書數語送之……一二三二
久病，或勸勉强遊適，吟四絶答之……一二三三
初秋閒記園池草木五首……一二三四
巖桂三首……一二三八
中秋無月三首……一二三九
藻姪比課五言詩，已有意趣，老懷甚喜，因吟病中十二首示之，可率昆季賡和，勝終日飽閒也……一二四〇
贈臨江簡壽玉二首。簡擕王仲顯使君書來謁，并示孔毅甫夢蟾圖，今廟堂五府皆有題字……一二四四
壽櫟前假山成，移丹桂於馬城，自嘲……一二四六
灼艾……一二四六
東宫壽詩……一二四七
十月朝開爐偶書。余病歸二年，未能拜掃松楸，曩常以此日侍先兄遊洞庭，并寫悲感之懷……一二四九
有懷龔養正……一二四九
白髭行……一二五〇
但能之提刑相別十年，自曲江遠寄二詩，叙舊良厚。次韻爲謝，亦以首章奉懷，略道湘南分擕故事，末篇自述年來衰病，不復故吾也……一二五二
復以蟾硯歸龔養正……一二五三
大雪書懷……一二五四

雪中苦寒戲嘲二絶……一二五五
雪復大作六言四首……一二五六
立春……一二五六
題徐熙風牡丹二首……一二五七
紫花……一二五七
白花……一二五七
題黄居宷雀竹圖二首……一二五九
題張晞顔兩花圖二首……一二六一
繁杏……一二六一
玉梨……一二六一
題范道士二牛圖……一二六二

石湖居士詩集卷二十五

小峨眉 并序……一二六五
煙江疊嶂……一二六七
天柱峰……一二七〇
甲辰除夜吟……一二七一
次韻龔養正送水仙花……一二七二
元日……一二七三
正月六日風雪大作……一二七四
元夕四首……一二七五
去年多雪苦寒，梅花遂晚，元夕猶未盛開……一二七六
寄題筠州錢有文明府新昌小道院……一二七七
題徐熙杏花……一二七九
題趙昌木瓜花……一二七九
題易元吉獐猿兩圖二首……一二八〇
題張希賢紙本花四首……一二八二
牡丹……一二八二
常春……一二八二
紅梅……一二八二
鷄冠……一二八二
喜沈叔晦至……一二八三
驚蟄家人子輩爲易疎簾……一二八五

信筆…………………………一二八六
請息齋書事三首……………一二八七
送文季高倅興元……………一二九〇
書懷二絶，再送文季高，兼呈新
帥閻才元侍郎………………一二九一
寄題石湖海棠二首…………一二九三
家人子輩往石湖檢校暮歸……一二九三
枕上聞蒲餅焦………………一二九四
石湖芍藥盛開，向北使歸，過維
揚時，買根栽此，因記舊事二
首……………………………一二九五
次韻龔養正中秋無月三首……一二九六
殊不惡齋秋晚閒吟五絶………一二九七
老陳道人自云：夢被召作地上主
者，又常受一貴家供祝之，曰他
日必來吾家作兒。戲贈小頌……一二九八
題張戡蕃馬射獵圖……………一二九九
題趙昌四季花圖……………一三〇〇
　海棠梨花…………………一三〇〇
　葵花萱草…………………一三〇〇
　拒霜旱蓮…………………一三〇〇
　梅花山茶…………………一三〇一
乙巳十月朔開爐三首………一三〇二
有歎二首……………………一三〇三
留簡伯俊……………………一三〇三
枕上有感……………………一三〇六
夜坐有感……………………一三〇六
十月二十六日三偈…………一三〇六
石湖居士詩集卷二十六
吴歙一首送丘宗卿自平江移會
稽……………………………一三〇九
贈壽老………………………一三一一
再贈壽老……………………一三一二
雪中聞牆外鬻魚菜者，求售之聲

甚苦，有感三絕……一三一三
詠河市歌者……一三一四
偶箴……一三一四
丙午新正書懷十首……一三一五
雲露 并序……一三二二
丙午新年六十一歲，俗謂之元命，作詩自貺……一三二三
丙午人日立春，屈指癸卯孟夏晦得疾，恰千日矣，戲書……一三二六
春困三絕……一三二七
立春大雪，招親友共春盤，坐上作……一三二八
嚴子文以春雪數作，用「爲瑞不宜多」爲韻，賦詩見寄，次韻……一三二九
詠吳中二燈……一三三〇
琉璃毬……一三三〇
萬眼羅……一三三一
元夕後連陰……一三三一
次韻嚴子文見寄……一三三三
再次韻述懷，約子文見過……一三三四
寄題郫縣蘧仙觀四楠……一三三五
春來風雨，無一日好晴，因賦瓶花二絕……一三三六
寄題永新張教授無盡藏……一三三七
寄題莫氏椿桂堂……一三三八
春晚即事，留游子明、王仲顯……一三四〇
留游子明……一三四〇
初夏三絕，呈游子明、王仲顯……一三四一
送王仲顯赴瓊筦……一三四二
梅雨五絕……一三四三
芒種後積雨驟冷三絕……一三四四
東宮壽詩……一三四五
寄題漢中新作南樓二首……一三四六
次韻李子永見訪二首……一三四六

自詠瘦悴……………………一三四八

石湖居士詩集卷二十七

四時田園雜興六十首　并引……一三四九
自晨至午，起居飲食皆以牆外人
物之聲爲節，戲書四絶……一三六七
舫齋信筆……………………一三六八
病中不復問節序，四遇重陽，既不
能登高，又不觴客，聊書老懷……一三七〇
閶門初泛二十四韻…………一三七一
小春海棠來禽………………一三七三
丙午東宮壽詩………………一三七四
重陽後菊花二首……………一三七五
驟寒吟………………………一三七六
重陽後，半月天氣温麗，忽變奇
寒，晦日大雪，鄉人御冬之計
多未辦………………………一三七七
戲詠絮帽……………………一三七八
雪中送炭與龔養正…………一三七八
代門生作立春書門貼子詩四首……一三七九

石湖居士詩集卷二十八

送聞人伯卿赴銅陵…………一三八一
重送伯卿……………………一三八二
送壽老往雲間行化…………一三八四
次韻知府王仲行尚書鹿鳴燕古
風……………………………一三八五
苦寒六言……………………一三八八
丁未春日瓶中梅殊未開二首……一三八八
再題瓶中梅花………………一三八九
王仲行尚書録示近詩，聞今日勸
農靈巖，次韻紀事…………一三九〇
仲行再示新句，復次韻述懷……一三九一
李子永赴溧水，過吴訪別，戲書
送之…………………………一三九一
民病春疫作詩憫之…………一三九二

題夫差廟……一三九三
翻襪庵夜坐聞雨……一三九五
睡起……一三九六
賞海棠三絶……一三九七
午窗遣興，家人謀過石湖……一三九八
將至石湖，道中書事……一三九九
三月十六日石湖書事三首……一四〇〇
或勸病中不宜數親文墨，醫亦歸咎，題四絶以自戒，末篇又以解嘲……一四〇一
送遂寧何道士自潭湘歸蜀……一四〇二
立秋二絶……一四〇三
秋雷歎……一四〇四
用漢中帥閻才元侍郎韻，送樊子南西歸，兼呈侍郎……一四〇五
書樊子南遊西山一記後……一四〇七
題天平壽老方丈……一四〇八
再遊天平，有懷舊事，且得卓庵之處，呈壽老……一四〇九
重九日行營壽藏之地……一四〇九
得壽藏於先隴之傍，俯酬素願，感慨交懷……一四一一
晚登木瀆小樓……一四一三
題秋鷺圖……一四一四
送蘇秀才歸永嘉……一四一四
東宮壽詩……一四一五
送同年朱師古龍圖赴潼川……一四一七
題趙希遠案鷹圖……一四一九
題米元暉吴興山水横卷……一四一九
圍田歎四絶……一四二一
素羹……一四二三
夜雨……一四二四
野景……一四二四
除夜地爐書事……一四二五

元日立春感歎有作二首…………………………一四二五
古鼎作香爐………………………………一四二六
偶書………………………………………一四二七
太上皇帝靈駕發引挽歌詞六首…………一四二八
別擬太上皇帝挽歌詞六首………………一四三〇
送許耀卿監丞同年赴静江倅四
　絶…………………………………………一四三二

石湖居士詩集卷二十九

次韻虞子建見哈贖帶作醮………………一四三五
顔橋道中…………………………………一四三七
上沙舍舟…………………………………一四三八
宿閶門……………………………………一四三八
攜家石湖賞拒霜…………………………一四三九
壽櫟東齋午坐……………………………一四四〇
晚思………………………………………一四四〇
壽櫟堂枕上………………………………一四四〇
宿妙庭觀次東坡舊韻……………………一四四一
餘杭初出陸………………………………一四四三
桐廬江中初打槳…………………………一四四三
釣臺………………………………………一四四四
和豐驛……………………………………一四四五
次韻龔養正病中見寄……………………一四四六
題蜀果圖四首……………………………一四四七
木瓜………………………………………一四四七
櫻桃………………………………………一四四七
石榴………………………………………一四四八
甘瓜………………………………………一四四八
李粹伯侍御挽詞二首……………………一四四九
次韻袁起巖提刑遊金、焦二山二
　首…………………………………………一四五〇
次韻謝鄭少融尚書爲壽之作……………一四五三
鄭少融尚書初除端殿，以書見
　及，賦詩爲賀……………………………一四五四
書事三絶…………………………………一四五五

親鄰招集强往便歸……一四五六
次韻袁起巖常熟道中三絕句……一四五七
次韻袁起巖許浦按教水軍二絕句……一四五八
次韻起巖喜雪……一四五九
枕上聞雪復作，方以爲喜，起巖再示新詩，復次韻……一四六〇
起巖又送立春日再得雪詩，亦次韻……一四六〇
同年楊廷秀秘監接伴北道，道中走寄見懷之什，次韻答之……一四六一
曉枕聞雨……一四六二
雪意方濃復作雨……一四六三
春朝早起……一四六三
詠懷自嘲……一四六四
早衰……一四六四
習閒……一四六五
一龕……一四六六
陰寒終日兀坐……一四六六
親戚小集……一四六七
立春枕上……一四六七
睡覺……一四六八

石湖居士詩集卷三十

臘月村田樂府十首 并序……一四六九
冬春行……一四七〇
燈市行……一四七一
祭竈詞……一四七一
口數粥行……一四七一
爆竹行……一四七二
燒火盆行……一四七二
照田蠶行……一四七三
分歲詞……一四七三
賣癡獃詞……一四七三
打灰堆詞……一四七四

自嘲二絶……………………………………一四八〇
海棠欲開雨作………………………………一四八一
雨再作政妨海棠……………………………一四八一
鑾觸…………………………………………一四八二
偶然…………………………………………一四八二
曉泊横塘……………………………………一四八三
次韻袁起巖瑞麥。此麥兩岐已黄熟，其間又出一青枝，亦已秀實，傳記所未載也……一四八三
次韻袁起巖甘雨即日應祈…………………一四八四
劉德修少卿避暑惠山，因便寄贈…………一四八五
幽棲…………………………………………一四八七
園林…………………………………………一四八七
七月十八日濃霧作雨不成…………………一四八九
戲贈勤長老…………………………………一四九〇
次韻袁起巖送示郡沼雙蓮圖………………一四九〇
次王正之提刑韻，謝袁起巖知府送茉莉二檻……一四九一
再賦茉莉二絶………………………………一四九四
再賦郡沼雙蓮三絶…………………………一四九五
范村午坐……………………………………一四九六

石湖居士詩集卷三十一

讀白傅洛中老病後詩戲書…………………一四九七
秋夕不能佳眠………………………………一四九八
王正之提刑見和茉莉小詩甚工。今日茉莉漸過，木犀正開，復用韻奉呈二絶……一四九九
復用韻記昨日坐中劇談及趙家琵琶之妙，呈王正之提刑二絶……一四九九
再題白傅詩…………………………………一五〇一
石湖中秋二十韻。十二年前嘗與工部兄及賓客爲此遊，今有隔世者，感今懷舊而作……一五〇二
中秋後兩日，自上沙回，聞千巖

觀下巖桂盛開，復檥石湖，留賞一日，賦兩絶 …… 一五〇四
有會而作 …… 一五〇四
戲題無常鐘二絶 …… 一五〇五
自箴 …… 一五〇六
題畢少董繙經圖 …… 一五〇七
次韻袁起巖喜雨 …… 一五〇八
再次喜雨詩韻，以表隨車之應 …… 一五〇九
三次喜雨詩韻少伸嘉頌 …… 一五一〇
府公録示和提幹喜雨之作，輒次元韻 …… 一五一一
雨後田舍書事，再用前韻 …… 一五一二
放下庵即事三絶 …… 一五一三
寄題西湖并送浄慈顯老三絶 …… 一五一四
題藥籠 …… 一五一五
浄慈顯老爲衆行化，且示近所寫真，戲題五絶，就作畫贊 …… 一五一五
老態 …… 一五一七
憶昔 …… 一五一八
梅林先生夫人徐氏挽詞二首 …… 一五一八
胡長文給事挽詞三首 …… 一五二〇
次韻王正之提刑大卿病中見寄之韻，正之得請歸四明，并以餞行 …… 一五二三
戲題趙從善兩畫軸三首 …… 一五二四
枕上六言二首 …… 一五二六
喜收知舊書，復畏答，書二絶 …… 一五二六
簡畢叔滋覓牡丹 …… 一五二七
再賦簡養正 …… 一五二八

石湖居士詩集卷三十一

春日覽鏡有感 …… 一五二九
故太夫人章氏挽詞二首 …… 一五三〇
舅母太夫人方氏挽詞三首 …… 一五三二
壽櫟堂前小山峰凌霄花盛開，葱

蒨如畫，因名之曰凌霄峰……一五三四
代兒童作立春貼門詩三首……一五三四
代兒童作端午貼門詩三首……一五三五
重陽不見菊二絶……一五三七
古風送南卿……一五三七
偶至東堂……一五三九
李郎中挽詞二首……一五三九
謝江東漕楊廷秀秘監送江東集
并索近詩二首……一五四一
霜後紀園中草木十二絶……一五四三
以狨坐覆蒲龕中……一五四五
再到虎丘……一五四五
虎丘六絶句……一五四六
點頭石……一五四六
千人坐……一五四六
白蓮池……一五四七
劍池……一五四七
致爽閣……一五四七
方丈南窗……一五四七
雪寒圍爐小集……一五四九
白玉樓步虚詞六首 并序……一五五〇
送趙從善少卿將漕淮東……一五五五
范村雪後……一五五六
寒夜觀雪……一五五六
瓶花二首……一五五七
瑞香三首……一五五七

石湖居士詩集卷三十三

廛居久不見山，或勸作小樓以助
登覽，又力不能辦，今年益衰，
此興亦闌矣……一五五九
愛雪歌……一五六〇
牆外賣藥者九年無一日不過，吟唱
之聲甚適。雪中呼問之，家有
十口，一日不出，即飢寒矣……一五六二

大雪送炭與芥隱……………………………………一五六三
雪後苦寒……………………………………………一五六三
新歲書懷……………………………………………一五六四
次韻養正元日六言…………………………………一五六四
次韻姜堯章雪中見贈………………………………一五六六
次韻徐提舉游石湖三絶……………………………一五六七
閏月四日石湖衆芳爛漫……………………………一五六八
檢校石湖新田………………………………………一五六八
致政孫從政挽詞……………………………………一五六九
寄題林景思雪巢六言三首…………………………一五七〇
枕上二絶效楊廷秀…………………………………一五七一
送文處厚歸蜀類試…………………………………一五七二
重送文處厚，因寄蜀父老三首……………………一五七三
虎丘新復古石井泉，太守沈虞卿舍人勸農過之，爲賦三絶，謹次韻……………………………………………一五七四
連夕大風，凌寒梅已零落殆盡三絶……………………………………………一五七六
唐懿仲諸公見過，小飲凌寒殘梅之下二絶………一五七七
雲露堂前杏花………………………………………一五七七
夢覺作………………………………………………一五七八
次韻陳融甫支鹽年家見贈二首……………………一五七八
聞石湖海棠盛開，亟攜家過之三絶………………一五七九
寄題毛君先生蓮華峰庵……………………………一五八〇

石湖居士詩集卷三十四

附賦

館娃宫賦　并序……………………………………一五八三
問天醫賦　并序……………………………………一五八六
望海亭賦　并序……………………………………一五九三
惜交賦　并序………………………………………一五九五
荔枝賦　并序………………………………………一五九七
桂林中秋賦　并序…………………………………一五九九

楚辭
幽誓……一六〇三
愍遊……一六〇四
交難……一六〇四
將歸……一六〇五
石湖詞
滿江紅……一六〇七
又……一六〇九
又……一六一二
又……一六一四
千秋歲……一六一五
浣溪沙……一六一六
又……一六一八
又……一六一九
又……一六二〇
又……一六二一
又……一六二三
又……一六二四
朝中措……一六二四
又……一六二六
又……一六二七
又……一六二八
又……一六二九
蝶戀花……一六三〇
南柯子……一六三二
又……一六三三
又……一六三五
水調歌頭……一六三六
又……一六三八
西江月……一六四一
又……一六四三
鵲橋仙……一六四四
宜男草……一六四六
又……一六四七

秦樓月……一六四八
又……一六四九
又……一六五〇
又……一六五一
又……一六五二
念奴嬌……一六五三
又……一六五五
又……一六五七
又……一六五八
又……一六六〇
惜分飛……一六六二
夢玉人引……一六六三
又……一六六四
如夢令……一六六五
又……一六六六
菩薩蠻……一六六七
又……一六六八
又……一六六九
臨江仙……一六七〇
又……一六七二
減字木蘭花……一六七三
又……一六七四
又……一六七五
又……一六七六
又……一六七七
鷓鴣天……一六七八
又……一六七九
又……一六八二
又……一六八三
好事近……一六八四
又……一六八四
卜算子……一六八五
又……一六八六
三登樂……一六八七

又……一六八八
又……一六八九
又……一六九〇
浪淘沙……一六九一
虞美人……一六九二
又……一六九三
又……一六九四
又……一六九五
醉落魄……一六九六

石湖詞補遺

醉落魄……一六九九
朝中措……一七〇〇
眼兒媚……一七〇一
霜天曉角……一七〇三
惜分飛……一七〇四
菩薩蠻……一七〇五
滿江紅……一七〇六
謁金門……一七〇七
秦樓月……一七〇八
玉樓春……一七〇九
醉落魄……一七一一
玉樓春……一七一三
菩薩蠻……一七一四
水龍吟……一七一四
酹江月……一七一七
醉落魄……一七一九
霜天曉角……一七二〇
木蘭花慢……一七二一

范石湖集輯佚卷一　詩詞

和馬少伊韻……一七二三
次韻項丈雪詩……一七二四
元日奉呈項丈諸生……一七二五
送舉老歸廬山偈……一七二六
酬姜堯章……一七二六

口號……一七二七
城頭歌……一七二八
村居即景……一七二八
田家……一七二九
秋蟬……一七二九
滿江紅……一七三〇
水調歌頭……一七三一
浣溪沙……一七三二
破陣子……一七三三
鷓鴣天……一七三五
水調歌頭……一七三五
鷓鴣天……一七三八
洞仙歌……一七三九
西江月……一七四〇
臨江仙……一七四一
鷓鴣天……一七四三
滿江紅……一七四四
清平樂……一七四五
清平樂……一七四六
菩薩蠻……一七四七
水調歌頭……一七四九
水調歌頭……一七四九
水調歌頭……一七五〇

范石湖集輯佚卷二　表

賀天中節表……一七五三
賀太上皇表……一七五四
賀加太上皇帝尊號表……一七五四
加光堯尊號賀壽皇表……一七五五
北使回除中書舍人謝表……一七五六
自中書帥廣謝表……一七五六
知静江府到任表……一七五七
帥蜀謝表……一七五八
帥蜀即真謝表……一七五八
謝賜生日生餼表……一七五九

御書石湖二大字謝表……………………一七六〇
改元賀表……………………一七六二
賀壽皇表　一……………………一七六三
賀壽皇表　二……………………一七六三
誕皇孫賀皇太后表……………………一七六四
賀會慶節表……………………一七六四
謝□□表……………………一七六五
郊祀上表……………………一七六六
賀重明節表……………………一七六六
謝轉官表　一……………………一七六七
謝轉官表　二……………………一七六七
賀表……………………一七六八
賀正旦表……………………一七六八

范石湖集輯佚卷三　制

丘崈、楊萬里國子博士告詞……………………一七六九
周必大權禮部侍郎兼權直學士院陞同修國史實録院同修撰
制……………………一七七〇
楊萬里太常博士告詞……………………一七七一
瓊州山寨首領黄氏可宜人制……………………一七七二
和義郡夫人蔡氏可封碩人制……………………一七七三
臺州仙居縣尉余閎母潘氏饒州浮梁縣主簿謝偁母董氏并可特封孺人制……………………一七七三
右迪功郎汪大定可從事郎制……………………一七七四
右迪功郎余穎可右從事郎制……………………一七七四
左迪功郎趙善登可左從政郎制……………………一七七五
歸正人趙虛己可迪功郎制……………………一七七五
歸正人歸州助教高粲可右迪功郎制……………………一七七六
鄉貢進士方權輸米補迪功郎制……………………一七七六
閤門宣贊舍人幹辦皇城司吴瓌施行親從推垛子可轉右武郎制……………………一七七七
勝捷都虞侯周元可秉義郎制……………………一七七八

忠訓郎柴進修蓋營寨有勞可秉義郎制……………… 一七七八
振華軍都虞侯劉俊馬軍司都虞侯小劉安並可秉義郎制……… 一七七九
將仕郎戴安國捕獲海賊可承信郎制……………… 一七七九
忠義軍統制官耶律适哩妻弟蕭慶元可承信郎制……… 一七八〇
明州水軍統制下董㺸招安到海賊倪德等可補承信郎制……… 一七八〇
進勇副尉陳廣捕獲海賊可承信郎制……………… 一七八一
張建陣亡與子德普恩澤補承信郎制……………… 一七八一
提舉兩浙東路常平茶鹽公事周閎可户部員外郎總領淮西財賦制……………… 一七八二
起復新知廬州葉衡可敷文閣待制樞密都承旨制……………… 一七八三
江南東路轉運副使沈度可秘閣修撰寧國府長史制……………… 一七八四
知臨安府姚憲可司農少卿兼權户部侍郎制……………… 一七八五
新知通州許克昌可秘書省秘書郎兼權司封郎官制……………… 一七八六
左宣教郎馬大同可國子監主簿制……………… 一七八七
國子監主簿潘慈明可太常寺主簿武學博士劉敦義可國子監主簿制……………… 一七八七
右奉議郎張權可軍器監主簿制……… 一七八八
賜趙雄辭免參知政事不允第二詔……………… 一七八八
尚書禮部侍郎兼直學士院兼侍

講鄭聞磨勘可左朝請郎制……一七八九
歸正張□特補右承務郎制……一七九〇
皇侄孫右監門率府率子倚可换
通直郎制……一七九〇
皇兄右監門率府率令術可授通
直郎制……一七九一
右宣教郎奉使大金祈請國信所書
狀官趙磻老回程可通直郎制……一七九一
敷文閣直學士知明州趙伯圭磨
勘可朝奉郎制……一七九二
資政殿學士王之望致仕轉官劄……一七九二
洪皓追封魏國公制……一七九三
沈介帥潭制……一七九四
黄中宫祠制……一七九四
曾懷户部尚書制……一七九五
葉衡起復制……一七九五
陳良翰詹事制……一七九六
王十朋詹事制……一七九六
趙雄使回奬諭制……一七九七
沈復工部侍郎兼臨安府少尹制……一七九七
外制一……一七九八
外制二……一七九九
外制三……一七九九
外制四……一八〇〇
外制五……一八〇〇
外制六……一八〇一
外制七……一八〇一
外制八……一八〇二
外制九……一八〇三

范石湖集輯佚卷四　奏

乞革弓手之弊奏一……一八〇三
乞革弓手之弊奏二……一八〇四
乞避兄成象立班奏……一八〇五
繳僞會齊仲斷案奏……一八〇五

論諜者奏……一八〇六
諸軍不得輒容合避親充將佐奏……一八〇七
請禁貴近勳臣越制請求奏……一八〇八
進象奏　一……一八〇九
進象奏　二……一八〇九
進象奏　三……一八一一
進象奏　四……一八一一
條四事奏……一八一二
安南貢使入境宜遵舊制奏……一八一三
交州進奉事奏……一八一四
論馬政四弊奏……一八一四
乞禁私錦奏……一八一五
關防官鹽之弊奏……一八一六
乞除放黎州欠負奏……一八一七
黎州蕃部還納漢口三十九人奏……一八一八
探聞崖轕部義兄弟争殺事奏……一八一八
上折估事奏……一八一九
關外麥熟奏……一八二〇
乞關防蜀中度牒之弊奏……一八二一
舶舡抽解事奏……一八二二
乞罷海物之獻奏……一八二三
論重征莫甚於沿江奏……一八二三
論銅錢入北奏……一八二四

范石湖集輯佚卷五　疏

應詔言弊疏……一八二五
論勤政疏……一八二五
論不舉子疏……一八二七
論慎刑疏……一八二九
又論慎刑疏……一八三〇
論義役疏　一……一八三一
論日力國力人力疏……一八三一
論獄法疏……一八三三
論兵制疏……一八三四
上郊祀疏……一八三五

論增絹價以輕刑疏……一八三七
論義役疏二……一八三七
論宋覝召命疏……一八三八
論治道疏……一八四〇
請趙士銖例支嗣王米麥等恩數……一八四一
請復官賣鹽疏……一八四一
論宜州不宜置場疏……一八四二
論邊患疏……一八四四
請措置成都府路邊防疏……一八四四
請措置邊防疏……一八四五
乞鳳州不測互相應援疏……一八四六
奏祿柬之邊事有功疏……一八四六
請減放四川酒課折估虛額錢疏……一八四七
四川酒課虛額減放蜀民感恩疏……一八四八
言飛虎軍可用疏……一八四九
答御賜獎諭疏……一八四九
答措置和糴戒諭詔疏……一八五一
選調綿州潼川戍兵疏……一八五二
論李彥堅王彪疏……一八五二
論兵制疏……一八五三
論黎州買馬疏……一八五四
論赦宥疏……一八五六
論任將疏……一八五七
請榜告文州蕃部疏……一八五八
言和糴之害疏……一八五九
論邦本疏……一八六〇
關外麥熟疏……一八六二
論兩廣進士攝官之弊疏……一八六二
論恍、悦二字並通，乞詳定修入
禮部韻疏……一八六三
乞貢院添卷首長條背印疏……一八六四
論治明州海盜疏……一八六五
請免收流移之人渡錢疏……一八六六
請記高宗退處後言行疏……一八六六

論郭鈞疏……一八六八

范石湖集輯佚卷六　劄子

議兵莫若留營屯劄子……一八六九
論三朝國史劄記……一八七〇
論虜使生事劄子……一八七二
論記注聖語劄子……一八七三
論侍立劄子……一八七四
論獻説迎合布衣補官之弊劄子……一八七七
論知人劄子……一八七八
乞提刑依限决獄劄子……一八八〇
論支移劄子……一八八〇
論蜀中吏廩劄子……一八八一
辟兵官劄子……一八八二
論民兵義士劄子　一……一八八四
論民兵義士劄子　二……一八八六
乞免移屯與執政答宣諭劄子……一八八七
論蜀兵貧乏劄子……一八八八
論關外四州歲苦和糴劄子……一八九〇
論文州邊事劄子……一八九二
催西兵營寨劄子……一八九五
論朝市儀注劄子……一八九六
上關外四州災傷劄子……一八九八
論二廣獄事劄子……一八九八
論透漏銅錢劄子……一八九九
辭免知建康府劄子……一九〇〇
再辭免知建康府劄子……一九〇二
措置荒政劄子……一九〇三
沿海船户編甲劄子……一九〇四
奏乞蠲免大軍倉欠負劄子……一九〇五
奏撥隸轉般倉劄子……一九〇七
論風俗劄子……一九〇八
論作城貴神速劄子……一九〇八
謝賜御書劄子……一九〇九
延和殿又論二事劄子……一九一〇

范石湖集輯佚卷七　書　帖

應詔上皇帝書……一九一三
代樂先生還鄉上季太守書……一九一四
上李徽州書……一九一六
上洪内翰書……一九一七
上陳魯公書……一九一八
上汪侍郎應辰書……一九一九
致周必大簡……一九一九
論鹽法書……一九二〇
與王淮書……一九二一
行臺帖……一九二二
與五一兄帖一……一九二三
與五一兄帖二……一九二四
與友人帖一……一九二五
與友人帖二……一九二六
兩司帖……一九二七
春晚晴媚帖……一九二七
金橘帖……一九二八
答楊冠卿帖……一九二九
與養正帖……一九三〇
與先之帖……一九三一
中流一壺帖……一九三二
垂誨帖……一九三三
尊姈帖……一九三四
玉候帖……一九三五

范石湖集輯佚卷八　啓

賀王中書啓……一九三七
與嚴教授啓……一九三八
代洪徽州賀户部邵侍郎啓……一九三八
賀户部趙侍郎啓……一九三九
賀户部汪侍郎啓……一九四〇
賀户部錢侍郎啓……一九四二
賀劉太尉啓……一九四三
賀陳察院啓……一九四四

回樓大防末甲頭名取放啓……一九四四
賀張魏公啓……一九四五
賀史刑侍啓……一九四六
到蜀謝啓……一九四七
賀禮侍啓……一九四七
謝薦舉啓一……一九四八
謝薦舉啓二……一九四八
謝薦舉啓三……一九四九
謝薦舉啓四……一九四九
與州郡啓一……一九五〇
與州郡啓二……一九五〇
與州郡啓三……一九五一
與州郡啓四……一九五一
與州郡啓五……一九五二
謝改官啓……一九五二

范石湖集輯佚卷九　序　跋

燕安南使自叙……一九五三
水利圖序……一九五三
吴下同年會詩序……一九五六
無盡燈後跋……一九五九
題佛日浄慧寺東坡題名……一九五九
跋北齊校書圖……一九六一
御書石湖二大字跋……一九六三
跋御書……一九六四
題睢陽五老圖卷……一九六五
跋西塞漁社圖……一九六七
四時田園雜興六十首跋……一九七一
題蘭亭帖一……一九七三
題蘭亭帖二……一九七四
題山谷帖……一九七四
跋山谷帖……一九七五
樂庵語録跋……一九七六
跋米元章臨王獻之帖……一九七六
跋米禮部行草……一九七七

跋山谷臨顏書……一九七八
跋道君皇帝題宣和殿圖後……一九七八
跋司馬温公帖……一九七九
跋婺源硯譜……一九八〇
跋加味平胃散方……一九八二
跋一……一九八三
跋二……一九八四
跋三……一九八四
跋詛楚文……一九八五
跋東坡詩……一九八六
跋東坡墨迹……一九八六
跋獨孤及論季札潔己之禍……一九八七
跋歐陽詹自明誠論……一九八八

范石湖集輯佚卷十　記

范村記……一九八九
舍蓋堂記……一九九一
瞻儀堂記……一九九四
思賢堂記……一九九七
崑山縣新開塘浦記……二〇〇〇
新修主簿廳記……二〇〇三
三高祠記……二〇〇六
吴縣廳壁續記……二〇一二
平政橋記……二〇一四
重修蔣帝廟記……二〇一六
成都古寺名筆記……二〇一七
成都古今丙記序……二〇三七
石經始末記……二〇三八
慧感夫人祠記……二〇四〇
中秋泛石湖記……二〇四二
重九泛石湖記……二〇四三
重修行春橋記……二〇四四
雙瑞堂記……二〇四六
佛日山記……二〇四七

范石湖集輯佚卷十一　銘　題名

詹氏知止堂銘　并序……二〇四九
復水月洞銘　并序……二〇五〇
重貂館銘　并序……二〇五二
碧虚銘……二〇五三
壺天觀銘　并序……二〇五五
殊不惡齋銘……二〇五六
同登七星山題名……二〇五七
壺天觀題名　一……二〇五八
壺天觀題名　二……二〇五九
中隱山題名……二〇六〇
龍隱巖題名……二〇六〇
屏風巖題名……二〇六一
碧虚題名……二〇六二
上巳題名……二〇六三
暘谷洞題名……二〇六五

范石湖集輯佚卷十二　祭文　雜文

祭亡兄工部文……二〇六七
祭樂先生文……二〇六八
祭遺骸文……二〇六九
上梁文……二〇七一
遊録……二〇七二
水竹贊　并序……二〇七三
炭頌　并序……二〇七四
書舒蘄二事……二〇七四
記王列女事……二〇七五
記朱俠事……二〇七五
記董國度事……二〇七六
記雷孝子事……二〇七六
書新安事……二〇七七
沈德和尚記祖輝仲事……二〇七八
記事……二〇七八
論學書須視真迹一……二〇七九

論學書須視真迹 二 …… 二〇七九
論書一 …… 二〇八〇
論書二 …… 二〇八一
通濟堰碑 …… 二〇八一
通濟堰規 …… 二〇八二

附録

一、諸家評論 …… 二〇九三
（一）詩評 …… 二〇九三
（二）詞評 …… 二一〇八
（三）文評 …… 二一一三
（四）書評 …… 二一一六
二、諸家序跋 …… 二一二〇
三、書目著録 …… 二一二九
篇目索引 …… 1

石湖居士詩集卷一

行路難

贈君以丹棘忘憂之草〔一〕，青棠合歡之花〔二〕，馬瑙遊仙之夢枕〔三〕，龍綜辟寒之寶紗〔四〕。天河未翻月未落，夜長如年引春酌。昔人安在空城郭〔五〕，今夕不飲何時樂。

【題解】

本詩作年難以確考，要當作於崑山讀書十年期間，是石湖早期的詩歌作品。行路難，樂府古題。吴兢樂府古題要解卷下：「行路難，右備言世路艱難及離別悲傷之意，多以『君不見』爲首。」

【箋注】

〔一〕丹棘忘憂之草：即萱草。萱草，一名諼草，一名宜男，一名丹棘。詩經衛風伯兮：「焉得諼草，言樹之背。」毛傳：「諼草，令人忘憂。」説文：「萱，忘憂草也。」汪灝等廣群芳譜卷四六：

「萱，一名忘憂，一名療愁，一名宜男，一名丹棘。」又引博物志：「神農經曰：中藥養性，謂合歡蠲忿，萱草忘憂。」

〔二〕青棠合歡之花：即合歡花，一名青棠。崔豹古今注卷下：「合歡樹，似梧桐，枝弱葉繁，互相交結，每一風來，輒自相解，了不相絆綴，樹之階庭，使人不忿。嵇康種之舍前。」汪灝等廣群芳譜卷三九：「合歡，一名合昏，一名夜合，一名青棠。」

〔三〕「馬瑙」句：馬瑙，即瑪瑙，寶石，玉髓礦物的一種，用作器皿、裝飾品。西京雜記卷二：「武帝時，身毒國獻連環羈，皆以白玉作之，瑪瑙石爲勒，白光琉璃爲鞍。」杜甫韋諷録事宅觀曹將軍畫馬圖：「内府殷紅馬瑙盤，婕妤傳詔才人索。」　遊仙之夢枕：王仁裕開元天寶遺事卷上「遊仙枕」條云：「龜兹國進奉枕一枚，其色如瑪瑙，温温如玉，其製作甚樸素。若枕之，則十洲三島、四海五湖盡在夢中所見。帝因立名爲遊仙枕，後賜與楊國忠。」劉克莊和季弟韻二十首之五：「俗中安得遊仙枕，世上原須使鬼錢。」

〔四〕「龍綜」句：綜，絲縷經綫與緯綫交織曰綜。　辟寒，即辟寒金，高似孫緯略卷一〇「辟寒香」條引洞冥記：「魏明帝時，昆明國貢嗽金鳥，飼以真珠，飲以龜腦，常吐金屑如粟。……宫人以鳥吐金飾釵，謂之辟寒金。」全句意謂以辟寒金之絲縷，用龍梭織成寶紗。

〔五〕「昔人」句：搜神後記：「丁令威學道於靈虚山，後化鶴歸遼，集華表柱云：『有鳥有鳥丁令威，去家千年今始歸，城郭如故人民非，何不學仙塚纍纍。』」

西江有單鵠行

西江有單鵠，託身萬里雲。猥爲稻粱謀〔一〕，墮此鷗鷺群。朝遊楓葉杪，暮宿蘆花根。懷安浦溆暖，忘記雲海寬㊀。忽有孤征鴻，驚飛落江濱。眼明見黄鵠，解后傾情真。羽毛雖不同，意氣頗相親。言鵠有六翮，何不高飛翾？水鳥不足群，朝暮徒嘲喧。相將乘風去，一上盤秋旻〔二〕。渴飲顥露滋〔三〕，飢吸晴霞暾〔四〕。方知翅翎俊，可以凌埃塵。東風昨解凍，春光暖如薰。陽鳥當北鄉〔五〕，行止倏已分。儻欲相逐去，關山隔吴秦。兩鳥竟分飛，嗚聲動行人。豈不有歲晚，鴻當復來賓。但愁山海闊，岐路多糾紛。復來失故道，那得相知聞。鴻歸有儔侶，鵠住長悲辛。

【校記】

㊀寬：富校：「黄刻本作『昏』，是。」按，活字本、叢書堂本、董鈔本、詩淵第四册二七四八頁均作「寬」。

【題解】

本詩當作於崑山讀書時期，具體作年難以確考。孔氏定爲紹興二十二年，亦無確據，僅供參考。這首樂府詩題，是范成大自擬的，古樂府中無此題。吴兢樂府古題要解卷上有黄鶴吟，原注：「一曰黄鵠。」雉子斑：「右古詞，中有云：『雉子高飛止，黄鵠飛之以千里。』」石湖即據之以擬題。全詩用比興手法，以鳥喻人。借單鵠，喻己之孤單；借征鴻，喻援己之人。從全詩之詩歌意象和詩境考察，本詩當爲喻指父執王葆督勉自己奮發之往事。王葆，字彦光，崑山人，范成大吴郡志卷二七有傳。于北山范成大年譜紹興十四年譜文云：「父執王葆（彦光）屢加督勉，終以科第進身。」孔凡禮范成大年譜紹興二十二年譜文云：「王葆勉以舉業，當爲是歲事。」吴郡志王葆傳：「成大以早孤廢業，一日呼前，喻勉切至，加以詰責，留之席下，程課甚嚴。未幾亦忝科第。」

【箋注】

〔一〕稻粱謀：以鳥之覓食，喻人之謀生。杜甫同諸公登慈恩寺塔：「黄鵠去不息，哀鳴何所投。君看隨陽雁，各有稻粱謀。」

〔二〕秋旻：即秋天。王逸九思哀歲：「旻天兮清涼，玄氣兮高朗。」

〔三〕顥露：白露。顥，色白貌，説文：「顥，白貌。」

〔四〕「飢吸」句：意謂飢則吸食朝霞。陸游幽居書事二首之一：「赤脚平頭俱遣去，倚牆危坐噏朝暾。」楚辭遠遊：「漱正陽而含朝霞。」王逸章句：「陵陽子明經言春食朝霞。朝霞者，日始欲出，赤黄氣也。」

〔五〕陽鳥：即隨陽雁。尚書禹貢：「彭蠡既豬，陽鳥攸居。」疏：「鴻雁之屬，九月而南，正月而北。……此鳥南北與日進退，隨陽之鳥，故稱陽鳥。」

車遥遥篇

車遥遥，馬憧憧，君遊東山東復東〔一〕，安得奮飛逐西風。願我如星君如月〔二〕，夜夜流光相皎潔。月暫晦，星常明，留明待月復，三五共盈盈。

【題解】

本詩作於崑山讀書十年時期，從全詩模仿痕迹顯露看，當是早年學詩時之作。郭茂倩樂府詩集卷六九雜曲歌辭九有梁車敷車遥遥詩，石湖仿之，原詩云：「車遥遥兮馬洋洋，追思君兮不可忘。君安遊兮西入秦，願將微影隨君身。君在陰兮影不見，君仰日月妾所願。」

【箋注】

〔一〕「君遊」句：自李賀送沈亞之歌「家住錢塘東復東」句化出。

〔二〕「願我」句：自車敷車遥遥「君仰日月妾所願」化出。

放魚行

水落塘枯魚卧陸，小兒抱取不濡足。昂藏赤鯶亦垂頭〔一〕，背負玄鱗三十六〔二〕。

家人滌砧不辭勞，云有素書金錯刀〔三〕。嗟予贖放豈徼福，忍把汝命供吾饕。如今已脱張胡子〔四〕，好上龍門飲湖水〔五〕。不然崛起載飛仙，切莫顛狂稱長史〔六〕。

【題解】

本詩當作於讀書崑山時，然無法推斷具體作年。古樂府中有以「行」命題者，如吴兢樂府古題要解卷下有豔歌行、怨歌行、飲馬長城窟行、君子有所思行等，石湖仿此。

【箋注】

〔一〕昂藏：本指人氣概軒昂，陸機晉平西將軍孝侯周處碑：「汪洋廷闕之傍，昂藏寮寀之上。」這裏借指魚之狀貌。赤鯶：紅色的鯶魚。爾雅釋魚「鯇」，郭璞注：「今鯶魚，似鱒而大。」

〔二〕三十六：段成式酉陽雜俎前集卷一七「廣動植」三：「鯉，脊中鱗一道，每鱗上有小黑點，大小皆三十六鱗。國朝律：取得鯉魚，即宜放，仍不得喫。號赤鯶公，賣者杖六十，言鯉爲李也。」

〔三〕金錯刀：書體名。宣和書譜卷一二：「（李煜）書復喜作顫掣勢，人又目其狀曰金錯刀。」

〔四〕「如今」句：太平廣記卷四六七「張胡子」條：「唐吴郡漁人張胡子，嘗於太湖中釣得一巨魚，腹上有丹書字曰：九登龍門山，三飲太湖水。畢竟不成龍，命負張胡子。」

〔五〕上龍門：藝文類聚卷九六引辛氏三秦記：「河津一名龍門，大魚集龍門下數千，不得上，上者爲龍，不上者（魚），故云曝鰓龍門。」

〔六〕「切莫」句：張旭，唐代書法家，性顛狂，曾任長史。新唐書張旭傳：「旭，蘇州吴人。嗜酒，每大醉，呼叫狂走，乃下筆，或以頭濡墨而書，既醒自視，以爲神，不可復得也，世呼張顛。」

晚步東郊

水墨依林寺，青黄負郭田。斜陽猶滿地，片月早中天。策策鴉飛急〔一〕，冥冥樹影圓。西山元自好，那更著雲煙。

【題解】

本詩作年難以確考，要當作於崑山讀書時期。東郊，指崑山之東郊。

【箋注】

〔一〕策策：象聲詞，韓愈秋懷詩十一首之一：「秋風一披拂，策策鳴不已。」

元夜憶群從

愁裏仍蒿徑，閒中更蓽門。青燈聊自照，濁酒爲誰温？隙月知無夢，窗梅寄斷魂。遥憐好兄弟，飄泊兩江村。

【題解】本詩作年難以確考。群從，指諸子侄、叔伯兄弟。段成式酉陽雜俎前集卷八：「又成式姑婿裴元裕言：群從中有悦鄰女者，夢女遺二櫻桃，食之。」許逸民注：「群從，謂諸子侄輩，叔伯兄弟。後漢書李固傳：『今梁氏戚爲椒房，禮所不臣，尊以高爵，尚可然也，而子弟群從，榮顯兼加，永平、建初故事，殆不如此。』」本詩云：「遥憐好兄弟，飄泊兩江村。」則所憶者爲叔伯兄弟，諸子侄不在其内。石湖有從兄，成象（至先），伯父之子，至正崑山郡志卷三「進士」：「范成象，至先，雩兄之子，工部郎中。」又有至昌，（本集卷二三至昌爲具賞東軒千葉梅然梅尚未開）、至忠（周必大與龔頤正書中「幸語至忠及三孤」）。石湖有胞弟成績、成己，同住一起，不在憶念之列。

登西樓

少年豪氣合摧鋒〔一〕，青鬢朱顔萬事慵。疇昔四愁無夢到〔二〕，及時一笑有誰供。詩情飲興如雲薄，草色花光似酒醲。千里春心吟不盡，下樓分付晚煙鐘。

【題解】本詩作於崑山讀書時期，作年難以確考。

【箋注】

〔一〕摧鋒：摧鋒陷陣之省稱，語出宋書武帝紀：「高祖（劉裕）常被堅執鋭，爲士卒先，每戰輒摧鋒陷陣，賊乃退還浹口。」

〔二〕四愁：指張衡四愁詩，始見於文選卷二七「雜詩」，全詩四章，每章七言七句，反復咏嘆所思之人在遠方，路遥不得追隨，衷情難表。沈德潛古詩源卷二選此詩，評曰：「心煩紆鬱，低徊情深，風騷之變格也，少陵七歌原於此。」

不寐

南風釀卑濕，滑滑病履舃。竟日隱几坐〔一〕，拳局不得適。幽田恍澒洞㊀〔二〕，銀海眩眵黑〔三〕。髀弱類跨鞍〔四〕，臂强如運甓。合體競酸嘶，莫夜輒增極。奏牀不得眠〔五〕，耿耿到明發。黄嬭共住久〔六〕，來夢乃其職〔七〕。睡魔吾故人，曩是不速客。招呼各偃蹇，莫効尺寸力。周公無由來〔八〕，咫尺今古隔。彭尸不得去〔九〕，罡騎無行色〔一〇〕。主客兩愁緒，虚室浪生白。人言老禪師，兩脇不到席。兹事恐未暇，但願了今夕。平生北窗眠〔一一〕，栩栩即聖域〔一二〕。睡僊吾所慕，行步亦鼾息。

【校記】

㈠幽田：原作「丹田」，董鈔本同，活字本「丹」字爲墨丁。叢書堂本作「幽田」，黄庭經至道章有「耳神空閑字幽田」。按，本集卷一四復作耳鳴二首：「珍重幽田爲發揮。」今據叢書堂本、黄庭經改。

【題解】

本詩作於崑山讀書時期，具體作年難以確考。

【箋注】

〔一〕隱几坐：倚着几案而坐。莊子徐無鬼：「南伯子綦隱几而坐，仰天而噓。」

〔二〕幽田：道家認爲是耳神之字，後人又作爲耳的代稱。黄庭經至道章：「耳神空閑字幽田。」

　　澒洞：連續不斷，杜甫自京赴奉先縣詠懷：「憂端齊終南，澒洞不可掇。」本詩上承「耳」字，指聲響連續不斷。此採周小山之説，見古典文獻研究第十二輯范石湖集校正舉隅。

〔三〕銀海：道家認爲是眼的代稱。曾慥類説卷一五引談賓録「玉樓銀海」條云：「東坡作雪詩云：『凍合玉樓寒起粟，光摇銀海眩生花。』後見荆公曰：『道家以兩肩爲玉樓，目爲銀海，是使此事否？』坡退曰：『惟荆公知此出處。』」

〔四〕「髀弱」句：三國志蜀書先主傳裴松之注引九州春秋曰：「備住荆州數年，嘗於表坐起至厠，見髀裏肉生，慨然流涕。還坐，表怪問備。備曰：『吾常生不離鞍，髀肉皆消。今不復騎，髀裹肉生。日月若馳，老將至矣，而功業不建，是以悲耳。』」

〔五〕奏牀：上牀之意。石湖詩集卷一四有宿清湘城外田家：「驅馬力猶彊，奏牀身始疲。」

〔六〕黄嬭：指書卷。蕭繹金樓子雜記卷上：「有人讀書，握卷而輒睡者，梁朝有名士呼書卷爲黄嬭，此蓋見其美神養性如嬭媪也。」

〔七〕「來夢」句：沈欽韓注引大業拾遺録：「煬帝命韓俊娥爲來夢兒。」詩人僅借用其招來睡夢之意。

〔八〕「周公」句：周公，名姬旦，周文王之子，輔助武王平紂，建周王朝，封于魯。事見史記魯周公世家。論語述而：「子曰：『甚矣吾衰也，久矣吾不復夢見周公！』」石湖詩説「不寐」而無夢，故曰「周公無由來」。

〔九〕彭尸：道家指人之欲望。張讀宣室志：「契虚問棒子曰：『吾向者謁覲真君，真君問我三彭之讎，我不能對。』棒子曰：『夫彭者三尸之姓，常居人身中，伺察功罪，每至庚申日，籍于上帝。故學仙者，當先絶其三尸，如是則神仙可得；不然，雖苦其心，無補也。』」雲笈七籤説得較爲明確，云：「真人云：上尸名彭倨，好寶物；中尸名彭質，好五味；下尸名彭矯，好色慾。」

〔一〇〕罡騎：罡，同「剛」。罡騎，快馬也。

〔一一〕北窗眠：晉書陶潛傳：「高卧北窗，自謂羲皇上人。」

〔一二〕聖域：聖人的境界，韓愈進學解：「是二儒者，吐辭爲經，舉足爲法，絶類離倫，優入聖域。」

河豚歎

鯫生藜莧腸〔一〕，食事一飽足。腥腐色所難，况乃衷酖毒。彭亨强名魚〔二〕，殺氣孕慘黷。既非養生具，宜謝砧几酷。吴儂真差事〔三〕，網索不遺育。捐生决下箸，縮手汗童僕。朝來里中子，饞吻不待熟。濃睡喚不膺，已落新鬼録。百年三寸咽，水陸富肴蔌。一物不登俎，未負將軍腹。爲口忘計身，饕死何足哭。作俑者誰歟？至今走末俗。或云先王意，除惡如耘蓛〔四〕。逆梟與毒獍〔五〕，歲歲參幣玉。芟夷入薦羞，蓋欲殲種族。生死有定數，斷命烏可續。適丁是時者，未易一理局。黿鼎子公怒〔六〕，羊羹華元衄〔七〕。異味古所珍，無事苦畏縮。駢頭訌此語，戒諭祗取瀆。聾盲死不悟，明知諒已燭㊀。

【校記】

㊀明知：叢書堂本作「明智」。

【題解】

本詩作於崑山讀書時期。河豚，亦作「河肫」、「鯸鮧魚」、「鯢魚」。段成式酉陽雜俎續集卷八：「鯸鮧魚，肝與子俱毒，食此魚，必食艾，艾能已其毒。江淮人食此，必和艾。」宋唐慎微政和證類本草卷二〇「鯸鮧魚」條引食療本草：「鯸鮧魚，有毒，不可食之。其肝毒殺人，緣腹中無膽，頭中無腮，故知害人。若中此毒及鱸魚毒者，便剉蘆根煮汁飲解之。」又，同書同卷引陳藏器本草拾遺：「鯢魚，肝及子有大毒，入口爛舌，入腹爛腸。肉小毒，人亦食之。煮之不可近鐺，當以物懸之。一名鵝鮧魚。……江海中並有之，海中者大毒，江中者次之。欲收其肝子毒人，則當反被其噬，爲此，人皆不録。唯有橄欖木及魚茗木解之，次用蘆根、烏蓲草根汁解之。」李時珍本草綱目卷四四「河豚」條時珍曰：「豚，言其味美也。侯夷，狀其貌醜也。鯢，謂其體圓也。吹肚、氣包，象嗔脹也。」「今吴越最多。狀如蝌蚪，大者尺餘，其色青黑，有黄縷文，無鱗無腮無膽，腹下白而不光。率以三頭相從爲一部。彼人春月甚珍貴之，尤重其腹腴，呼爲西施乳。」石湖集中寫及河豚者，除此外還有卷二一次韻唐子光教授河豚、卷二七四時田園雜興六十首晚春田園雜興之十一，可參閲。

【箋注】

〔一〕鯫生：淺薄無知的人。史記項羽紀：「（沛公）曰：『鯫生説我曰：距關，無内諸侯，秦地可盡王也。』」集解：「服虔曰：『鯫，音淺鯫，小人貌也。』」又引臣瓚，以鯫爲姓。

〔二〕彭亨：也作「膨亨」、「膨脝」，指腹漲，這裏借指腹大之河豚。詩經大雅蕩：「女炰烋于中國。」毛傳：「炰烋，謂彭亨也。」太平御覽卷七二〇引東魏高湛養生論：「尋常飲食，每令得所，多飡令人彭亨短氣，或致暴疾。」

〔三〕吴儂：猶言吴人，吴人稱己及他人皆曰儂。蘇軾書林逋詩後：「吴儂生長湖山曲。」蘇軾詩集王注次公曰：「吴儂，吴語也，自稱及彼皆曰儂。」

〔四〕菽菽：種豆。菽，種植，詩經大雅生民：「菽之荏菽，荏菽旆旆。」鄭箋：「菽，樹也。」

〔五〕梟獍：食父母之鳥獸，故曰「逆梟毒獍」。説文：「梟，不孝鳥也。」張華禽經注：「梟在巢，母哺之，羽翼成，啄母目翔去也。」史記孝武本紀：「祠黄帝，用一梟破鏡。」孟康注：「梟，鳥名，食母。破鏡，獸名，食父。」任昉述異記上：「獍之爲獸，狀如虎豹而小，始生，還食其母，故曰梟獍。」

〔六〕「黿鼎」句：用子公故事。左傳宣公四年：「楚人獻黿於鄭靈公。公子宋與子家將見，子公之食指動，以示子家，曰：『他日我如此，必嘗異味。』及入，宰夫將解黿，相視而笑。公問之，子家以告。及食大夫黿，召子公而不與也。子公怒，染指於鼎，嘗之而出。」陸游雜咏園中菓子四首之三：「黿鼎若爲占食指。」即用此典。

〔七〕「羊羹」句：用華元故事。華元，春秋時宋國大夫，宣公二年與鄭戰，戰前殺羊食士，後戰敗被囚，逃歸。左傳宣公二年：「二月壬子，戰於大棘，宋師敗績，囚華元。……將戰，華元殺羊食士。」衄，挫折、失敗。文選曹植求自試表：「流聞東軍失備，師徒小衄。」李善注：「衄，挫折也。」此上兩句，均用左傳典，極爲工巧。

續長恨歌七首

金杯瀲灩曉粧寒，國色天香勝牡丹〔一〕。白鳳詔書來已暮〔二〕，六宮鉛粉半春闌〔三〕。

紫微金屋閉春陽㊀〔四〕，石竹山花却自芳。莫道故情無覓處，領巾猶有隔生香〔五〕。

聞道蓬壺重見時〔六〕，瘦來全不耐風吹。無端却作塵間念，已被仙官聖得知〔七〕。

別後相思夢亦難，東虛雲路海漫漫。仙凡頓隔銀屏影，不似當時取次看。

人似飛花去不歸，蘭昌宮殿幾斜暉〔八〕。百年只有雲容姊，留得當時舊舞衣〔九〕。

驪山六十二高樓，突兀華清最上頭〔一〇〕。玉羽川長湘浦暗，三郎無事更神遊〔一一〕。

帝鄉雲馭若爲留，八景三清好在不〔一二〕？玉笛不隨雙鶴去，人間猶得聽梁州〔一三〕。

【校記】

㊀紫微：原作「紫薇」，今據活字本、叢書堂本、董鈔本改。

【題解】

本詩作年難以確考，要當作於崑山讀書時期，因讀白居易長恨歌有感而作本詩。長恨歌，白居易作，敘唐明皇、楊貴妃事。

【箋注】

〔一〕國色天香：李濬松窗雜録：「（大和開成中）會春暮，内殿賞牡丹花，上頗好詩，因問修己曰：『今京邑傳唱牡丹花詩，誰爲首出？』修己對曰：『臣嘗聞公卿間多吟賞中書舍人李正封詩，曰：國色朝酣酒，天香夜染衣。』上聞之，嗟賞移時。」李正封詩本爲形容牡丹花色香奇絶，石湖詩「勝牡丹」，乃以花喻人，喻楊玉環，稱她勝於牡丹。

〔二〕白鳳：白色鳳凰，爲祥瑞之鳥。殷芸小説卷二：「揚雄著太玄經，夢吐白鳳，集於玄上。」白居易賦賦：「掩黄絹之麗藻，吐白鳳之奇姿。」曹唐遊仙詩：「不知今夜游何處，侍從皆騎白鳳凰。」李賀堂堂：「徘徊白鳳隨君王。」則白鳳常在帝王左右。白鳳詔書，此用白鳳銜詔書喻楊玉環事。李隱瀟湘録（商務印書館本説郛卷三三）：「楊貴妃晝寢，驚覺，見簾外有雲氣氤氲，令宫人視之，見白鳳銜書一，有似詔敕，自空而下，立於寢殿前。宫人白貴妃，起而孰視，遂命焚香，親授其書。命宫嬪披讀其文，曰：『敕謫仙子楊氏，爾居玉闕之時，常多傲慢，謫塵寰之後，轉有驕矜，以聲色惑人君，以寵愛庇族屬。内則兼夫人備位，外則使國忠秉權，殊無知過之心，顯有亂時之迹。比當限滿合議復歸，其如罪之更深，法不可貸，專兹告示，且與沉淪，宜令死於人世。』貴妃極惡之，令宫闈間切秘此事，亦不聞於上。其鳳飛去，其書藏於玉匣中，三日後忽失之。」按，同書卷三録無名氏瀟湘録，亦載此事，乃節本，不録。

〔三〕六宫鉛粉：白居易長恨歌：「回眸一笑百媚生，六宫粉黛無顔色。」

〔四〕「紫微」句：紫微，帝王宫殿，歐陽詢藝文類聚卷六二漢李尤德陽殿銘：「皇穹垂象，以示帝王，紫微之則，弘誕彌光。」金屋，用漢武帝金屋藏嬌故事，形容唐明皇寵倖楊貴妃。

〔五〕「領巾」句：此用賀懷智進楊貴妃領巾事，段成式酉陽雜俎卷一：「天寶末，交趾貢龍腦。……時風吹貴妃領巾於賀懷智巾上，良久，回身方落。賀懷智歸，覺滿身香氣非常，乃卸幞頭貯於錦囊中。及上皇復宫闕，追思貴妃不已，懷智乃進所貯幞頭，具奏他日事。上皇發囊，泣曰：『此瑞龍腦香也。』」楊太真外傳亦載此事，實出酉陽雜俎。

〔六〕「聞道」句：道士重見楊貴妃於仙山上，白居易長恨歌詠其事：「忽聞海上有仙山，山在虛無縹緲間。樓閣玲瓏五雲起，其中綽約多仙子。中有一人字太真，雪膚花貌參差是。金闕西廂叩玉扃，轉教小玉報雙成。聞道漢家天子使，九華帳裏夢魂驚。攬衣推枕起徘徊，珠箔銀屏邐迤開。雲鬢半偏新睡覺，花冠不整下堂來。風吹仙袂飄颻舉，猶似霓裳羽衣舞。玉容寂寞淚闌干，梨花一枝春帶雨。」蓬壺，即蓬萊，海上仙山。王嘉拾遺記卷一：「三壺，則海中三山也。一曰方壺，則方丈也。二曰蓬壺，則蓬萊也。三曰瀛壺，則瀛洲也。形如壺器，此三山上廣中狹下方，皆如工制，猶華山之似削成。」

〔七〕聖得知：唐宋俗語。韓愈盆池：「泥盆淺小詎成池，夜半青蛙聖得知。」應劭風俗通義（原文已佚，録自藝文類聚卷二〇）：「聖者，聲也，通也。言其聞聲知性，通於天地，條暢萬物也。」張相詩詞曲語辭匯釋卷六：「此外又有聖得知一語，意猶云神通得知也。……范成大續長恨歌：『無端却作人間念，已被仙官聖得知。』」

〔八〕「蘭昌」句：蘭昌，宮名，在河南福昌縣。新唐書地理志二河南府福昌縣：「西十七里有蘭昌宮。」又云：「有故隋福昌宮。」李賀昌谷詩：「待駕棲鸞老，故宮椒壁圮。」句下原注：「福昌宮在谷東。」

〔九〕「百年」二句：雲容，即張雲容，楊貴妃侍女。太平廣記卷六九載張雲容事，謂唐時士人薛昭過蘭昌宮，遇三女，其一爲張雲容，自言乃楊貴妃侍兒，善舞霓裳羽衣舞。昔年遇申天師，授與絳雪丹一粒，預言服食仙丹後，雖死百年，遇生人交精，便能再生。薛昭如期攜新衣至，張雲容回生，遂同歸金陵。事出傳記。石湖詩意實據張雲容故事寫成。

〔一〇〕驪山、華清：李吉甫元和郡縣圖志卷一：「（京兆府昭應縣）華清宮，在驪山上。開元十一年，初置温泉宮，天寶六年，改爲華清宮。」新唐書地理志：「（京兆府昭應縣）有宮在驪山下，貞觀十八年置，咸亨二年始名温泉宮。」「六載，更温泉曰華清宮，宮治湯井爲池，環山列宮室，又築羅城，置百司及十宅。」杜牧過華清宮絶句三首之一：「長安迴望繡成堆，山頂千門次第開。」

〔一一〕三郎：指唐玄宗李隆基。李隆基行三（按，唐人行第，依叔伯兄弟排列。獨獨帝王之行第，依同父兄弟排列），人稱「三郎」，明皇亦自稱「三郎」。崔令欽教坊記：「至戲日，上親加策勵，曰：『好好作，莫辱没三郎。』」鄭棨開天傳信記載劉朝霞獻駕幸温泉賦：「遮莫你古時千帝，豈如我今日三郎。」趙翼陔餘叢考卷三七「郎君大相公」條云：「何后稱玄宗爲『三郎』，韋堅唱得寶歌，亦有『三郎當殿坐』之語，優人黃幡綽對玄宗並稱三郎郎當。」

〔二〕八景三清：八景、三清，均爲神仙境界。八景，宋史樂志十五迎奉聖像導引：「洞開霞館法虛晨，八景降飆輪。」曹唐小遊仙詩：「八景風回五鳳車，崑崙山上看桃花。」三清，雲笈七籤卷三道教三洞宗元：「其三清境者，玉清、上清、太清是也，亦名三天。」度人經卷一：「功滿德就，飛昇上清。」李少微注：「按龍蹻經，四梵以上，次有三清，太清十二天，九仙所居；次上清十二天，九真所居；玉清十二天，九聖所居。」

〔三〕「玉笛」二句：用鄭處晦明皇雜録故事。明皇雜録補遺：「其夜，上復與乘月登樓，唯力士及貴妃侍者紅桃在焉。遂命歌涼州詞，貴妃所製，上親御玉笛爲之倚曲。曲罷相睹，無不掩泣。上因廣其曲，今涼州傳於人間者，益加怨切焉。」玉笛隨鶴去，指唐明皇逝世。梁州，曲名，即涼州，鄭棨開天傳信記：「西涼州俗好音樂，新製曲曰涼州。」蘇軾讀開元天寶遺事三首之三：「琵琶絃急袞梁州。」郭茂倩樂府詩集卷七九近代曲辭一録涼州，序云：「樂苑曰：『涼州，宮調曲。開元中，西涼府都督郭知運進。』樂府雜録曰：『梁州曲，本在正宮調中，有大遍小遍。』」馮應榴蘇軾詩集合注卷三引洪容齋隨筆云：「涼州今轉爲梁州，唐人已多誤用，其實從西涼府來也。」涼州曲調極爲怨切，鄭棨開天傳信記曾記載寧王對此曲之評價，云：「曲終，諸王賀，舞蹈稱善，獨寧王不拜。上顧問之，寧王進曰：『此曲雖嘉，臣有聞焉：

夫音者，始於宮，散於商，成於角、徵、羽，莫不根柢囊橐於宮、商也。斯曲也，宮離而少徵，商亂而加暴。臣聞宮，君也；商，臣也。宮不勝則君勢卑，商有餘則臣事僭，卑則逼下，僭則犯上。發於忽微，形於音聲，播於歌詠，見之於人事。臣恐一日有播越之禍，悖逼之患，莫不兆於斯曲也。』上聞之默然。及安史作亂，華夏鼎沸，所以見寧王審音之妙也。」石湖有鑑於歷史教訓，故詩尾作此詠歎。

雷雨鄰舍起龍

雨工避事欲蟠泥〔一〕，帝遣豐隆執以歸〔二〕。連鼓一聲人失箸〔三〕，不知挂壁幾梭飛〔四〕！

【題解】

本詩作年難以確考，要當作於崑山讀書時期。

【箋注】

〔一〕雨工：雨師。李賀神絃曲：「古壁彩虬金貼尾，雨工騎入秋潭水。」李朝威柳毅傳：柳毅過涇陽，見有婦人牧羊於道畔，詢之，知是洞庭龍君之小女。毅曰：「子之牧羊，何所用哉？神祇豈宰殺乎？」女曰：「非羊也，雨工也。」曰：「何爲雨工？」曰：「雷霆之類也。」

〔二〕豐隆：雲師。屈原離騷：「吾令豐隆乘雲兮，求宓妃之所在。」王逸章句：「豐隆，雲師。」

〔三〕人失箸：用劉備故事。三國志吴書先主傳：「先主未出時，獻帝舅車騎將軍董承辭受帝衣帶中密詔，當誅曹公，先主未發。是時曹公從容謂先主曰：『今天下英雄，唯使君與操耳。本初之徒，不足數也。』先主方食，失匕箸。」

〔四〕「不知」句：用陶侃故事。晉書陶侃傳：「侃少時漁於雷澤，網得一織梭，以挂放壁。有頃雷雨，自化爲龍飛去。」

次韻唐致遠雨後喜涼

老陽作氣再三鼓㊀，衰竭之餘不支雨㊁〔一〕。搴旗拔幟掃迹空〔二〕，一點新涼破殘暑。飛蚊薨薨已無奇，蜻蜓翅淨摩天嬉。竹窗日暮轉蕭瑟，喜有促織鳴聲悲。

【校記】

㊀鼓：原作「衰」，活字本、董鈔本同。叢書堂本作「鼓」，富校：「『衰』黄刻本作『鼓』，是。」今據叢書堂本、黄刻本改。

㊁衰：原作「鼓」，活字本、董鈔本同。叢書堂本作「衰」，富校：「『鼓』黄刻本作『衰』，是。」今據叢書堂本、黄刻本改。

【題解】 本詩作於崑山讀書時期，具體作年難以確考。唐致遠，即唐子壽，字致遠，崑山人。父唐煇，紹興初，爲禮部侍郎兼侍講。見建炎以來繫年要録卷八七紹興五年三月紀事。致遠於隆興元年中進士，淳祐玉峰志卷中「進士題名」：「隆興元年木待問榜，唐子壽致遠，煇子，朝議大夫。」至正崑山郡志卷三有相同記述。唐致遠爲王葆次女婿，周必大吴郡諸山録：「（乾道丁亥九月）丙午，唐致遠判院來，友之婿也。」唐致遠是石湖在崑山讀書時期的朋友。

【箋注】

〔一〕「老陽」三句：左傳莊公十年：「夫戰，勇氣也，一鼓作氣，再而衰，三而竭。」石湖借用形容太陽威力衰竭，以應題意。

〔二〕搴旗拔幟：李陵答蘇武書：「然猶斬將搴旗，追奔逐北。」

秋日二絶

碧蘆青柳不宜霜，染作滄洲一帶黄。莫把江山誇北客，冷雲寒水更荒涼。

新秋病骨頓成衰，不度溪橋半月來。無事閉門非左計〔一〕，饒渠屐齒上青苔〔二〕。

【題解】

本詩作於崑山讀書時期，具體作年無法確考。

【箋注】

〔一〕左計：辭源釋云：「不恰當的策劃、失策。」書證即引石湖本詩。

〔二〕饒：任也。張相詩詞曲語辭匯釋卷一：「饒（五），猶任也，儘也。假定之辭。凡文筆作開合之勢者，往往用饒字爲曲筆以墊起之。」

窗前木芙蓉

辛苦孤花破小寒，花心應似客心酸。更憑青女留連得〔一〕，未作愁紅怨緑看〔二〕。

【題解】

本詩作年難以確考，約作於崑山讀書時期。木芙蓉，一名木蓮，一名拒霜花，廣群芳譜卷三九「木芙蓉」條自注：「本草云：此花艷如荷花，故有芙蓉、木蓮之名。八九月始開，故名拒霜。」楊萬里戲詠陳氏女剪綵花二絶句拒霜：「染露金風裏，宜霜玉水濱。莫嫌開最晚，元自不争春。」頗得此花之神韻。董説對本詩評價甚高，題上加三圈，全詩加密圈，見董鈔本。

【箋注】

〔一〕青女：神話中的霜雪女神。淮南子天文訓：「至秋三月……青女乃出，以降霜雪。」

〔二〕「未作」句：紅能使人愁，緑能使人怨，寫出色彩的表情功能。李賀黄頭郎：「南浦芙蓉影，愁紅獨自垂。」柳永定風波：「自春來，慘緑愁紅，芳心是事可可。」

嘲里人新婚

冷艷頩容一笑開〔一〕，休將鸞扇更徘徊〔二〕。箜篌細寫歸舟字，彷彿遊仙夢裏來〔三〕。

【題解】

本詩約作於崑山讀書時期，具體作年難以確考。

【箋注】

〔一〕頩容：面貌美好。楚辭遠遊：「玉色頩以脕顔兮，精醇粹而始壯。」注：「面目光澤，以鮮好也。」

〔二〕「休將」句：自王昌齡長信秋詞五首之三「且將團扇共徘徊」句化出。

〔三〕「箜篌」二句：詩意用逸史李生故事。逸史：「(盧生)引李生入北亭，命酌，曰：『兼與公求得佐酒者，頗善箜篌。』須臾，紅燭引一女子至，容色極艷，新聲甚嘉。李生視箜篌上有硃字一行云：『天際識歸舟，雲間辨江樹。』罷酒，二舅曰：『莫願作婚姻否？此人名家，質貌若此。』李生曰：『某安敢？』……其年，往汴州，行軍陸長源以女嫁之。既婚，頗類盧二舅北亭子所睹者。復解箜篌，果有硃書字，視之，『天際』之詩兩句也。李生具説揚州城南盧二舅亭中筵宴事，妻曰：『乍夢見使者云仙官追，一一如公所言。』」箜篌，絃樂器，有多種體制。舊唐書音樂志：「箜篌，漢武帝使樂人侯調所作，以祠太一。或云：侯輝所作，其聲坎坎應節，謂之坎侯，聲訛爲箜篌。或謂師延靡靡樂，非也。舊説依琴制，今按其形，似瑟而小，七絃，用撥彈之，如琵琶。」通典卷一四四：「豎箜篌，胡樂也，漢靈帝好之。體曲而長，二十二絃，豎抱於懷中，用兩手齊奏，俗謂之擘箜篌。」李賀有李憑箜篌引，王琦解：「按箜篌之器不一，有大箜篌、小箜篌、豎箜篌、卧箜篌、首箜篌數種，觀詩中『二十三絲』一語，知憑所彈者，乃豎箜篌也。」

過松江

長虹斗起蛟龍穴，朱碧欄干夜明滅。太湖三萬六千頃〔一〕，多少清風與明月〔二〕？青鷁驚飛白鷺閒，丹楓未老黄蘆折。誰將横笛叫蒼煙，無限驚波翻白雪。洞庭林屋舊遊處〔三〕，玉柱金庭路巉絶〔四〕。水仙逢迎摻修袂，問我歸計何當決？去年四馬兀春寒，今此孤篷窘秋熱。人生意氣得失間，輕重劍頭吹一吷〔五〕。莫將塵土涴朱顔，却待丹砂回白髮。

【題解】

本詩紀述詩人經松江入太湖遊林屋洞之經歷，時當初秋。然作年難以確考。松江，太湖之支流，陸廣微吳地記：「松江，一名松陵，又名笠澤。左傳曰：『越伐吳，禦之笠澤。』其江之源，連接太湖，一江東南流，五十里入小湖；一江東北流，二百六十里入於海；一江西南流，入震澤，此三江之口也。」

【箋注】

〔一〕太湖三萬六千頃：越絶書：「太湖周回三萬六千頃。」朱長文吳郡圖經續記卷中：「太湖，在吳縣南。禹貢謂之震澤，周官、爾雅謂之具區，史記、國語謂之五湖，其實一也。吐納江海，包絡丹陽、義興、吳郡、吳興之境，其所容者大，故以『太』稱焉。」

〔二〕「多少」句：寫盡太湖風光之美，歷代無數詩人描寫太湖「清風」、「明月」之景境。唐王昌齡太湖秋夕：「月明移舟去，夜静魂夢歸。暗覺海風度，蕭蕭聞雁飛。」宋蘇舜欽望太湖：「風煙觸目相招引，聊爲停橈一楚吟。」

〔三〕洞庭林屋：朱長文吴郡圖經續記卷中：「包山，在震澤中，山有林屋洞，昔吴王嘗使靈威丈人入洞穴，十七日不能窮，得靈寶五符以獻，即此洞也。水經注云：『山有洞室，入地潛行，北通琅琊東武，俗謂之洞庭。』」石湖詩云洞庭、林屋舊遊處，正指太湖中之包山、林屋洞也。

〔四〕玉柱金庭：乃林屋洞中兩處景點。徐崧、張大純百城烟水卷一「西洞庭」：「自秦家嶺折而南，逾抛壺嶺，爲下方山，稍東爲洞山，林屋洞在焉，直金庭玉柱，爲天帝壇山。」王謇宋平江城坊考卷五「洞庭西山」條云：「道書云：林屋洞是十大洞天之第九洞，一名左神幽虚之洞天，有三門，同會一穴。内有石門，爲隔凡，一名雨洞，一名暘谷。洞向東，更有内洞，中有石室銀房，石鐘石鼓，金庭玉柱，又有白芝隱泉、金沙龍盆、魚乳泉、石燕。」明朱用純洞山：「古今足迹到，玉柱與金庭。」

〔五〕劍頭吹一吷：莊子則陽篇：「夫吹筦者，猶有嗃也；吹劍首者，吷而已。」成玄英疏：「嗃，大聲；吷，小聲。」

過平望

寸碧闖高浪，孤墟明夕陽。水柳摇病緑〔一〕，霜蒲蘸新黄。孤嶼乍舉網，蒼煙忽鳴榔。波明荇葉顫，風熟蘋花香。鷄犬各村落，蓴鱸近江鄉〔二〕。野寺對客起，樓陰濯滄浪。古來離別地，清詩斷人腸。亭前舊時水，還照兩鴛鴦。

【題解】

本詩作年難以確考。石湖在崑山佛寺十載讀書期間，曾數次外出，本詩與長安閘當爲赴杭途中所作，時在秋季。于北山范成大年譜紹興二十年譜文云：「暮春，有臨安之行。」與本詩赴杭之節令不合，當是另一年事。平望，市鎮名，屬吳江。徐崧、張大純百城烟水卷四「吳江」：「平望，去縣南五十里。漢爲松陵鎮，地屬吳縣。唐始設平望驛，以宿信使。……宋高宗建炎二年都臨安，以吳江供給之地稱上縣，設平望巡檢司、巡檢寨。」姚承緒吳趨訪古録卷六「吳江」：「平望，去縣東南四十里，漢爲松陵鎮，唐置驛，築西、南、北三塘以通行旅。宋設巡檢司。元末張士誠據吳江，築土城于此，屬隆平府。其地無高山大陵，一望皆平，故名。」

【箋注】

〔一〕水柳摇病緑：自無名氏西洲曲「海水摇空緑」句化出，取摇緑之意。

〔二〕蓴鱸：吳地的兩種物産。蓴，一作「蒓」，水生植物，多生湖泊中，葉橢圓形，有長柄，浮水中，莖及葉柄有粘液，可作羹。范成大吳郡志卷三〇「土物下」：「蓴，味香滑，尤宜芼魚羹，晉陸機入洛，見王濟，濟指羊酪謂機曰：『吳中何以敵此？』機云：『千里蓴羹，未下鹽豉。』」鱸，魚名，范成大吳郡志卷二九「土物上」：「鱸魚，生松江，尤宜鱠。潔白鬆軟，又不腥，在諸魚之上。江與太湖相接，湖中亦有鱸。俗傳江魚四腮，湖魚止三腮，味輒不及。秋初魚出，吴中好事者競買之，或有遊松江就膾之者。」

長安閘

斗門貯净練，懸板淙驚雷。黄沙古岸轉，白屋飛檐開〔一〕。是間袤丈許，舳艫蔽川來。千車擁孤隧，萬馬盤一坏。篙尾亂若雨，檣竿束如堆。摧摧勢排軋，洶洶聲喧豗〔二〕。傴仄復傴仄，誰肯少徘徊！傳呼津吏至，弊蓋凌高埃。囁嚅議譏征，叫怒不可裁。吾觀舟中子，一一皆可哀：大爲聲利驅，小者飢寒催。古今共來往，所得隨飛灰。我乃畸於人㊀〔三〕，胡爲乎來哉？

【校記】

㊀畸於：董鈔本作「畸行」，富校：「黄刻本作『羈旅』，宋詩鈔作『畸旅』。」

【題解】

本詩作年參見過平望「題解」。長安閘，沈欽韓引方輿紀要注爲長安鎮，不當。潛説友咸淳臨安志卷三九「水閘」：「鹽官縣，長安三閘，在縣西北二十五里，相傳始於唐。紹聖間鮑提刑累沙羅木爲之，重置斗門二，後壞於兵火。紹聖八年吴運使請易以石埭。紹熙二年，張提舉重修，歲久莫詳諸使者名。凡自下閘九十餘步至中閘，又八十餘步至上閘，蓋由杭而西，水益走下，故置閘以限之。」

【箋注】

〔一〕白屋：普通民居。李賀老夫採玉歌：「村寒白屋念嬌嬰。」漢書吾丘壽王傳：「或由窮巷，起白屋，裂地而封。」王先謙補注：「士以上屋楹方許循等級用采色，庶人則不許，是以謂爲白屋。顔云『以白茅覆屋』，古無其傳也。」元李翀日聞録：「白屋者，庶人屋也。春秋『丹桓宫楹』，非禮也。在禮：楹天子丹，諸侯黝堊，大夫蒼，士黈，黄色也。按此則屋楹循等級用采，庶人則不許，是以謂之白屋也。」

〔二〕喧豗：水相擊之聲。李白蜀道難：「飛湍瀑流争喧豗，砯崖轉石萬壑雷。」王琦注引韻會：「豗，喧也。」

〔三〕畸於人：語出莊子大宗師：「畸人者，畸於人而侔於天。」

榮木 并序

卧病十日，緑陰滿庭，因誦淵明榮木詩。其序曰：「日月推遷，已復有夏，總角聞道，白首無成。」犂然有感〔一〕，乃和其韻。

薰風南來，木榮於兹。木榮幾時㊀？黄落從之。逝其須臾，坐成四時〔二〕。今我不學，殆其已而〔三〕。天旋地遊，日月其根㊁。形息氣徂，不亡者存。去鄉離家，莫肯過門。猗歟先師〔四〕，不我疵陋。褰衣示珠，俾我復舊㊂。自我來歸，十年不富〔五〕。孰蠹孰蟲，惟汝自疚。冉冉榮木，霜華將墜。天黑路長，屹蹶可畏。隸也不力，奚取六驥。脂車着鞭，一息而至〔六〕。

【校記】

㊀ 幾時：詩淵第二册第一一四三頁作「幾何」。

㊁ 日月：活字本、董鈔本「日」下爲空格，叢書堂本、詩淵作「日飛」，近是。

㊂ 俾我復舊：詩淵作「俾復我舊」。

【題解】

本詩作於紹興二十二年（一一五二）五月，與兩木同作於本年五月卧病時。兩木詩序云：「壬申五月。」問天醫賦序：「至紹興壬申，又十三年矣。」均明言本年卧病。

【箋注】

〔一〕犂然：「犂」通「栗」。莊子山木：「木聲與人聲，犂然有當於人之心。」釋文：「司馬云：犂然猶栗然。」

〔三〕坐成：因成。張相詩詞曲語辭匯釋卷四「坐(九)」：「坐，猶因也，爲也。」

〔三〕「今我」二句：語出論語爲政：「子曰：學而不思則罔，思而不學則殆。」

〔四〕猗歟：贊美詞，詩經商頌潛：「猗與漆沮，潛有多魚。」

〔五〕「十年」句：當指薦嚴寺讀書十年。孔凡禮范成大年譜紹興二十二年譜文「作榮木詩」，注云：「此十年，當亦指薦嚴寺十年。」

〔六〕「冉冉榮木」以下八句：孔凡禮范成大年譜紹興二十二年譜文「作榮木詩」，注云：「表示年齡已不算小，征途雖有困難，將加以克服，迎頭趕上。從此，結束十年薦嚴寺生活，轉向舉業宦途。」

兩木　并序

壬申五月，卧病北窗㊀，惟庭柯相對。手植緑橘枇杷，森然出屋，枇杷已著子，橘獨十年不花，各賦一詩。

枇杷昔所嗜，不問甘與酸。黄泥裹餘核，散擲籬落間。春風拆勾萌，樸樕如榛菅。一株獨成長，蒼然齊屋山。去年小試花，瓏瓏犯冰寒。化成黄金彈〔二〕，同登桃李盤。

大鈞播群物〔二〕，斡旋不作難。樹老人何堪，挽鏡覓朱顔㈡。頷髭爾許長，大笑欹巾冠。緑橘生西山〔三〕，得自髯翁家。云此接活根，是歲當著花。俛仰乃十霜，垂蠹紛相遮。芳意竟寂莫，枯枝謾槎牙。風土諒非宜，翁言豈予夸？會令返故山，高深謝污邪。石液滋舊根，山英擢新葩。黄團挂霜實，大如崆峒瓜〔四〕。當有四老人〔五〕，來駐七香車〔六〕。

【校記】

㈠臥病：活字本、叢書堂本、董鈔本均作「病臥」。

㈡挽鏡：富校：「『挽』黄刻本、宋詩鈔作『攬』，是。」活字本、叢書堂本、董鈔本、詩淵第四册二四五二均作「挽鏡」。

【題解】

本詩作於紹興二十二年（一一五二）五月。詩題云「壬申」，即紹興二十二年。時在崑山東禪寺讀書。崑山雜詠録此詩，漏其名，當爲石湖作，諸集本均載，可信。詩淵第四册第二四五二頁亦録本詩。厲鶚宋詩紀事卷四五將本詩列於崑山人陳世守名下，實誤。厲鶚記詩題於「臥病」下有「東禪之」三字，集本無。本年又作問天醫賦，序云：「余幼而氣弱，常慕同隊兒之强壯，生十四年，大病瀕死。至紹興壬申，又十三年矣，疾痛疴癢，無時不有。」與本詩序意合。

【箋注】

〔一〕黄金彈：喻枇杷。宋祁草木雜詠五首枇杷：「樹繁碧玉葉，柯疊黄金丸。」陸游山園屢種楊梅皆不成枇杷一枝獨結實可愛喜作長句：「且從公子拾金丸。」

〔二〕大鈞：指大自然。文選賈誼鵩鳥賦：「大鈞播物兮，坱圠無垠。」如淳曰：「陶者作器於鈞上，此以造化爲大鈞。」應劭曰：「陰陽造化，如鈞之造器也。」

〔三〕緑橘生西山：洞庭西山生橘樹，葉夢得避暑録話卷下：「今吴中橘亦惟洞庭東西兩山最盛。」范成大吴郡志卷三〇「土物」：「緑橘，出洞庭東西山，比常橘特大。」

〔四〕崆峒瓜：王嘉拾遺記卷六：「明帝陰貴人夢食瓜甚美，帝使求諸方國。時燉煌獻異瓜種，恒山獻巨桃核，瓜名『穹隆』，長三尺而形屈曲，味美如飴。父老云：『昔道士從蓬萊山得此瓜，云是崆峒靈瓜，四劫一實，西王母遺於此地，世代遐絶，其實頗在。』」

〔五〕四老人：用橘中四叟故事。牛僧孺玄怪録卷三「巴邛人」：「有巴邛人，不知姓名，家有橘園，因霜後諸橘盡收，餘有兩大橘，如三四斗盎。巴人異之，即令攀摘。輕重亦如常橘，剖開，每橘有二老叟，鬚眉皤然，肌體紅潤，皆相對象戲。……有一叟曰：『……橘中之樂，不減商山。但不得深根固蔕，爲愚人摘下耳。』」

〔六〕七香車：曹操與太尉楊彪書：「今贈足下……畫輪四望通幰七香車一乘。」古樂府：「青牛白馬七香車。」

道中

月冷吟蛩草，湖平宿鷺沙。客愁無錦字，鄉信有燈花〔一〕。蹤跡隨風葉，程途犯斗槎。君看枝上鵲，薄暮亦還家。

【題解】

本詩作年難以確考，詩題僅云「道中」，未知指哪一次外出之紀行詩。

【箋注】

〔一〕「鄉信」句：燈花，燈心餘燼，爆成花形，古人以爲喜兆。西京雜記：「目瞤得酒食，燈火花得錢財。」魚玄機迎李近仁員外：「今日喜時聞喜鵲，昨宵燈下拜燈花。」

落鴻

落鴻聲裏怨關山，淚濕秋衣不肯乾〔一〕。只道一番新雨過，誰知雙袖倚樓寒〔二〕。

【題解】

本詩作年難以確考。

【箋注】

〔一〕「淚濕」句：李白學古思邊：「相思杳如夢，珠淚濕羅衣。」杜甫黃草：「萬里秋風吹錦水，誰家別淚濕羅衣。」李賀謝秀才有妾縞練改從於人秀才引留之不得後生感憶座人製詩嘲誚賀復繼四首之四：「淚濕紅輪重。」

〔二〕「誰知」句：化用杜牧南陵道中：「正是客心孤迥處，誰家紅袖憑江樓。」

題山水橫看二首

煙山漠漠水漫漫，老柳知秋渡口寒。盡是西溪腸斷處，憑君將與故人看。

霜入丹楓白葦林，橫煙平遠暮江深。君看雁落帆飛處，知我秋風故國心〔一〕。

【題解】

本詩作年難以確考。山水橫看，即是山水畫卷。古時山水畫分畫幅和畫卷兩種，本詩便是題詠山水畫卷的詩。

【箋注】

〔一〕故國心：張祜宮詞：「故國三千里，深宮二十年。」杜甫秋興八首之一：「叢菊兩開他日淚，孤舟一繫故園心。」

瑞香花

萬粒叢芳破雪殘，曲房深院閉春寒。紫紫青青雲錦被，百疊薰籠晚不翻〔一〕。酒惡休拈花蕊嗅，花氣醉人醲勝酒。大將香供惱幽禪㊀，恰在蘭枯梅落後。

【校記】

㊀大將：詩淵第二册第一一五九頁作「天將」。

【題解】

本詩作年難以確考。或在杭州作。瑞香花，廣群芳譜卷四二「瑞香」：「瑞香一名露甲，一名蓬萊紫，一名風流樹。高者三四尺許，枝榦婆娑，柔條厚葉，四時長青。……冬春之交，開花成簇，長三四分，如丁香狀。共數種，有黄花、紫花、白花、粉紅花、二色花、梅子花、串子花，皆有香。」吕大防瑞香圖序：「瑞香，芳草也。其木高纔數尺，生山坡間，花如丁香，而有黄、紫二種，冬春之交，其花始發，植之庭檻，則芳馨出於户外。」

【箋注】

〔一〕「紫紫」二句：潛説友咸淳臨安志卷五八「花之品」：「瑞香，舊真覺院有此花，東坡詩云『幽香結淺紫，來自孤雲岑。骨香不自知，色淺意殊深』云云。（東坡詩題爲次韻曹子方龍山真覺院瑞香花）今馬塍種最多，大者名錦薰籠。」

讀史

登壇策劉項〔一〕，卧廬料曹孫〔二〕。探懷取事業，一一如印圈。英豪蓋天資，八極入控摶。由來事成毀，只繫手覆翻〔三〕。玉虹朝貫日，劍氣夜燭天。雖欲避功名，何處蟄龍鸞。我生後千載，愚暗難具言。長大但食粟，閔凶不能文。麥豆已難辨，楣棁固不分。抱甕灌圃畦〔四〕，截竿避城門〔五〕。智略類如此，何以超籬藩。龜刳始神筴〔六〕，木斷方犧尊。朝市有機穽，冠裳或鉗髡。兹事定不暗㊀，吾其老泥蟠。敢云善用短，聊復强自寬。

【校記】

㊀不暗：富校：「『暗』字原脱，據黄刻本補。」今補。按，活字本「暗」字漫漶不清，叢書堂本、詩淵第六册第四二〇〇頁均作「急」。

【題解】

本詩作於崑山讀書時期，具體年月，難以確定。

【箋注】

〔一〕「登壇」句：此用韓信故事。韓信昔日爲項羽屬下，官「郎中」，「數以策干項羽，羽不用」。後來歸劉邦，劉邦聽從蕭何之勸，設將壇拜信爲大將，「登壇」拜將後，乃上禦項之策，助劉邦滅楚。事見史記淮陰侯列傳。

〔二〕「卧廬」句：此用諸葛亮故事。諸葛亮，躬耕隴畝，居南陽茅廬，人稱「卧龍」。劉備三顧茅廬，見之，乃陳三國鼎立之策，勸劉備西入蜀，南聯孫權，北拒曹操。事見三國志蜀書諸葛亮傳。料，料想，預見。

〔三〕「只繫」句：語出杜甫貧交行：「翻手作雲覆手雨，紛紛輕薄何須數。」

〔四〕「抱甕」句：莊子天地：「(子貢)過漢陰，見一丈人方將爲圃畦，鑿隧而入井，抱甕而出灌，搰搰然用力甚多而見功寡。」

〔五〕「截竿」句：邯鄲淳笑林：「魯有執長竿入城門者，初竪執之，不可入；横執之，亦不可入，計無所出。俄有老父至，曰：『吾非聖人，但見事多矣！何不以鋸中截而入？』遂依而截之。」

〔六〕「龜刳」句：龜刳，即龜坼，古人以灼龜甲時坼裂的紋理，占卜吉凶。周禮春官占人「卜人占坼」注：「坼，兆璺也。」神筴，神妙之計策。筴，同策，史記留侯世家：「留侯善畫計筴。」

浙江小磯春日

客裏無人共一杯，故園桃李爲誰開？春潮不管天涯恨，更捲西興暮雨來〔一〕。

【題解】

本詩作於紹興二十年（一一五〇）春，于北山范成大年譜紹興二十年譜文云：「暮春，有臨安之行。」浙江，在臨安東南。咸淳臨安志卷三一山川十浙江：「在郡之東南……郭璞曰：在縣東謂之玉山，其水過今建德，合婺溪至富春爲浙江，入於海。」董説很欣賞本詩，於詩題上加三圈，於三、四句旁加密圈，以爲佳句也，見董鈔本。

【箋注】

〔一〕西興：地名，亦名西陵，施宿嘉泰會稽志卷一二：「蕭山縣西興鎮，在縣西十二里。」張淏寶慶會稽續志卷三：「西興鎮，前志云西陵城在蕭山縣西十二里，吴越武肅王以西陵非吉語，遂改曰西興。」蘇軾望海樓晚景五絶之三：「江上秋風晚來急，爲傳鐘鼓到西興。」

代聖集贈別

一曲悲歌水倒流，尊前何計緩千憂？事如夢斷無尋處，人似春歸挽不留。草色粘天鵾鳩恨〔一〕，雨聲連曉鷓鴣愁。迢迢緑浦帆飛遠，今夜新晴獨倚樓。

【題解】

本詩作年難以確考。聖集，即趙聖集，于北山范成大年譜紹興二十六年譜文云：「嚴焕時爲州教授，唱酬最多；時友中尚有胡宗偉、林公正、劉慶充、滕子昭、李深之、趙聖集、湯温伯等。」孔凡禮范成大年譜將本詩列在崑山讀書十年中。于北山譜却將趙聖集作爲任徽州司户參軍時結識的友人，比較合理。

【箋注】

〔一〕「草色」句：此用張祜草詩「草色粘天鵾鳩恨」成句。秦觀滿庭芳「山抹微雲，天粘衰草」，亦自張祜詩化出。

二月三日登樓，有懷金陵、宣城諸友

百尺西樓十二欄，日遲花影對人閒。春風已入片時夢〔一〕，寒食從今數日間〔二〕。折柳故情都望斷㊀，落梅新曲與愁關〔三〕。詩成欲訪江南便，千里煙波萬疊山。

【校記】

㊀都：原作「多」，活字本、叢書堂本、董鈔本、詩淵第五册第三五四四頁均作「都」，今據改。

【題解】本詩作於紹興二十五年（一一五五）春二月三日，寒食節之前。按，石湖於紹興二十三年秋，赴漕試，至金陵；二十四年中舉後去宣城；二十五年春，返回蘇州。

【箋注】

〔一〕「春風」句：自岑參春夢「枕上片時春夢中」句中化出。

〔二〕寒食：節名，宗懍荆楚歲時記：「去冬節一百五日，即有疾風甚雨，謂之寒食，禁火三日，造餳大麥粥。」

〔三〕落梅：即落梅花，又名梅花落，羌族笛曲名。李白與史郎中欽聽黄鶴樓上吹笛：「黄鶴樓中吹玉笛，江城五月落梅花。」段安節樂府雜録笛：「笛，羌樂也。古有落梅花曲，開元中，有李謨獨步於當時，後禄山亂，流落江東。」

寒食郊行書事二首

野店垂楊步〔一〕，荒祠苦竹叢。鷺窺蘆箔水，烏啄紙錢風。媪引濃粧女，兒扶爛醉翁。深村時節好，應爲去年豐。

隴麥欣欣緑，山桃寂寂紅。帆邊漁䑾浪〔二〕，木末酒旗風〔三〕。信步隨芳草，迷途問小童。賞心添脚力，呼渡過溪東。

【題解】

本詩應作於紹興二十五年（一一五五）春，時正自岳家返蘇。于北山范成大年譜紹興二十五年譜文云：「石湖岳家居溧水宣城之間，在此一二年中，曾數次往遊。」本詩與卷五寒食客中有懷、南塘寒食書事等詩，當作於同時。

【箋注】

〔一〕垂楊步：意爲垂楊掩映的船碼頭。步，通「埠」，停船的碼頭。柳宗元永州鐵爐步志：「江之滸，凡舟可縻而上下者曰步。」

〔二〕漁葹：釣魚用的浮子。陸龜蒙奉和襲美吴中書事寄漢南裴尚書：「三泖涼波魚葹動，五茸春草雉媒嬌。」

〔三〕酒旗風：陸龜蒙懷宛陵舊遊：「惟有日斜溪上思，酒旗風影落春流。」杜牧江南春絶句：「千里鶯啼緑映紅，水村山郭酒旗風。」

初夏二首

清晨出郭更登臺，不見餘春只麽回〔一〕：桑葉露枝蠶向老，菜花成莢蝶猶來。

晴絲千尺挽韶光，百舌無聲燕子忙。永日屋頭槐影暗，微風扇裏麥花香。

【題解】

本詩作年難以確考。

【箋注】

〔二〕只麽回：張相詩詞曲語辭匯釋卷三：「只麽，猶云只此或只如此。黄庭堅寄杜家父詩：『間情欲被春將去，鳥喚花驚只麽回。』言只如此回轉也。」

夏夜

脈脈惜佳夜，泠泠成浩歌。儻無詩句子，將奈月明何！露氣濛花重〔一〕，風聲入樹多。清歡殊未辦，桂影墮江波。

【題解】

本詩作年難以確考。

【箋注】

〔一〕「露氣」句：用杜甫春夜喜雨「花重錦官城」意，變「雨」爲「露氣」。

與時叙、現老納涼池上，時叙誦新詞甚工

會心不在遠，頃步便得之〔一〕。長風吹月來，清影落半池。屋頭見木葉，玲瓏剪琉璃。紅塵絆兩足，大笑兒輩癡。老禪挽我遊，高論方軒眉。潘郎忽鼎來，談詩解人頤〔二〕。晚誦雲髻篇〔三〕，濯濯餘春姿。想見篇中人，清潤如君詩。笑我兩枯木，獨與三冬期。

【題解】

本詩作年難以確考，約當作於崑山讀書十年時期。于北山范成大年譜繫本詩於紹興二十一年，譜文云：「與潘時叙、唐子壽等相唱酬。」然無確據。時叙，即潘時叙，崑山人，寒畯之士，善詩文，石湖盛贊其詩，與之酬唱甚多。現老，薦嚴寺僧。池上，指薦嚴寺後圃池。至正崑山郡志卷一：「東禪寺後圃池上茅亭，吳仁傑取杜詩『可以賦新詩』之句，名曰可賦。范石湖多游息其中。」

【箋注】

〔一〕頃步：當作「蹞步」，半步。荀子勸學：「故不積蹞步，無以至千里。」楊倞注：「半步曰蹞，與跬同。」

〔二〕「潘郎」二句：潘郎，指潘時叙。鼎來，方來。漢書匡衡傳：「諸儒爲之語曰：『無説詩，匡鼎

來。匡説詩，解人頤。』」服虔注：「鼎，方也。」如淳曰：「使人笑而不能止也。」

〔三〕「晚誦」句：雲髻篇，即潘時叙新作之詩。

林元復輓詩

胸次峥嵘滿貯書，十年名字滿江湖。張公閲世詩千首〔一〕，揚子傳家宅一區〔二〕。

謾道春風須得意，那知秋雨不成珠〔三〕。自從雪魄冰魂散，魯國今誰更服儒？

【題解】

本詩作年難以確考，當是崑山讀書時期所作。林元復，是石湖在崑山讀書時期結識的友人，石湖輓詩歎其有才而不得志，哀其謝世。陸友仁中吴舊聞論「林槩」及其子孫，皆衣冠名族，云：「近世儒門之盛，必推林氏云。」林元復當爲其族人。

【箋注】

〔一〕「張公」句：杜牧登池州九峰樓寄張祜：「誰人得似張公子，千首詩輕萬户侯。」張公，指張祜，本詩借以指林元復。

〔二〕「揚子」句：用漢代揚雄故事。漢書揚雄傳：「揚雄字子雲，蜀郡成都人也。……揚季官至廬江太守，漢元鼎間避仇復遡江上，處岷山之陽曰郫，有田一壥，有宅一區，世世以農桑爲業。自季至雄，五世而傳一子，故雄亡它揚於蜀。」

〔三〕「謾道」二句：形容場屋失意，科舉不第。按，春風得意，用孟郊登科夜詩「春風得意馬蹄疾」意。

戲贈少梁

屈膝銅鋪晝掩關〔一〕，薰爐誰伴夕香寒？秋來合有相思字，會待風前片葉看。

【題解】

本詩作於崑山讀書時期，作年難以確考。少梁，即唐少梁，崑山人，與石湖同爲詩社中人。

【箋注】

〔一〕「屈膝」句：語出李賀宮娃歌：「屈膝銅鋪鎖阿甄。」王琦解：「屈膝是門與柱相交處之拳釘，其形折曲若人膝之屈者然，故曰屈膝。」銅鋪，門上獸形銅製飾品，銜門鐶。文選司馬相如長門賦「擠玉户以撼金鋪」，李善注：「金鋪，以金爲鋪首。」吕延濟注：「金鋪，扉上有金花，花中有鈕鐶以貫鎖。」

南徐道中 以下赴金陵漕試作

生憎行路與心違〔一〕，又逐孤帆擘浪飛。吴岫涌雲穿望眼，楚江浮月冷征衣。長歌悲似垂垂淚，短夢紛如草草歸〔二〕。若有一廛供閉户，肯將篋舫换柴扉！

【題解】本詩作於紹興二十三年（一一五三）。本年秋，石湖赴建康府參加漕試。題下原注：「以下赴金陵漕試作。」建炎以來朝野雜記甲集卷一三「諸路同日解試」條云：「祖宗舊制，諸路州軍科場，並以八月五日鎖院。」金陵爲江東漕司駐地，平江應漕試者，須赴金陵參加考試，解試獲雋者，次年春赴臨安參加禮部試。南徐，即南徐州，唐宋爲潤州，即今江蘇鎮江。顧野王輿地志：「丹徒，南徐州。」（此爲佚文，輯自輿地紀勝卷七）李吉甫元和郡縣圖志卷二五江南道一浙西觀察使潤州：「本春秋吴之朱方邑，始皇改爲丹徒。……晉咸和中，郗鑒自廣陵鎮於此，爲僑徐州理所。昇平二年，徐州刺史北鎮下邳，京口常有留局，後徐州寄理建業，又爲南兗州，後又爲南徐州。」輿地紀勝卷七：「鎮江府，晉元帝渡江，於京口僑置徐、兗二州，宋文帝以南徐州治京口，南兗州治廣陵。」

【箋注】

〔一〕生憎：張相詩詞曲語辭匯釋卷二：「生，甚辭，猶偏也；最也；只也；硬也。盧照鄰長安古意詩：『生憎帳額繡孤鸞，好取門簾貼雙燕。』生憎，猶云偏憎或最憎。」

〔二〕草草：匆匆。王鍈詩詞曲語辭例釋：「草草（一），匆匆，表狀態的形容詞，與通常表示粗率、敷衍的含意有所不同。」

石湖居士詩集卷二

望金陵行闕

聖代規模跨六朝，行宫臺殿壓金鼇〔一〕。三山落日青鸞近〔二〕，雙闕清風紫鳳高。石虎蹲江蟠王氣〔三〕，玉麟涌地鎮神皋。太平不用千尋鎖〔四〕，静聽西城打夜濤〔五〕。

【題解】

本詩作于紹興二十三年（一一五三）秋赴金陵漕試途中。金陵，北宋名江寧府，南宋改建康府。顧野王輿地志：「金陵，右環大江，左枕崇崗，三面據水，以山爲廓，以江爲池，地勢險阻。」（佚文，見重刊江寧府志卷八）建康實録卷一：「建康者，本楚金陵邑，秦改爲秣陵，吴改爲建業，晉愍帝諱業，改爲建康。」石湖遥望金陵行宫，贊其形勝雄偉險要。

【箋注】

〔一〕壓金鼇：語出王建宫詞第一首：「蓬萊正殿壓金鼇。」壓金鼇，用列子湯問典故，古有五神山，山無根，帝「乃命禺彊使巨鼇十五，舉首而載之」。王建因用此典，形容蓬萊正殿的宏偉氣象。

〔二〕三山：金陵有三山，三峰並立，因名，在長江邊上。顧野王輿地志：「三山，周迴四里。大江從西來，勢如建瓴，而此山突出當其衝。有三峰，南北相接，積石森鬱，濱於大江。吴時津戍處也。」（佚文，見讀史方輿紀要卷二〇）李白登金陵鳳凰臺「三山半落青天外」，即此山。景定建康志卷一七：「三山，在城西南三十七里，周迴四里，高二十九丈。」

〔三〕「石虎」句：石虎蹲江，即指石頭城如虎踞江上。顧野王輿地志：「石頭山，即楚金陵邑地，吴晉時，江流山下，最爲險要，其上築城以守之。……諸葛亮嘗駐此，以觀形勢，謂之石頭虎踞，是也。東麓有虎踞關。」（佚文，見江南通志卷一一）六朝事蹟編類卷上：「諸葛亮論金陵地形，云：『鍾阜龍盤，石城虎踞，真帝王之宅。』正謂此也。」

〔四〕「太平」句：此用王濬典故。晉書王濬傳：「太康元年正月，濬發自成都，率巴東監軍、廣武將軍唐彬攻吴丹楊，克之，擒其丹楊監盛紀。吴人於江險磧要害之處，并以鐵鎖横截之，又作鐵錐長丈餘，暗置江中，以逆距船。……濬乃作大筏數十，亦方百餘步，縛草爲人，被甲持杖，令善水者以筏先行，筏遇鐵錐，錐輒著筏去。又作火炬，長十餘丈，大數十圍，灌以麻油，在船前，遇鎖，然炬燒之。須臾，融液斷絶，於是船無所礙。」石湖詩用此典，説明現在太平盛世，不用千尋鎖封絶江面。

〔五〕「静聽」句：自劉禹錫金陵五題石頭城「山圍故國周遭在，潮打空城寂寞回」句化出。

金陵道中

山晚黄羊隨日下，天寒白犢弄風歸。愁埃百轉西州路〔一〕，笑憶沙湖一棹飛〔二〕。

【題解】

本詩作於紹興二十三年（一一五三）秋赴金陵漕試途中。

【箋注】

〔一〕西州路：指金陵之道路。李吉甫元和郡縣圖志卷二五江南道一潤州上元縣：「吴長沙桓王孫策定江東，置揚州於建業，其州廨王敦及王導所創也。後會稽王道子於東府城領州，故亦號此爲西州。」蘇軾遊東西巖：「慟哭西州門。」王注次公曰：「西州門，學者多未曉，在江寧府。以府有東府城，城中有揚州廨，而揚州在府西，故時人號爲東府、西州，而東府城之西門，謂之西州門。見寰宇記。」

〔二〕沙湖：金陵無沙湖，此乃蘇州之湖名。詩云「笑憶」蓋回憶赴漕試時路過沙湖乘船而行之情景。沙湖，在蘇州婁門東。姑蘇志卷一〇「至和塘」條：「其西，自郡城婁門東行，經沙湖，又東入夷亭，諸水或南或北并東入吴淞江。」

曉行 官塘驛

篝燈驛吏唤人行，寥落星河向五更。馬上誰驚千里夢，石頭岡下小車聲〔一〕。

【題解】

本詩作於紹興二十三年（一一五三），赴建康府漕試宿官塘驛晨起作。

【箋注】

〔一〕石頭岡：即石子岡，在金陵城南十五里。景定建康志卷一七：「石子岡，一名石子墩，在城南十五里，長二十里，高一十八丈，吴志云：諸葛恪爲孫峻所害，投之於此岡。……輿地志：宋大明中起迎風觀於其上。舊經云：俗説此岡多細花石，故名石子岡。」沈欽韓注引輿地紀勝：「石子岡，寰宇記云：在江寧縣南十五里。」辛棄疾一剪梅遊蔣山呈葉丞相：「白石岡頭曲岸西」，亦即石子岡。

秦淮

不將行李試問關〔一〕，誰信江湖道路難。腸斷秦淮三百曲〔二〕，船頭終日見

方山〔三〕。

【題解】

本詩作於紹興二十三年（一一五三）秋，時正赴建康府漕試。秦淮，水名。沈欽韓注：「秦始皇所鑿，故名秦淮，在江寧府上元縣治東南三里。」惜無書證。按，太平御覽卷六五引輿地志：「秦始皇巡會稽，鑿斷山阜，此淮即所鑿也，亦名秦淮。」孫盛晉春秋亦云：「是秦所鑿。王導令郭璞筮，即此淮也。又稱未至方山，有直瀆行三十許里，以地形論之，淮發源詰屈，不類人功，則始皇所掘，宜此瀆也。」景定建康志卷一八：「秦淮，舊傳秦始皇時，望氣者言五百年後，金陵有天子氣，於是東游以厭當之。乃鑿方山，斷長壟，爲瀆入於江，故曰秦淮。」

【箋注】

〔一〕行李：猶行旅。杜甫贈蘇四徯：「別離已五年，尚在行李中。」　間關：道路崎嶇難行。漢書王莽傳：「（王邑）間關至漸臺。」注：「間關，猶言崎嶇展轉也。」

〔二〕秦淮三百曲：謂秦淮河曲折多彎道，太平御覽卷六五引輿地志稱秦淮「縈迂京邑之内」，晉春秋説它「詰屈」，石湖則用「三百曲」形容之。

〔三〕方山：太平寰宇記卷九〇：「方山，在（上元）縣東南五十里，周迴二十里，高一百一十六丈，其山四面等方孤絶。」又引顧野王輿地志云：「湖熟西北有方山，頂方正，上有池水。」

重九獨登賞心亭

誰教佳節滯天涯？强展愁眉管物華。每歲有詩題白雁〔一〕，今年無酒對黄花。

悠悠造化占斜日，草草登臨記落霞〔二〕。宇宙此身元是客〔三〕，不須彈鋏更思家〔四〕。

【題解】

本詩作於紹興二十三年（一一五三）重陽日。賞心亭，人稱金陵第一勝概。在建康下水門城上，遺址在今南京水西門。景定建康志卷二二：「賞心亭，在下水門之城上，下臨秦淮，盡觀覽之勝，丁晉公謂建。」文瑩湘山野録卷上：「金陵賞心亭，丁晉公出鎮日重建也。秦淮絶致，清在軒檻，取家篋所寶袁安卧雪圖張於亭之屏，乃唐周昉絶筆。」

【箋注】

〔一〕「每歲」句：彭乘續墨客揮犀卷七「白雁至則霜降」條云：「北方有白雁，似雁而小，色白，秋深則來，白雁至則霜降，河北人謂之霜信。杜甫詩云：『舊國霜前白雁來。』即此也。」

〔二〕草草：匆匆意，已見卷一南徐道中注。

〔三〕「宇宙」句：李白春夜宴從弟桃花園序：「夫天地者萬物之逆旅也，光陰者百代之過客也。」石湖句由此化出。

〔四〕彈鋏：用戰國時齊人馮諼故事。戰國策齊策：「齊人有馮諼者，貧困不能自存。使人屬孟嘗君，願寄食門下。……居有頃，倚柱彈其劍，歌曰：『長鋏歸來乎，食無魚。』左右以告，孟嘗君曰：『食之，比門下之客。』居有頃，復彈其鋏，歌曰：『長鋏歸來乎，出無車。』左右皆笑之，以告，孟嘗君曰：『爲之駕，比門下之車客。』……後有頃，復彈其劍鋏，歌曰：『長鋏歸來乎，無以爲家。』……孟嘗君使人給其食用，使無乏。」

賞心亭再題

天險東南重，兵雄百二尊〔一〕。拂雲千雉繞〔二〕，截水萬崖奔。赤日吴波動，蒼煙楚樹昏。向無形勝地，何以控乾坤？

【題解】

本詩作於紹興二十三年（一一五三），與上首同時作。董説評本詩：「似杜老雄壯。」詩題上加雙圈，全詩字傍加密圈。

【箋注】

〔一〕百二尊：山河險固之地。周書賀蘭祥傳：「天鑑有周，世篤英聖。遂廓洪基，奄荒萬寓。固則神皋西嶽，險則百二猶在。」

〔二〕「拂雲」句：形容金陵城墻雄偉。雉，計算城墻面積的單位，左傳隱公元年：「都城過百雉，國之害也。」杜預注：「方丈曰堵，三堵爲雉。一雉之墻長三丈，高一丈。」

宿義林院

暝氣昏如雨，禪房冷似冰。竹間東嶺月，松杪上方燈。鷲鶻盤金刹〔一〕，流螢拂玉繩〔二〕。明朝窮脚力，連夜斬崖藤。

【題解】

本詩作於任職新安掾時期，即紹興二十六年至三十年間（一一五六—一一六〇），具體作年難以確考。按，義林院，在徽州績溪縣，新安志卷五僧寺：「義林院，在惟新下鄉麟福里，天禧三年建。」此乃鄉間小寺，與詩境合。

【箋注】

〔一〕金刹：佛塔之别稱，法華經授記品：「起七寶塔，長標金刹。」

〔二〕玉繩：星名。張衡西京賦：「上飛闥而仰眺，正睹瑶光與玉繩。」李善注：「春秋元命苞曰：『玉衡北兩星爲玉繩。』」

荆公墓二首

百歲誰人巧拙？一丘底處虧成。半世青苗法意〔一〕，當年雪竹詩情〔二〕。

本意治功徙木，何心黨禍揚塵。報讎豈教行劫，作俑翻成害仁〔三〕。

【題解】

本詩作於紹興二十三年（一一五三）時正赴建康府漕試，乘閒上荆公墳。荆公墓，即王安石墓，在金陵半山寺後。沈欽韓范石湖詩集注卷上引一統志爲注。潛説友景定建康志卷四三風土志諸墓：「王舒王墓，在半山寺後。」周煇清波雜志卷一二：「王荆公墓在建康蔣山東三里，與其子雱分昭穆而葬。」「一日，因報謁於清涼寺，（吕吉甫）問孫：『曾上荆公墳否？』蓋當時士大夫道金陵，未有不上荆公墳者。」孔凡禮范成大年譜紹興二十三年譜文：「吊王安石墓。」附注：「于安石有微詞。」

【箋注】

〔一〕青苗法：亦稱「常平新法」，王安石創新法之一。青黄不接之時，官貸錢與民，正月放而夏斂，五月放而秋斂，納息二分。民間稱爲青苗錢，參見宋史食貨志四。

〔二〕雪竹詩情：魏泰臨漢隱居詩話：「熙寧庚戌冬，王荆公安石自參知政事拜相。是日，官僚造門奔賀者相屬於路，公以未謝，皆不見之。獨與余坐於西廡之小閣，荆公語次，忽顰蹙久之，取筆書窗曰：『霜筠雪竹鍾山寺，投老歸歟寄此生。』放筆揖余而入。元豐己未，公已謝事，爲會靈館使，居金陵白下門外。余謁公，公欣然邀余同遊鍾山，憩法雲寺，偶坐於僧房。是時，雖無霜雪，而虚窗松竹皆如詩中之景。余因述昔日題窗，并誦此詩，公憮然曰：『有是乎？』頷首微笑而已。」

〔三〕「作俑」句：孟子梁惠王上：「仲尼曰：『始作俑者，其無後乎！』」始作俑者，開始用俑作殉葬的人，比喻惡劣先例的開創者。害仁，語出論語衛靈公：「子曰：『志士仁人，無求生以害仁。』」

十月朔客建業，不得與兄弟上冢之列，悲感成詩

歲已看成暮，身今未得歸。風塵孤淚盡，霜露寸心違〔一〕。南磵新流水，西山舊落暉。煙松應好在，宿草定成非。逝水方東去，浮雲浪北飛。危魂先自斷，不待更沾衣。

【題解】本詩作於紹興二十三年（一一五三）十月，時正參加漕試，客居建業，因不能與兄弟上冢，悲感

而作本詩。

【箋注】

〔一〕寸心：晉葛洪抱朴子嘉遯：「方寸之心，制之在我，不可放之於流遁也。」杜甫偶見：「文章千古事，得失寸心知。」

白鷺亭

倦遊客舍不勝閒，日日清江見倚闌。少待西風吹雨過，更從二水看淮山〔一〕。

【題解】

本詩作於紹興二十三年（一一五三），赴建康府漕試，居建康有時，故稱「倦遊客舍」。白鷺亭，金陵勝迹，沈欽韓注引明一統志。按，景定建康志卷二二「亭軒」云：「白鷺亭，接賞心亭之西，下瞰白鷺洲，杜門有東坡留題。景定元年，馬光祖重建。……李白鳳凰臺詩有『二水中分白鷺洲』之句，亭對此洲，故名。」方輿勝覽卷一四江東路建康府：「白鷺亭在府城上，與賞心亭相接，下瞰白鷺洲。」

【箋注】

〔一〕二水：史正志二水亭記：「秦淮源出句容、溧水兩山，自方山合流，至建業貫城中而西，以達於江，有洲橫截其間，李白所謂『二水中分白鷺洲』是也。」

臙脂井三首

昭光殿下起樓臺，拚得山河付酒杯。春色已從金井去，月華空上石頭來〔一〕。

午醉醒來一夢非，怱怱玉樹逐春歸〔二〕。臙脂却作千年計，不似愁魂四散飛。

腰支旅拒更神遊〔三〕，桃葉山前水自流。三十六書都莫恨〔四〕，煩將歌舞過揚州〔五〕。

【題解】

本詩作於紹興二十三年（一一五三），赴建康府漕試時。乘閒遊古迹臙脂井有感，乃賦本詩。臙脂井，又名景陽井，在金陵景陽樓下。景定建康志卷一九：「景陽井，一名胭脂井，又名辱井，在臺城内。陳末後主與張麗華、孔貴嬪投其中，以避隋兵。其井有石欄，多題字，舊傳云：欄有石脈，以帛拭之，作胭脂痕，或云，石脈色類胭脂。」張麗華，南朝陳後主妃，隋兵入陳，與後主自投宫内景陽井中，爲隋軍搜出，被殺，其傳附陳書後主沈皇后傳。

【箋注】

〔一〕「月華」句：石頭，即石頭城，句意從劉禹錫金陵五題石頭城「淮水東邊舊時月，夜深還過女墻來」翻出。石頭城，指六朝古都金陵。景定建康志卷一七：「後漢建安十六年，吴孫權乃加修理，改名石頭城，用貯軍糧器械，今清凉寺西是也。……六朝記云：吴孫權沿淮立栅，又於江岸必争之地築城，名曰石頭，常以腹心大臣鎮守之。今石城故基，乃楊行密稍遷近南，夾淮帶江，以盡地利，其形勢與長干山連接。」

〔二〕玉樹：玉樹後庭花之略稱，南朝樂府，陳後主叔寶作。隋書樂志：「（陳後主）於清樂中造黄鸝留及玉樹後庭花、金釵兩臂垂等曲，與幸臣等製其歌詞，綺艷相高，極於輕蕩，男女唱和，其音甚哀。」陳後主耽於聲色，陳朝不久滅亡，後人因視玉樹後庭花爲亡國之音。杜牧泊秦淮：「商女不知亡國恨，隔江猶唱後庭花。」

〔三〕旅拒：沈欽韓注兩説，一説旅拒作旅距，見後漢書馬援傳。按後漢書馬援傳：「若大姓侵小民，黠羌欲旅距，此乃太守之事也。」注：「不從之貌。」有聚衆抗拒之意。此説與石湖詩意不合。一説旅拒作吕鉅，見莊子列禦寇。按，列禦寇：「一命而吕鉅。」沈引釋文：「吕鉅，矯貌。」沈氏引釋文，並非準確解説，郭慶藩莊子集釋引郭嵩燾曰：「釋文：吕鉅，矯貌。疑此不當爲矯。方言：㑂、吕，長也；東齊曰㑂，宋魯曰吕。説文：鉅，大剛也，亦通作巨，大也。吕鉅，謂自高大，當爲矜張之意。云矯，非也。」當從郭説。

〔四〕三十六書：大業拾遺録：「煬帝夢見陳後主，語云：『三十六封書，使人恨恨！』」沈欽韓注：「前人莫解何謂，蓋隋兵渡江警書，爲張貴妃所沈閣者。」

〔五〕「煩將」句：意謂陳朝荒淫失國，隋朝統治者並没有從中吸取歷史教訓，隋煬帝在揚州建造「迷宫」等奢侈宫殿，迷戀奢華生活，結果也因荒淫而亡國。「煩將歌舞過揚州」，是説將陳朝的歌舞帶到揚州來，讓隋代帝王享用。詩意從李商隱隋宫「地下若逢陳後主，豈宜重問後庭花」中化出。

秦淮 并序

自金陵復泛秦淮，宛轉數百曲。世傳始皇東巡，自江乘渡，望氣者以爲金陵有天子氣〔一〕，乃鑿長岡引潮水入焉，號曰秦淮。逶迤屈曲，不類人功，故又傳爲龍所開也。

祖龍驅群龍〔二〕，疏此萬丈溝。雨工戀故棲〔三〕，十步九回頭。至今秦淮曲，蜿若春蛇遊。舟師厭回互，歎息倚柁樓。維昔東巡初，八極圍寸眸。天端有佳氣，鬱鬱東南浮。卜云當興王，在後五百秋。叱咤召六丁〔四〕，慘淡風雲愁。鑿渠斷地脉，自謂神與謀。乾坤有端倪，已露不可收。大帝開吴天〔五〕，定鼎臨江陬。融融秣陵日〔六〕，始照十二旒〔七〕。經營暨六代，兹地稱神州。乃知曆數定，昧者徒私憂。兹事故老傳，未知信然不？姑置勿重陳，作詩歎遲留。

【題解】

本詩作於紹興二十四年(一一五四),本詩列於「九月三日宿胥口始聞雁」之前,又與二十三年所作之數首秦淮詩分開排列,且詩序云:「自金陵復泛秦淮」,可知本詩當作於應試後復過秦淮時作,時已在二十四年矣。

【箋注】

〔一〕金陵有天子氣:藝文類聚卷八三引胡琮别傳:「吴時掘地,得銅匣,以琉璃爲蓋,布雲母於其上,開之,得白玉如意。大皇帝以問琮,對曰:『秦始皇以金陵有天子氣,處處埋寶物以當王者之氣,此抑是乎?』」太平御覽卷七〇三引胡琮别傳,文字與之基本相同。太平御覽卷六一引晉陽秋:「秦始皇東巡,望氣者云:五百年後,金陵有天子氣。於是始皇改曰秣陵,塹北山,以絶其勢。今建康即秣陵,西北界所塹即建康南淮也(今謂之秦淮)。」

〔二〕祖龍:指秦始皇。文選潘安仁西征賦:「憶江使之反璧,告亡期于祖龍。」此用史記秦始皇本紀所載鄭使者言祖龍死期的故事,李善注引蘇林曰:「祖,始也;龍,人君之象,謂始皇也。」

〔三〕雨工:雨師。見卷一雷雨鄰舍起龍注。

〔四〕六丁:道教之神,相傳能行風雷,制鬼神。後漢書梁節王傳:「從官卞忌,自言能使六丁。」韓注:「六丁謂六甲中丁神也。若甲子旬中,則丁卯爲神;甲寅旬中,則丁巳爲神之類也。」

愈調張籍：「仙官敕六丁。」老學庵筆記卷九：「撫州紫府觀真武殿像，設有六丁六甲神，而六丁皆爲女子像。」黄庭内景經：「神華執巾六丁謁。」梁丘子注：「六丁者，謂六丁陰神玉女也。老君六甲符圖云：『丁卯神司馬卿，玉女足曰之。丁丑神趙子玉，玉女順氣。丁亥神張文通，玉女曹漂之。丁酉神臧文公，玉女得喜。丁未神石叔通，玉女寄防。丁巳神崔巨卿，玉女開心子。』言服鍊飛根、存漱五牙之道成，則役使六丁之神也。」

〔五〕大帝：指孫堅，三國志吴書吴主傳：「黄龍元年春，公卿百司皆勸權正尊號。夏四月，夏口、武昌并言黄龍、鳳凰見。丙申，南郊即皇帝位。」「（太元二年）夏四月，權薨，時年七十一，謚曰大皇帝。」孫權建吴國，故云「開吴天」。

〔六〕秣陵：縣名，即建業。景定建康志卷一五疆域志「地爲治所」：「建安十六年，孫權自京口徙治秣陵，明年改爲建業。」

〔七〕十二旒：帝王冠冕前後垂懸的玉串。古代帝王、諸侯冠冕前後懸垂的玉串，諸侯九旒，帝王十二旒。

九月三日宿胥口，始聞雁 以下歸崑山作

故人久不見，乍見雜悲喜。新雁如故人，一聲驚我起。把酒不能觴，送目問行

李。曾雲行路難，空濛千萬里。塞北多關山，江南渺雲水。風高吹汝瘦，旅伴今餘幾？斜行不少駐，滅没蒼煙裏。羈遊吾亦倦，客程殊未已！扁舟費年華，短纜繫沙尾。物生各有役，冥心聽行止。江郊匝地熟，場圃平如砥。歸期且勿念，共飽豐年米。

【題解】

本詩作於紹興二十四年（一一五四）秋。本詩編於赴金陵漕試十五首之後，容易使人誤解爲二十三年作，實非。因石湖於二十三年十月，尚在金陵，見卷二十月朔客建業不得與兄弟上冢之列悲感成詩。孔凡禮范成大年譜紹興二十四年譜文云：「中進士後，往宣城溧水岳家省視。秋，自銀林至東灞登舟回姑蘇。」本詩題下自注「以下歸崑山作」，即自岳家回蘇，經胥口歸崑山。胥口，在蘇州城西，范成大吳郡志卷一八：「在木瀆西十里，出太湖之口也。上有胥山，舟出口則水光接天，洞庭東、西山峙銀濤中，景物絶勝。」朱長文吳郡圖經續記：「胥口在姑蘇山西北十二里，因胥山得名。」

欲雪

烏鴉撩亂舞黄雲，樓上飛花已唾人。説與江梅須早計，馮夷無賴欲争春〔一〕。

【題解】

本詩作於紹興二十四年(一一五四)冬,時閑居在家。

【箋注】

〔一〕馮夷:河神名。莊子秋水:「於是焉河伯欣然自喜,以天下之美爲盡在己。」釋文:「河伯,姓馮名夷,一名冰夷,一名馮遲。」

讀史三首

百歲虧成費械機,烏鳶螻蟻竟同歸。一檠燈火挑明滅,兩眼昏花管是非。

堂堂列傳冠元功,紙上浮雲萬事空〔一〕。我若材堪當世用,他年應只似諸公。

鏤冰琢雪戰毛氂〔二〕,畫餅聲名骨朽時〔三〕。汗簡書青已兒戲,峴山辛苦更沉碑〔四〕!

【題解】

本詩作於紹興二十四年(一一五四),時閑居崑山。

【箋注】

〔一〕「紙上」句:言人生如浮雲,萬事皆空。周書蕭大圜傳:「嗟乎!人生若浮雲朝露。」文選賈誼鵩鳥賦：「其生兮若浮。」蘇軾和蔡準郎中見邀遊西湖三首之一：「惟有人生飄若浮。」

〔二〕毛犛：即牦牛，産西藏，其尾毛細而長。漢書郊祀志上：「殺一犛牛，以爲俎豆宰具。」師古注：「西南夷長尾髦之牛也。」

〔三〕畫餅聲名：聲名如畫餅。三國志魏書盧毓傳：「選舉莫取有名，名如畫地作餅，不可啖也。」李清照打馬賦：「説梅止渴，稍蘇奔競之心；畫餅充飢，少謝騰驤之志。」

〔四〕「峴山」句：用晉代羊祜的故事。晉書羊祜傳：「襄陽百姓於峴山祜平生游憩之所建碑立廟，歲時饗祭焉。望其碑者莫不流涕，杜預因名爲墮淚碑。」北堂書鈔卷一〇二引襄陽記説：「羊公峴山碑有二，此立峴山上，乃參佐代立。下文有沈峴山下，則是羊公自序其平吴之勳，萬不可混合。」石湖詩云「沉碑」，指此碑。

宴坐庵四首

油燈已暗忽微明，石鼎將乾尚有聲。衲被蒙頭籠兩袖，藜牀無地著功名。

五更風竹鬧軒窗，聽作江船浪隱牀。枕上翻身尋斷夢，故人待漏滿韉霜。

粥魚吼罷鼓逢逢〔一〕，卧聽飢鼯上曉釭。一點斜光明紙帳，悟知檐雀已穿窗。

跏趺合眼是無何〔二〕，静裏惟聞鳥雀多。俗客叩門稱問字〔三〕，又煩居士起穿鞾〔四〕。

【題解】

本詩作年難以確考，約當作於讀書崑山薦嚴寺時期。從編排順序看，應在紹興二十四年，然詩云「藜牀無地著功名」，二十四年已進士及第，不當云此，則本詩作於二十三年以前。

【箋注】

〔一〕粥魚：寺院裏早晨用木魚聲呼喚僧衆吃粥。蘇軾宿海會寺：「木魚呼粥亮且清。」劉斧摭遺：「有一白衣問天竺長老曰：『僧舍悉懸木魚，何也？』答云：『用以驚衆。』曰：『必刻魚，有何因地？』長老不能答。以問琅山悟卞師，師曰：『魚晝夜未嘗合目，欲修行者日夜忘寐之義。』」鼓逢逢：詩經大雅靈臺：「鼉鼓逢逢。」毛傳：「逢逢，和也。」

〔二〕跏趺：結跏趺坐，僧徒坐禪的一種姿勢，即交疊左右足背於左右股上而坐。白居易在家出家詩云：「中宵入定跏趺坐，女唤妻呼都不應。」希麟續一切經音義「跏趺」：「二字皆相承俗用也，正作『加跗』。……金剛瑜伽儀云：『坐有二種，謂全加、半加。結加坐，即全加也。加跗坐，即半加也，謂降魔吉祥等也。』」

〔三〕問字：漢書揚雄傳：「問請問其故，乃劉棻嘗從雄學作奇字。」後稱從人受學或請教曰問字。黄庭堅謝送碾壑源揀芽：「已戒應門老馬走，客來問字莫載酒。」

〔四〕居士：石湖自稱此山居士。周必大神道碑：「欲買山，無貲，取唐人『只在此山中』之語，自號此山居士。」趙翼陔餘叢考卷三六：「輟耕録云：今人多以居士自號，考之六經，惟禮記有『居士錦帶』，注謂道藝處士也。吴曾能改齋漫録云：居士之號，起於商周之時。韓非子書曰：太公封於齊，東海上有居士狂矞、華士，昆弟二人立議曰『吾不臣天子，不友諸侯，耕而食之，掘而飲之』云云。則居士之名由來久矣。南史：阮孝緒屏居一室，家人莫得見其面，親友因呼爲居士。到洽築室巖阿，幽居積歲，時人號爲居士。虞寄居閩中，知刺史陳寶應有異志，恐禍及，乃着居士服居東山寺。魏書：盧景裕不仕，貞素自得，人號爲居士。」

青青磵上松送致遠入官

青青磵上松，鬱鬱磵底柏〔一〕。松森上曾雲，柏蹋抱幽石。偃植雖不同，臭味乃相得。千霜與百雪，偶立衆芳側。衆芳豈不好，歲晏掃無迹。廣厦罩群木，萬牛挽山澤〔二〕。松材可世用，攀援入王國㊀。草木豈有情，亦復念離析。君看此翠柏，錯莫無顔色〔三〕。孤陰愁月夜，獨籟怨風夕。蒼官何當歸〔四〕，相望長相憶。

【校記】

㊀ 攀援：叢書堂本、詩淵第四册第二三一三頁作「扳援」。按，「扳」同「攀」。

【題解】本詩作年難以確考，以本集編年序次看，當作於紹興二十六年（一一五六）任徽州司户參軍以前。致遠，即唐子壽，見卷一次韻唐致遠雨後喜涼「題解」。詩人以「磵底柏」自喻，以「磵上松」喻將入官之唐子壽。

【箋注】

〔一〕鬱鬱磵底柏：語出左思詠史「鬱鬱澗底松」，换一「柏」字。

〔二〕「萬牛」句：黄庭堅秋思寄子山：「老松閲世卧雲壑，挽著滄江無萬牛。」任淵注：「老杜古柏行：大厦如傾要樑棟，萬牛回首丘山重。」陸游護國天王院故神霄玉清萬壽宫也廢圮略盡而規模尚極壯麗過之有感：「築宫奔走誰敢後，萬牛挽材山作礎。」

〔三〕錯莫：猶雜亂。韋應物出還：「咨嗟日復老，錯莫身如寄。」王安石欲歸：「塞垣春錯莫，行路老侵尋。」

〔四〕蒼官：指松。樊宗師絳守居園池記：「有柏蒼官青士擁列，與槐朋友。」王安石紅梨：「歲晚蒼官纔自保，日高青女尚横陳。」

除夜感懷

松楸百年哀，霜露終歲悲。天地豈汝偏，鬼神諒無私。孤窮罪當爾，我今怨尤誰？噎絶夢自語，伶俜影相隨。豈無一經傳〔一〕，政坐五鬼嗤〔二〕。鑿枘共齟齬，榛荆費耘耔。付畀踰丘山，奉承劣毫釐。生男九族歡，所願作門楣〔三〕。時命有大謬，生男竟何裨？匏瓜謾枵腹，蒲柳無真姿㊀。蹙縮高顴頰，蕭騷短鬢髭。貧病老歲月，斗杓坐成移〔四〕。曉風淒以寒，簾幕相紛披。月星炯我冠，霧雨泫我衣。焄蒿奉祠事〔五〕，苦涙落酒巵。逝者日已遠，生者日以衰。羸驂駕九折，日暮抱長飢。岐路正巉絶，耿耿誰當知？

【校記】

㊀ 真姿：董鈔本於「真」旁加一「貞」字。富校：「黄刻本作『貞』，是。按，『貞』字乃避宋諱而作『真』。」

【題解】

本詩當作於紹興二十六年（一一五六）任徽州司户參軍以前之除夜。以編詩之順序看，或在二十四年，由詩意之貧病苦況可知。

【箋注】

〔一〕一經傳：蘇軾姚屯田挽詞：「空聞韋叟一經在。」施注：「韋賢傳：宣帝初即位，賢以先帝師爲丞相，少子玄成復以明經位至丞相。故鄒魯諺曰：『遺子黄金滿籯，不如一經。』」

〔二〕五鬼：又稱五窮。韓愈送窮文：「其名曰智窮……其次曰學窮……又其次曰文窮……又其次曰命窮……又其次曰交窮……凡此五鬼，爲吾五患。」

〔三〕「生男」二句：門楣，門上横梁，借指門第。古人認爲生男孩可以光大門楣。陳鴻長恨歌傳：「故當時謡詠有云：生女勿悲酸，生男勿喜歡。又曰：男不封侯女作妃，看女却爲門上楣。」白居易長恨歌：「姊妹弟兄皆列土，可憐光彩生門户。遂令天下父母心，不重生男重生女。」

〔四〕斗杓：北斗七星，四星象斗，三星象杓。史記天官書：「攝提者，直斗杓所指。」注：「斗，第五至第七爲杓。」蕭統謝敕賚看講啓：「伏以正言深奥，總一群經，均斗杓以命四時，等太陽而照萬國。」斗杓移動，則四時變化。

〔五〕焄蒿：祭祀時香氣散發。禮記祭義：「其氣發揚于上爲昭明，焄蒿悽愴，此百物之精也，神之著也。」注：「焄，謂香臭也；蒿，謂氣蒸出貌也。」

次韻唐子光席上賞梅

玉枝横斜照清空〔一〕，纖手撚香俱惱公㈠。水部無人廣平去〔二〕，後來我輩猶情鍾〔三〕。誰噴昭華送愁絶〔四〕，叫雲三弄怨斜月〔五〕。徑須踏雪問前村〔六〕，莫待馬蹄如踣鐵。春風壓盡百花橋㊁，尊前仍有董嬌嬈〔七〕。惜無楚客歌成雪，空有蕭郎眼似刀〔八〕。

【校記】

㊀ 俱惱：原爲空格，各本均同。叢書堂本、詩淵第四册第二五四五頁作「俱惱」，今據補。

㊁ 百花橋：富校：「黄刻本作『嬌』，是。」然活字本、叢書堂本、董鈔本、詩淵均作「橋」，富説未當。

【題解】

本詩作於崑山讀書時期，具體作年難以確考。于北山范成大年譜繫本詩於紹興二十一年，無確據。唐子光，即唐煒，唐輝之弟，建炎二年進士及第，曾任教授（見本卷次韻唐子光教授河豚），官至朝散大夫。淳祐玉峰志卷中「進士題名」云：「建炎二年，李易榜，唐煒子光，煇弟，朝議大夫。」至正崑山郡志卷三「進士」，所載與玉峰志同。

【箋注】

〔一〕「玉枝」句：自林逋山園小梅「疏影横斜水清淺」句化出。

〔二〕「水部」句：「水部」，指張籍，做過水部員外郎，他有溪梅詩；廣平，宋璟字，他有梅花賦。

〔三〕我輩猶情鍾：世説新語傷逝：「王戎喪兒萬子，山簡往省之，王悲不自勝。簡曰：『孩抱中物，何至於此！』王曰：『聖人忘情，最下不及情，情之所鍾，正在我輩。』」本詩借用説情鍾梅花。

〔四〕噴昭華：昭華，樂器名，傳説秦咸陽宫有玉管二尺三寸，二十六孔，銘曰「昭華之琯」。見劉歆西京雜記卷三。噴昭華，吹奏昭華之琯。班固東都賦：「吐爓生風，欱野噴山。」李善注：「噴，吐氣也。」馬融長笛賦：「氣噴勃以布覆兮。」

〔五〕三弄：晉書桓伊傳：「王徽之赴召京師，泊舟青溪側。……令人謂伊曰：『聞君善吹笛，試爲我一奏。』伊是時已貴顯，素聞徽之名，便下車，踞胡牀，爲作三調，弄畢，便上車去，客主不交一言。」李郢贈羽林將軍：「唯有桓伊江上笛，卧吹三弄送殘陽。」陸游幽居春夜：「三弄笛聲初到枕，一枝梅影正横窗。」

〔六〕「徑須」句：齊己早梅：「前村深雪裏，昨夜一枝開。」辛棄疾一剪梅遊蔣山呈葉丞相：「探梅踏雪幾何時。」

〔七〕董嬌嬈：女子名，古詩中多作爲美女形象出現。宋子侯董嬌嬈詩即咏此女。這首詩，始見於玉臺新詠，郭茂倩將它收入樂府詩集雜曲歌辭中。

〔八〕蕭郎眼似刀：蕭郎，指簡文帝蕭繹，他有梅花賦，描寫梅花形貌神采，極爲細緻，故云「眼似刀」。

夜行上沙見梅，記東坡作詩招魂之句

玉妃謫人世〔一〕，乃在流水村。天風吹嬋娟，飄墮寂莫濱。芳心怨命薄，玉色淒路塵。佳人來無期，日暮多碧雲〔二〕。溪聲爲咽絶，月亦低微顰。相逢倦遊子，一笑不復珍。脈脈問不語，亭亭意彌真。要我冰雪句，招此欲斷魂。蘇仙上賓天〔三〕，妙意終難陳。瓊柄忽傾墮〔四〕，曉嵐愁翠昏。

【題解】

本詩作年難以確考，當作於赴新安掾之前，時尚在蘇，故能夜行上沙。上沙，在吴縣至德鄉，石湖祖塋在此。周必大神道碑：「自公曾祖葬吴縣至德鄉上沙之赤山。」「東坡作詩招魂之句」，指蘇軾十一月二十六日松風亭下梅花盛開詩，共二首，第一首云：「春風嶺上淮南村，昔年梅花曾斷魂。」第二首云：「羅浮山下梅花村，玉雪爲骨冰爲魂。」本詩即由東坡詩生發，有感而作。

【箋注】

〔一〕玉妃：喻梅花，陳與義和張規臣水墨梅五絶之三：「粲粲江南萬玉妃，别來幾度見春歸。」

〔二〕「佳人」二句：語出梁江淹休上人怨别：「日暮碧雲合，佳人殊未來。」

〔三〕蘇仙：聯繫詩題，蘇仙乃指蘇軾，因爲蘇東坡人稱「謫仙」。趙翼陔餘叢考卷三九「四謫仙」條云：「白之後東坡亦稱謫仙。王闢之澠水燕談録：『子瞻文章議論，獨出當世，風格高邁，真適仙人也。』史季温亦曰：『山谷常呼李白及東坡爲兩謫仙。』按：山谷詩：『唤取謫仙蘇二來。』」

〔四〕璿柄：即斗柄，北斗星之柄。璿，同「璇」、「旋」，即璿璣。史記天官書：「北斗七星，所謂『旋璣玉衡，以齊七政』。」索隱：「春秋運斗樞云：『斗，第一天樞，第二旋，第三璣，第四權，第五衡，第六開陽，第七摇光。第一至第四爲魁，第五至第七爲標，合而爲斗。』」魁即北斗之前四星，狀如柄，故稱「斗柄」。沈佺期寒食夜：「斗柄更初轉，梅香暗裏殘。」

次韻唐子光教授河豚

世間尤物美惡并，江鄉未用誇吴羹〔一〕。清宫洞房寒熱媒，深山大澤龍蛇生。胡夷信美胎殺氣，不奈吴兒苦知味。楊花欲動荻芽肥〔二〕，污手死心摇食指。食魚要是問黄粱㊀，古來不必須河魴。君看嗔腹似渾脱〔三〕，寧肯滑甘隨芥薑。先生法語峻立壁〔四〕，譏評不使一錢直。膨亨從此迹如掃〔五〕，坐令梅老詩無力〔六〕。懸知仙骨有青冥，風香久已滌羶腥。大笑日華解毒法〔七〕，何如肘後餐霞經〔八〕。

【校記】

㊀問黄粱：「問」原爲空格，據叢書堂本、詩淵第四册第二七六〇補。

【題解】

本詩作年難以確考，約作於紹興二十二、二十三（一一五二、一一五三）年間。唐子光先有詠河豚之詩，石湖乃次韻和之。河豚，參見卷一河豚歎「題解」。

【箋注】

〔一〕「江鄉」句：吴羹，指吴地的鱸魚、蓴羹，吴人稱美之。晉書張翰傳：「因見秋風起，乃思吴中菰菜、蒓羹、鱸魚膾，曰：『人生貴得適志，何能羈宦數千里以要名爵乎？』」

〔二〕「楊花」句：柳花飛、荻芽生，正是河豚上市的時節。梅堯臣范饒州坐中客語食河豚魚：「春洲生荻芽，春岸飛楊花。河豚當是時，貴不數魚蝦。」蘇軾惠崇春江晚景二首之一：「蔞蒿滿地蘆芽短，正是河豚欲上時。」

〔三〕嗔腹似渾脱：渾脱，皮囊也。蘇轍請户部覆三司諸案劄子：「訪聞河北道頃歲爲羊渾脱，動以千計。渾脱之用，必軍行乏水，過渡無船，然後須之。」渾脱用牛羊皮爲之，盛水盛酒，或製成皮筏以渡河。河豚受驚時，腹如氣包，故云：「嗔腹如渾脱。」參見卷一河豚歎「解題」。

〔四〕法語：指唐子光原詩之意。

〔五〕膨亨：此指腹大之河豚，參見卷一河豚歎注〔二〕。

〔六〕梅老詩：指梅堯臣范饒州坐中客語食河豚魚詩。

〔七〕日華解毒法：沈欽韓注引日華子：「胡夷魚有毒，以蘆根及橄欖等解之。」政和證類本草卷二〇「鯸鮧魚」條引食療本草，又引陳藏器本草拾遺，亦載解毒法，可參見。

〔八〕餐霞經：楚辭遠遊：「漱正陽而含朝霞。」王逸楚辭章句：「陵陽子明經言『春食朝霞』，朝霞者，日始欲出赤黄氣也。」後代道家亦尚餐霞。真誥：「東華真人服日月之象上法云：男服日象，女服月象，日一不廢，使人聰明朗徹，五臟生華，魂魄制錬，六府安和，長生不死之道也。」馮應榴蘇軾詩集合注卷二一次韻和王鞏六首「何須服日華」，引内景經注：「上清紫文靈書有探飛根之法，常以日初出時東向叩齒九通，陰咒日魂日中五帝，字曰『日魂』云云十六字畢，於是日光流霞俱入口中。」

題如夢堂壁

勃姑午啼唤雨〔一〕，鵯鵊曉囀留春〔二〕。片雲不載歸夢，兩鬢全供客塵。

【題解】

本詩作於紹興二十四年（一一五四）以前，具體作年難考。

【箋注】

〔一〕勃姑：即勃鳩。蘇軾和子由聞子瞻將如終南太平宫谿堂讀書：「中間罷旱暵，欲學唤雨鳩。」續博物志：「暮鳩鳴，即小雨。」陸璣毛詩草木鳥獸蟲魚疏：「勃鳩陰則屏逐其匹，晴則呼之。語曰：『天將雨，鳩逐婦。』」

〔二〕鵯鵊：鳥名，似鳩，身黑尾長而有冠。歐陽修鵯鵊詞：「紅紗蠟燭愁夜短，緑窗鵯鵊催天明。」

曉起

簾額繡波蕩漾〔一〕，燭盤紅淚闌干〔二〕。夢裏五更風急，愁邊一半春殘。

【題解】

本詩作年難以確考。當在崑山讀書時期。

【箋注】

〔一〕簾額：門簾上方之繒帛橫額。李賀宮娃歌：「彩鸞簾額著霜痕。」王琦解：「謂以繒帛爲簾帷之額，而繡畫彩鸞於上。」

〔二〕「燭盤」句：蠟燭點燃後滴下之蠟，如淚下之狀，故名蠟淚。白居易房家夜宴喜雪贈主人：「酒鈎送盞推蓮子，燭淚粘盤壘葡萄。」

再遊上方

僧共老花俱在，客將春雁同回。范叔一寒如此〔一〕，劉郎前度曾來〔二〕。

【題解】　本詩作年難以確考，當在崑山讀書時期，春遊上方寺，因作本詩。上方寺，在西山上方山，徐崧、張大純百城烟水卷一：「上方教寺，唐會昌六年僧道徹建，名孤園寺，宋嘉泰間僧無證新之，始改今額。」從石湖詩看，此寺早已改名爲上方寺。

【箋注】

〔一〕「范叔」句：語出史記范睢傳：「須賈意哀之，留與坐飲食，曰：『范叔一寒如此哉！』乃取一綈袍以賜之。」

〔二〕「劉郎」句：劉禹錫再遊玄都觀：「百畝庭中半是苔，桃花净盡菜花開。種桃道士歸何處，前度劉郎今又來。」

即事

醉袖籠鞭轉柳塘，青門芳樹掩殘香〔一〕。誰驚翡翠雙飛去〔二〕？衹有蓮花對斷腸。

【題解】　本詩作於紹興二十年（一一五〇）夏，時在臨安，由「青門」句可知。

【箋注】

〔一〕青門：宋臨安東青門。淳祐臨安志卷五：「城東門，東青門，俗呼菜市門。」陸游念奴嬌：「回首紫陌青門，西湖閒院，鎖千梢修竹。」

〔二〕翡翠：鳥名。爾雅卷五釋鳥「翠鷸」，郝懿行義疏：「漢書尉佗獻文帝翠鳥毛是也。張揖注上林賦云：『翡翠大小如雀，雄赤曰翡，雌青曰翠。』」

春晚即事

屋頭清樾暗荆扉，紫葚斕斑翠莢肥。春晚軒窗人獨困，日長籬落燕雙飛。

【題解】

本詩作年難以確考。

春晚三首

陰陰垂柳閉朱門，一曲闌干一斷魂。手把青梅春已去，滿城風雨怕黄昏〔一〕。

客去鉤窗詠小詩，遊絲撩亂柳花稀。微風盡日吹芳草，蝴蝶雙雙貼地飛。

夕陽槐影上簾鈎，一枕清風夢昔遊。夢見錢塘春盡處，碧桃花謝水西流。

【題解】

本詩約作於紹興二十年（一一五〇）之後某年晚春，具體作年難以考定。

【箋注】

〔一〕滿城風雨：借用潘邠老詩句。費袞梁溪漫志卷七「潘邠老重陽句」條云：「謝無逸嘗從潘邠老求近作。邠老答曰：秋來景物，件件是佳句，恨爲俗氛所蔽。昨日清卧，聞攪林風雨聲，欣然起題其壁曰『滿城風雨近重陽』，忽催租人至，遂敗意。止此一句奉寄。」石湖僅取其字面，形容晚春風雨。

樂先生闢新堂以待芍藥、酴醿，作詩奉贈

芍藥有國色〔一〕，酴醿乃天香〔二〕。二妙絶世立，百草爲不芳〔三〕。先生絶俗姿，風味本無雙。年來悟結習，欲試安心方〔四〕。天魔巧伺便，作計迴剛腸。多情開此花，艷絶温柔鄉。道人爲一笑，正爾未易忘。呼童葺荷芷，擇勝開軒窗。啼鶯不愁思，遊蜂亦猖狂。百年鞶呻頃，共此過隙光。朝爲春條緑，暮爲秋葉黄。把翫尚無

幾，況以憂愁妨。願言秉燭遊，迨此春宵長〔五〕。

【題解】

本詩作於崑山讀書時期參加詩社以後，與樂備時有唱酬。樂先生，即樂備，字功成，一字順之，原爲海州人，建炎初，金人大舉入侵，樂備自海州遷崑山，有學行名，能詩文，陸友仁吴中舊事：「樂備，字功成，淮海人，寓居崑山，以文學名於時，登紹興二十四年進士第，仕至軍器監簿。」孔凡禮范成大年譜紹興十八年對樂備之歷仕有詳考，云：「省齋文稿卷四有樂順之司理用楊（文發）韻贊予去歲江行游山之樂再次韻詩，作於乾道五年正月，知其時或稍前任司理。詩末句自注謂樂備『將順流造朝』。同卷又有次韻樂順之司理新釋花權及上元不張燈二絶句，其一有『一自樂卿司樂籍』之句，知司理乃司樂之官。詩亦作於乾道五年正月。時樂備在周必大家鄉廬陵。周必大奏事録乾道六年五月乙卯紀事謂與樂備相會於廬山延真招德觀，時樂備爲江州教授。」

【箋注】

〔一〕「芍藥」句：梅堯臣七里灣得朱表臣寄千葉樓子髻子芍藥：「誰稱爲近侍，宜與牡丹尊。」劉攽芍藥譜序：「天下名花，洛陽牡丹，廣陵芍藥，爲相侔埒。」牡丹有國色之名，芍藥如牡丹，故石湖稱之。

〔二〕「酴醿」句：酴醿，亦作「荼蘼」，廣群芳譜卷四一引廣東志：「酴醿海國所産爲盛，出大西洋國者花大，如中國之牡丹。」牡丹有天香之名，酴醾如牡丹，故石湖稱之。

〔三〕百草爲不芳：黄庭堅觀王主簿家酴醾：「肌膚冰雪薰沉水，百草千花莫比芳。」劉克莊酴醾：「一枝縞色分明好，百卉含羞不敢芳。」

〔四〕安心方：蘇軾病中遊祖塔院：「安心是藥更無方。」施注引傳燈録：「二祖謂達摩曰：『我心未安，請師安心。』達摩曰：『將心來，與汝安。』二祖良久曰：『覓心了不可得。』達摩曰：『與汝安心竟。』」

〔五〕「願言」二句：宋書樂志三：「西門行古詞：……人生不滿百，常懷千歲憂。晝短而夜長，何不秉燭遊。」

題城山晚對軒壁

一枕清風夢緑蘿，人間隨處是南柯〔一〕。也知睡足當歸去，不奈溪山留客何！

【題解】本詩作於紹興十三年（一一四三）秋，本年六七月，石湖有臨安之行，參加太學試。七月揭榜，未録取。歸，在秋時。宋會要輯稿崇儒一：「（紹興十三年）七月壬申，時國學新成，補試生員，四方來者甚衆，幾六千人。丙子揭榜，取徐驤等三百人。」城山，在德清縣，即吴憾山，以吴夫差憾句踐傷父之足，率兵伐越，築壘於此，因而得名，見康熙德清縣志卷一。驂鸞録乾道八年十二月二十三日記事：「泊舟（德清）左顧亭。……出郊三里，游城山，頃歲赴太學試，道病暑，三宿晚對軒，題詩壁間。」知晚對軒即在城山。

【箋注】

〔一〕南柯：用唐李公佐南柯太守傳故事。這篇傳奇描寫淳于棼醉後入夢，被槐安國王招爲駙馬，出任南柯太守，享盡榮華富貴。夢醒後，始知夢中經歷之處，乃是蟻穴，因感悟人生虚幻，遂棲心道門。

題城山挂月堂壁㈠

百疊煙鬟得眼明〔一〕，坐來心跡喜雙清。秋陽滿地西風起，猶有啼鶯四五聲㈡。

【校記】

㈠ 挂月堂：詩淵第五册第三五八七頁作「桂月堂」。

㈡ 啼鶯：叢書堂本、詩淵作「鶯啼」。

【題解】

本詩作於紹興十三年（一一四三）秋。時赴太學試將歸。挂月堂，在德清縣城山上。

【箋注】

〔二〕煙鬟：即煙山，峰巒如鬟形。蘇軾送程七表弟知泗州：「淮山相媚好，曉鏡開煙鬟。」

姑惡 并序

姑惡，水禽，以其聲得名。世傳姑虐其婦，婦死所化。東坡詩云：「姑惡，姑惡！姑不惡，妾命薄！」此句可以泣鬼。余行苕霅，始聞其聲，晝夜哀厲不絶。客有惡之，以爲此必子婦之不孝者。予爲作後姑惡詩。姑惡婦所云，恐是婦偏辭。姑言婦惡定有之，婦言姑惡未可知。姑不惡，婦不死。與人作婦亦大難，已死人言尚如此！

【題解】

姑惡，水鳥名。本草綱目卷四九「姑獲鳥」：「藏器曰：『姑獲能收人魂魄。』玄中記云：『姑獲鳥，鬼神類也，衣毛爲飛鳥，脱毛爲女人，云是産婦死後化作。』……時珍曰：『此鳥純雌無雄，七八月夜飛，害人尤毒。』」沈欽韓注：「此則妖鳥，疑非詩所指。」石湖借東坡詩起興，發抒婦姑關係之感喟。「東坡詩」，指蘇軾五禽言五首之五，全詩云：「姑惡，姑惡，姑不惡，妾命薄。君不見東海孝婦死作三年乾，不如廣漢龐姑去却還。」自注：「姑惡，水鳥也，俗云婦以姑虐死，故其聲云。」苕霅，即苕水（苕溪）、霅水（霅溪），位于吴興（即今浙江湖州）。嘉泰吴興志卷五：「浮玉之山，苕水出其陰，北流止于具區。」又：「霅溪，在縣東南一里，自定安門入西，合苕溪北入于太湖。」

大暑舟行含山道中，雨驟至，霆奔龍挂可駭

隤雲暖前驅，連鼓訌後殿。鬖鬖失高丘，擾擾暗古縣。白龍起幽蟄，黑霧佐神變。盆傾耳雙聵，斗暗目四眩。帆重腹逾飽，櫓潤鳴更健。圓漪暈雨點，濺滴走波面。伶俜愁孤鴛，颭閃亂飢燕〔一〕。麥老枕水臥，秧稺與風戰。牛蹊岌城沉，蟻隧洶瓴建。水車競施行〔二〕，歲事敢休宴。咿啞嘯簧鳴，轣轆連鎖轉。骿頭立婦子，列舍望宗伴。東枯駭西潰，寸涸驚尺溉。嗟余豈能賢，與彼亦何辨？扁舟風露熟，半世江湖徧。不知憂稼穡，但解加餐飯。遥憐老農苦，敢厭遊子倦？

【題解】

本詩約作於紹興二十三年（一一五三），時赴建康府漕試，其間或有含山之行。含山，縣名，屬和州。王存元豐九域志卷五淮南西路和州有含山縣。龍挂，葉夢得避暑録話卷下：「吴越之俗，

以五月二十日爲分龍日……故五、六月間，每雷起雲簇，忽然而作……濃雲中見若尾墜地，蜿蜒屈伸者，亦止雨其一方，謂之龍挂。」陸游龍挂：「成都六月天大風，發屋動地聲勢雄。黑雲崔嵬行風中，凜如鬼神塞虚空，霹靂迸火射地紅。上帝有命起伏龍，龍尾不卷曳天東。壯哉雨點車軸同，山摧江溢路不通，連根拔出千尺松。未言爲人作年豐，偉觀一洗芥蔕胸。」可與本詩參看。

【箋注】

〔一〕颭：亂風吹動。柳宗元登柳州城樓寄漳汀封連四州：「驚風亂颭芙蓉水。」

〔二〕水車：農田戽水之工具，又名翻車、龍骨車，詳見本書卷二七四時田園雜興六十首「踏車」注。

題畫卷五首

鑿落秋江水石明〔一〕，高楓老柳兩灘横。君看疊巘雲容變，又有中宵雨意生〔二〕。

欹傾棧路繞山明，隔隴人家犬吠聲。無限白雲堆去路，不知誰識許宣平〔三〕。

春陰十日溪頭暗，夜半西風雨脚收。但覺奔霆吼空谷，遥知萬壑正争流〔四〕。

暑雲潑墨送驚雷〔五〕，坐見前山驟雨來〔六〕。今夜一涼千萬里，更無焦卷與塵埃。

秋晚黄蘆斷岸，江南野水連天。日色微明魚網，雁行飛入蒼煙。

【題解】

本詩作年難以確考。

【箋注】

〔一〕鏨落：以鎸鏤金銀爲飾的酒杯。白居易送春：「銀花鏨落從君勸，金屑琵琶爲我彈。」方千十二月十日：「留伴夜深銀鏨落，莫緣春近玉闌珊。」石湖詩首句似與酒杯無關。詩人乃借用鎸鏤金銀爲飾之義，指畫卷秋江水石之「金碧」色。按，唐李思訓創「金碧」山水畫法，宣和畫譜卷一〇：「（李思訓）今人所畫著色山水，往往多宗之，然至其妙處，不可到也。」湯垕畫鑑：「李思訓著色山水，用金碧輝映，爲一家法。」饒自然繪宗十二忌：「金泥則當於石脚沙嘴霞彩用之。此一家衹宜朝暮及晴景，乃照耀陸離而明艷如此也。」

〔二〕「君看」三句：畫面上，層層山峰聳立。「疊巘」，是静態的；「雲容變」，疊巘中雲霧繚繞，時時變化，是動態的。繪畫是「瞬間藝術」，無法表現動態，詩人却從畫景生發奇想，由静而動，進而又想到今夜要下雨，通過藝術聯想，拓展畫意，增强畫幅的藝術感染力，説明范成大是一位融通詩畫藝術的高手。

〔三〕許宣平：新安歙（今安徽歙縣）人。唐景雲中隱於城陽山，相傳李白曾見其詩，至新安尋訪，未見其人。事迹見續仙傳。

〔四〕萬壑正争流：世説新語言語：「顧長康從會稽還，人問山川之美，顧云：『千巖競秀，萬壑争流，草木蒙籠其上，若雲興霞蔚。』」

〔五〕潑墨：繪畫技法，唐代已興起，朱景玄唐朝名畫録「王墨」條云：「醺酣之後，即以墨潑。」五代人唐希雅題畫：「誰潑烟雲六尺綃，寒山秋樹晚蕭蕭。」

〔六〕坐見：因而望見。張相詩詞曲語辭匯釋卷四：「坐(九)：坐，猶因也，爲也。杜牧山行：『停車坐愛楓林晚。』」

六月七日夜起坐殿廡取涼

畏暑中夜起，出門月露清。晶熒卧銀漢，錯落低玉繩〔一〕。綢户閉妙香〔二〕，石棲古燈。風從何處來？殿閣微涼生。桂旗儼不動〔三〕，藻井森上征㊀〔四〕。榱楣共突兀，鬼物相枝撑。彭觥鐵拄杖〔五〕，磔磔棲燕驚。俗人豈解事，鼻息春雷鳴〔六〕。大星送曉來，四窗炯微明。顥氣澡肌骨〔七〕，栩栩兩腋輕〔八〕。乘風欲歸去〔九〕，驂鸞翋青冥〔一〇〕。却恐方平知，浪得狡獪名。

【校記】

㊀森：原作「生」，活字本、叢書堂本、董鈔本均作「森」。富校：「『生』，黄刻本作『森』，是。」今據

諸本改。

【題解】

本詩作於崑山薦嚴寺讀書時期，具體作年難以確考。殿廡：薦嚴寺殿廊，石湖在崑山十年讀書時期，住薦嚴寺。弘治崑山縣志卷一一引元黄溍薦嚴資福禪寺佛殿僧堂記：「平江崑山，故州治之東三百步有大伽藍，曰薦嚴資福佛寺，以其居城之東偏，謂之東禪。……參知政事范公成大讀書處，有紫藤，人稱之爲范公藤。」崑山雜詠卷五范成大小傳：「父亡，讀書薦嚴寺，十年不出。」

【箋注】

〔一〕玉繩：星名，文選張衡西京賦：「上飛闥而仰眺，正睹瑶光與玉繩。」薛綜注：「春秋元命苞曰：『玉衡北兩星曰玉繩。』」

〔二〕網户：雕花之門窗。楚辭招魂：「網户朱綴，刻方連些。」王逸注：「網户，綺文鏤也。」李白明堂賦：「玉女攀星於網户，金娥納月於璇題。」

〔三〕桂旗：楚辭九歌山鬼：「乘赤豹兮從文貍，辛夷車兮結桂旗。」曹植洛神賦：「左倚采旄，右蔭桂旗。」

〔四〕藻井：繪有文彩如井幹形的天花板，張衡西京賦：「蔕倒茄於藻井，披紅葩之狎獵。」薛綜注：「當棟中，交木，方爲之如井幹也。」

〔五〕彭觥：象聲詞，韓愈記夢：「側身上視溪谷盲，杖撞玉版聲彭觥。」

〔六〕鼻息春雷鳴：韓愈石鼎聯句詩：「道士倚墻睡，鼻息如雷鳴。」元稹八駿圖詩：「鼻息吼春雷，蹄聲裂寒瓦。」

〔七〕顥氣：潔白清鮮之氣。文選班固西都賦：「軼埃壒之混濁，鮮顥氣之清英。」

〔八〕「栩栩」句：自盧仝走筆謝孟諫議寄新茶「七椀喫不得也，唯覺兩腋習習清風生」句化出。

〔九〕乘風欲歸去：語出蘇軾水調歌頭「我欲乘風歸去」。

〔一〇〕驂鸞：文選江淹別賦：「駕鶴上漢，驂鸞騰天。」

中秋卧病呈同社

人間佳風月，浩浩滿大千。俗子不解愛，我乃知其天。以此有盡姿，翫彼無窮妍。受用能幾何？北溟一杯然〔一〕。天公尚齟齬，不肯畀其全。卧病窘詩料，坐貧羞酒錢。瓊樓與金闕，想像屋角邊〔二〕。如聞真率社〔三〕，勝遊若登仙。四者自難并〔四〕，造物豈我偏。

【題解】

本詩作於崑山讀書十年之前期，準確作年難以確考。于北山范成大年譜紹興十六年譜文云：「邑中士人組詩社，前輩樂備（功成）紹介入社，與馬先覺（少伊）唱和，約在此一時期。」孔凡禮范成大年譜紹興十八年譜文云：「應樂備之招，入詩社，當爲是歲稍前事。」兩氏均無確據。同社，指同一詩社之友。馬先覺喜樂功成招范至能入詩社（崑山雜詠卷下）：「燕國將軍善主盟，新封詩將一軍驚。范家老子登壇後，鼓出胸中十萬兵。」范成大和馬少伊韻：「氣壓伊吾一劍鳴，風生銅柱百蠻驚。君家自有堂堂陣，我欲周旋恐曳兵。」

【箋注】

〔一〕北溟一杯：李賀夢天：「遥望齊州九點烟，一泓海水杯中瀉。」吴正子注：「詩意言中國九州如九點之微，海水如一杯之小。」

〔二〕「瓊樓」二句：詩意從蘇軾水調歌頭「又恐瓊樓玉宇，高處不勝寒」化出。

〔三〕真率社：謂社中同仁皆真率。吴曾能改齋漫録（佚文，明鈔本説郛卷三五引）：「司馬温公有真率會，蓋本於東晉初時拜官相餉供饌。羊曼在丹陽日，客來早者得佳設，日晏則漸不復精，隨客早晚而不問貴賤。時羊固拜臨海守，竟日皆美，雖晚至者猶獲精饌。時言固之豐腴，不如曼之真率。」

〔四〕「四者」句：謝靈運擬魏太子鄴中集詩八首并序：「天下良辰、美景、賞心、樂事，四者難并。」

秋日雜興六首㈠

我友蓬蒿士，却掃謝四鄰。内無三尺童〔一〕，外無雙蒲輪〔二〕。豈非騏驥姿，執轡難其人。無衣可御冬，忍寒待陽春。仰雲發永歎，夜作寒蛩呻。奓户勸之起〔三〕，懷寶善自珍。秋月耿清夜，秋風捲曾雲。佳哉爲誰歟？定爲我與君。莫嫌酒味薄，聊復相歡欣。

夕陽下桑柘，餘暉挂西山。西山在何許？冉冉紫翠間。綵雲無朝昏，緑蘿竟暄寒。昔與霞上人〔四〕，同跨雙飛翰。上凌紫霄峰，下弄白石湍。風吹墮渺莽，及此行路難。佳人應望予，我豈真忘還。

秋高氣彌清，歲晏天雨霜。繁枝各病緑，况乃枝上香。向來不勝春，渺在無何鄉〔五〕。樂極定自悲〔六〕，誰歟此更張。春秋無終窮，榮落殊未央！

嫣嫣芙蓉花，秀出清霜晨。衆卉已昨夢，孤芳若爲新？寒蜂無儇飛，一笑静自珍。誰令嬋娟姿，墮此寂寞濱？絶世貴獨立〔七〕，後時莫酸辛。回風佐小舞，薄日生微醺。即事亦足樂，何必桃李塵！

蒼筠如蒼玉，鄉是磵壑姿。朅來西窗下，死生付污泥。蟲緣有病葉，土瘦無新枝。太陽豈我偏，檐影爲蔽虧。昔如松柏獨，今作蒲柳衰〔八〕。暮夜風雨急，歲晏誰與歸？

屋東雙梧桐，婉娩無真姿〔九〕。朝爲春風條，暮爲秋霜枝。夜久風葉鳴，驚鵲一再飛。梧桐不足愁，會有明年期。人老真可歎，寧復遊冶時？

【校記】

㈠ 活字本、董鈔本題作「六首」。

【題解】

本詩作於崑山讀書時期，具體作年難以確考。

【箋注】

〔一〕三尺童：李密陳情表：「外無期功强近之親，内無應門五尺之童。」石湖句由此變化而來。

〔二〕雙蒲輪：用蒲草裹輪，使車不震動，古時聘請賢士時用之，以表示禮敬。漢書武帝紀：「（建元元年）遣使者安車蒲輪，束帛加璧，徵魯申公。」注：「師古曰：以蒲裹輪，取其安也。」

〔三〕豥户：打開門户。莊子知北游：「豥户而入。」疏：「豥，開也，亦排也。」

〔四〕霞上人：即霞人，仙人。雲笈七籤卷一〇七：「潛光隱曜，内修秘密，深誠所詣，遠屬霞人。」

〔五〕無何鄉：空想的境界。白居易渭上偶釣：「身雖對魚坐，心在無何鄉。」

〔六〕「樂極」句：淮南子道應：「何謂益而損之？曰：『夫物盛而衰，樂極則悲，日中而移，月盈而虧。』」

〔七〕「絶世」句：李延年歌一首：「北方有佳人，絶世而獨立。」石湖句由此化出。

〔八〕「昔如」二句：世説新語言語載顧悦與簡文對話，劉孝標注：「顧愷之爲父傳曰：君以直道陵遲於世，入見王，王髮無二毛，而君已斑白。問君年，乃曰：『卿何偏蚤白？』君曰：『松柏之姿，經霜猶茂；臣蒲柳之質，望秋先零，受命之異也。』王稱善久之。」

〔九〕婉娩：禮記内則：「女子十年不出，姆教婉、娩、聽從。」周禮九嬪注：「婦容婉娩。」石湖借女子和順之容色，形容梧桐。

石湖居士詩集卷三

擬古

彎環樓前月，掩抑樓上人。人月不得語，相看兩凝顰。西窗回紋機，織徧錦字春〔一〕。聊可自持翫，何由將寄君〔二〕。

【題解】

本詩當作於崑山讀書時期。模仿古人詩歌形式寫成的詩稱爲「擬古詩」，陸機有擬古詩十二首，李白有擬古十二首。本詩乃擬古詩十九首的體式寫成。

【箋注】

〔一〕「西窗」二句：用蘇蕙織回文詩故事。晉書列女傳：「竇滔妻蘇氏，始平人也，名蕙，字若蘭，善屬文。滔，苻堅時爲秦州刺史，被徙流沙，蘇氏思之，織錦爲回文旋圖詩以贈滔。宛轉循環以讀之，詞甚悽惋。」

〔二〕「聊可」二句：陶弘景詔問山中何所有賦詩以答：「山中何所有？嶺上多白雲。只可自怡悦，不堪持贈君。」石湖化用陶詩意。

立春日郊行㈠

竹擁溪橋麥蓋坡，土牛行處亦笙歌〔一〕。麴塵欲暗垂垂柳，醅面初明淺淺波。日滿縣前春市合，潮平浦口暮帆多。春來不飲兼無句，奈此金旛綵勝何〔二〕！

【校記】

㈠ 題：董鈔本於題下注：「崑山作。」

【題解】

本詩作於崑山讀書時期。詩云「日滿縣前」，董鈔本題注「崑山作」，可知。

【箋注】

〔一〕土牛：禮記月令：「（季冬之月）命有司大儺，旁磔，出土牛，以送寒氣。」「出土牛以示農耕之早晚。」顧禄清嘉録卷一「行春」條云：「故事：先立春一日，郡守率僚屬，迎春婁門外柳仙堂，鳴騶清路，盛設羽儀，前列社夥，殿以春牛。觀者如市，男婦争以手摸春牛，謂占新歲造化。」

〔二〕金旛綵勝：古代於立春日有插戴旛勝的風俗。金盈之醉翁談録卷三：「是日（立春日），自郎官、御史、寺監長貳以上，皆賜春旛勝，以羅爲之，近臣皆加賜銀勝。」孟元老東京夢華録卷六：「春日，宰執、親王、百官皆賜金銀旛勝，入賀訖，戴歸私第。」

次韻漢卿舅即事二絶

風捲南枝一夜休，孤芳寧肯爲人留？淡粧素服真成夢，落月横參各自愁。

萬木垂垂欲改柯，根荫焦渴奈春何！晚來礎汗南風壯〔一〕，會有溪雲載雨過。

【題解】

本詩當作於崑山讀書時期。張廷傑先有即事詩，石湖次韻和之。原唱今佚。漢卿舅，即張廷傑，字漢卿，吴人，據周必大靖州推官張君廷傑墓志銘知張氏官迪功郎、靖州軍事推官，「少業儒」，「刻意教子，藏書數千卷，士大夫喜從之遊」。建華山别墅，以終晚年。周必大有跋平江張漢卿推官華山就隱圖。吴郡諸山録提及張漢卿陪同遊山。石湖與張漢卿常相唱和，除本詩外，還有次韻漢卿舅臘梅。張漢卿是王葆之舅兄，年歲長石湖十五歲，王葆乃石湖之父執，故亦能稱漢卿爲舅。

【箋注】

〔一〕礎汗：因空氣中濕度增大，柱下石礎濕潤如汗，是天將雨的徵兆。淮南子說林：「山雲蒸，柱礎潤。」蘇洵辨奸論：「月暈而風，礎潤而雨，人人知之。」

晚潮

東風吹雨晚潮生〔一〕，疊鼓催船鏡裏行〔二〕。底事今年春漲小？去年曾與畫橋平。

【題解】

本詩作於崑山讀書時期。

【箋注】

〔一〕「東風」句：化用韋應物滁州西澗「春潮帶雨晚來急」句意。

〔二〕鏡裏行：釋惠標詠水詩：「舟如空裏泛，人似鏡中行。」

一篙

一篙新綠浦東西〔一〕，雪絮漫江雁不飛〔二〕。宿雨纔晴風又轉，片帆那得及時歸。

【題解】

本詩作年難以確考。

【箋注】

〔一〕「一篙」句：一篙，水漲有一篙深。温庭筠洞户二十二韻：「橋彎雙表迴，池漲一篙深。」新緑，詩人對新漲河水的美稱。周邦彦滿庭芳：「人静烏鳶自樂，小橋外新緑濺濺。」盧祖皋謁金門：「一雨林塘新緑浄。」

〔二〕雪絮：柳絮飛舞如雪。世説新語言語：「謝太傅寒雪日内聚，與兒女講論文義。俄而雪驟，公欣然曰：『白雪紛紛何所似？』兄子胡兒曰：『撒鹽空中差可擬。』兄女曰：『未若柳絮因風起。』公大笑樂。」

碧瓦

碧瓦樓頭繡幕遮，赤欄橋外緑溪斜〔一〕。無風楊柳漫天絮，不雨棠梨滿地花。

【題解】

本詩作年難以確考。

【箋注】

〔二〕赤欄橋：白居易三月三日閑行：「紅欄三百九十橋。」

題記事册 庚午

劃破虚空一劍閒，六根同轉上頭關〔一〕。如今宴坐庵中事，政在凡夫道法間〔二〕。

【題解】

本詩作於紹興二十年（一一五〇），時年二十五歲，在崑山東禪寺讀書。題注「庚午」，即紹興二十年。

【箋注】

〔一〕「六根」句：六根，佛家語，佛家認爲眼、耳、鼻、舌、身、意爲六根。維摩詰所説經入不二法門品記妙喜菩薩的話：「眼色爲二，若知眼性，於色不貪、不恚、不癡，是名寂滅。如是，耳聲、鼻香、舌味、身觸、意法爲二，若知意性，於法不貪、不恚、不癡，是名寂滅，安住其中，是爲入不二法門。」認爲人之六根處於諸色中而能獲得解脱，安住其中，進入超絶境界，就是入不二法門。如是，即「轉上頭關」。

〔二〕道法：承上意，佛家認爲人們在眼色、耳聲、鼻香、舌味、身觸、意法的轉换中，領悟佛法，便是道法。全句意謂：宴坐庵中，我正處在凡夫向道法的轉化間。

暮春上塘道中

店舍無煙野水寒，競船人醉鼓闌珊。石門柳緑清明市，洞口桃紅上巳山。飛絮著人春共老，片雲將夢晚俱還。明朝遮日長安道〔一〕，慚愧江湖釣手閒。

【題解】

本詩作於紹興二十年（一一五〇）。是年有臨安之行。于北山范成大年譜紹興二十年譜文：「暮春，有臨安之行。」上塘，地名，在臨安城東。淳祐臨安志卷一〇「下塘河」條：「二水合於北郭稅務前……分爲兩派：一由東北上塘過東倉新橋，入大運河，至長安閘，入秀州，曰運河。」咸淳臨安志卷三五同。

【箋注】

〔一〕長安道：指長安閘道中。咸淳臨安志卷三九「水閘」條：「鹽官縣，長安三閘，在縣西北二十五里，相傳始於唐。紹聖間，鮑提刑累沙羅木爲之，重置斗門二。後壞於兵火。紹聖八年，吳運使請易以石埭。紹熙二年，張提舉重修。歲久，莫詳諸使者名。」

江上

天色無情淡，江聲不斷流。古人愁不盡，留與後人愁！

【題解】本詩作於紹興二十年（一一五〇）暮春。本詩上接暮春上塘道中，下接餘杭道中，應與二詩同時作。江，即臨安城東上塘之江水。全詩意象，與秦觀江城子「便作春江都是淚，流不盡，許多愁」同。

餘杭道中

落花流水淺深紅，盡日帆飛繡浪中〔一〕。桑眼迷離應欠雨〔二〕，麥鬚騷殺已禁風。牛羊路杳千山合，鷄犬村深一逕通。五柳能消多許地，客程何苦鎮匆匆〔三〕！

【題解】本詩作於紹興二十年（一一五〇）。時有臨安之行，途經餘杭縣。咸淳臨安志卷一七：「餘杭縣，望，在府城西四十五里，東西三十六里，南北八十里。東至錢塘縣，以閑林爲界，一十八里。西至臨安縣，以杜塢石橋爲界，一十八里。南至富陽縣，以牛寶嶺爲界，二十九里。北至安吉州武康縣，以白茆山爲界，五十一里。」

【箋注】

〔一〕繡浪：劉兼春宴河亭：「舞袖逐風翻繡浪，歌塵隨燕下雕梁。」

〔二〕桑眼：桑葉之嫩芽。陸游初春二首之一：「土膏動後麥苗長，桑眼綻來蠶事興。」

〔三〕鎮：常也。張相詩詞曲語辭匯釋卷二：「鎮，猶常也，長也，儘也。」

陳侍御園坐上

愁眼逢歡春水明，詩情得酒春雲生。花梢蝴蝶作團去，竹裏鵓鳩相對鳴。邂逅浮生此日好，纏綿俗累何時輕？擘牋沫墨乏奇句，擫笛當筵㦧妙聲。

【題解】

本詩作於紹興二十年（一一五〇），時有臨安之行，於陳侍御園即興作本詩。

獨遊虎跑泉小庵

苔徑彎環入，茅齋取次成〔一〕。蔓花緣壁起，閒草上堦生。宿雨松篁色，新晴燕雀聲。筒泉烹御米，聊共老僧傾。

【題解】

本詩作於紹興二十年（一一五〇），有臨安之行，獨遊虎跑泉，賦詩以紀行。周密武林舊事卷五「湖山勝概」：「虎跑泉，舊傳性空禪師居此，無泉，二虎跑地而出。東坡詩云：『虎移泉眼趁行脚，龍作浪花供撫掌。』」咸淳臨安志卷三八「泉」：「虎跑泉，舊傳性空禪師嘗居大慈山，無水，忽有神人告之曰：『明日當有水矣。』是夜二虎跑地作穴，泉涌出，因名。」宋濂虎跑泉寺碑記：「虎跑泉在杭之南山大慈寺定慧禪院。唐元和十四年，性空大師來遊兹山，棲禪其中。」

【箋注】

〔一〕取次：張相詩詞曲語辭匯釋卷四：「取次，猶云隨便或草草也。」

王希武通判輓詞二首

當代名臣後，惟公奕世賢〔一〕。及親三釜養〔二〕，遺子一經傳〔三〕。藥石探奇字，芸香緝斷編。堂堂今不見，塵迹自依然。

事契從先世，姻聯亦近親〔四〕。遽爲重壤去，淒斷十年鄰〔五〕。物理真飄忽，家聲正隱轔。門闌可三戟〔六〕，何止駟車云〔七〕。

【題解】

本詩作於紹興二十年（一一五〇）。時在崑山讀書，鄰居王陔卒，作輓詩。王希武通判，即王陔，字希武，王綯之子。陸友仁吳中舊事：「王陔字希武，參知政事綯之子，有第宅在崑山。」于北山范成大年譜紹興二十年譜文：「王陔（希武）卒，有輓詞。」

【箋注】

〔一〕「當代」二句：王陔之父王綯，當代名臣，建炎三年，自資政殿學士兼權太子太傅，遷中大夫，除參知政事，四年五月罷。見宋史宰輔表。龔明之中吳紀聞卷六「王唐公」條：「王綯，字唐公，秦正懿王審琦五世孫。建炎中，爲御史中丞。虜犯維揚，車駕南渡，公扈從以行。東宮初建，以資政殿學士權太子少傅。未幾，拜參知政事，力丐奉祠，御書『霖雨思賢佐』一聯以賜之。紹興七年，薨於崑山僧舍，年六十四，謚和。」明周復俊東吳名賢記卷下：「金虜入寇，（王綯）具陳攻守之策，時宰不能用。高宗南巡，扈從至丹陽，奏曰：『陳東以忠諫被誅，此其里閈也。』帝即命周其家，官其子。三年，拜參知政事。紹興三年，出知越州。會韓世忠邀擊虜於揚子江，綯議遣兵追襲，與世忠夾擊之，同政者議不合，遂求去。綯爲人剛正有守，立朝無所依附。比居政府，每以禄不逮親，自奉甚薄，不營産宅。晚寄薦嚴寺僧寮，蕭然一室，服食器用，無異寒素。天性仁孝，賙䘏婣族，惟恐不及。生平無他，唯以誦讀爲樂，撰述甚富。卒年七十四。謚文恭。墓在崑山金龍橋之陽。」記述與龔明之稍異。

〔二〕「及親」句：莊子寓言：「曾子再仕而心再化，曰：『吾及親仕，三釜而心樂；後仕，三千鍾而不洎，吾心悲。』」疏：「六斗四升曰釜。……曾參至孝，求祿養親，故前仕親在，祿雖少而歡樂；後仕親没，祿雖多而悲悼。」此句意謂王陔用微薄的俸祿養親，感到歡樂。

〔三〕一經傳：用漢書韋賢傳「遺子黄金滿籯，不如一經」之典，參卷三除夜感懷注。

〔四〕「事契」二句：于北山范成大年譜紹興二十年譜文按語：「據詩意，絢與雩蓋舊交。厥後又有姻婭關係。」

〔五〕「淒斷」句：孔凡禮范成大年譜紹興十三年譜文：「此十年中，成大之交游，除詩社諸人外，有王陔。」注云：「成大與陔蓋爲親鄰。」于北山范成大年譜紹興二十年譜文按語：「所謂『淒斷十年鄰』者，蓋指少年時在崑山東禪讀書時事也。」

〔六〕「門闌」句：唐制，三品以上官員可以在邸第門前立戟。白居易裴五：「莫怪相逢無笑語，感今思舊戟門前。」宋代亦有此制，宋會要輯稿儀制四門戟：「徽宗政和八年五月九日，知太原府姚祐奏：『政和格：臣僚私門經恩賜者許立戟，二品以上十四，一品十六。』」

〔七〕「何止」句：承上句意，謂門闌可容駟馬高車，語出漢書于定國傳：「始定國父于公，其閭門壞，父老方共治之，于公謂曰：『少高大閭門，令容駟馬高蓋車。』」

劇暑

赫赫炎官張傘〔一〕，啾啾赤帝騎龍㊀〔二〕。安得雷轟九地，會令雨起千峰。

【校記】

㊀啾啾：富校：「『啾啾』二字原脱，據黄刻本補。」按，叢書堂本、董鈔本亦有此兩字。

【題解】

本詩作年難以確考。

【箋注】

〔一〕「赫赫」句：語出韓愈遊青龍寺贈崔大補闕：「光華閃壁見神鬼，赫赫炎官張火傘。」赫赫，詩經大雅雲漢：「赫赫炎炎。」

〔二〕「啾啾」句：語出李賀河南府試十二月樂詞六月：「啾啾赤帝騎龍來。」啾啾，鳴聲，屈原離騷：「鳴玉鸞之啾啾。」王逸注：「啾，音揫，埤倉云：衆聲也。」赤帝，即祝融氏，爲火神。葛洪枕中書：「祝融氏爲赤帝。」山海經海外南經：「南方祝融氏，獸身人面，乘兩龍。」郭璞注：「火神也。」

次韻時叙

新春殘春一夢間，夢中兀兀長閉關。今朝出門春已去，但見新笋齊屋山。作詩惜春聊復爾，春亦何能與人事？閒心如絮久沾泥〔一〕，但愛日長添午睡。

【題解】

本詩約作於崑山讀書時期。

【箋注】

〔一〕「閒心」句：惠洪冷齋夜話卷六「東坡稱道潛之詩」條云：「東坡饌客罷，與俱來，而紅妝擁隨之。東坡遣一妓前乞詩，潛援筆而成曰：『寄語巫山窈窕娘，好將魂夢惱襄王。禪心已作沾泥絮，不逐春風上下狂。』」石湖詩由此化出，改「禪」字爲「閒」字。

夜宴曲　以下共二首，效李賀。

金麟噴香煙龍蟠〔一〕，玉燈九枝青闌干〔二〕。明璫翠帶湘簾斑〔三〕，風幃繡浪千飛鸞。舞娥紫袖如弓彎〔三〕，雲中一笑天解顔。銜杯快卷玻璃乾，花樓促箭春宵寒，二十五聲宫點闌〔四〕。

【校記】

㈠翠：原缺。富校：「『翠』字原脱，據黄刻本補。」按，董鈔本亦作「翠」。今據補。叢書堂本作「押」。

【題解】

本詩約作於崑山讀書時期。題下注：「以下共二首，效李賀。」李賀集中描寫豪華夜宴之場面的有數詩，如秦王飲酒、夜飲朝眠曲、秦宫詩，本詩即效其格調。長吉詩語言凝煉峭拔、色彩濃艷、意象奇詭，形成瑰麗奇峭的審美特徵。范成大「效李賀」，其詩風格差近之。下首神絃同此。

【箋注】

〔一〕「金麟」句：金屬製成之麒麟形香爐。語出花蕊夫人宫詞：「山樓彩鳳棲寒月，宴殿金麟吐御香。」

〔二〕「玉燈」句：李賀秦王飲酒「仙人燭樹蠟燭輕」，王琦解：「其曰樹者，猶枝也，記燭之數曰幾枝，古今通有此稱。」九，泛指多數，詩謂有很多枝玉燈。又，李賀夜來樂：「華燈九枝懸鯉魚。」

〔三〕「舞娥」句：自李賀秦王飲酒「黄鵝跌舞千年觥」句化出。黄鵝，指穿黄色衣裳的舞女。舞女穿著黄色舞衣，舞姿象黄鸈跌仆。錢仲聯讀昌谷集絶句六十首注：「詩所云『黄鸈跌舞千年觥』，即秦王破陣樂中之鸈鸛舞容。」唐會要卷三三：「（貞觀）七年正月七日，上製破陣樂舞圖，左圓右方，先偏後伍，魚麗鸈鸛，箕張翼舒，交錯屈伸，首尾回互，以象戰陣之形。」李賀詩稱舞女著黄色舞衣，石湖换成「紫袖」；李賀詩描寫秦王破陣樂武舞，石湖由此聯想出「紫袖如弓彎」。

〔四〕「花樓」二句：花樓，語出李賀秦王飲酒，此形容樓臺華貴侈麗。箭，宫漏中用以標示時刻之物。周禮夏官挈壺氏：「分以日夜。」鄭玄注：「漏之箭，晝夜共百刻。」箭示時光之漸進，故曰「箭促」。二十五聲宫漏，宫漏所報更點數。古代報時計數，一更爲五點。程大昌演繁露卷四：「點者，則以下漏滴水爲名，每一更又分爲五點。」一夜五更，一更五點，故云「二十五聲宫點。」顔之推顔氏家訓卷六：「或問：一夜何故五更，更何所訓？答曰：漢、魏以來，謂爲甲夜、乙夜、丙夜、丁夜、戊夜，又云鼓，一鼓、二鼓、三鼓、四鼓、五鼓，亦云一更、二更、三更、四更、五更，皆以五爲節。」

神　絃

雙娥一去三千秋，粉篁春淚凝古愁〔一〕。神鼉悲鳴老龍怨〔二〕，水爲翻瀾雲爲留〔三〕。素空逗露晚花泣，神官行水鱗幢濕㈠。潮聲不平江風急，蒼梧冥茫九山立〔四〕。

【校記】

㈠ 鱗幢：詩淵第二册第一四一三頁作「鱗幢」。

【題解】

參見上首夜宴曲「題解」。李賀集中有神絃詩，摹寫女巫迎神送神事。范成大乃借用以咏娥皇、女英事，與李賀詩旨不同。

【箋注】

〔一〕「雙娥」二句：雙娥，指娥皇、女英，帝舜之兩妃。張華博物志卷一〇：「舜死，二妃淚下，染竹成斑。妃死，爲湘水神，故曰湘妃竹。」李賀湘妃詩，即詠其事。

〔二〕「神鼉」句：化用李賀湘妃「幽愁秋氣上青楓，涼夜波間吟古龍」句意。

〔三〕「水爲」句：自李賀巫山高「大江翻瀾神曳煙」句翻出。錢澄之評此句（姚文燮昌谷集注附）：「神曳煙，曳字如畫，畫出漸展漸拓之景。」石湖「雲爲留」，即此景况。

〔四〕蒼梧：山名，即九疑山，帝舜葬於此山。山海經海内南經：「蒼梧之山，帝舜葬於陽。」郭璞注：「即九疑山也，禮記亦曰舜葬蒼梧之野。」

樂神曲 以下共四首，效王建。

豚蹄滿盤酒滿杯，清風蕭蕭神欲來。願神好來復好去，男兒拜迎女兒舞。老翁翻香笑且言，今年田家勝去年。去年解衣折租價，今年有衣著祭社。

【題解】本詩作年難以確考，從全書編排序次考察，本詩及以下三首，都應該作於崑山讀書時期。于北山范成大年譜紹興二十年譜文云：「樂神曲、繰絲行、催租行約作於此時。」未可爲定論，僅供參考。本詩題下注：「以下共四首，效王建。」詩人所效的是王建寫作新題樂府的精神，明顯地繼承了漢樂府「感於哀樂，緣事而發」和語言通俗明白的特徵。四詩均以農家生活爲題材，表現農民心中的喜和憂，他們的願望和追求，運用直賦其事的表現手法和人物對話的語言形式，增添了詩篇的生活情趣。石湖詩這種風格特徵，長期地保存在他的中後期的創作活動中。

繰絲行

小麥青青大麥黄，原頭日出天色涼。姑婦相呼有忙事〔一〕，舍後煮繭門前香〔二〕。

繰車嘈嘈似風雨〔三〕，繭厚絲長無斷縷〔四〕。今年那暇織絹著，明日西門賣絲去〔五〕。

【題解】

參見上首樂神曲「題解」，本詩描寫農家繰絲情景。

【箋注】

〔一〕「姑婦」句：高啓養蠶詞：「新婦守箔女執筐，頭髮不梳一月忙。」其情景與石湖詩相仿佛。

〔二〕煮繭：顧禄清嘉録卷四「小滿動三車」條云：「小滿乍來，蠶婦煮繭，治車繰絲，晝夜操作。」

〔三〕繰車：顧禄清嘉録卷四「小滿動三車」條引徐炬事物原始云：「西陵氏制繰車以繅絲。」徐光啓農政全書卷三一「養蠶法」引士農必用云：「繰絲之訣，惟在細圓匀緊，使無褊慢節核，粗惡不匀也。繰絲，有熱釜、冷盆之異，然皆必有繰車絲軠，然後可用。」

〔四〕「繭厚」句：顧禄清嘉録卷四「小滿動三車」條引震澤志：「黄繭緒粗，不中織染，另繅以爲絲縛。惟細長而瑩白者，留種繭外，乃繅細絲。」

〔五〕賣絲去：顧禄清嘉録卷四「賣新絲」條云：「繭絲既出，各負至城，賣與郡城隍廟前之收絲客，每歲四月始聚市，至晚蠶成而散，謂之賣新絲。」

田家留客行

行人莫笑田家小，門户雖低堪洒掃。大兒繫驢桑樹邊，小兒拂席軟勝氍〔一〕。木臼新春雪花白，急炊香飯來看客。好人入門百事宜，今年不憂蠶麥遲！

【題解】

參見樂神曲「題解」，本詩描寫田家殷勤留客的盛情。

【箋注】

〔一〕「大兒」三句：描寫大兒、小兒的行動。脱胎於古樂府相逢行：「大婦織綺羅，中婦織流黄。小婦無所爲，挾瑟上高堂。」石湖變「大婦」、「小婦」爲「大兒」、「小兒」。辛棄疾清平樂（茅簷低小）詞亦仿此法。

催租行

輸租得鈔官更催，踉蹡里正敲門來。手持文書雜嗔喜：「我亦來營醉歸耳！」牀頭慳囊大如拳，撲破正有三百錢〔一〕：「不堪與君成一醉，聊復償君草鞋費。」

【題解】

參見樂神曲「題解」，本詩描寫農村催租情景。

【箋注】

〔一〕「牀頭」三句：詩寫「撲滿」，劉歆西京雜記卷五：「公孫弘以元光五年爲國士所推，尚爲賢良，國人鄰長倩……贈以……撲滿一枚……撲滿者，以土爲器，以蓄錢貝，其有入竅而無出竅，滿則撲之。土，粗物也；錢，重貨也；入而不出，積而不散，故撲之。」

緘口翁

張達夫大卿酒尊名。酒尊不應緘口，客令僕嘲之。

君子取中道，常在語默間。多言固自費，不語良獨難。此翁身如鄭文淵〔一〕，辨如懸河思如泉〔二〕。邇來緘口欲挂壁，囁嚅畏客翻可憐！君不見東家玉壺本弟兄，叩之猶解語分明。願聞胚渾甚深義，定自能令一座傾。

【題解】

本詩作年難以確考。張達夫大卿，生平不詳。

【箋注】

〔一〕鄭文淵：即三國時太中大夫鄭泉。三國志吴書吴主傳：「（黄武元年）十二月，權使太中大夫鄭泉聘劉備於白帝，始復通也。」裴松之注引吴書：「鄭泉，字文淵，陳郡人。博學有奇志，而性嗜酒，其閑居每曰：『願得美酒滿五百斛船，以四時甘脆置兩頭，反覆没飲之，憊即住而啖肴膳。酒有斗升減，隨即益之，不亦快乎！』權以爲郎中。嘗與之言：『卿好於衆中面諫，或失禮敬，寧畏龍鱗乎？』對曰：『臣聞君明臣直，今值朝廷上下無諱，實恃洪恩，不畏龍鱗。』後侍宴，權乃怖之，使提出付有司促治罪。泉臨出屢顧，權呼還，笑曰：『卿言不畏龍鱗，何以臨出而顧乎？』對曰：『實恃恩覆，知無死憂，至當出閤，感惟威靈，不能不顧耳。』使蜀，劉備問曰：『吴王何以不答吾書，得無以吾正名不宜乎？』泉曰：『曹操父子陵轢漢室，終奪其位。殿下既爲宗室，有維城之責，不荷戈執殳爲海内率先，而於是自名，未合天下之議，是以寡君未復書耳。』備甚慚恧。泉臨卒，謂同類曰：『必葬我陶家之側，庶百歲之後化而成土，幸見取爲酒壺，實獲我心矣。』」

〔二〕辨如懸河：世説新語賞譽：「王太尉（衍）云：郭子玄（象）語議如懸河寫水，注而不竭。」陸游聞王嘉叟訃報有作：「劇論懸河駭鄰里。」思如泉，見曹植王仲宣誄：「文若春華，思若湧泉。」

春　思

沙際緑蘋滿，樓頭芳樹多。光風入網户，羅幕生繡波。前年花開憶湘水，今年花開淚如洗。園樹傷心三見花，依舊銀屏夢千里。

【題解】本詩作年難以確考。由第五句「前年花開憶湘水」句考量，此詩當在乾道九年赴桂林帥行經湘水以後所作。

次韻漢卿舅臘梅二首

垂垂瘦萼泫微霜㊀，剪剪纖英鎖暗香。金雀釵頭金蛺蝶，春風傳得舊宮粧。

湘袂朝天紫錦裳，光風微度絳霄香。壽陽信美無仙骨〔一〕，空把心情學澹粧。

【校記】

㊀ 泫：叢書堂本、詩淵第四册第二四三四頁均作「泣」。

【題解】

本詩作年難以確考。張廷傑賦臘梅二絶，石湖次韻和之。原唱已佚。

【箋注】

〔一〕壽陽：即壽陽公主，詠梅詩每用壽陽故事。太平御覽卷三〇引雜五行書：「宋武帝女壽陽公主，人日卧於含章殿簷下，梅花落公主額上，成五出花，拂之不去。皇后留之，看得幾時。經三日洗之，乃落。宫女奇其異，競效之，今梅花粧是也。」

宿東寺二首

淡天如水霧如塵，殘雪和霜凍瓦鱗。織女無言千古恨〔一〕，素娥有意十分春〔二〕。
一聲黃鵠夜深歸，棲雀驚鳴觸殿扉。北斗半垂樓閣外，風旛渾欲上雲飛。

【題解】

本詩作於崑山讀書時期，具體作年難以確考。東寺，即東禪寺，薦嚴禪寺在縣東，故又名東禪寺。玉峰志卷下「寺觀」：「薦嚴資福禪寺，在縣東三百步。」

【箋注】

〔一〕織女：星名，在銀河西，與銀河東牽牛星相對。詩經小雅大東：「跂彼織女，終日七襄。雖則七襄，不成報章。」班固西都賦：「臨乎昆明之池，左牽牛而右織女。」

〔二〕素娥：月中嫦娥，又名素娥。謝莊月賦：「引玄兔於帝臺，集素娥於後庭。」

範老前歲相別，約歸括蒼，便游四明，今不知何地，

暇日有懷

春色重來意未闌，故人一去肯復還。括蒼洞天歸舊隱㊀，補陀海岸尋神山〔一〕。

杖屨雲煙遠游樂，衣裳風雪行路難。鴻飛冥冥鷗浩蕩，安得置之雞鶩間？

【校記】

㈠歸：原作「掃」，據詩題改。

【題解】

本詩作年難以確考。範老，即希範，虎丘山寺長老，號默堂。周必大吴郡諸山録：「（乾道壬辰三月）丁酉早，過閶門，與大兄同游虎丘，夜宿寺，禮長老希範。」希範號默堂，見成化虎丘山志。括蒼，山名，在浙江東南部，王存元豐九域志卷五台州臨海縣、仙居縣，處州麗水縣有括蒼山。道家以此爲十大洞天福地之一，見雲笈七籤卷二七「十大洞天」。詩之第三句「括蒼洞天」，即指此。四明，山名，在浙江寧波西南，王存元豐九域志卷五明州鄞縣「有四明山、廣德湖」。新定九域志卷五明州：「四明山，孫綽天台山賦云『登陸則四明、天台』是也。今按此山有四面，各産異木，而皆不雜。」

【箋注】

〔一〕「補陀」句：補陀，山名，全稱爲補陀落迦山，爲觀音菩薩的説法道場，今名普陀山。趙彦衛雲麓漫鈔卷二：「補陀落迦山，自明州定海縣招寶山泛海東南行，兩潮至昌國縣。自昌國縣泛海到沈家門，過鹿獅山，亦兩潮至山下。正南一山曰甑月巖，循山而東，曰善財洞，又東曰菩薩泉，又東曰潮音洞，即觀音示現之處。又東曰仙人跡，又東曰甘露潭，東即大海。南逾海曰善財醮，南亦大海。自翫月峰之上過一山，中有平地，四山包之，即補陀寺。……循翫月巖北至善財洞及觀音巖寺前路，循東到古寺基，過圜通嶺，即山之北，亦大海。此山在海中。初，高麗使王舜封船至山下，見一龜浮海面，大如山，風大作，船不能行。忽夢觀音，龜没浪浄，申奏朝廷，得旨建寺，乃元豐三年也。華嚴經云：『補陀洛迦山，亦云小白花山，今此山皆白丁香花。』東南天水混合無邊際，自東即入遼東、渤海、日本、毛人、高麗、扶桑諸國，自南即入漳、泉、福建路云。觀音多現於洞中，或於巖上，及山峰，變化不一，甚著靈驗。」

癸亥日泊舟吴會亭

去年春盤浙江驛，湛湛清波動浮石。今年春盤吴會亭，冥冥細雨濕高城。天邊作客風沙裏，今年去年成老矣〔一〕！客心古井冷無波〔二〕，過眼人情亦如水。憶昔三生住翠微〔三〕，偶來平地著征衣。山中故人應大笑，扁舟坐穩何當歸？

【校記】

〔一〕今年去年：叢書堂本、黄刻本、宋詩鈔作「去年今年」。

【題解】

本詩作於紹興二十一年（一一五一），時自臨安歸里。于北山范成大年譜紹興二十一年譜文：「春季，癸亥日泊舟吴會亭，蓋離杭返吴之作。」吴會亭，在吴縣西南。沈欽韓范石湖詩集注卷上引輿地紀勝，僅注出「吴會」意，未注出「吴會亭」何在？按，吴都文粹續編卷一一引本詩，附注：「吴會亭，在織里橋西河北岸。」織里橋，朱長文吴郡圖經續記卷中「橋梁」云：「失履橋，在吴縣西南。吴王有織里，以是名橋。謂之『失履』，俗訛也。」

【箋注】

〔一〕「客心」句：白居易贈元稹：「之子異於是，久處誓不諼。無波古井心，有節秋竹竿。」蘇軾臂痛謁告作三絶句示四君子之二：「心有何求遣病安，年來古井不生瀾。」

〔二〕三生：佛家語，同「三世」，指前生、今生、來生，即過去世、現在世、未來世。集異門足論卷三：「三世者，謂過去世、未來世、現在世。」白居易贈張處士韋山人：「世説三生如不謬，共疑巢許是前身。」

時叙火後，意不釋然，作詩解之

潘郎曉衾夢蘧蘧〔一〕，舞馬竟與融風俱〔二〕。前驅炎官後熱屬，席捲不貸淵明廬〔三〕。淵明有火後詩。君家十年四立壁，震風凌雨啼妻孥。平生白眼蓋九州〔四〕，閉户不納結駟車。清貧往往被鬼笑，付與一炬相揶揄〔五〕。井亜木刊鳥鼠赭〔六〕，汝則暫戲吾何辜？天闕悠悠虎豹怒，叱閽上訴非良圖。作詩聊復相料理，甑墮已破空踟躕。浮生適來且適去，况此茅屋三間餘。掃除劫灰得空闊，新月恰上東牆隅㊀。幕天席地正可樂㊁〔七〕，爲君鼓旗助歌呼。

【校記】

㊀上：叢書堂本、詩淵第二册第一五四一頁作「吐」。

㊁樂：叢書堂本、詩淵作「醉」。

【題解】

本詩作年難以確考。

【箋注】

〔一〕蘧蘧：莊子齊物論：「昔者莊周夢爲胡蝶，栩栩然胡蝶也。……俄然覺，則蘧蘧然周也。」

〔二〕融風：祝融之風，指大火。柳宗元湘源二妃庙碑：「潛火煽孽，炖于融風。」

〔三〕「席捲」句：陶潛戊申歲六月中遇火：「草廬寄窮巷，甘心辭華軒。正夏長風急，林室頓燒燔。一宅無遺宇，舫舟蔭門前。」

〔四〕白眼：世説新語簡傲：「嵇康與吕安善。」劉孝標注引晉百官志：「（阮）籍能爲青白眼，見凡俗之士，以白眼對之。」

〔五〕「清貧」二句：鬼揶揄，世説新語任誕劉孝標注引晉陽秋：「（羅友）始仕荆州，後在温府。以家貧乞禄，温雖以才學遇之，而謂其誕肆，非治民才，許而不用。後同府人有得郡者，温爲席起别，友至尤晚。問之，友答曰：『民性飲道嗜味，昨奉教旨，乃是首旦出門，於中路逢一鬼，大見揶揄云：「我只見汝送人作郡，何以不見人送汝作郡？」』」白居易東南行一百韻詩：「時遭人指點，數被鬼揶揄。」

〔六〕井堊：堵塞水井。堊，即「堙」，國語晉語六：「夷竈堙井。」木刊，削除樹木，尚書益稷：「隨山刊木。」

〔七〕幕天席地：語出劉伶酒德頌：「幕天席地，縱意所如。」

題湯致遠運使所藏隆師四圖

欠伸

春風吹夢驀江飛，行盡江南只片時〔一〕。深院無人自驚覺，夕陽芳樹乳鴉啼。背立粧臺髻鬟懶，鏡鸞應見茸茸眼〔二〕。不須回首更嫣然，劉郎已自無腸斷〔三〕。

倦繡

猧兒弄煖緣堦走，花氣薰人濃似酒。困來如醉復如愁，不管低鬟釵燕溜。無端心緒向天涯，想見檣竿旛脚斜。槐陰忽到簾旌上，遲却尋常一線花。

倚竹

輕薄人情翻覆手〔四〕，冰容却耐幽居久〔五〕。關中舊事逐春休，付與新人莫迴首〔六〕。目送斜陽忘却歸，竹風摇曳翠羅衣〔七〕。君看脈脈無言處，中有杜陵飢客詩〔八〕。

嗅梅

雪意勒花愁未解，背陰一朵寒先退。東風還是去年香，不比人心容易改。宿酒瞢騰正耐春，花枝人面兩時新〔九〕。相看好作風流伴，只恐花枝却妒人。

【題解】

本詩作於紹興十六至十八（一一四六—一一四八）年間。于北山范成大年譜繫本詩於紹興二十二年，無據。孔凡禮范成大年譜繫本詩於紹興十三年至二十二年十年間，有失寬泛。按湯致遠，即湯鵬舉，字致遠，金壇人，徽宗政和八年（一一一八）進士，歷仕晉陵簿、當塗令，知饒州、江州、常州，紹興十六年，除兩浙轉運判官，十八年知臨安府，後又任御史中丞、參知政事，知樞密院事，封丹陽郡開國侯。宋史無傳。金壇縣志卷九名臣：「湯鵬舉，字致遠。由郡學貢京師，試上舍第一，登第。歷分寧簿、晉陵丞、當塗令。減和買布絹之十六。聽訟敏決，姓名狀貌，一見輒不忘，咸以爲神明。御史劉大中上其政，詔增秩。歷知廣德軍、饒州、江州、常州，陞本路轉運副使。鎮江諸邑秋税，布豆折估歲增，命定其直。自潤至杭，往來苦征税，鵬舉奏，非州縣而征商者皆罷。……秦檜死，朝廷懲言路壅塞之弊，召鵬舉於外，爲殿中侍御史。白上黜檜姻黨，劾左朝散大夫王曮爲檜親知，勒建昌軍居住。直徽猷閣吕愿中貪虐附檜，謫封州安置。極論董德元附檜爲非，罷其資政（殿）學士。請釋趙鼎子汾及王之奇、李孟堅等自便。累官御史中丞……封丹陽郡開國侯。」京口耆舊傳卷八有傳：「除淮東轉運判官……知常州，升本路轉運副使……擢知臨安府。」咸淳毗陵志卷八：「湯鵬舉，紹興十五年□月左朝散大夫直秘閣，十六年三月，除兩浙運判。」咸淳臨安志卷四七載鵬舉於紹興十八年六月，以中奉大夫、直秘閣、兩浙轉運判官除直敷文閣知臨安。王明清揮麈三録卷三：「湯致遠鵬舉守婺州，與通判梁仲鐘厚善。……湯時帥長沙……明年，湯易帥浙東。」吴廷燮南宋制撫年表卷下荆湖南路安撫使知潭州：「紹興二十一年，湯鵬舉，二月壬戌，自知婺州知潭州。」又，同書卷上兩浙東路安撫使知越州紹興府：「紹興二十一年，湯鵬舉，九月癸卯，由湖南知紹興。」二十二年三月丙辰罷。則石湖詩稱「運使」，必在紹興十六年至十八年間，本詩即作於其時。

隆師，宋代畫僧，名梵隆，字茂宗，吴興人。善畫人物、山水，程俱北山集卷一一有詩題云：「隆師作山水筆墨略到，而遠意有餘。」莊肅畫繼補遺卷上：「梵隆，字茂宗，吴興人也。描寫佛像，筆法甚逼龍眠，高宗極喜其畫，每見輒題品。」釋蓮儒畫禪：「梵隆，字宗茂，號無住，吴興人，善白描人物、山水，師李伯時。高宗極喜其畫，每見輒品題之。然氣韻筆法，皆不迨龍眠。」陸游湖州常照院記曾記述梵隆生平梗概云：「鎮江府延慶寺僧梵隆，以異材贍學，高操絶藝，自結上知，不由先容，得對内殿。先是隆師固已結廬於湖州菁山，號無住精舍，一時名士如葉左丞夢得、葛待制勝仲、汪内翰藻、陳參政與義，皆爲賦詩勒銘，傳於天下矣。至是，詔賜庵居於萬松嶺金地山，江濤湖光，映帶几席，壽藤老木，岑蔚夭矯。隆師方力辭，願歸故巢。既至，悦其地，且侈上賜，幡然願留。」

【箋注】

〔一〕「春風」二句：自岑參春夢「枕上片時春夢中，行盡江南數千里」兩句化出。

〔二〕「鏡鸞」句：鏡鸞，即鏡中鸞鳥，范泰鸞鳥詩序云：「昔罽賓王結罝峻卯之山，獲一鸞鳥，甚愛之，欲其鳴而不能致也。乃飾以金樊，饗以珍羞，對之愈戚，三年不鳴。夫人曰：『嘗聞鳥得類而後鳴，何不縣鏡以映之？』王從其言，鸞睹形悲鳴，哀響衝霄，一奮而絶。」茸茸眼，語出韓偓厭花落：「四肢嬌人茸茸眼。」

〔三〕「劉郎」句：用劉禹錫故事。孟棨本事詩情感載李紳宴請劉禹錫，讓歌女勸酒，劉即席賦詩，有「司空見慣渾閑事，斷盡江南刺史腸」句。

〔四〕「輕薄」句：杜甫貧交行：「翻手作雲覆手雨，紛紛輕薄何須數。」

〔五〕幽居：杜甫佳人：「絶代有佳人，幽居在空谷。」

〔六〕「關中」二句：脱化於杜甫佳人：「關中昔喪亂，兄弟遭殺戮。官高何足論，不得收骨肉。世情惡衰歇，萬事隨轉燭。……但見新人笑，那聞舊人哭。」

〔七〕「目送」二句：杜甫佳人：「天寒翠袖薄，日暮倚修竹。」

〔八〕「君看」二句：謂此畫依杜甫佳人詩意畫成。「杜陵飢客」，指杜甫，他曾居於長安杜陵，故云。

〔九〕花枝人面兩時新：自崔護題都城南莊「去年今日此門中，人面桃花相映紅」化出，石湖换桃花爲梅花。

晚步

排門簾幕夜香飄，燈火人聲小市橋。滿縣月明春意好，旗亭吹笛近元宵〔一〕。

【題解】

本詩作年難以確考。

【箋注】

〔一〕旗亭：市樓，文選張衡西京賦：「旗亭五重。」薛綜注：「旗亭，市樓也。」李賀開愁歌：「旗亭下馬解秋衣。」

題開元天寶遺事四首

御前羯鼓透春空，笑覺花奴手未工。一曲打開紅杏蕊，須知天子是天公〔一〕。

謝鑾舞袖貴妃絃，秦國如花虢國妍。不賞纏頭三百萬，阿姨何處費金錢〔二〕？

朝天車馬詔頻催，斸得新湯未敢開。忽報豬龍掀宇宙〔三〕，阿瞞虛讀相書來〔四〕。

剥啄延秋屋上烏〔五〕，明朝箭道入東都〔六〕。宮中亦有風流陣〔七〕，不及漁陽突騎粗〔八〕。

【題解】

本詩作年難以確考。開元天寶遺事，五代王仁裕撰，凡一百五十九條。是書記瑣事遺聞，尤留意宫内外風俗習尚，多採摭民間傳聞，未核史實，故有疏失之處。宋晁公武郡齋讀書志卷九傳記類：「開元天寶遺事四卷，右漢王仁裕撰。仁裕仕蜀至翰林學士。蜀亡，仁裕至鎬京採摭民言，得開元、天寶遺事一百五十九條，後分爲四卷。」陳振孫直齋書録解題卷七亦著録之。蘇軾有讀開元天寶遺事三首。

【箋注】

〔一〕「御前」四句：南卓羯鼓録：汝陽王璡，寧王子也。常戴砑絹帽打曲，上自摘紅槿花一朵，置於帽簷，奏舞山香一曲，而花不墜落。上大喜曰：「花奴姿質明瑩，肌髮光細，非人間人，必神仙謫墮也。」寧王謙讓，隨而短斥之。上笑曰：「大哥不須過慮，阿瞞自是相師。花奴但端秀過人，無帝王之相，固無猜也。」又高力士遣取羯鼓，上臨軒縱擊一曲，曲名春光好。及顧柳杏，皆已發拆。上笑謂嬪御曰：「此一事，不唤我作天公可乎？」

〔二〕「謝鑾」四句：樂史楊太真外傳：「時新豐初進女伶謝阿蠻，善舞。上與妃子鍾念，因而受焉。就按於清元小殿，寧王吹玉笛，上羯鼓，妃琵琶，馬仙期方響，李龜年觱篥，張野孤箜篌，賀懷智拍板。自旦至午，歡洽異常。時唯妃女弟秦國夫人端坐觀之，曲罷，上戲曰：『阿瞞樂籍，今日幸得供養夫人，請一纏頭。』秦國曰：『豈有大唐天子阿姨無錢用耶？』遂出三百萬爲一局焉。」「貴妃絃」，指楊貴妃彈琵琶。「虢國」，指貴妃三姐，嫁裴氏，封虢國夫人。「纏頭」，古代藝人演奏畢，客人以羅絲爲贈，稱纏頭，後代稱賞錢。杜甫即事：「笑時花近眼，舞罷錦纏頭。」白居易琵琶行：「五陵年少争纏頭，一曲紅綃不知數。」蘇軾讀開元天寶遺事三首之三：「破費八姨三百萬，大唐天子要纏頭。」

〔三〕「忽報」句：「豬龍掀宇宙」，指安禄山反叛朝廷。豬龍，指安禄山，樂史楊太真外傳：「又嘗與夜宴，禄山醉卧，化爲一豬而龍首，左右遽告帝。帝曰：『此豬龍，無能爲。』」安禄山反叛，史有詳載，唐郭湜高力士外傳：「（天寶）十四年冬，安禄山作逆，起自范陽，私聚甲兵，假稱朝貢。囚李芝於真定，劫光翽於太原。長驅兩河，將吞九鼎。蕞薾戎羯，乘我不虞。國家久致昇平，不修兵甲，卒徵烏合之衆，以禦必死之軍。遂使張介然喪律於陳留，封常清棄甲於汜水。東京已陷，西土猶寧。有詔斬封、高於驛前，鎮哥舒於關上。交鋒縱鏑，向歷半年，斬將搴旗，不逾信宿。兵疲師老，衆潰親離。國忠促哥舒之軍，務令速進；火拔冀禄山之黨，更却先投。烽火遍照於川原，羽書交馳於道路。西京於焉失守，萬姓及此騷然。」

〔四〕「阿瞞」句：李德裕次柳氏舊聞：「天寶中，安禄山每來朝，上特異待之，爲置坐於殿，而徧張金鷄障。其下，來輒賜坐。肅宗諫曰：『自古正殿無人臣坐禮，陛下寵之已甚，必將驕也。』上呼太子前曰：『此胡有奇相，吾以此厭弭之爾。』」阿瞞，玄宗自稱，段成式酉陽雜俎前集卷一史志：「玄宗，禁中嘗稱阿瞞，亦稱鴉。」

〔五〕「剥啄」句：延秋，門名，安史亂時，明皇自此門出逃巴蜀。郭湜高力士外傳：「十五載六月十二日，有詔移仗未央宫。十三日有詔幸巴蜀，至延秋門外，上駐馬謂高公曰：『卿往日之言是。今日之事，朕之曆數尚亦有餘，不須憂懼。』」

〔六〕箭道：梁書武帝紀：「高祖曰：『漢口不闊一里，箭道交至。』」

〔七〕風流陣：王仁裕開元天寶遺事卷下：「明皇與貴妃，每至酒酣，使妃子統宮妓百餘人，帝統小中貴百餘人，排兩陣於掖庭中，目爲風流陣。以霞被錦袾張之爲旗幟，攻擊相鬭，敗者罰之巨觥以戲笑。時議以爲不祥之兆，後果有禄山兵亂，天意人事不偶然也。」

〔八〕「不及」句：白居易長恨歌：「漁陽鞞鼓動地來，驚破霓裳羽衣曲。九重城闕烟塵生，千乘萬騎西南行。」突騎，漢書鼂錯傳：「若夫平原易地，輕車突騎，則匈奴之衆易撓亂也。」白居易琵琶引：「鐵騎突出刀槍鳴。」

讀甘露遺事二首

神理人情本不同，絶憐鼠輩倖元功。天公盍假毛氂助㊀，成敗都懸反掌中〔一〕。

上林輦路草青青，誰向憑高識聖情〔二〕？謾展東封圖畫看〔三〕，不如醲酒亂平生。

【校記】

㊀天公：叢書堂本、詩淵第六册第四二五六頁均作「天心」。

【題解】本詩作年難以確考。石湖讀史至唐文宗朝甘露事變，有感而賦此二絶。甘露遺事，唐文宗大和九年十一月，宰相李訓、節度使鄭注等謀誅宦官。訓等設伏兵，詐稱石榴樹上有甘露，誘宦官仇士良等往觀，即加誅殺。事敗，李訓、鄭注、舒元輿等皆被殺，史稱「甘露事變」，見舊唐書文宗紀。

【箋注】

〔一〕反掌：喻事之極易，語出漢書枚乘傳：「易於反掌，安於太山。」

〔二〕「上林」二句：計有功唐詩紀事卷二：「甘露事後，帝不樂，往往瞠目獨語云：須殺此輩，令我君臣間絶。後賦詩曰：輦路生春草，上林花滿枝。憑高無限意，無復侍臣知。」

〔三〕東封圖畫：圖畫秦始皇東封泰山之盛典，唐吴道子畫。張彦遠歷代名畫記卷三：「弘道觀東封圖，是吴畫，兩京記乃云非名士畫，誤也。」

半塘 以下二十首，城西道中。

柳暗閶門逗曉開，半塘塘下越溪回。炊煙擁柁船船過，芳草緣堤步步來。

【題解】本詩作於紹興二十年（一一五〇）春。半塘詩至白善坑詩，共二十首，均爲同時作。孔凡禮范成大年譜紹興二十年譜文：「過高景庵，有作。」即指本組詩中之金氏庵詩。半塘，姚承緒吴趨訪古録卷三「長洲」：「自大津橋下塘至虎丘，延亘七里，舊名白公堤，約三里半爲半塘。自此至山麓，紅欄碧樹與緑波畫舫相映發，爲游賞勝地。」

楓橋

朱門白壁枕彎流〔一〕，桃李無言滿屋頭。牆上浮圖路傍堠，送人南北管離愁。

【題解】

本詩作於紹興二十年（一一五〇）春，參見半塘「題解」。楓橋，在閶門外，朱長文吴郡圖經續記卷中：「普明禪院，在吴縣西十里楓橋。楓橋之名遠矣，杜牧詩嘗及之，張繼有晚泊一絶，孫承祐嘗於此建塔。近長老僧慶來住持，凡四五十年修飾完備，面山臨水，可以游息。舊或誤爲『封橋』，今丞相王郇公頃居吴門，親筆張繼一絶於石，而『楓』字遂正。」范成大吴郡志卷一七「橋梁」：「楓橋，在閶門外九里道傍，自古有名，南北客經由，未有不憩此橋而題詠者。」

【箋注】

〔一〕枕彎流：杜荀鶴送人游吴：「君到姑蘇見，人家盡枕河。」

横塘

南浦春來緑一川，石橋朱塔兩依然。年年送客横塘路，細雨垂楊繫畫船。

【題解】本詩作於紹興二十年（一一五〇）春，參見半塘「題解」。横塘，在盤門西。龔明之中吴紀聞卷三：「賀鑄，字方回……有小築在盤門之南十餘里，地名横塘，方回往來其間，嘗作青玉案詞云：『凌波不過横塘路。但目送，芳塵去。……』」徐崧、張大純百城烟水蘇州：「横塘，去盤門西五里，爲游湖入山之路。」姚承緒吴趨訪古録卷二：「横塘，在盤門西五里，有橋額曰横塘古渡，爲游湖入山之路。」

胥口

扁舟拍浪信西東，何處孤帆萬里風。一雨快晴雲放樹，兩山中斷水粘空〔一〕。

【題解】本詩作於紹興二十年（一一五〇）春，參見半塘「題解」。胥口，朱長文吴郡圖經續記卷下：

「胥口，在姑蘇山西北十二里，因胥山而得名。」范成大吴郡志卷一八「川」：「胥口，在木瀆西十里，出太湖之口也。上有胥山，舟出口，則水光接天，洞庭東西山峙銀濤中，景物絶勝。」周必大吴郡諸山録：「堂上望湖邊兩山相對，東曰胥山，西曰香山，其中曰胥口。」

【箋注】

〔一〕水粘空：韓愈祭河南張員外文：「洞庭漫汗，粘天無壁。」

香山 吴王種香處。

採香徑裏木蘭舟〔一〕，嚼蕊吹芳爛熳游。落日青山都好在，桑間蕎麥滿芳洲。

【題解】

本詩作於紹興二十年（一一五〇）春，參見半塘「題解」。香山，與胥山相對，范成大吴郡志卷一五「山」：「香山，胥口相直。吴王種香於此山，遣美人採香焉。旁有山溪，名採香徑。」周必大吴郡諸山録：「堂上望湖邊兩山相對，東曰胥山，西曰香山，其中曰胥口，故老言香山産香。堂下平田之中，有徑直達山頭，西施自此來採香，故一名采香，亦曰箭徑，言其直也。」

【箋注】

〔一〕木蘭舟：用木蘭樹木造的船。任昉述異記卷下：「木蘭川在潯陽江中，多木蘭樹。……有魯班刻木蘭爲舟，舟至今在洲。詩家云木蘭舟，出於此。」柳宗元酬曹侍御過象縣見寄：「破額山前碧玉流，騷人遥駐木蘭舟。」

上　沙

水邊犬吠隔疎林，籬落蕭森日半陰。繁杏鎖紅春意淺，晚梅飄粉暮寒深。

【題解】本詩作於紹興二十年（一一五〇）春，參見半塘「題解」。

天平寺　以下天平山。

舊游彷彿記三年，轟飲題詩夜滿山〔一〕〔二〕。山上白雲應解笑，又將塵土涴朱顔。

三年前，至先兄與余同唐少梁登山絶頂〔二〕，比歸迷路，捫蘿而下，夜已午。主僧散遣群童秉炬求余三人，久而莫得，以爲已仙也。是夜宿寺中，聯句達曉。東坡曰：「自從有此山，白石封蒼苔。何常有此樂，將去復徘徊。」至今往來於余心。

【校記】

㊀夜滿山：富校：「『夜』，宋詩鈔作『月』，是。」

【題解】

本詩作於紹興二十年（一一五〇）春，參見半塘「題解」。天平寺，在天平山下。陸探微吳地記後集：「天平寺，在縣西南二十五里，唐寶曆二年置。」朱長文吳郡圖經續記卷中：「天平寺，在吳縣西南天平山下。山有白雲泉，始見於白公詩。其寺建於寶曆二年，乃樂天爲蘇州刺史之歲，蓋因泉以興寺也。范文正公之先葬其旁，賜額『白雲寺』，中有文正公祠堂。」徐崧、張大純百城烟水吳縣：「天平山……南趾有白雲寺，唐寶曆二年建，今爲范文正公功德院，范文正公祖墓在焉。」

【箋注】

〔一〕轟飲：有鬧飲、痛飲之意，石湖前無人用過，乃石湖首創。

〔二〕至先：石湖堂兄范成象，字至先。唐少梁：石湖在崑山讀書時期的朋友，早逝，本書卷八有奠唐少梁晉仲兄弟墓下詩。

白雲泉 泉色正白，蓋乳泉。

龍頭高啄嗽飛流，玉醴甘渾乳氣浮。捫腹煮泉烹鬬胯㊀，真成騎鶴上揚州〔一〕。

【校記】

㈠鬬脖：董鈔本作「鬬勝」。富校：「『脖』黄刻本作『勝』，是。」

【題解】

本詩作於紹興二十年（一一五〇）春，參見半塘「題解」。白雲泉，在蘇州天平山。朱長文吳郡圖經續記卷中：「天平山，在吳縣西二十里……游者陟危，躋攀巨石，乃至山腹，其上有亭，亭側清泉泠泠不竭，所謂白雲泉也。自白樂天題以絶句，范文正公繼之大篇，名遂顯於世。」白樂天絶句，就是白居易白雲泉：「天平山上白雲泉，雲自無心水自閑。何必奔衝下山去，更添波浪向人間。」「范文正公大篇」，指范仲淹天平山白雲泉五言古詩。「泉色正白，蓋乳泉」，徐崧、張大純百城烟水吳縣：「天平山，在支硎山南……山半有白雲泉，（甚白而甘，蓋乳泉也。宋僧壽老欲作亭泉上，别築遠公亭寺石上。）别有一泉如綫注出石罅，曰一綫泉。（僧壽老始發之。）」

【箋注】

〔一〕騎鶴上揚州：殷芸小説卷六：「有客相從，各言所志，或願爲揚州刺史，或願多貲財，或願騎鶴上升。其一人曰：『腰纏十萬貫，騎鶴上揚州。』欲兼三者。」

山頂

翠屏無路强攀緣，我與枯藤各半仙。不敢高聲天闕近〔一〕，人間漠漠但寒煙。

平雲閣 以下南峰。

背倚天峰涌化宫〔一〕，横空閣道拖雙虹。火雲六月應奇絶，青瑣玲瓏八面風。

【題解】

本詩作於紹興二十年（一一五〇）春，參見半塘「題解」。平雲閣，在支硎山報恩寺内。南峰，山名，即支硎山，晉支遁居於此，故名，有報恩寺，後又名南峰寺、支硎院，平雲閣在寺内。詩云「化宫」，可知。王謇宋平江城坊考卷五城外：「南峰山、北峰山，盧志：『支硎山，在縣西南二十五里。所謂「南峰」、「北峰」，蓋山之支隴。又有中峰、北峰，皆一山也。晉沙門支遁、道林嘗憩息於此。……山中有楞伽院，即古報恩寺基。吴越時觀音院也。又天峰院，即唐支山院，五代南峰也。』」陸探微吴地記：「支硎山在吴縣西十五里。晉支遁字道林，嘗隱於此山，後得道，乘白馬升雲而去。山中有寺，號曰報恩，梁武帝置。」朱長文吴郡圖經續記卷中：「天峰院，在吴縣西二十五里，報恩山之南峰。……所謂『南峰』者，乃古之報恩寺之屬院耳，院枕巖腹，躋攀幽峻。自報恩寢衰，而南峰乃興。」

【箋注】

〔一〕化宫：指佛殿。千手觀音四十手中左一手所把持之物即化宫殿，此手即曰化宫殿手。千手千眼觀世音菩薩廣大圓滿無礙大悲心陀羅尼經：「若爲生生世世，常在佛宫殿中，不處胎藏中受身者，當於化宫殿手。」佛家有「化城」之説，法華經有「化城喻品」，謂化城者，一時化作之城郭也。

鐵錫　支道林遺物。

八環流韻寶枝鳴，古鐵無花紫翠明。莫遣閒人容易振，泉飛石落鬼寰驚。

【題解】本詩作於紹興二十年（一一五〇）春，參見半塘「題解」。鐵錫，鐵製錫杖。支道林遺物，王謇宋平江城坊考卷五城外：「南峯山、北峯山，盧志：『支硎山，在縣西南二十五里……相傳道林冬居石室，夏隱別峰，所遺故物有鐵柱杖、鐵燈籠之屬。』」

放鶴亭　亦道林故事。

石門關外古亭基，樹老藤枯野徑微。放鶴道人今不見，故應人與鶴俱飛。

【題解】

本詩作於紹興二十年（一一五〇）春，參見半塘「題解」。放鶴亭，朱長文吳郡圖經續記卷中：「天峰院，在吳縣西二十五里，報恩山之南峰。東晉時，高僧支遁者，嘗居於此，故有支硎之號，山中有支遁石室、馬跡石、放鶴亭，皆因之得名。」

馬跡石

傳云道林騎白馬升天遺跡，今石上雙跡儼然，類蹄涔者，後人爲小塔識其處。

跨馬凌空亦快哉㊀，龍腰鶴背謾徘徊。遊人欲識仙蹤處，但覓蒼崖白塔來。

【校記】

㊀ 凌空：詩淵第三册第二二八三頁作「凌虚」。

【題解】

本詩作於紹興二十年（一一五〇）春，參見半塘「題解」。馬跡石，在支硎山，支遁騎馬升天處。王謇宋平江城坊考卷五城外：「南峰山、北峰山，盧志：『……有放鶴亭、馬跡石，皆因之得名。今石上雙跡類蹄涔者，後人以小塔識其處。』」徐崧、張大純百城烟水吳縣：「支硎山，以晉支遁嘗居此，有石盤薄平廣，泉流其上，如磨刃石，故名。……有石室、石門、馬跡石（石文如蹄涔）。」

金沙　沙中麩金燦然，人或煉取，多不成。

莊嚴福地守靈仙，不爲人間計子錢。一掬爛斒光照眼，路傍饞隸枉流涎。

【題解】本詩作於紹興二十年（一一五〇）春，參見半塘「題解」。

龍母廟　以下澄照寺。

孝龍分職隸湘西，天許寧親歲一歸。風雹春春損桃李，山中寒食尚冬衣。

【題解】本詩作於紹興二十年（一一五〇）春，參見半塘「題解」。龍母廟，王謇宋平江城坊考卷五城外：「陽山，姑蘇志：『陽山，一名秦餘杭山。……山産白墡，亦名白墡嶺。又名白蓮峰，以下有白蓮寺也，今名澄照寺，其前有龍湫，白龍廟在焉。』『澄照山，陽山中之一峰，白龍廟在此。』朱長文吳郡圖經續記卷中：『陽山，在吳縣西北三十里，一名秦餘杭山……今澄照寺，白蓮院在其下。』『澄照寺，在長洲縣西北陽山下。方俗以爲丁令威所居。圖經吳縣界有丁令威宅，此殆是歟？錢氏時，有泉出於寺中，因名仙泉，後改曰澄照寺。」徐崧、張大純百城烟水長洲：「陽山，距城西北三十餘里……塢有白龍。（中有龍母冢，冢前有晉柏、龍湫。相傳秦時有端溪温媪，業捕魚，遇澗中棄卵如斗，拾之置缶中。未幾卵𣪧，物出如龍，媪豢之。及媪治魚，誤突龍尾，龍避去。數年，忽還媪所，如兒戀母。媪亡，龍擁浪迴沙墳媪。又云：晉隆安中，龍母姓繆，爲處子，有白衣老人求寄宿，諾之，已娠而産龍，母駭死，龍去，似不忍，每逢誕日，必來省母。土人於冢後建龍母廟，宋初由山巔遷於山南之曹巷。熙寧丙辰，再遷於澄照。建炎中，主僧覺明新之。紹興己卯，帥漕以祈雨有應，奏賜臨濟廟。乾道戊子，郡守姚憲奏封龍母顯應夫人。）」

白蓮堂

古木參天護碧池，青錢弱葉戰漣漪。匆匆遊子匆匆去，不見風清月冷時。

【題解】

本詩作於紹興二十年（一一五〇）春，參見半塘「題解」。白蓮堂，在白蓮院内。朱長文吴郡圖經續記卷中：「陽山，在吴縣西北三十里，一名秦餘杭山。……今澄照寺、白蓮院在其下。」「白蓮禪院，本澄照别庵，池中生千葉白蓮，故以名院。端拱初，謝賓客濤嘗講學於院之西廡，明年登第，其子絳嘗刻石爲記。」

白善坑

鑿山成井，深數十丈，復轉爲隧道以取之，危險不可逼視。

銀鬚玉璞紫金精，犯難窮探亦有名。白堊區區土同價，吴儂無事亦輕生。

【題解】　本詩作於紹興二十年（一一五〇）春，參見半塘「題解」。白善坑，在陽山，産白堊，其地爲國内最大的白瓷土礦。陸廣微吴地記：「餘杭山，又名四飛山，在吴縣西三十里，有漢豫章太守陸烈墳，東二里有漢山陰縣令陸寂墳。山有白土如玉，甚光潤，吴中每年取以充貢，號曰石脂，亦曰白堊、白礴。」朱長文吴郡圖經續記卷中：「陽山，在吴縣西北三十里，一名秦餘杭山，一名四飛山。有白堊，可以圬墁，潔白如粉，唐時歲以入貢，故亦曰白礴山。」范成大吴郡志卷二九「土物」：「白礴，出陽山，鑿山爲坑，深數十百丈始得。初如爛泥，見風漸堅。膩滑精細，他處無比者。土人亦當白石脂用。本草注『吴郡貢石脂』，則知可作石脂用。」

石湖居士詩集卷四

賀樂文先生南郭新居

新堂燕雀喜，竹籬挂藤蘿。崩奔風濤裏，得此巢黿荷〔一〕。西山效爽氣〔二〕，南浦供清波。會心不在遠，容膝何須多。先生淮海俊〔三〕，踏地嘗兵戈。飄飄萬里道，芒鞵厭關河。風吹落下邑，楚語成吴歌〔四〕。豈不有故國，荒垣鞠秋莎。無庸説當歸〔五〕，到處皆南柯〔六〕。卜遷不我遐，一水明青羅。閉户長獨佳，奈客剥啄何！會令蒼苔石，屐齒如蜂窠。

【題解】

本詩作於紹興二十一年（一一五一）樂備卜遷南郭新居，石湖賦詩賀之。于北山范成大年譜紹興二十一年譜文：「賀樂備得南郭新居，歲旱得雨，又次韻和之。」今從之。

【箋注】

〔一〕巢龜荷：史記龜策列傳：「臣爲郎時，見萬畢石朱方，傳曰：『有神龜在江南嘉林中……常巢於芳蓮之上。』」蘇軾蓮龜詩查注引張世南灸龜論：「龜老則神，年至八百，反大如錢，夏則遊於香荷，冬則藏於藕節。」

〔二〕西山效爽氣：世説新語簡傲：「王子猷作桓車騎參軍，桓謂王曰：『卿在府久，比當相料理。』初不答，直高視，以手版拄頰，云：『西山朝來，致有爽氣。』」

〔三〕先生淮海俊：陸友仁吴中舊事：「欒備，字功成，淮海人，寓居崑山。」蘇州府志卷一一二「流寓一」：「欒備，字順之，一字功成，由淮海徙家崑山。」

〔四〕吴歌：又名吴歈、吴愉，是吴地的民間歌謡，用吴語歌唱，語言通俗，或徒歌清唱，或合樂歌唱。楚辭招魂：「吴歈蔡謳，奏大吕些。」王逸注云：「吴、蔡，國名也。歈、謳，皆歌也。」

〔五〕説當歸：此用太史慈故事。三國志吴書太史慈傳：「曹公聞其名，遺慈書，以篋封之，發省無所道，而但貯當歸。」蘇軾寄劉孝叔：「故人屢寄山中信，只有當歸無別語。」

〔六〕到處皆南柯：用李公佐南柯太守傳故事。這篇傳奇描寫淳于棼醉後解巾就枕，昏然入夢，被槐安國王招爲駙馬，出任南柯太守，享盡榮華富貴。夢醒後，知夢中經歷處乃是蟻穴。

歲旱，邑人禱第五羅漢得雨，樂先生有詩，次韻

海山之湫龍所宮，濺瀑下赴聲琤琮。碧𪕼大士何許主〔一〕？愛此匹練飛冥濛。偶然宴坐百千劫，神力悲願俱無窮。向來火雲挾日走，沙煎日爛千山童。陸渾風高煽熱屬〔二〕，涇川草肥閒雨工〔三〕。萬口嗸嗸叫此士，爐燎未吐誠先通。暮塵捲地羊角暗〔四〕，朝霞横天魚尾紅。商羊摩霄翥起舞〔五〕，居然一澍歌年豐。人言佛陀入三昧〔六〕，斷取世界如旋蓬。指麾釋梵駿奔走，況爾風伯并雷公。風騷老將亦贊喜，筆陣獨掃詩壇空〔七〕。嗟余嘯咏不釋手，一曲何啻歌三終〔一〕〔八〕。

【校記】

〔一〕何啻：活字本、叢書堂本、董鈔本均作「何翅」。按「翅」「啻」通。歌：富校：「『歌』黄刻本作『歆』，是。」然活字本、叢書堂本、董鈔本均作「歌」。

【題解】

本詩作於紹興二十一年（一一五一）。因歲旱邑人祈禱諸矩羅尊者得雨，樂備賦詩記之，石湖次韻和之。第五羅漢，指諸矩羅尊者。玄奘譯大阿羅漢難提密多羅所説法住記：「第五尊者名諾矩羅。」蘇軾自海南歸過清遠峽寶林寺敬贊禪月所畫十八大阿羅漢「第五諾矩羅尊者」：

「善心爲男，其室法喜。背癢孰爬？有木童子。高下適當，輕重得宜。使真童子，能如兹乎？」日本根津美術館藏貫休十六羅漢圖之五，畫幅左上方有「第五南贍部洲諾矩羅尊者」之篆書題記，日本高臺寺亦藏貫休畫十六羅漢圖諾矩羅，兩圖形象並不相同。禱諾矩羅能求得雨，石湖在中巖中云：「無法可示人，但見雨花落。」中巖詩題下注：「去眉州一程，諾矩羅尊者道場。」又云：「世傳雁蕩大小龍湫，亦諸矩羅道場，豈化人往來無常處耶？」均可見禱第五羅漢可得雨。

【箋注】

〔一〕碧矑大士：矑，瞳，眼珠。揚雄甘泉賦「玉女亡所眺其清矑兮」注：「服虔曰：『矑，目童子也。』」大士，即羅漢。碧矑大士，指第五羅漢諾矩羅。

〔二〕「陸渾」句：陸渾，縣名，元和郡縣圖志卷五河南府有陸渾縣。本句意出韓愈陸渾山火和皇甫湜用其韻：「山狂谷很相呑吐，風怒不休何軒軒，擺磨出火以自燔。」

〔三〕「涇川」句：用李朝威柳毅傳故事，參見卷二秦淮「雨工」注。

〔四〕羊角：曲而上升的旋風。莊子逍遥遊：「摶扶搖羊角而上者九萬里。」釋文：「司馬云：風曲上行如羊角然。」

〔五〕商羊：孔子家語：「齊有一足之鳥，飛集於公朝，下止於殿前，舒翅而跳。齊侯大怪之，使使問孔子，孔子曰：『此鳥名曰商羊，水祥也。昔童兒有屈其一脚，振訊兩眉而跳且謡曰：「天將大雨，商羊鼓舞』。』」蘇軾次韻章傳道喜雨：「山中歸時風色變，中路已覺商羊舞。」

〔六〕三昧：佛家語，又作「三摩提」，意即「正定」，排除一切雜念，使人心神平静。大智度論卷七：「善心一處住不動，是名三昧。」大智度論卷二七：「一切禪定攝心，皆名爲三摩提。秦言正心行處，是心從無始世界來，常曲不端，得是正心行處，心則端直。」

〔七〕「風騷」二句：風騷老將，即詩壇老將，此指樂備。筆陣獨掃，語出杜甫醉歌行：「筆陣獨掃千人軍。」王羲之題衛夫人筆陣圖：「紙者陣也，筆者刀稍也。」孫何詩戰篇：「物華如陣筆如鋒，沈謝曹劉是七雄。」

〔八〕三終：樂曲奏詩一章，爲一終，奏三章爲三終。禮記鄉飲酒義：「工入，升歌三終。」孔穎達疏：「『工入升歌三終』者，謂升堂歌鹿鳴、四牡、皇皇者華，每一篇而一終也。」

次韻時叙賦樂先生新居

愚士繁俗如囚奴，至人遺形與化俱。紛紜覺夢不可辨，蘧蘧栩栩知誰歟〔一〕？百年如泡亦如電〔二〕，剛欲鑄鐵充門樞〔三〕。列仙之臞墮山澤，一席三椽良有餘。平生嵚巇百戰勇，頓挫久已歸夷途。光芒無用入詩句，青天白日轟雷車。松煤繭紙妙揮掃〔四〕，芸香錦囊深貯儲。紫露雙瓶春夜醉〔五〕，黄雲一稜秋田租。誰能搏扶北溟海〔六〕，政爾歸卧南陽廬〔七〕。鴻飛冥冥隔雲雨，弋人可慕不可呼。

【題解】

本詩作於紹興二十一年（一一五一），與賀樂丈先生南郭新居作於同時。樂備遷入新居，潘時叙作詩賀之，石湖次其韻同賀之。

【箋注】

〔一〕「紛紜」二句：莊子齊物論：「昔者莊周夢爲胡蝶，栩栩然胡蝶也，自喻適志與！不知周也。俄然覺，則蘧蘧然周也。不知周之夢爲胡蝶與？胡蝶之夢爲周與？」

〔二〕「百年」句：金剛般若波羅蜜經：「一切有爲法，如夢幻泡影，如露亦如電，應作如是觀。」陸游聞仲高從兄訃：「生世露電速。」

〔三〕門樞：門上轉軸，漢書五行志下「視門樞下」，顔師古注：「樞，門扇所由開閉者也。」

〔四〕松煤：指墨。墨用松煙和膠製成，張彦遠法書要録卷一晉衛夫人筆陣圖：「其墨取廬山之松煙，代郡之鹿膠，十年以上强如石者爲之。」

〔五〕紫露：紫色的酒。宋人習稱酒爲露，陸游老學庵筆記卷七：「壽皇時，禁中供御酒，名薔薇露。」

〔六〕搏扶北溟海：莊子逍遥遊：「湯之問棘也是已。窮髪之北有冥海者，天池也。有魚焉，其廣數千里，未有知其修者，其名爲鯤。有鳥焉，其名爲鵬，背若太山，翼若垂天之雲，搏扶摇羊角而上者九萬里。」

〔七〕歸卧南陽廬：用諸葛亮躬耕南陽事。三國志蜀書諸葛亮傳：「亮躬耕隴畝。」裴松之注引漢晉春秋：「亮家於南陽之鄧縣。」

病中夜坐呈致遠

似霧如煙夜氣浮，鶴鳴驚睡起搔頭。含風竹影淡留月，著雨蛩聲深怨秋。萬事心空癡已慣，百骸歲晚病相投。便當採藥西山去，脚力蹣跚怕遠游。

【題解】本詩作於紹興二十一年（一一五一）秋，病中夜坐，賦詩致唐子壽。于北山范成大年譜紹興二十一年譜文：「秋季卧病。」附注引録本詩。

戲題藥裹

捲却絲綸颺却竿，莫隨魚鼈弄腥涎。須知別有垂鈎處，枯海無風浪拍天。

【題解】本詩作於紹興二十一年（一一五一）秋，與上詩作於同時。

夜歸

竹輿伊軋走長街，掠面風清醉夢迴。曲巷無聲門户閉，一燈猶照酒壚開。

【題解】本詩作年難以確考，當作於崑山讀書時期。

田舍

呼唤攜鋤至，安排築圃忙。兒童眠落葉，鳥雀噪斜陽。煙火村聲遠，林菁野氣香。樂哉今歲事，天末稻雲黄。

【題解】本詩作年難以確考，當作於崑山讀書時期。

戲題致遠書房

照叢菊靨萬黄金，欹架薇條半緑陰。逋客已隨丹鳳詔〔一〕，但餘花草怨秋深。

【題解】

本詩作於紹興二十二年（一一五二）秋，唐子壽時已入仕，人去書房空，石湖有感而賦其書房，由「但餘花草怨秋深」句，可知。

【箋注】

〔一〕丹鳳詔：高承事物紀原卷二「鳳詔」條云：「後趙石季龍置戲馬觀，觀上安詔書，用五色紙銜於木鳳口而頒之。今大禮御樓肆赦亦用其事，自石季龍始也。」辛棄疾滿江紅送信守鄭舜舉被召：「便鳳凰、飛詔下天來，催歸急。」

烏戍密印寺 烏戍即今之烏鎮。青堆今曰青鎮。

青堆溪上水平堤，烏堆東岸，謂之青堆。絳瓦參差半掩扉。殿用純紅瓦，色爛然。我與聖公俱客寓〔一〕，聖翁本汀州白衣巖主，號定光佛者，連南夫知州載神像歸，寄於寺之藏前，香火蕭然。

人傳帝子尚靈威。寺有昭明太子祠。勝緣齟齬三重障，東佛閣三造不成，今據見材取次成之，猶殊勝。志士辛勤十載歸。鐘樓乃一僧發心束髮爲商，走川廣，得錢二萬緡，凡十年，復髡而歸，樓始成。花木禪房都不見〔二〕，但餘蝙蝠晝群飛。僧房皆爲狹門深洞，極暗，行百餘步不辨人。

【題解】

本詩作於紹興二十年（一一五〇），石湖有臨安之行，經烏鎮，客寓於密印寺，乃賦詩以記行。烏戍，即烏鎮，亦名烏墩。題下原注：「烏戍即今之烏鎮，青堆今曰青鎮。」嘉泰吳興志卷一〇：「烏程縣，唐至吳越，縣之鎮戍多矣，本朝景德中止管鎮二，曰烏墩，曰大錢戍。」「烏墩鎮在縣東南九十里。」密印寺，在烏鎮，嘉泰吳興志卷一三：「密印寺在普静寺（在縣東南九十里烏鎮）側，梁昭明太子之館也。沈約展墓，昭明館此，約捨墓地爲寺，昭明因以此館别爲一寺。今約與昭明爲二寺伽藍神，舊有碑刻。」輿地紀勝卷四安吉州景物下所載同。

【箋注】

〔一〕聖公：即定光佛，俗姓鄭，名自嚴，泉州人，蘇軾有定光佛贊（永樂大典卷七八九五引臨汀志）。此説見孔凡禮范成大年譜紹興十三年注。

〔二〕花木禪房：常建題破山寺後禪院：「曲徑通幽處，禪房花木深。」

月夜泛舟新塘

溪上清風柳萬重，緑煙無路月朦朧。船頭忽逐回塘轉，一水迢迢却向東。

【題解】

本詩作年難以確考，當作於崑山讀書時期。

客舍

轂擊肩摩錦繡堆，朝聲洶洶暮聲催㈠。忽然憶起長橋路，天鏡無邊白鳥回。

【校記】

㈠ 朝聲：詩淵第五册第三三〇二頁作「潮聲」。

【題解】

本詩作年難以確考，疑爲赴臨安途中作。

病中夜坐

村巷秋春遠，禪房夕磬深〔一〕。飢蚊常繞鬢，暗鼠忽鳴琴。薄薄寒相中，稜稜瘦不禁。時成洛下詠〔二〕，却似越人吟〔三〕。

【題解】

本詩作於崑山東禪寺讀書時期，具體作年難以確考。

【箋注】

〔一〕「禪房」句：自常建題破山寺後禪院「禪房花木深」句套出。

〔二〕「時成」句：「洛下詠」，王維洛陽女兒行結尾二句云：「誰憐越女顏如玉，貧賤江頭自浣紗。」沈德潛唐詩別裁集卷五評曰：「結意況君子不遇也。」本句即用王維詩意，感歎自己不遇。

〔三〕越人吟：即越人歌，劉向説苑善説：「鄂君子晳之泛舟於新波之中，乘青翰之舟，極蕳芘，張翠蓋，而擒犀尾，班麗袿衽，會鐘鼓之音畢，榜枻越人擁楫而歌。」歌云：「今夕何夕兮，搴舟中流。今日何日兮，得與王子同舟。蒙羞被好兮，不訾詬恥。心幾頑而不絶兮，得知王子。山有木兮木有枝，心説君兮君不知。」

秋芸有春綠

秋芸有春綠，疎籬照孤芳。清霜早晚至，何草能不黄？寧當念衰落，政爾事容光。及時且自好，來日殊未量。

【題解】

本詩作年難以確考，當作於崑山讀書時期。

三湘怨

牙檣罨畫櫓㈠〔一〕，摇漾三湘浦〔二〕。佳人翔綠裾，含颦爲誰舞？拳拳新荷葉，愁絶煙水暮。風雲忽飄蕩，隱約聞簫鼓。

【校記】

㈠ 罨畫櫓：畫，原作「晝」，活字本、叢書堂本均作「晝」。富校：「『晝』黄刻本作『畫』，是。」今據活字本、叢書堂本、黄刻本改。

【題解】本詩作年難以確考，當作於崑山讀書時期，仿新樂府，作本詩以見意。按，三湘怨，樂府詩題中無此題名，郭茂倩樂府詩集卷九一新樂府辭二中有湘中弦、湘弦怨、湘弦曲等題名，崔塗湘中弦有「杜蘭香老三湘清」句，石湖或即仿之，自擬新題。

【箋注】

〔一〕罨畫櫓：彩飾之櫓。罨畫，即色彩鮮明之畫。

〔二〕三湘：有多種説法，而古代詩文中之三湘，泛指湘江流域一帶。宋之問晚泊湘江：「五嶺悽惶客，三湘顦顇顔。」

夜發崑山

歲寒人墐户〔一〕，霜重獨登舟。弱櫓摇孤夢，踈篷蓋百憂。但吟今不樂，豈計幾宜休？慚愧沙湖月〔二〕，年年照薄遊。

【題解】本詩作於紹興二十一年（一一五一）冬，于北山范成大年譜紹興二十一年譜文：「入冬，有離崑山之作。」

【箋注】

〔一〕墐户：用泥土塗塞北面的門窗孔隙。詩經豳風七月：「塞向墐户。」毛傳：「向，北出牖也。墐，塗也。」

〔二〕沙湖：在長洲縣境，自崑山至蘇必經之地。范成大吴郡志卷一九水利上：「熙寧三年，崑山人郟亶，自廣東機宜上奏，以謂天下之利，莫大於水田，水田之美，無過於蘇州。然自唐末以來，經營至今，而終未見其利者，其失有六，今當去六失，行六得。」附載其説：「且今蘇州，除太湖外，止有四湖，常熟有昆、承二湖，崑山有陽城湖，長洲有沙湖。」徐崧、張大純百城烟水長洲：「沙湖堤，去婁門東二十餘里。」王謇宋平江城坊考卷五城外：「至和塘……姑蘇志：『至和塘，一名崑山塘，成於宋至和間，故名。』『其西，自郡城婁門東行，經沙湖，又東入夷亭，諸水或南或北并東入吴淞江。』」

十一月十二日枕上曉作

竹響風成陣，窗明雪已花。柴扉吟凍犬，紙瓦啄飢鴉。宿酒欺寒力，新詩管歲華。日高猶擁被，蓐食媿鄰家〔一〕。

【題解】本詩緊次夜發崑山後，當即作於紹興二十一年（一一五一）十一月十二日。

【箋注】

〔一〕蓐食：左傳文公七年：「訓卒、利兵、秣馬、蓐食。」杜預注：「蓐食，早食於寢蓐也。」詳石湖詩意，當取杜注意。然王引之經義述聞卷一七春秋左傳上對此有異説：「而云『早食於寢蓐』，云『未起而牀蓐中食』，義無取也。方言曰：『蓐，厚也。』食之豐厚於常，因謂之蓐食。『訓卒、利兵、秣馬、蓐食』者，商子兵守篇曰：『壯男之軍，使盛食負壘，陳而待敵；壯女之軍，使盛食負壘，陳而待令』，是其類也。」

南樓望雪

夜月流瑶圃，春風滿玉都。籬疎先剥落，樹密正模糊。亂點横煙雁〔一〕，驚啼失木烏。醉魂方浩蕩，風袖不支梧〔二〕。

【題解】本詩作於紹興二十一年（一一五一），列於除夜書懷前，當作於本年雪後。

【箋注】

〔一〕「亂點」句：詩意從秦觀滿庭芳「寒鴉萬點，流水繞孤村」變化而來。

〔二〕支梧：同「支吾」，抵拒意。舊五代史孟知祥傳：「知祥慮唐軍驟至，與遂、閬兵合，則勢不可支吾。」

除夜書懷㊀

運斗寅杓轉〔一〕，周天日御回。夜從冬後短，春逐雨中來。鬢緑看看雪，心丹念念灰。有懷憐斷雁，無思惜疎梅。絮厚眼生纈，蔬寒腸轉雷。燭花紅瑣碎，香霧碧徘徊。昨夢書三篋〔二〕，平生酒一杯。牀頭新曆日，衣上舊塵埃。摇落何堪柳，紛紜各夢槐。隙光能幾許，世事劇悠哉！岐路東西變，羲娥日夜催。頭顱元自覺，懷抱故應開。踴躍金何意㊁，青黄木自災。身謀同斥鷃，政爾願蒿萊〔三〕。

【校記】

㊀ 題：叢書堂本題下注：「辛未」。

㊁ 何意：富校：「『意』，宋詩鈔作『喜』，是。」按活字本、叢書堂本、董鈔本均作「意」。

【題解】本詩作於紹興二十一年（一一五一）除夕夜。叢書堂本題下注「辛未」，即紹興二十一年。時正在客路，飢寒交困，心灰意冷，因賦本詩抒情，感歎身世。

【箋注】

〔一〕「運斗」句：寅，寅月，即正月，夏曆正月爲建寅之月，爾雅釋天：「太歲在寅曰攝提格。」杓，北斗七星柄部三星，又稱斗柄，杓星，史記天官書：「用昏建者杓；杓，自華以西南。」

〔二〕「昨夢」句：書三篋，語出漢書張安世傳：「上行幸河東，嘗亡書三篋，詔問莫能知，唯安世識之，具作其事。後購求得書，以相校無所遺失。」

〔三〕「身謀」二句：莊子逍遥遊：「斥鴳笑之曰：『彼且奚適也？我騰躍而上，不過數仞而下，翱翔蓬蒿之間，此亦飛之至也。』」

戲答澹庵小偈

莫問前程事，漂然海上舟。命乖逢鬼國〔一〕，緣合遇蓬丘。畢竟非身計，俱成錯路頭。故鄉隨脚是，流浪不知休。

【題解】本詩作於紹興二十一、二十二年（一一五一、一一五二）間，時正「流浪」在外，觀詩尾二句可知。澹庵，僧人，石湖在崑山讀書時期結識。小偈，短小的偈體詩。偈，本是佛經中的頌詞，詩人以之引入詩中，成爲一種體式，多寫悟道之語，如白居易歡喜二偈等。

【箋注】

〔一〕鬼國：本來是我國神話傳説中北方古國名，山海經海内北經：「鬼國在貳負之尸北，爲物人面而一目。」佛教稱鬼的世界爲鬼國，楞嚴經卷六：「四者，斷滅妄想，心無殺害，令諸衆生入諸鬼國，鬼不能害。」

偶　書

出處由人不繫天，癡兒富貴更求仙〔一〕。東家就食西家宿，世事何緣得兩全。

【題解】本詩與戲答澹庵小偈作於同時。董説評曰：「三首似禪偈語。」（批於本詩之上方，三首指戲答澹庵小偈、偶書、題立雪圖。）

【箋注】

〔一〕「出處」二句：論語顏淵：「子夏曰：『商聞之矣：死生有命，富貴在天。』」

題立雪圖

堂下心如鐵，庵中語似雷。有人參此語，三箇一坑埋。

【題解】

本詩與戲答澹庵小偈同時作。立雪圖，以神光故事畫成的圖。景德傳燈録卷三：「（達磨）寓止於嵩山少林寺……時有僧神光者……乃往彼，晨夕參承。……其年十二月九日夜，天大雨雪，光堅立不動，遲明積雪過膝。」

題日記

誰言萬事轉頭空，未轉頭時亦夢中〔一〕。若向夢中尋夢覺，覺來還入大槐宫〔二〕。

【題解】

本詩作於崑山讀書時期，具體作年難以確定。

【箋注】

〔一〕「誰言」二句：蘇軾西江月：「休言萬事轉頭空，未轉頭時皆夢。」李煜菩薩蠻：「往事已成空，還如一夢中。」

〔二〕大槐宫：用李公佐南柯太守傳故事。大槐宫，即大槐安國之宫廷。

題張氏新亭

水楊成幄翠相遮，猶有東風管歲華。葉底青梅無數子〔一〕，梢頭紅杏不多花。煩將鍊火炊香飯〔二〕，更引長泉煮鬬茶。約我詩成須猝壁，莫嗔欹側似歸鴉！

【題解】

本詩作於崑山讀書時期，具體作年無考。張氏新亭，不詳。

【箋注】

〔一〕「葉底」句：此句意從杜牧詩化出。胡仔苕溪漁隱叢話後集卷一五「杜牧之」引麗情集所載杜牧悵别詩：「如今風擺花狼藉，緑葉成陰子滿枝。」

〔二〕「煩將」句：沈欽韓范石湖詩集注卷上云：「康駢劇談録：乾符中，有李使君出牧罷歸，居在洛陽，深感一貴家舊恩，欲召諸子從容。諸子曰：凡以炭炊饌，先燰令熟，謂之鍊炭，方可入爨。不然，猶有煙氣。李使君宅炭不經錬，是以難食。」

玉臺體

捲幔燈千朶，鈎簾月半弓〔一〕。繡鴛翔瀝水，金雀跂屏風。細意䌷長袖，多情結短封。銅壺從婉娩〔二〕，玉珮正丁東〔三〕。

【題解】

本詩作年難以確考。「玉臺體」，梁徐陵玉臺新詠所收作品之體。劉肅大唐新語卷三：「梁簡文帝爲太子，好作艷詩，境内化之，浸以成俗，謂之『宫體』。晚年改作，追之不及，乃令徐陵撰玉臺集，以大其體。」徐陵自序説：「撰録艷歌，凡爲十卷。曾無忝於雅頌，亦靡濫於風人，涇渭之間，若斯而已。」此書所録多爲當時文人所作之宫體詩，寫婦女姿色、閨情别怨，風格纖細艷麗，所體現的體制、風格，人稱「玉臺體」。石湖即擬其體制、風格，寫成本詩。

【箋注】

〔一〕「鈎簾」句：李賀南園十三首之六：「曉月當簾挂玉弓。」王琦解：「玉弓，謂下弦後殘月之狀有似弓形。」

〔二〕「銅壺」句：銅壺，古代計時器，即漏壺，壺爲銅製，故名。戴叔倫早春曲：「博山吹雲龍腦香，銅壺滴愁更漏長。」婉娩，柔順貌，禮記內則：「女子十年不出，姆教婉、娩、聽從。」本句當作從容講。

〔三〕「玉珮」句：丁東，玉珮相撞發出的聲音，温庭筠織錦詞：「丁東細漏侵瓊瑟，影轉高梧月初出。」

枕上

明月無聲滿屋梁，夢餘分影上人牀。素娥脈脈翻愁寂，付與風鈴語夜長。

【題解】本詩作於崑山讀書時期，具體作年難以確考。

斑雛

斑雛別後月纖纖，門外疏桐影畫簾。留下可憐將不去，西風吹上兩眉尖。

【題解】

本詩作年難以確考，當作於崑山讀書時期。此用首句頭二字爲題，取法於古詩。

題傳記二首

莫將綵筆寄朝雲，紅淚羅巾隔路塵〔一〕。說與東風無限恨，倩風吹斷去年春。
綵舟歸去海山青，寂莫瑶臺月自明〔二〕。啼雨落花春已盡，夢魂何必更多情。

【題解】

本詩作年難以確考。「題傳記」，未明言題何人傳記，然詩云「莫將綵筆寄朝雲」，蘇軾有侍妾名朝雲，蘇軾朝雲詩序云：「予家有數妾，四五年相繼辭去，獨朝雲者隨予南遷。因讀樂天集，戲作此詩，朝雲姓王氏，錢唐人。」

【箋注】

〔一〕「莫將」二句：蘇軾曾作朝雲詩和悼朝雲兩詩。一句言朝雲已死，陰陽路隔。

〔二〕「綵舟」二句：此言蘇軾歸舟常州，而朝雲葬於惠州，海山相隔。藝苑雌黄（見宋詩話輯佚）「朝雲」條云：「朝雲者，東坡侍妾也，嘗令就秦少游乞詞，少游作南歌子贈之，云：『靄靄迷春態，溶溶媚曉光。不應容易下巫陽，祇恐翰林前世是襄王。暫爲清歌住，還因暮雨忙。瞥然歸去斷人腸，空使蘭臺公子賦高唐。』」

病中絶句八首

空裏情知不著花〔一〕，逢場將病當生涯。蒲團軟暖無時節，夜聽蚊雷曉聽鴉。

溽暑薰天地涌泉〔二〕，彎跧避濕挂行纏〔三〕。出門斟酌無忙事，睡過黄梅細雨天〔四〕。

石鼎颼颼夜煮湯，亂拖芝朮鬭温涼〔五〕。化兒幻我知何用〔六〕？衹與人間試藥方。

病中心境兩俱降，猶憶江湖白鳥雙。一夜雨聲鳴紙瓦，聽成飛雪打船窗。

檐頭排溜密如簾，溪上層陰定解嚴。最是看山奇絶處，白雲堆絮擁青尖。

夜合梢頭蘸紫茸，菉葱頂上拆黄封。去年團扇題詩處，依舊疏簾細雨中。

盆傾瓴建夜翻渠，繞屋蛙聲一倍粗。想見西堂渾不睡，明朝踏濕看菖蒲。謂現老〔七〕。

晴色先從喜鵲知〔八〕，斜陽一抹照天西。竹鷄何物能無賴〔九〕，如許泥深更苦啼。

【校記】

〔一〕「亂拖」句：活字本、叢書堂本、董鈔本同此。富校：「『拖』、『芝』黄刻本、宋詩鈔作『拋』、『參』，是。」

【題解】

本詩作於紹興二十二年（一一五二）五月。石湖於紹興二十二年夏，得大病，問天醫賦序云：「生十四年，大病瀕死。至紹興壬申，又十三年矣。疾痛疴癢，無時不有。夏至前一日，得寒疾。」兩木詩序云：「壬申五月，卧病北窗，惟庭柯相對。」壬申，即紹興二十二年，時二十七歲。

【箋注】

〔一〕情知：明知。駱賓王艷情代郭氏答盧照鄰：「情知唾井終無理，情知覆水也難收。」

〔二〕溽暑：盛夏濕熱。何晏景福殿賦：「感乎溽暑之伊鬱，而慮性命之所平。」周邦彦蘇幕遮：「燎沉香，消溽暑。」

〔三〕行纏：亦作「行縢」，裹脚布。韓翃寄哥舒僕射：「帳下親兵皆少年，錦衣承日繡行纏。」

〔四〕黄梅細雨天：山谷別集詩注卷上五老亭「梅雨蒙頭非避秦」注引埤雅：「江、湖、二浙，四五月間梅欲黄而雨，謂之梅雨。」賀鑄青玉案：「一川烟草，滿城風絮，梅子黄時雨。」

〔五〕「亂拖」句：芝、朮，中藥名。本草綱目卷二八「芝」集解引時珍曰：「芝類頗多，亦有花實者，本草惟以六芝標名，然其種類不可不識。」芝有青芝、赤芝、黄芝、白芝、黑芝、紫芝，均有延年益壽之功效。本草綱目卷一二「朮」：「朮，白朮也，氣味甘、温，無毒。」發明引好古曰：「近世多用白朮，治皮間風，止汗消痰，補胃和中，和腰臍間血，通水道。」

〔六〕化兒：造化小兒的略稱，新唐書杜審言傳：「審言病甚，宋之問、武平一去探視，審言云：『甚爲造化小兒相苦！』」

〔七〕現老：薦嚴寺僧，本集卷二與時叙現老納凉池上時叙誦新詞甚工詩云：「老禪挽我遊，高論方軒眉。」

〔八〕「晴色」句：蘇軾江神子（夢中了了醉中醒）：「烏鵲喜，報新晴。」傅注：「漢武帝時，天新雨止，聞鵲聲，帝以問東方朔，方朔曰：『必在殿後柏木枯枝上，東向而鳴也。』驗之，果然。」

〔九〕「竹鷄」句：竹鷄，鳥名，生江南竹林中，形體比鷓鴣小，好啼。章碣寄友人：「竹裏竹鷄眠蘚石，溪頭鸂鶒踏金沙。」能，甚也。張相詩詞曲語辭匯釋卷三：「能（二），甚辭。」無賴，可愛。王鍈詩詞曲語辭例釋：「無賴（一），等於説可喜、可愛，與通常放刁、撒潑義或指品行不端者不同，往往含有親昵意味。」

病中三偈

擾擾隨流無定期，波停浪息始應知。一塵不偶同歸處，四海無親獨步時。苦相打通俱入妙，病源纔識更何疑㊀〔一〕。霜清木落千山露，笑殺東風葉滿枝。

一交銷取萬黄金，將病求醫在用心㊁。化盡此身成藥樹，不妨栽得病根深。

莫把無言絶病根，病根深處是無言。丈夫解却維摩縛〔二〕，八字轟開不二門〔三〕。

【校記】

㊀病源纔識：原作「病緣纔入」，今據活字本、叢書堂本、董鈔本改。周小山范石湖集校正舉隅（載古典文獻研究第十二期）：「『病源纔識』是。」

㊁在用心：活字本、董鈔本同。叢書堂本作「枉用心」，周小山云：「依詩意，『枉』是。」

【題解】

本詩作於紹興二十二年（一一五二），參見病中絶句八首「題解」。

【箋注】

〔一〕病源纔識：語出舊唐書許胤宗傳：「今人不能别脈，莫識病源。」唐王壽外臺秘要方卷二一出眼疾候一首：「愚人不識病源，直尋古方。」（采周小山范石湖集校正舉隅說。）

〔二〕維摩縛：維摩受病束縛。維摩詰所説經方便品第二：「維摩詰因以身疾，廣爲説法。」辛棄疾江神子聞蟬蛙戲作：「病維摩。意云何。掃地燒香，且看散天花。」

〔三〕「八字」句：維摩詰所説經入不二法門品：「如我意者，於一切法無言無説，無示無識，離諸問答，是爲入不二法門。」「八字」，指「無言無説，無示無識」。

雲間湖光亭

微風不動斂濤湍，組練晶晶色界寒。斜照發揮猶未盡，月明殘夜更來看。

【題解】

本詩作年難以確考，或當作於崑山讀書期間。雲間，即宋代秀州華亭縣之古稱，離崑山很近。

高景庵泉亭

峰頭揮手笑紅塵，天入雙眸洗翳昏。萬里西風熟秔稻，白雲堆裹著黄雲〔一〕。

【題解】

本詩作於紹興二十一年（一一五一）。高景庵，即高景山之金氏庵。泉亭，在高景庵附近，卷三有泉亭、金氏庵，即此景。

【箋注】

〔一〕著黄雲：黄雲，形容農田裹大片已經成熟的、呈金黄色的水稻。本卷田舍「天末稻雲黄」，與此之意境同。

晚入盤門

人語嘲喧晚吹涼，萬窗燈火轉河塘。兩行碧柳籠官渡，一簇紅樓壓女牆。何處采菱聞度曲，誰家拜月認飄香〔一〕。輕裘駿馬慵穿市，困倚蒲團入睡鄉。

【題解】

本詩作於紹興二十一年（一一五一），時有蘇州之行。盤門，蘇州八門之一，陸廣微吴地記：「盤門，古作蟠門，嘗刻木作蟠龍鎮此，以厭越。又云：水陸相半，沿洄屈曲，故曰盤門。」又云：吴大帝蟠龍，故名。」朱長文吴郡圖經續記卷上「門名」：「其南曰盤門，以嘗刻蟠龍之狀，或曰爲水陸相半，沿洄屈曲，故謂之盤也。」

【箋注】

〔一〕「誰家」句：拜月，吴地有七夕拜月乞巧之習俗，徐崧、張大純百城烟水蘇州「吴俗最重節物」：「七月七日爲乞巧會，羅拜月下，飣果皆曰巧。」袁景瀾吴郡歲華紀麗卷七「巧果乞巧」條云：「吴中舊俗，七夕，市上賣巧果。……以青竹戴緑荷，繫於庭，作承露盤。男女羅拜月下，以綫刺針孔辨目力。明日視盤中蜘蛛含絲者，謂之得巧。」

九月三十日夜出關候致遠不至

風勁便輕棹，霜嚴怯弊裘。青山蟠巨浸，紅樹立滄洲。月黑雁猶去〔一〕，燈寒人更愁。煙松漫小峴〔二〕，何處問鳴騶〔三〕？

【題解】

本詩作年難以確考。致遠，即唐子壽，本集卷一有次韻唐致遠雨後喜涼，可參閱其「題解」。

【箋注】

〔一〕「月黑」句：自盧綸塞下曲「月黑雁飛高」句翻出。

〔二〕峴：小山。謝靈運從斤竹澗越嶺溪行：「逶迤傍隈隩，迢遞陟陘峴。」

〔三〕鳴騶：顯貴者出行，隨從之騎卒吆喝開道，稱爲鳴騶。孔稚珪北山移文：「及其鳴騶入谷，鶴書赴隴，形馳魄散，志變神動。」

次韻致遠自毗陵見寄二首

黃鵠高飛碧落寒，向來山水夢驚殘。故情若問玄真子，依舊江頭把釣竿〔一〕。

新詞一闋話羈愁，清似寒泉咽隴頭。官下有誰同此景㊀，仲宣應是獨登樓〔二〕。

【校記】

㊀景：原缺。富校：「『景』字原脱，據黄刻本補。」叢書堂本作「段」，董鈔本作「意」。今據黄刻本補。

【題解】

本詩作年難以確考。于北山范成大年譜紹興二十一年譜文云：「與唐子壽等相唱酬。」然無確證。

【箋注】

〔一〕「故情」三句：用唐張志和故事，玄真子，即張志和，唐代詩人、畫家，字子同，號烟波釣徒、玄真子、浪迹先生，婺州人。登明經第，待詔翰林，授左金吾衛録事參軍。因事貶南浦尉，遇赦還，遂浪迹江湖，隱於漁釣。顔真卿浪迹先生玄真子張志和碑銘述其生平事迹甚詳。

〔二〕「官下」二句：據詩意，當是唐子壽在毗陵任職。仲宣，即王粲，爲建安「七子之冠冕」，有登樓賦。

元日山寺

聽熟朝魚又暮鐘，全將慵懶度三冬。貪眠豹褥窗間日，怕擁駝裘陌上風。登阪自憐行蹭蹬㊀〔一〕，讀碑仍怪視蒙籠。少年豪壯今如此，略與殘僧氣味同。

【校記】

㊀ 登阪：原作「登版」，富校：「『版』，黄刻本作『阪』，是。」按，活字本、叢書堂本、董鈔本均作「登阪」，今據改。詩淵第五册第三七四一頁作「登坂」，坂、阪同。

【題解】

本詩當作於崑山東禪寺讀書時期，由首句「聽熟朝魚又暮鐘」可知，然具體作年難以確考。

【箋注】

〔一〕「登阪」句：阪，亦作坂，用戰國策驥駕車過鹽坂故事。戰國策楚策：「驥之齒至矣，服鹽車而上太行，蹄申膝折，尾湛胕潰，漉汁灑地，白汗交流，中坂遷延，負轅而不能上。」李賀馬詩二十三首之十一：「午時鹽坂上，蹭蹬溘風塵。」鹽坂，指虞坂，在今山西平陸縣，李吉甫元和郡縣圖志卷六：「（平陸縣）吴山，即吴坂也，伯樂遇騏驥駕鹽車之地。」

題記事册

北山山下小庵居，佛劫仙塵只故吾。八萬四千空色界〔一〕，不離一法認毗盧〔二〕。

【題解】　本詩作年難以確考。孔凡禮范成大年譜紹興二十年譜文云「題詩記事册」，附注中記及卷三之題記事册，因該詩題下注「庚午」。又附記卷四之題日記、題記事册，然兩詩之作年不易斷定。

【箋注】

〔一〕「八萬」句：八萬四千，佛家法門之數。楞嚴經：等八萬四千清浄寶目，八萬四千爍迦羅首，八萬四千母陀羅臂，皆記佛法門之數。韋三教樂師經序：「八萬四千法門，門門利濟；五千四百八卷，卷卷玄微。」色界，三界之一，在欲界之上，无色界之下。王縉東京大敬愛寺大證禪師碑：「開心地如毛頭，掃意塵於色界。」

〔二〕毗盧：佛名，毗盧舍那的略稱，也譯作毗盧遮那。大日經義釋次住秘密漫荼羅品：「所謂毗盧遮那者，日也。如世間之日，能除一切暗冥，而生長一切萬物，成一切衆生事業，今法身如來亦復如是，故以爲喻也。」

寄贈致遠并呈現老

草草家風節物新，從來憂病不憂貧。琴書稍覺浮生誤，香火惟知此事真。室裏談空思二士[一]，花間對影謾三人[二]。祇愁盧李分攜後，别有箜篌一曲春[三]。

【題解】

本詩與次韻致遠自毗陵見寄乃同一年作，具體作年無考。從「并呈現老」看，當在崑山讀書時期。

【箋注】

〔一〕談空：佛家有「空宗」和「有宗」，後漢書西域傳論：「空有兼遣之宗。」蘇軾眉子石硯歌贈胡誾：「毗耶居士談空處。」談空即闡説空宗之道。

〔二〕「花間」句：李白月下獨酌四首之一：「花間一壺酒，獨酌無相親。舉杯邀明月，對影成三人。」

〔三〕「祇愁」二句：用逸史李生與盧二舅於北亭召女子彈箜篌事，見卷一嘲里人新婚注。

春後微雪一宿而晴

綵勝金旛換物華，垂垂天意晚平沙。東君未破含春蘂[一]，青女先飛剪水花[二]。

夜逐回風鳴瓦壠，曉成疎雨滴檐牙。朝暾不與同雲便，烘作晴空萬縷霞。

【題解】

本詩作於崑山讀書時之某年正月，詩云「綵勝金旛」，可見。

【箋注】

〔一〕東君：日神。屈原九歌東君，朱熹楚辭集注：「此日神也。」

〔二〕青女：霜雪之神。淮南子天文訓：「至秋三月……青女乃出，以降霜雪。」高誘注：「青女，天神，青霄玉女，主霜雪也。」

雪霽獨登南樓

雪晴風勁晚來冰，樓上奇寒病骨驚。雀啄空檐銀笋墮〔一〕，鴉翻高樹玉塵傾。青帘閃閃千家静，黄帽亭亭一水横〔二〕。坐久天容却温麗，一彎新月對長庚。

【題解】

本詩作年無考。

【箋注】

〔一〕銀笋：石湖以之比喻檐溜。古人常稱檐溜爲「冰筯」，石湖改以「銀笋」稱之，喻象鮮明。

〔二〕「黄帽」句：黄帽，亦稱黄頭郎，指船夫。史記佞幸傳鄧通傳：「鄧通……以濯船爲黄頭郎。」集解引漢書音義：「善濯船池中也。一説能持擢行船也。」石湖借指船，蘇軾瑞鷓鴣（城頭月落尚啼烏）：「映山黄帽螭頭舫，夾岸青烟鵲尾爐。」

次時叙韻送至先兄赴調

梅柳欲動風作難，行人意在飛鴻間。一官遠遊門户弱，百歲上策身心閒。胸次饒渠有廊廟，夢魂叵使無江山〔一〕。栽桃種杏須付我，已辦鐵鎖遲公攀。

【題解】

本詩作於紹興二十六年（一一五六）春。至先，即范成象，建炎以來繫年要録卷一七〇：「（紹興二十五年十二月）左從政郎范成象行太學録。」成象，成大兄也。詩云「梅柳欲動風作難」，則時已入次年春。

【箋注】

〔一〕叵使：不可使。張相詩詞曲語辭匯釋卷二：「又有叵耐一辭，叵爲不可之切音，耐即奈也。」叵作不可解，則叵使即不可使也。

上沙遇雨快涼

刮地風來健葛衣，一涼便覺暑光低。雲頭龍挂如垂筋〔一〕，雨在中峰白塔西。

【題解】本詩作於紹興二十一年（一一五一）秋，石湖自上沙至天平嶺，過高景庵，寫下本詩以記行。參見自天平嶺過高景庵詩之「題解」。

【箋注】

〔一〕龍挂：龍卷風，参卷二大暑舟行含山道中雨驟至霆奔龍挂可駭「題解」。

自天平嶺過高景庵

卓筆峰前樹作團〔一〕，天平嶺上石成闕。緑陰匝地無人過，落日秋蟬滿四山。

【題解】本詩作於紹興二十一年（一一五一）秋，石湖自上沙至天平嶺，過高景庵，寫下自天平嶺過高景庵詩以記行。石湖記述過三次遊覽天平山、高景山的活動，第一次在紹興十七年，石湖與至先、唐少梁等遊天平寺，並題詩，見卷三天平寺；第二次在紹興二十年，石湖寫有「城西道中」二十首；第三次在紹興二十一年，石湖寫有上沙遇雨快涼等五首詩。

【箋注】

〔一〕卓筆峰：在蘇州天平山。吴郡志卷一五：「天平山，在吴縣西二十里。……山多奇石，卓筆峰爲最。」徐崧、張大純百城烟水吴縣：「天平山，在支硎山南，視諸山最爲峭崒，山多奇石，詭異萬狀。有卓筆峰（峰高數丈，截然立雙石之上，附著尤兀臬。）飛來峰、五丈石……」

高景山夜歸

伊軋籃輿草露間，夜涼月暗走孱顔。忽逢陂水明如鏡，照見沉沉倒景山。

【題解】

本詩作於紹興二十一年（一一五一）秋，參見自天平嶺過高景庵「題解」。高景山，在天平山附近。王謇宋平江城坊考卷五城外：「高景山……姑蘇志：『高景山，在定山、羊山北三里。自天平來，漫衍數里，至此而止。越絶書作高頸山。其西麓對花山、覺林。』」

白雲嶺

路入千峰一線通，陸離長劍立天風。五年領客題詩處㈠，正在孤雲亂石中。

【校記】

㈠ 題詩處：富校：「『詩』黄刻本作『名』，是。」按，活字本、叢書堂本、董鈔本、詩淵第三册第二一九八頁均作「詩」，當以「詩」爲是。

【題解】本詩作於紹興二十一年（一一五一）秋，參見自天平嶺過高景庵「題解」。白雲嶺，在蘇州天平山，吴郡志卷一五：「天平山……山半有白雲泉，亦爲吴中第一水。」徐崧、張大純百城烟水吴縣：「天平山……南趾有白雲寺，唐寶曆二年建。」泉、寺皆以白雲嶺命名。

偃月泉

松風竹露午猶寒，知有龍蟠一掬慳。我欲今年來結夏，莫扃岫幌掩雲關。

【題解】本詩作於紹興二十一年（一一五一）秋，參見自天平嶺過高景庵「題解」。偃月泉，未詳，約在高景山附近。

代人七月十四日生朝

秋入壺中玉宇鮮〔一〕，芝蘭桃李共熙然。已饒瑞莢明朝滿，先借清蟾一夜圓。北闕紫泥應道路，東山紅袖莫雲煙。如今且醉江湖酒，來歲城南尺五天〔二〕。

【題解】

本詩作年難以確考，當作於崑山讀書時期。

【箋注】

〔一〕「秋入」句：壺中玉宇，即壺中天，雲笈七籤卷二八：「（施存）後遇張申，爲雲臺治官，常懸一壺如五升器大，變化爲天地，中有日月，如世間。夜宿其内，自號『壺天』，人謂曰『壺公』。」

〔二〕尺五天：喻離帝王很近。杜甫贈韋七贊善：「時論同歸尺五天。」

題金牛洞

洞在宣城之成山，前此蕪廢無聞，自魏公尚書發之，常有笙簫仙音之瑞。

故鄉江吴多好山，笋輿篾舫相窮年。春風吹入江南陌，疊障雙峰如舊識。聞道金牛更孱顔，古來鐵鎖高難攀。自從仙伯弭芝蓋〔一〕，鳳舞鸞歌開洞天。新詩臏説山中妙，我不曾游先夢到。從渠弱水隔蓬萊〔二〕，雲山何處無瑶草？

【題解】

本詩作於紹興二十五年（一一五五）春。紹興二十四年，石湖應禮部試，下一年春，受徽州司户參軍之任命，離蘇去新安。詩有「春風吹入江南陌」，可知作年當爲紹興二十五年。金牛洞，在宣城之雲山，魏良臣開發之。尚書，指魏良臣，他曾爲尚書郎。光緒宣城縣志卷三七古迹有記載，云：「金牛洞，即云山洞。在南湖北，有仙人迹仰印石上，四壁石乳下懸，擊之，作鐘鼓聲。幻石造形，天造之巧，極游觀之勝。」寧國府志（嘉慶十二年修，民國石印本）卷一〇輿地志：「雲山在縣東北七十里，有雲山寺，山下有金牛洞，幻石象形，巧成天造，扣之聲侔鼓鐘，魏良臣有洞記。」魏良臣崑山金牛洞記（光緒宣城縣志卷二九載）：「小智自私，則物方域而不通；達人大觀，則包宇宙而無外。蓋天以氣而覆，地以形而載。氣覆於上，則日月星宿照耀森列，有目者皆可睹。至於紫宸金闕，霞府瓊宫，雖聞其名，而世終莫之見。形載於下，則山嶽河海，結峙融流，有足者皆可至。至於名山秘府，真宅奥境，苟傳於世，則必有待而後顯焉。如華陽洞府則以茅真君而顯，龍虎山則以張天師而顯，閤皂山則以葛仙公而顯，卯酉山則以葉天師而顯。自餘塵外仙居，隨寓昭著，未易一一數也。宣城崑山，舊有洞名金牛，蓋以其潛通幽隱，周流而無不遍也。自昔嘗有真隱修煉於此，歷時滋久，丹竈爲墟，榛莽叢蔽，狐兔穴藏，樵父野夫，棄置勿顧，志士道流，睇視嘆息，幾年於兹矣。紹興甲戌秋，僕命猶子仲遠往視之，因稍加荒緝，結小庵於其側。村巷鼓舞，欣然效力，曾未浹旬，已略就緒。僕乃杖策繼往，登臨四顧，洞形敞豁，上有巨迹，如仰足印。青螭蟠繞於前，寶蓋倒垂於下，山川林壑，詭奇挺喬，莫可形容。恍然如游瀛洲，上蓬島，揖浮丘而拍洪崖，不知身之在塵寰也。遐想其游仙旅，雲駢鶴馭，徜徉其間，鼓鈞天之奏，舞霓裳之曲，逍遥快樂，邈乎遼哉，不可尚矣。因知龍吟霧起，虎嘯風生，理固有自然相感者。隱有待而顯，晦有待而明，譬之負材抱道之士，方時未遇，執耒垂竿，販繒屠狗之人，未之奇也。一旦遭時遇主，攄發藴素，則澤及四海，而名垂萬世，亦猶是矣。僕因有感於斯，乃爲之叙，以紀一時之偉觀。」甲戌乃紹興二十四年，時良臣正鄉居。

【箋注】

〔一〕弭：廣韻：「息也。」玉篇：「止也。」　芝蓋：車蓋。文選張衡西京賦：「驪駕四鹿，芝蓋九葩。」薛綜注：「以芝爲蓋，蓋有九葩之采也。」因指仙家之車。

〔二〕弱水：不通舟楫之水，山海經大荒西經：「有大山名曰崑崙之丘……其下有弱水之淵環之。」　蓬萊：史記封禪書：「自威、宣、燕昭使人入海求蓬萊、方丈、瀛洲。此三神山者，其傳在勃海中。」

曉自銀林至東壩登舟，寄宣城親戚

曉山障望眼，脈脈紫翠横。澄江已不見，况乃江上城。結束治野裝，木末浮三星。羸馬隴頭嘶，小車谷中鳴。亭亭東壩樹，練練緑浦明。篙師笑迎我，新漲没蘋汀。徑投一葉去，雲水相與平。聊將塵土面，照此玻璃清。懷我二三友，高堂晨欲興。風細桐葉墮，露濃荷蓋傾。凝香繞燕几，安知路傍情。

【題解】

本詩作於紹興二十四年（一一五四）秋。石湖於本年中進士後，至宣城、溧水岳家省親，秋，取道銀林堰至東灞登舟，東返蘇，故寄詩與宣城親戚。孔凡禮范成大年譜紹興二十四年譜文云：「中進士後，往宣城、溧水岳家省視。秋，自銀林至東灞登舟回姑蘇。」范成大再辭免知建康府劄子（永樂大典卷一〇九九八引范石湖大全集）：「又臣妻族魏氏，見居溧水、宣城之間，皆係所部，豈無瓜李之嫌？」至正金陵新志卷一三下：「魏良臣，字道弼，溧水崇教鄉南塘人。」銀林，即銀林堰，又名銀淋堰，在溧水東南一百里。景定建康志卷一六「堰埭」：「銀林堰，在溧水縣東南一百里，長一十二里，即魯陽五堰也。」輿地紀勝卷一七建康府景物下銀淋堰，謂銀淋屬溧水。

讀唐太宗紀　平內難

宮府相圖勢不收，國家何有各身謀。縱無管蔡當時例〔一〕，業已彎弓肯罷休！

弟兄相賊斁天倫〔二〕，自古無如舜苦辛〔三〕。掩井捐階危萬死，不聞親殺鼻亭神〔四〕。

佐命諸公趣夜裝，争言社稷要靈長。就令昆季尸神器〔五〕，未必唐家便破亡。建成回馬欲馳歸，元吉行趨武德闈〔六〕。若使兩人俱得去，却於何處極兵威〔七〕？

嫡長承祧有大倫，老公愛子本平均。只知世上尋常理，争信英雄解滅親。

【題解】

本詩作年難以確考。

【箋注】

〔一〕「縱無」句：史記管蔡世家：「管叔鮮、蔡叔度者，周文王子而武王弟也。武王同母兄弟十人。母曰太姒，文王正妃也。其長子曰伯邑考、次曰武王發、次曰管叔鮮、次曰周公旦、次曰蔡叔度、次曰曹叔振鐸……同母昆弟十人，唯發、旦賢，左右輔文王，故文王舍伯邑考而以發爲太子。」石湖舉此例以與唐初比，故曰「當時例」。

〔二〕斁：敗也。尚書洪範：「彝倫攸斁。」傳：「斁，敗也。」

〔三〕「自古」句：史記五帝本紀：「舜子商均亦不肖，舜乃豫薦禹於天。十七年而崩。三年喪畢，禹亦乃讓舜子，如舜讓堯子。諸侯歸之，然後禹踐天子位。」

〔四〕鼻亭神：舜弟象。史記五帝本紀正義引括地志：「鼻亭神在營道縣北六十里，故老傳云：

舜葬九疑，象來至此，後人立祠，名爲鼻亭神。」

〔五〕尸神器：居帝王之位而不治理國家。尸，尸位，尚書五子之歌：「太康尸位以逸豫。」神器，帝位，漢書叙傳班彪王命論：「不知神器有命，不可以智力求也。」

〔六〕「建成」二句：新唐書太宗紀：「太宗功益高，而高祖屢許以爲太子。太子建成懼廢，與齊王元吉謀害太宗，未發。（武德）九年六月，太宗以兵入玄武門，殺太子建成及齊王元吉。高祖大驚，乃以太宗爲皇太子。」建成，唐高祖長子。元吉，高祖第四子。武德闈，西宫武德殿，新唐書高祖諸子：「初，帝令秦王居西宫承乾殿，元吉居武德殿。」

〔七〕「却於」句：沈欽韓范石湖詩集注卷上：「一門之内，自極兵威。梁元帝語。」

重讀唐太宗紀　立晉王

父子情深苦亦深，蓋天神武一沾襟。想當拔刃投牀際，也憶海池舟裹心。

承乾謀父保天年〔一〕，青雀圖兄亦兩全〔二〕。隱刺諸兒却孥戮〔三〕，一私知隔幾山淵。

更張聊欲亢吾宗，仁孝承家合至公。天發殺機那可料，正投阿武禍胎中〔四〕。

【題解】

本詩與上詩當作於同時，具體作年難以確考。

【箋注】

〔一〕承乾：唐太宗嫡長子、皇太子，因謀反事敗廢爲庶民。

〔二〕青雀：唐太宗第四子魏王泰的小字。資治通鑑唐太宗貞觀十七年：「上謂侍臣曰：『昨青雀投我懷云：「臣今日始得爲陛下子，乃更生之日也。」』」胡三省注：「泰，小字青雀。」

〔三〕隱刺：指建成和元吉。建成追謚爲隱；元吉受封爲巢刺王。

〔四〕阿武：指武則天，她即帝位後，殺李唐宗室多人，見新唐書則天皇后紀。

石湖居士詩集卷五

復自姑蘇過宛陵，至鄧步出陸

漿家饋食槿爲藩，酒市停驂竹廡門。紅樹亭亭棲晚照，黄茅杳杳被高原。飲溪有跡於菟過〔一〕，掠草如飛朴渥翻〔二〕。車軌如溝平地少，飽帆天鏡憶江村。

【題解】

本詩作於紹興二十四年（一一五四）初冬。按石湖中進士後，曾往岳家省視，秋後歸。初冬，復又至岳家，詩云「紅樹亭亭」、「黄茅杳杳」，正是初冬景物。孔凡禮范成大年譜紹興二十四年譜文云：「冬，復自姑蘇過宛陵，至鄧步登陸，往溧水南塘岳家省視，在南塘度歲。」今從孔説。宛陵，即宣城，李吉甫元和郡縣圖志卷二八「宣州」云：「宣城縣，本漢宛陵縣。」鄧步，鎮名，景定建康志卷一六：「鄧步鎮，在溧水縣南一百二十里。」

【箋注】

〔一〕於菟：虎的别稱，左傳宣公四年：「楚人謂乳榖，謂虎於菟。」釋文：「於，音烏；菟，音徒。」

〔二〕朴渥：兔子跳躍貌，本詩指兔子，與上句「於菟」相對。

題南塘客舍

閒裏方知得此生，癡人身外更經營。君看坐賈行商輩〔一〕，誰復從容唱渭城〔二〕？

【題解】

本詩作於紹興二十四年（一一五四）冬。南塘，即石湖岳家所在地，有魏良臣故宅。民國高淳縣志卷三南塘下引范成大題南塘客舍、南塘冬夜唱和。

【箋注】

〔一〕坐賈行商：周禮天官大宰：「以九職任萬民……六曰商賈，阜通貨賄。」注：「行曰商，坐曰賈。」

〔二〕唱渭城：渭城，即渭城曲，王維送元二使安西，因首句「渭城朝雨」，又曰渭城曲，是典型的抒寫離別情緒的作品，商人忙於經商，常常離別家人，誰還會從容地去歌唱此曲？

南塘冬夜倡和

燃萁烘煖夜窗幽，時有新詩趣倡酬。爲問灞橋風雪裏〔一〕，何如田舍火爐頭？寒釭欲暗吟方苦，凍筆難驅字更遒。絶笑兒癡生活淡，略無歲晚稻粱謀。

【題解】

本詩作於紹興二十四年（一一五四）冬。時在岳家南塘，與之唱和的當爲魏仲恭兄弟。魏良臣有三子，即伯友、仲恭、叔介，見民國高淳縣志卷一六名宦魏良臣傳。

【箋注】

〔一〕「爲問」句：用唐鄭綮故事。孫光憲北夢瑣言卷七：「唐相國鄭綮……或曰：『相國近有新詩否？』對曰：『詩思在灞橋風雪中驢子上，此處何以得之？』蓋言平生苦心也。」

游金牛洞題石壁上

仙翁舊游處，琅璈韻靈曲。至今有餘音，玄鶴舞幽谷。衆真期我住，歲晚芝田熟。腰鑱從翁來〔一〕，籋雲跨飛鹿〔二〕。

【題解】

本詩作於紹興二十四年（一一五四）冬。金牛洞，見卷四題金牛洞「題解」。從詩作内容考察，應是本詩在前，題金牛洞詩在後。石湖隨魏良臣游洞，因爲此洞剛剛開發，故隨身攜帶長鑱，以備隨時使用。

【箋注】

〔一〕腰鑱：腰插長鑱，杜甫乾元中寓居同谷縣作歌七首之二：「長鑱長鑱白木柄。」從翁來：隨從魏良臣來游金牛洞。

〔二〕籋雲：躡雲。漢書禮樂志郊祀歌九：「籋浮雲，晻上馳。」注：「蘇林曰：籋音躡，言天馬上躡浮雲也。」跨鹿躡雲，仙游之景。

淨行寺傍皆圩田，每爲潦漲所決，民歲歲興築，患糧絶，功輒不成

崩濤裂岸四三年，落日寒煙正渺然。空腹荷鋤那辦此，人功未至不關天。

【題解】

本詩作於紹興二十五年（一一五五）春。淨行寺，在高淳縣，民國高淳縣志卷一四「寺觀」云：「淨行寺，縣東北十二里。……唐中和三年建寺。」下引本詩。又，同書卷一五載淨行寺後有魏良臣香火院，置有祀田。本詩關心民生，留心世務，體現出石湖關心民瘼的精神。

衮山道中

虎嘯狐鳴苦竹叢，魂驚終日走蒙茸。松林斷處前山缺，又見南湖數十峰〔一〕。

【題解】

本詩作於紹興二十五年（一一五五）春。衮山，亦作滚山，在宣城縣東三十里之麻姑山北。光緒宣城縣志卷四「山川」：「城東三十里麻姑山，高廣視敬亭過之，迤邐酋崒，盤踞百餘里，作鎮東境。……又北曰滚山、雲山。」

【箋注】

〔一〕南湖：在金牛洞之南。光緒宣城縣志卷三七「古迹」：「金牛洞，即雲山洞，在南湖北，有仙人迹印石上。」又，同書卷四「山川」：「大崑山、小崑山，並在南湖之北。」

花山村舍

潦退灘灘露，沙虚岸岸頽。澗聲穿竹去，雲影過山來。柳菌粘枝住，桑花共葉開。庵廬少來往，門巷濕蒼苔。

【題解】本詩作於紹興二十五年（一一五五）春。花山，在高淳縣東南四十里，民國高淳縣志卷三「山川」：「花山，縣東南四十里。上產白牡丹花，故名。」下引本詩。

清明日狸渡道中

灑灑沾巾雨，披披側帽風。花燃山色裏〔一〕，柳臥水聲中。石馬立當道，紙鳶鳴半空。墦間人散後，烏鳥正西東。

【題解】本詩作於紹興二十五年（一一五五）春。狸渡，安徽宣城縣北百餘里有狸頭橋，在高淳縣南，見宣城縣志。

【箋注】

〔一〕「花燃」句：杜甫絶句二首之二：「江碧鳥逾白，山青花欲燃。」

寒食客中有懷

江郭花開也寂寥，不須緑暗與紅凋。疾風甚雨過寒食〔一〕，白日青春吟大招〔二〕。芳景尚隨流水去，故人應作綵雲飄。煙波千里家何在？惟有溪聲似晚潮。

【題解】

本詩作於紹興二十五年（一一五五）春。寒食，即寒食節，唐宋人以此爲祭墓之節日，與後代以清明爲掃墓日不同。李匡乂資暇録卷中：「寒食拜掃，按開元禮第七十八云：昔者宗子去在他國，庶子無廟，孔子許望墓爲壇，以時祭祀。今之上墓，或有憑矣。」石湖有感而作本詩，悼念屈原。

【箋注】

〔一〕「疾風」句：荆楚歲時記（錦繡萬花谷後集卷四引）：「去冬節一百五日，即有疾風甚雨，謂之寒食。」

〔二〕大招：楚辭篇名，王逸楚辭章句云：「大招者，屈原之所作也。或曰景差，疑不能明也。」然篇中有「三公穆穆」、「立九卿只」，其制立於西漢，可見此篇當爲西漢文人模仿招魂悼念屈原之作。

南塘寒食書事

埂外新陂緑，岡頭宿燒紅。裹魚蒸菜把，饋鴨鎖筠籠。酒侣晨相命，歌場夜不空。土風并節物，不與故鄉同。

【題解】

本詩作於紹興二十五年（一一五五）春。

周德萬攜孥赴龍舒法曹，道過水陽相見，留别女弟

草草相逢小駐船，一杯和淚飲江天。妹孤忍使行千里，兄老那堪别數年。馬轉不容吾悵望，櫓鳴肯爲汝留連？神如相此俱强健，緑髮歸來慰眼前。

【題解】

本詩作於紹興二十五年（一一五五）春。周德萬，名傑，石湖妹夫，時將赴龍舒（安徽舒城）法曹任，在水陽鎮相遇，作本詩以留别女弟。水陽，鎮名，元豐九域志卷六江南東路：「望，宣城。一十三鄉。符裏窯、水陽、城子務三鎮。」讀史方輿紀要卷二八寧國府：「水陽鎮，府東北七十里，臨

句溪上。溪北與高淳縣接界。其地有水東山，南唐爲水陽渡，後因爲鎮，今有巡司戍守。又兑軍倉及義倉皆置於此。志云：府東境之備在水陽，繇此東出高淳，越東壩通吴會，此其要防也。」周傑後來入蜀，爲帥府幕客。范成大吴船録記載遊峨眉山絶頂，云：「同登峰頂者，幕客：簡世傑（伯雋）、楊光（商卿）、周傑（德萬）、進士虞植（子建）及家弟成績。」

高淳道中

路入高淳麥更深，草泥需潤馬駸駸。雨歸隴首雲凝黛，日漏山腰石滲金。老柳不春花自蔓，古祠無壁樹空陰。一簞定屬前村店，衮衮炊煙起竹林。

【題解】

本詩作於紹興二十五年（一一五五）春。

夜至寧庵，見壁間端禮昆仲倡和，明日將去，次其韻

杉松廡門森老蒼，佛屋深夜幡花香。借牀睡倒恍何處，夢隨潛魚聽驚榔。咿啞禽語曉光浄，窸窣草鳴朝雨涼〔一〕。哦詩出門懷二妙〔二〕，春漲繞山湖水黄。

【題解】本詩作於紹興二十五年（一一五五）春，時正自岳家返蘇，夜宿西寧庵，見魏仲恭兄弟唱和詩，乃次韻和之。寧庵，即西寧庵，民國高淳縣志卷一四載縣西北七里有西寧庵。端禮，即魏仲恭，魏仲恭斷腸詩集序：「淳熙壬寅二月望日，醉□居士宛陵魏仲恭端禮書。」可知端禮乃仲恭之字。題云「昆仲」，詩云「二妙」，則唱和者爲兄弟二人。魏良臣有子三人，未知題於西寧庵壁間的昆仲詩，是伯友和仲恭，抑或仲恭與叔介？難以斷定。

【箋注】

〔一〕窸窣：輕微細小的聲音。李賀神絃：「紙錢窸窣鳴飀風。」王琦解：「窸窣，音悉速，聲小貌。」

〔二〕二妙：稱同時以才藝著名的二人。新唐書韋維傳：「（維）遷户部郎中，善裁剖，時員外宋之問善詩，故時稱户部二妙。」

行唐村平野，晴色妍甚

煖日烘繁梅，穠香撲征鞅。雲煙釀春色，心目兩駘蕩〔一〕。柳眉翠已掃，桑眼青未放〔二〕。兹遊定不俗，前路入千嶂〔三〕。

【校記】

㈠入：原作「八」。富校：「『八』黄刻本作『入』，是。」按叢書堂本、董鈔本均作「入」，今據改。

【題解】

本詩作於紹興二十五年（一一五五）春。唐村，在高淳縣境内，民國高淳縣志卷四載魏良臣所居之崇教鄉内有西舍唐村，縣東南二十里之立信鄉内亦有唐村。本詩云「征鞅」，又云「前路入千嶂」，則唐村當在石湖回鄉道中。

【箋注】

〔一〕駘蕩：舒緩蕩漾。謝朓直中書省：「朋情以鬱陶，春物方駘蕩。」

〔二〕桑眼：桑葉芽，陸游初春二首之一：「桑眼綻來蠶事興。」

嶺上紅梅

霧雨臙脂照松竹〔一〕，江南春風一枝足〔二〕。滿城桃李各嫣然，寂莫傾城在空谷。

城中誰解惜娉婷？遊子路傍空復情。花不能言客無語，日暮清愁相對生。

【題解】

本詩作於紹興二十五年（一一五五）春，時正自岳家返蘇。此詩二、三聯不對仗，詩句不調平仄，前半押仄聲韻，後半押平聲韻，平仄換韻，爲古體詩押韻特徵。石湖集中這類詩還有不少。

【箋注】

〔一〕「霧雨」句：臙脂，指紅梅。全句詩意從唐朱慶餘早梅詩來：「堪把依松竹，良塗一處栽。」

〔二〕「江南」句：一枝，指梅花。荆州記：「陸凱與范曄相善，自江南寄梅一枝詣長安與曄，並贈詩云：『折花逢驛使，寄與隴頭人。江南無所有，聊贈一枝春。』」

浙東參政寄示會稽蓬萊閣詩軸，次韻寄題二首

仙翁來佩玉符麟，緑髮無霜照碧筠。永夜闌干千嶂月，清風揮麈七州春〔一〕。塵埃不隔壺中境〔二〕，功業猶關物外身。鸞鶴莫驚兵衛峻，主人元是白雲人。

鰲背飛來紺碧浮，人間還有小蓬丘〔三〕。不須擊水三千里〔四〕，已壓中天十二樓〔五〕。羽駕舊曾將夢到，芝田今合爲公秋。玉霄有客方東望，竟欲乘風馭氣遊。

【題解】

本詩作於紹興二十六年（一一五六）秋。浙東參政，即魏良臣，他於紹興二十六年三月知紹興府、浙東安撫使；參政，指他任紹興府以前的官職。魏良臣於本年秋，登蓬萊閣，賦詩寄石湖，石

湖乃次韻寄之。嘉泰會稽志卷二「太守題名」：「魏良臣，紹興二十六年三月，以資政殿學士左中大夫知，十二月奉祠。」吴廷燮南宋制撫年表卷上兩浙東路安撫使兼知越州紹興府：「紹興二十六年，魏良臣，二月辛卯，由參知政事知紹興。十二月庚子罷。」建炎以來繫年要録卷一七五：「(紹興二十六年十二月)庚子，資政殿學士知紹興府魏良臣提舉臨安洞霄宫，從所請也。」蓬萊閣，在會稽卧牛山下，寶慶會稽續志卷一有記載。

【箋注】

〔一〕七州：浙江東路所轄七州，吴廷燮南宋制撫年表卷上：「兩浙東路安撫使、馬步軍都總管、知越州紹興府，領紹興、慶元、瑞安三府，婺、台、衢、處四州。」

〔二〕壺中境：此用「壺天」的典故。後漢書費長房傳：「費長房者，汝南人也。曾爲市掾，市中有老翁賣藥，懸一壺於肆頭，及市罷，輒跳入壺中。市人莫之見，唯長房於樓上睹之，異焉。因往，再拜奉酒脯，翁知長房之意其神也，謂之曰：『子明日可更來。』長房旦日復詣翁，翁乃與俱入壺中，惟見玉堂嚴麗，旨酒甘肴盈衍其中，共飲畢而出。」雲笈七籤卷二八引雲臺治中録云：「施存，魯人，夫子弟子，學大丹之道二百年，十煉不成，唯得變化之術。後遇張申，爲雲臺治官，常懸一壺如五升器大，變化爲天地，中有日月，如世間，夜宿其内，自號『壺天』，人謂曰『壺公』。」

〔三〕「鼇背」二句：傳説蓬萊山以鼇負之，故曰從鼇背飛來，到人間成爲小蓬萊山。列子湯問載蓬萊等五山之根無所連著，帝「乃命禺彊使巨鼇十五，舉首而載之」。

〔四〕擊水三千里：語出莊子逍遥遊：「鵬之徙於南冥也，水擊三千里，摶扶摇而上者九萬里，去以六月息者也。」

〔五〕十二樓：神仙居處。漢書郊祀志五下：「方士有言黄帝時，爲五城十二樓，以候神人於執期，名曰迎年。」顔師古注：「應劭曰：昆侖玄圃，五城十二樓，仙人之所常居。」

外舅輓詞二首

植德千章茂，硎材百鍊剛。事功纔止此〔一〕，物理故難量。雁序雲天遠〔二〕，蘭階雨露芳。公無憾身後，人自惜堂堂。

幽介聯昏援，門闌閱歲更。方欣承燕几〔三〕，何意寫銘旌！笑語猶尋夢，恩勤已隔生。情傷到深處，有淚不勝傾。

【題解】本詩約作於紹興二十六年（一一五六）後。外舅，即岳父，爾雅釋親：「妻之父爲外舅。」石湖岳父爲魏信臣，良臣之弟信臣，僅任承直郎。周必大神道碑：「妻和義郡夫人魏氏，前公幾月薨，至是祔焉。夫人，承直郎信臣女，紹興參知政事敏肅公之猶子，敏肅知公深，一見以遠大期之。」

【箋注】

〔一〕「事功」句：指岳父魏信臣僅仕至承直郎。

〔二〕雁序：羊祜雁賦：「鳴則相和，行則接武，前不絶貫，後不越序。」本詩以雁序喻兄弟。時魏良臣知紹興府，故云「雲天遠」。

〔三〕燕几：用以倚靠休息的小几。儀禮士喪禮：「綴足同燕几。」疏：「言燕几者，燕，安也，當在燕寢之内，常馮（憑）之以安體。」

天平先隴道中，時將赴新安掾

霜橋冰澗浄無塵，竹塢梅溪未放春。百疊海山鄉夢熟，三年江路旅愁新㊀〔一〕。松楸永寄孤窮淚，泉石終收漫浪身。好住鄰翁各安健，歸來相訪説情真。

【校記】

㊀旅愁新：原作「旅愁生」，富校：「『生』字黄刻本作『新』，是。」按，活字本、叢書堂本、董鈔本均作「新」，今據改。又按，「生」爲下平聲八庚韻；「新」爲上平聲十一真韻，與「塵」、「春」、「身」、「真」相叶。

【題解】　本詩作於紹興二十五年（一一五五）冬。石湖於本年受命徽州司户參軍，周必大神道碑：「遂中紹興二十四年進士第，調徽州司户參軍。」按成大於紹興二十五年十二月至先塋臘祭，開歲後，舟行赴任，元夕抵霅川，有元夕泊舟霅川，到徽州上任，已是春深。新安掾，即徽州司户參軍。先隴，石湖祖先之塋地在吴縣至德鄉，周必大神道碑：「自公曾祖葬吴縣至德鄉上沙之赤山，少師嘗戒子姪：『他日葬我，毋遠先塋。』」王謇宋平江城坊考附録「鄉都」：「吴縣二十都：吴門……至德。」至德鄉在城西，在天平附近，故稱「天平先隴」。大清一統志卷五五蘇州府陵墓：「范成大墓，在吴縣西天平山南上沙村。」

【箋注】

〔一〕旅愁新：從孟浩然宿建德江「移舟泊烟渚，日暮客愁新」句中套出。

元夕泊舟霅川

蓮炬光中月自圓〔一〕，人情草草競華年。最憐一夜旗亭鼓，能共鐘聲到客船〔二〕。

【題解】　本詩作於紹興二十六年（一一五六）正月十五日，時正赴新安掾任，已抵吴興。霅川，即霅溪，王存元豐九域志卷五兩浙路湖州吴興郡，治烏程縣，境内有霅溪。

【箋注】

〔一〕蓮炬：蓮花形的蠟燭，楊萬里姑蘇館上元前一夕陪使客觀燈之集：「節物催人又一年，銀花蓮炬照金尊。」

〔二〕「能共」句：借用張繼楓橋夜泊「姑蘇城外寒山寺，夜半鐘聲到客船」詩意。

桐川郡圃梅極盛，皆圍抱高木，浙中無有

家住丹楓白葦林，横枝一笑萬黄金〔一〕。玉溪園裏逢千樹，還盡春風未足心。

【題解】

本詩作於紹興二十六年（一一五六）春赴新安掾途中。桐川郡，即廣德，見光緒廣德州志卷一。王存元豐九域志卷六江南東路有廣德軍，「太平興國四年，以宣州廣德縣置軍，治廣德縣。廣德，有桐源山、桐水」。沈欽韓范石湖詩集注卷上引名勝志：「郡圃有古梅一株，枝柯盤屈，姿態奇古，太守趙希仁嘗圖以獻。」

【箋注】

〔一〕一笑：指梅花開放。花開爲笑，劉知幾史通外編雜説上：「今俗文士，謂鳥鳴爲啼，花開

爲笑。」

牧馬山道中

土橋茅屋兩三家，竹裏鳴泉漱白沙。春色惱人無畔岸，亂飄風袖拂梅花。

【題解】本詩作於紹興二十六年（一一五六）春赴新安掾途中。牧馬山，在廣德縣境，參見宿牧馬山勝果寺「題解」。

宿牧馬山勝果寺

佛燈已暗還吐，旅枕纔安却驚。月色看成曉色，溪聲聽作松聲。

【題解】本詩作於紹興二十六年（一一五六）春赴新安掾途中。牧馬山勝果寺，在廣德西南二十里。乾隆廣德州志卷一三「寺觀」：「牧馬寺：萬曆志：『在州西南二十里，唐天祐中建。』案，宋江寧府天蓋寺僧重建。後有僧宛大又奉敕改建，名勝果禪院。」又，下載陳遠撰牧馬寺記：「（寺）舊在牧馬山之巔。明宣德間始移今所。蓋緣勢踞高峻，故以『木末』爲名。山之名又因乎寺，語久音轉，訛爲『牧馬』。」以上引述，採自孔凡禮范成大年譜紹興二十六年附注。

游寧國奉聖寺

松梢臺殿欝高標，山轉溪迴一水朝。不惜褰裳呼小渡，夜來春漲失浮橋。

【題解】

本詩作於紹興二十六年（一一五六）春赴新安掾途中。寧國奉聖寺在宣州寧國縣。嘉慶寧國府志卷一四「寺觀」：「奉聖禪院，在（寧國）縣西三里，舊名白雲山。唐大中時，裴休請黄檗禪師講經於此。乾寧中賜額永清。宋治平中改奉聖，熙寧中爲禪院。」

自寧國溪行至宣城，舟人云凡百八十灘

波驚石險夜喧雷，曉泊旗亭笑眼開。休問行人緣底瘦，適從百八十灘來。

【題解】

本詩作於紹興二十六年（一一五六）春赴新安掾途中。自寧國縣至宣城縣，在山中沿溪而行，

王存元豐九域志卷六江南東路宣州宣城郡，治宣城縣，縣六：宣城、南陵、涇縣、寧國、旌德、太平。」宣城有句溪。

次韻宣州西園二首

苔茵無地着紅塵，花草含芳一笑新。不待東君能剪刻〔一〕，相公筆力挽回春。

星芒垂耀筆牀寒，河漢波流硯滴乾。棐几松跗入三昧，一篇詩就一杯殘。

【題解】

本詩作於紹興二十六年（一一五六）春赴新安掾途中。宣州西園，嘉慶寧國府志卷一二「古迹」有載。

【箋注】

〔一〕東君：司春之神。辛棄疾滿江紅暮春詞：「可恨東君，把春去、春來無迹。」

晚步西園

料峭輕寒結晚陰，飛花院落怨春深。吹開紅紫還吹落，一種東風兩樣心。

【題解】

本詩作於紹興二十六年（一一五六）春赴新安掾途中。西園，見上首「題解」。

送端言

東君留戀一分春，蜂蝶闌珊燕子新。桃李無情空緑徑，市橋楊柳送行人。

【題解】

本詩作於紹興二十六年（一一五六）春赴新安掾途中。端言，當爲魏仲恭的兄弟輩。按，仲恭字端禮，則叔介當爲端言。叔介送石湖至宣城，已是暮春，成大乃賦此詩與之告別。

早發竹下

結束晨裝破小寒，跨鞍聊得散疲頑。行衝薄薄輕輕霧，看放重重疊疊山。碧穗炊煙當樹直㊀，緑紋溪水趁橋彎。清禽百囀似迎客，正在有情無思間。

【校記】

㊀炊煙：原作「吹煙」，富校：「『吹』黄刻本作『炊』，是。」按，活字本、叢書堂本、董鈔本均作「炊」，

今據改。

【題解】本詩作於紹興二十六年（一一五六）春赴新安掾途中。竹下，在徽州休寧縣黄竹嶺下，沈欽韓范石湖詩集注卷上引輿地紀勝：「黄竹嶺在休寧縣西一百六十一里，地當阨塞，嘗置巡司。」孔凡禮范成大年譜紹興二十六年譜文「復經休寧赴徽州」下附注以爲「沈氏誤引書名」。按，輿地紀勝無此記載，元鄭玉有黄竹嶺巡檢司記，云：「黄竹嶺在休寧縣之西百六十里。」

小　澗

石礙珠旒濺，灘平霧縠鋪。小童能好事，繫馬斸菖蒲。

【題解】本詩作於紹興二十六年（一一五六）春赴新安掾任途中。

次韻子文探梅水西，春已深，猶未開。水西，謂歙溪，而黃君謨州學記云：瀕江地卑㈠。蓋此水爲浙江之源㈡，正可謂之江也

孤山山下小斜橋，客魂曾共暗香飄〔一〕。五年不踏西湖路，想見黃昏清淺處。如今憔悴古江干，豈有幽芳伴倚欄。臘盡雪殘春不至，坐令愁裏眼長寒。霜稜未貸千林槁，門外風饕人欲倒。斟酌芳心正怯寒，有情真被無情惱〔二〕。

【校記】

㈠ 瀕江：原作「頻江」，活字本、叢書堂本、董鈔本均作「瀕江」。黃震黃氏日鈔卷六七：「述黃君謨州學記云：瀕江地卑。」今據改。

㈡ 浙江：原無「江」字，活字本、叢書堂本、董鈔本均作「浙江」。黃震黃氏日鈔卷六七：「石湖初爲新安掾，謂歙溪爲浙江之源。」即指本詩。今據補。

【題解】

本詩作於紹興二十六年（一一五六）春，時已抵新安掾任。子文，即嚴煥，時任徽州教官。寶祐重修琴川志卷八：「嚴煥字子文，縣人，嘗與同里錢南試，聖人以人占天賦出場問，破題押何字。

南押占字，焕曰：『余奪魁，君第二。』果以首薦登紹興十二年進士第。調徽州、臨安教官，通判建康府，知江陰軍，遷太常丞，出爲福建市舶。終於朝奉大夫。焕長於書，筆法尤精。」景定建康志卷二四通判廳：「嚴焕，左承議郎，乾道三年六月十八日到任，五年六月二十五日任滿。」同書卷三二建康府貢院記，有乾道四年十一月「左承議郎通判建康府事姑蘇嚴焕書，左朝請郎直顯謨閣權發遣江南東路計度轉運副使公事浚儀趙彦端書額」之題署。水西，山名，輿地紀勝卷一九江南東路寧國府「景物下」有水西山、水西寺。山在涇縣西五里，林壑深邃。黄君謨州學記，指黄誥所作之徽州新學記。新安志卷一「廟學」：「紹聖二年，黄朝散（按，指黄誥，以朝散郎任郡守）還之於東北隅，米禮部芾爲書所爲記，世所傳徽州新學記是也。」又，卷九「郡守」：「黄誥字君謨，岳陽人……紹聖二年，以朝散郎知州事。」

【箋注】

〔一〕「孤山」二句：暗用林逋事，林氏山園小梅：「疏影横斜水清淺，暗香浮動月黄昏。」孤山，在杭州西湖中，林逋曾隱居於此。

〔二〕「有情」句：翻用蘇軾蝶戀花春景：「笑漸不聞聲漸悄，多情却被無情惱。」

後催租行

老父田荒秋雨裏，舊時高岸今江水。傭耕猶自抱長飢，的知無力輸租米。自從鄉官新上來，黃紙放盡白紙催〔一〕。賣衣得錢都納却，病骨雖寒聊免縛。去年衣盡到家口，大女臨岐兩分首。今年次女已行媒，亦復驅將换升㪷。室中更有第三女，明年不怕催租苦！

【題解】

本詩作於紹興二十六年（一一五六）春，石湖赴新安掾任，沿途見到農民苦況，故續作後催租行。參見本書卷三催租行「題解」。

【箋注】

〔一〕黃紙放盡白紙催：黃紙指減免租税的詔書，白紙指地方官催租的文書。據唐會要卷五七，唐代中書省文書，用黃麻紙或白麻紙製成，凡減免租税多用白麻紙。宋代改用黃麻紙，故石湖詩云「黃紙放盡」。石湖詩意從白居易杜陵叟化出：「不知何人奏皇帝，帝心惻隱知人弊。白麻紙上書德音，京畿盡放今年税。昨日里胥方到門，手持敕牒榜鄉村。十家租税九家畢，虛受吾君蠲免恩。」

次韻子文衝雨迓使者，道聞子規

夢魂翾婕翅，鼻息吼鼉鼓。喚起治曉裝，馬嘶童僕語。汨泥溷鳧鷖，慚愧黃鵠舉。猥吟陬隅池，浪廢桔槔圃。啼鵑撩客心，鈎引着何許。請歌蘇仙詞，歸耕一犁雨〔一〕。

【題解】

本詩作於紹興二十六年（一一五六），時在新安掾任上。嚴煥之原唱，已佚。

【箋注】

〔一〕「請歌」二句：蘇仙詞，指蘇軾詩句。蘇軾東坡八首之三：「昨夜南山雲，雨到一犁外。」

奉題胡宗偉推官攬秀堂

城外屏峰雲百疊，城裏看雲笏拄頰〔一〕。山靈自與人争秀，明滅煙霏難應接。南鄰范叔骨相寒〔二〕，不如騎曹知愛山。晨霞儻可救枵腹，丐君分我入朝餐〔三〕。

【題解】

本詩作於紹興二十六年（一一五六）任新安掾初識胡璉時。胡宗偉，即胡璉，字宗偉，號真清居士，徽州人，時任徽州推官。家有攬秀堂，乃命石湖題詩。

【箋注】

〔一〕笏拄頰：世説新語簡傲：「王子猷作桓車騎參軍，桓謂王曰：『卿在府久，比當相料理。』初不答，直高視，以手版拄頰云：『西山朝來，致有爽氣』。」

〔二〕范叔骨相寒：史記范睢蔡澤傳：「須賈意哀之，留與坐飲食，曰：『范叔一寒如此哉！』乃取其一綈袍以賜之。」

〔三〕「晨霞」二句：楚辭遠遊：「漱正陽而含朝霞。」王逸章句：「陵陽子明經言：『春食朝霞。』朝霞者，日始欲出，赤黄氣也。」

次韻太守出郊

曉裝緹騎踏芳辰，江爲安瀾露浥塵。棨戟前驅留住月，笙簫後備帶行春〔一〕。魚龍水面金杯滿，鸞鶴山頭綵筆新。聞道將軍寬禮數，不辭酩酊吐車茵。

【題解】

本文作於紹興二十七年（一一五七）春，時太守爲李稙，宋史卷三七九李稙傳：「李稙，字元直，泗州臨淮人。幼明敏篤學，兩舉於鄉。從父中行客蘇軾門，太史晁無咎見之曰：『此國士也！』以女妻焉。靖康初，高宗以康王開大元帥府，湖南向子諲轉運京畿。時群盗四起，餉道阨絶，環視左右，無足遺者。有以稙薦，遂借補迪功郎，使督四百艘，總押犒師銀百萬、糧百萬石，招募忠義二萬餘衆，自淮入徐趨濟。凡十餘戰，卒以計達。時高宗駐師鉅野，聞東南一布衣統衆而至，士氣十倍，首加勞問，稙占對詳敏，高宗大悦，親賜之食，曰：『得一士如獲拱璧，豈特軍餉而已。』承制授承直郎，留之幕府。……爲汪伯彦、黄潛善所忌。」高宗即位後，累官東南發運司幹辦公事，知潭州湘陰縣，鄂州通判，朝奉大夫通判荆南府，尚書户部員外郎，户部郎中，知桂陽軍，知徽州，朝請大夫直秘閣知鎮江府，遷江淮荆湘都大提點坑冶鑄錢公事，直敷文閣京西河北路計度轉運使。孝宗乾道元年，提刑江西。二年，直寶文閣江南東路轉運使，兼知建康府兼本路安撫使、主管行宫留守司事，以太府卿召，以疾請致仕。年七十六卒。謚忠襄。有臨淮集十卷，胡銓爲之序。稙才兼文武，幹練明達，早爲張浚所知。秦檜當國，浚遭貶謫，稙即丐祠奉親，寓居醴陵十有九年，杜門不仕。檜死，始起復，入見，高宗曰：「朕故人也！」本傳謂「所上防江十策，皆直指事宜，不爲浮泛」。致仕還湘時，「胡安國父子家南嶽下，劉錡家湘潭，相與往還講論，言及國事，必憂形於色，始終以和議爲恨」。康熙三十八年刊本徽州府志卷三「郡職官」：「宋知州：李稙，以朝散大夫紹興二十六年任。」宋羅願新安志卷九「叙牧守」：「李稙，右朝散大夫二十六年十一月九日到官，任内轉右朝請大夫，二十八年四月十八日除荆湖北路轉運判官。」本詩云「帶行春」，則必作於紹興二十七年春。

【箋注】

〔一〕「笙簫」句：太守出郊時，儀仗帶「行春」隊伍。顧禄清嘉録卷二「正月行春」條云：「行春之儀：附郭縣官，督委坊甲，裝扮社夥，如觀音朝山、昭君出塞、學士登瀛、張仙打彈、西施采蓮之類，名色種種。」「故事：先立春前一日，郡守率僚屬，迎春婁門外柳仙堂，鳴騶清路，盛設羽儀，前列社夥，殿以春牛。」此爲吴地習俗，徽州亦相仿佛。

曉出古巖呈宗偉、子文

曉風生小寒，嵐潤裛巾屨。宿雲埋樹黑，奔溪轉山怒。東方動光彩，晃晃金鉦吐〔一〕。千峰森隱現，一氣澹回互。平生癖幽討，邂逅飽新遇。那知塵滿甑，晨炊午未具。不愧忍飢面，來尋古巖路。稻粱亦易謀，烟霞乃難痼〔二〕。持此慰飢腸〔三〕，搜枯尚能句〔四〕。

【題解】

本詩作於紹興二十六年（一一五六），時任新安掾。古巖，地名，有古巖院，在徽州婺源縣永豐鄉，新安志卷三「婺源縣」「僧寺」：「古巖院，在永豐鄉寒山里，唐元昌元年建，有石巖。」沈欽韓范石湖詩集注卷上引通志曰：「古巖在府西二十五里寒山里，巖有石洞，其上丹崖層峙，鸞飛鵠立，稜稜露石骨，有巖横亘，形如覆屋。唐會昌中，建古巖院，名僧相繼出焉。」

【箋注】

〔一〕金鉦吐：鉦，古樂器名，似鑼。日初出，如車輪，石湖喻作金鉦。吐，漸出之貌。語出杜甫月：「四更山吐月。」

〔二〕「烟霞」句：新唐書田游巖傳：「（田游巖）答曰：『臣所謂泉石膏肓，烟霞痼疾者。』」

〔三〕龜腸：古人以爲龜吸氣而生，不食物，故以龜腸喻飢腸。南齊書王僧虔傳載檀珪與僧虔書：「蟬腹龜腸，爲日已久。」

〔四〕搜枯：即搜索枯腸。盧仝走筆謝孟諫議寄新茶：「三椀搜枯腸，唯有文字五千卷。」

積雨蒸潤，體中不佳，頗思故居之樂，戲書呈子文

門外泥深蘸馬鞍，墨雲未放四維寬〔一〕。前山忽接後山暗，暑雨全如秋雨寒。夢裏江湖三歎息，醉中天地一憑闌。斗升留滯休惆悵，枳棘從來著鳳鸞〔二〕。

【題解】

本詩作於紹興二十六年（一一五六），時在新安掾任上。

【箋注】

〔一〕四維：四方之隅。素問氣交變大論：「四維有埃雲潤澤之化。」

〔二〕枳棘：枳木和棘木，二木多刺，文人常用以喻艱難險惡的環境。韓非子外儲左下：「樹枳棘者，成而刺人。」鳳鸞爲瑞鳥，喜棲梧樹上，石湖以鳳鸞來著枳棘，喻寫有才能之人處於艱險之境。

簽廳夜歸用前韻呈子文

簿書堆裏解歸鞍，我亦蕭然轡勒寬。爐篆無風香霧直〔一〕，庭柯有月露光寒。閒思喜鵲填河鼓〔二〕，靜數流螢繞井欄。明日又驅官裏去，從教白鷺侶紅鸞。

【題解】

本詩作於紹興二十六年（一一五六），時在新安掾任上。

【箋注】

〔一〕爐篆：即香爐中的篆香。蘇軾宿臨安淨土寺：「香篆起煙縷。」香霧直：因無風而煙霧直。白居易待漏入閣詩：「碧縷爐煙直。」

〔二〕「閒思」句：應劭風俗通義：「織女七夕當渡河，使鵲爲橋。」秦觀鵲橋仙：「柔情似水，佳期如夢，忍顧鵲橋歸路。」

趙聖集詩説少年俊遊，用前韻記其語戲之㈠

京塵紅軟撲雕鞍，年少王孫酒量寬。倚袖竹風憐翠薄㈡〔一〕，捧杯花露怯金寒。黄雲城上棲烏曲，緑水池邊鬬鴨欄㈢。别後相思惟故物，壁煤侵損扇中鸞。

【校記】

㈠趙聖集：題上原脱「趙」字，活字本正文亦脱；叢書堂本有「趙」字。周小山引石倉歷代詩選卷一七四、陳焯宋元詩會卷三八有「趙」字（見范石湖集校正舉隅）。今據補。又，題上「韻」字前原脱「前」字，活字本正文亦脱；叢書堂本有「前」字。周小山引石倉歷代詩選、宋元詩會有「前」字，今據補。

㈡翠薄：原作「翠簿」，今據活字本、叢書堂本、董鈔本、石倉歷代詩選、宋元詩會改。

㈢緑水池邊：「池」原作「橋」，今據活字本、叢書堂本、董鈔本、石倉歷代詩選、宋元詩會改。

【題解】

本詩作於紹興二十六年（一一五六），與趙聖集有交遊唱酬。本書卷一有代聖集贈别，疑亦作於本年。

【箋注】

〔一〕「倚袖」句：杜甫佳人：「天寒翠袖薄，日暮倚修竹。」

次温伯用林公正、劉慶充倡和韻

前山後山梅子雨，屯雲日夜相吞吐。長林絶壑望不到，時有樵歸説逢虎。奔溪朝來忽怒漲，夾岸柳梢餘尺許。屋頭未放濃嵐散，苦憶清風泛瓊宇。客行落此亂山中，但欲尋人訴羈旅。比鄰邂逅得清士，眉宇津津佳笑語。杯行起舞出新句〔一〕，我氣已衰聊復鼓。明年與君杭太湖〔二〕，扁舟踏浪不踏土。沉沉玉柱閟仙扃〔三〕，矯矯虹梁浮水府。目力無窮天不盡，却笑向來誰縛汝？

【題解】

本詩作於紹興二十六年（一一五六）五月。温伯，姓湯，時任徽州判官。孔凡禮范成大年譜紹興二十六年譜文附注：「湯温伯，時任判官，福州人。」林公正、劉慶充，與湯温伯唱和的友人，生平不詳。

【箋注】

〔一〕起舞：國語晉語二：「驪姬許諾，乃具，使優施飲里克酒。中飲，優施起舞。」蘇軾水調歌頭：「起舞弄清影。」

〔二〕杭：渡，詩經衛風河廣：「誰謂河廣，一葦杭之。」

〔三〕「沉沉」句：玉柱，西山林屋洞内景物。皮日休入林屋洞：「脚底龍蛇氣，頭上波濤聲。有時若服匿，偪仄如見蝴。俄爾造平澹，豁然逢光晶。金堂似鐫出，玉座如琢成。」姚承緒吴趨訪古録卷二：「林屋洞。在洞庭西山。洞有三門，同會一穴，中有石室、銀房、金庭、玉柱等異。吴闔閭使靈威丈人探之，行七十日不窮而返，得素書三卷上之，相傳即禹書也。」詩云：「中空石怪集，詭狀難具名。金庭與玉柱，萬古留真形。」王謇宋平江城坊考卷五「洞庭西山」條引盧志云：「周處風土記云：『包山洞穴，潛行地中，無所不通，謂之洞庭地脈。』道書云：林屋洞是十大洞天之第九洞……中有石室銀房、石鐘石鼓、金庭玉柱，又有白芝隱泉、金沙龍盆、魚乳泉、石燕（或云是蝙蝠）。」因玉柱在水底，故云「沉沉」。按古籍描述之景象看，均爲鐘乳石所構成的種種異景異物。石湖曾入洞遊賞，故約湯温伯明年遊林屋洞。徐崧、張大純百城煙水蘇州「洞山」條：「其石尤勝者爲曲岩。」下注：「范文穆記其來遊月日，想見爲昔賢賞心處。」

次韻温伯夜坐。今日忽得舍弟到杭消息，喜見於詞

長風吹月來，影碎竹間牖。良宵坐窘束，媿我塵外友。平生煙霞興，碑兀上南

斗〔一〕。頗亦契三三，未省計九九〔二〕。迷塗入簿領，鄉心幾回首？嗟予季行役〔三〕，舟拂漲溪柳。凌晨雙鵲鳴，翫占得無咎。何當從汝去，履綦尋蕙畝。

【題解】

本詩作於紹興二十六年（一一五六），時在新安掾任上。湯溫伯夜坐詩，已佚。舍弟，當指范成績。按，石湖有二位胞弟，一爲成績，字致一；一爲成已，字至存。永樂大典卷一九八六五載范成大佚文水竹贊，文云：「家弟至存。」周必大神道碑：「成已前卒。」本詩記及之舍弟乃爲范成績，因詩作於紹興二十六年，時石湖已三十一歲，至存已逝。

【箋注】

〔一〕硉兀：也作「硉矹」，高聳突出。郭璞江賦：「巨石硉矹以前却。」

〔二〕三三、九九：蘇軾會雙竹席上奉答開祖長官：「算來九九無多日，唱着三三憶舊遊。」馮應榴注：「歲時記：俗用冬至次日數及九九八十一日，多作九九詞。」「唐書：童謡，打麥三三三。」

〔三〕予季：即予弟，唐宋時「季」字即作「弟」字講，如李白送二季之江東、李賀勉愛行二首送小季之廬山。岑仲勉貞石論史：「余按，唐文季字或即弟字解。」

再次韻呈宗偉、温伯

官居數椽間，局促如瓮牖。幸鄰詩酒社，金蕤對玉友〔一〕。真清廊廟器，偉望配山斗。宗偉自號真清居士。行當侍紫極，槐棘位三九〔二〕。館舍有奇士，謂温伯。高文粲參首。倡酬猥及我，雙松壓孤柳。生活從冷淡，幸免譽與咎。相從結此夏，何異歸隴畝。

【題解】

本詩作於紹興二十六年（一一五六）夏，時在新安掾任上。

【箋注】

〔一〕金蕤：倒蕤書的美稱，韓愈調張藉：「平生千萬篇，金蕤垂琳琅。」王愔文字志：「倒蕤，書名，小篆法也。垂枝濃直，若蕤葉也。」玉友：酒名，張表臣珊瑚鉤詩話卷三：「以糯米藥麴作白醪，號『玉友』，皆奇絶也。」辛棄疾鷓鴣天（石壁虚空雲漸高）：「呼玉友，薦溪毛，殷勤野老苦相邀。」

〔二〕「槐棘」句：三槐九棘，指三公九卿，周禮秋官朝士：「朝士，掌建邦外朝之法：左九棘，孤卿大夫位焉。……面三槐，三公位焉。」後來即以此稱三公九卿。石湖預祝宗偉登上三公九卿之位。

次韻温伯納涼

日斜猶畏暑，吏退合偷閒。霞散紅綃薄，溪迴碧玉彎。伴人惟羽扇，娱客欠風鬟。且復哦新句，相嘲飯顆山〔一〕。

【題解】

本詩作於紹興二十六年（一一五六），時在新安掾任上，與上首作於同時。

【箋注】

〔一〕「且復」二句：舊唐書杜甫傳：「天寶末詩人，甫與李白齊名，而白自負文格放達，譏甫齷齪，而有飯顆山之嘲誚。」李白戲贈杜甫：「飯顆山頭逢杜甫，頂戴笠子日卓午。借問别來太瘦生，總爲從前作詩苦。」

雨涼二首呈宗偉

誰扶病客起龍鍾〔一〕，恩在盆傾一雨中。問訊九關何路到〔二〕？擬牋歡喜謝天公。

驚雷隱地送涼颸，起舞看山不自持。說與騷人須早計，片雲催雨雨催詩〔三〕。

【題解】

本詩作於紹興二十六年（一一五六），時在新安掾任上。

【箋注】

〔一〕龍鍾：老態衰憊，行動不便。黄朝英靖康緗素雜記：「古語有二聲合一字者……蓋切字之原也。……龍鍾切爲癃字，潦倒切爲老字，謂人之老羸癃疾者，即以龍鍾、潦倒目之，其義取之。」（此爲佚文，見孫奕履齋示兒編卷二三）

〔二〕九關：古代天子宫城有九重門關。宋玉招魂：「虎豹九關，啄害下人些。」九辯：「豈不鬱陶而思君兮，君之門以九重。」

〔三〕「片雲」句：杜甫陪諸貴公子丈八溝攜妓納涼晚際遇雨二首之一：「片雲頭上黑，應是雨催詩。」

明日復雨涼，再用韻二首

東山朝日澹冥濛，一片雲生萬疊中。宿雨未蘇焦卷盡，又煩箕井喚雷公〔一〕。

溅瓦排檐散萬絲，顛狂風篠要扶持。恩深到骨吾能報，急賦新涼第一詩。

【題解】

本詩作於紹興二十六年(一一五六),時在新安掾任上。

【箋注】

〔一〕箕井:箕宿和井宿。淮南子天文:「五星、八風、二十八宿。」注:「東方:角、亢、氐、房、心、尾、箕;……南方:井、鬼、柳、星、張、翼、軫。」孫子火攻:「日者,月在箕、壁、翼、軫也;凡此四宿者,風起之日也。」史記天官書「禍成井」,張守節正義引晉灼曰:「東井主水事。」

次韻慶充避暑水西寺

佳晨出西郭,仰視天宇清。樂哉曠士懷,浩浩呑四溟。新漲忽勇退,籬落粘枯萍。風幡招客遊,曠望隔蘋汀。僕夫厲清深,竹輿竦亭亭。波翻石鑿落,尚帶蛟龍腥。華堂入松竹,德人占聚星。脱帽飛羽觴,頽放解天刑〔一〕。時當行火令,草腐亦化螢〔二〕。炎官紛陸梁,空飛赤雲軿。遥知隴上耘,暴背愁白丁。兹遊豈易得,未用歎沉冥。

【題解】

本詩作於紹興二十六年(一一五六)夏,時在新安掾任上。劉慶充有避暑水西寺詩,石湖次其韻。

【箋注】

〔一〕解天刑：解脱天之法則。國語周語：「上非天刑，下非地德，中非民則。」

〔二〕「草腐」句：禮記月令：「腐草爲螢。」李商隱隋宫：「於今腐草無螢火。」

送滕子昭績溪罷歸

天馬西極來〔一〕，目力盡九寰。執轡者誰歟？墮此空谷間。草深石齧足，一躍度孱顔。長風送逸駕，蕩蕩登虎關。五雲清都上，白日開帝閑。鈎陳動光彩，球琳鏘轡環。亦復念舊群㊀，依然歎駑頑。紅塵起天末，可望不可攀。

【校記】

㊀舊群：叢書堂本作「舊郡」。

【題解】

本詩作於紹興二十六年（一一五六），績溪縣令滕膚罷任，石湖賦詩送歸，贊揚其人才識，祝願前程遠大。滕子昭，即滕膚，字子昭，時任績溪縣令。聖宋名賢五百家播芳大全文粹卷首姓氏題名載滕廧子昭。新安志卷五「績溪」「城社」:「紹興二十五年,知縣滕廧增建學爲一堂二位四齋,合三十餘間。」康熙徽州府志績溪縣令有滕廧,紹興二十五年到任。粤西金石略卷八林得之題名,乾道元年臘月,中有張孝祥、滕廧名。乾道四年前後,廧任廣西提刑,宋會要輯稿兵一三:「(乾道四年)八月七日,廣西提刑滕廧言:『兇賊謝實等嘯聚徒衆,侵犯高、藤、容三州,縱火殺略居民。即調發官兵前往收捕。』」

【箋注】

〔一〕「天馬」句:喻滕廧才識過人。史記大宛列傳:「初,天子發書易,云神馬當從西北來。得烏孫馬好,名曰『天馬』。及得大宛汗血馬,益壯,更名烏孫馬曰『西極』,名大宛馬曰『天馬』云。」漢書禮樂志天馬:「天馬徠,從西極,涉流沙,九夷服。」

石湖居士詩集卷六

次韻温伯謀歸㊀

官路驅馳易折肱，官曹隨處是愁城〔一〕。隨風片葉鄉心動，過雨千峰病眼明。一臠何須嘗世味〔二〕，寸田久已廢吾耕。羡君早作歸歟計，屈指從今幾合并。

【校記】

㊀題：叢書堂本將本詩録於卷五，次於送滕子昭績溪罷歸之後。

【題解】

本詩作於紹興二十六年（一一五六），在新安掾任上。

【箋注】

〔一〕愁城：指人愁苦的心境，語出庾信愁賦：「攻許愁城終不破。」黄庭堅行次巫山宋楙宗遣騎送折花廚醖：「攻許愁城終不開，青州從事斬關來。」

〔二〕一臠：淮南子説林：「嘗一臠肉而知一鑊之味。」臠，切成方整的肉。

次韻温伯雨涼感懷

窮士病且飢，古今同一流。身安腹果然，此外吾何求。判司誠卑官〔一〕，未免塵甑憂。窮山更瘴暑，憊卧不舉頭。二物交寇我，生世真如浮。晨朝墨雲作，疾雷破山丘。排檐忽飛溜，蛙蟈鳴相酬。朱冠領熱屬，横潰輸一籌。新涼蘇肺氣，踏濕登城樓。好邀雲雨仙，長袖按梁州〔二〕。吹水添瓶罍，浄洗千斛愁〔三〕。何從有此段，冰廳冷如秋！但覺詩思生，爽氣入銀鈎〔四〕。章成竟何用，知能救窮不？湯子亦旅食，回望家還羞。倡予敢不和，共作商聲謳〔五〕！

【題解】

本詩作於紹興二十六年（一一五六），在新安掾任上。本詩與次韻温伯謀歸當爲後先之作。

【箋注】

〔一〕判司：湯温伯爲徽州判官，故云。按，判官在唐時爲幕職，五代後始以爲州府之職，高承事物紀原卷六「判官」條云：「秦漢以來，郡府之幕，有掾史從事，逮於梁齊，亦無判官。續事始曰：隋元藏機始爲過海使判官，此使府判官之始也。……五代多故，始領郡事，以爲州府職也。」宋史職官志七：「凡諸州減罷通判處，則升判官爲簽判以兼之，小郡推、判官不並置，或以判官兼司法，或以推官兼支使。」

〔二〕梁州：又作涼州，鄭棨開天傳信記記載西涼州俗好音樂，製新曲曰涼州，開元中獻玄宗。元稹連昌宮詞：「逡巡大遍涼州徹，色色龜兹轟陸續。」琵琶曲有濩落梁州，見蔡寬夫詩話。辛棄疾賀新郎賦琵琶：「推手含情還却手，一抹梁州哀徹。」

〔三〕淨洗千斛愁：以千斛、萬斛形容愁之多，使無形之愁思量化，庾信愁賦：「且將一寸心，能容萬斛愁。」

〔四〕銀鈎：此爲鐵畫銀鈎的略稱，喻書法筆勢遒勁。黄庭堅論黔州時字：「懷素飛鳥出林、驚蛇入草，索靖銀鈎蠆尾。」

〔五〕商聲謳：聲音淒愴的歌曲。阮籍詠懷詩其九：「素質遊商聲，悽愴傷我心。」文選李善注：「禮記曰：孟秋之月，其音商。」

次韻子文雨後思歸

斷雲將雨洗松篁，昨夜癡龍起蟄藏。人自無情孤樂事，天猶有意作新涼。尊前不見凌波襪〔一〕，樓下空聞拜月香。萬事安能盡如願，且來相伴壓糟牀〔二〕。

【題解】

本詩作於紹興二十六年（一一五六），時在新安掾任上。嚴煥有雨後思歸之詩，石湖次其韻作本詩。

【箋注】

〔一〕凌波襪：自曹植洛神賦「凌波微步，羅襪生塵」化出。

〔二〕壓糟牀：即糟牀壓酒，榨酒也。李賀將進酒：「小槽酒滴真珠紅。」陸游青玉案：「小槽紅酒，晚香丹荔，記取蠻江上。」參本卷次韻子文注〔三〕。

次韻温伯苦蚊

白鳥營營夜苦飢〔一〕，不堪薰燎出窗扉。小蟲與我同憂患，口腹驅來敢倦飛？

【題解】

本詩作於紹興二十六年（一一五六）夏，時在新安掾任上。

【箋注】

〔一〕白鳥：蚊的別稱。大戴禮記夏小正：「丹鳥羞白鳥。丹鳥者，謂丹良也；白鳥，謂閩蚋也。」

慶充自黄山歸，索其道中詩，書一絶問之

鳴騶如電馬如雷，知是婆娑醉尉迴〔一〕。常日錦囊猶有句〔二〕，况從三十六峰來〔三〕。

【題解】

本詩作於紹興二十六年（一一五六），時在新安掾任上。明章潢圖書編卷六〇：「黄山，舊名黟山，當宣、歙二郡界，高一千一百七十丈，東南屬歙縣，西南屬休寧縣，各一百二十里，北屬宣之太平縣，八十里即軒轅黄帝、浮丘公、容成子棲真之地，唐天寶六年六月十七日，敕改爲黄山。」新安志卷三歙縣「山阜」有相同記載。

【箋注】

〔一〕醉尉：此代指劉慶充，非用史記李將軍列傳典。

〔二〕錦囊：詩囊，用李賀故事。李商隱李長吉小傳：「恒從小奚奴，騎駏驉，背一古破錦囊，遇有所得，即書投囊中。」

〔三〕三十六峰：黄山有三十六峰。圖書編卷六〇：「山有三十六峰，三十六源，溪二十四溪，十二洞，八巖。」新安志卷三歙縣「山阜」有相同的記載。

曉出古城山

落月墮眇莽，殘星澹微茫。竹輿亂清溪，飛蓋入嵐光。松檜霧靄濕，桑麻風露香。空翠滴塵纓〔一〕，何必濯滄浪〔二〕？山家亦早作，追此朝氣涼。林深無人聲，木末炊煙蒼。離離瓜芋區，肅肅棗栗場。田園古云樂，令我思故鄉。墟市稍來集，筠籠轉山忙。吏事亦挽我，歸路盤朝陽。

【題解】

本詩作於紹興二十七年（一一五七），時在新安掾任上。古城山，當即歙縣南之城陽山。新安志卷三歙縣：「城陽山在縣南二里，高百九十仞，周四十里，有觀。」

【箋注】

〔一〕「空翠」句：空翠，空中水氣，映着草木成翠色，故云「空翠」，語出王維山中：「山路元無雨，空翠濕人衣。」石湖詩中之「滴」字，即從王維詩之「濕」變化而來。

〔二〕濯滄浪：語出屈原漁父：「滄浪之水清兮，可以濯吾纓。」

李深之西尉同年談吴興風物，再用古城韻

李侯昔遊吴，蓮舟鏡蒼茫。風鬢與霧鬟〔一〕，共濯玻璃光。采花不盈舫，日暮雲水香。還登縹緲樓，羅襟酒淋浪。卷箔納星月，踏筵按伊梁〔二〕。安知有恨事，但恐蒹葭蒼〔三〕。風吹落窮谷，草深麋鹿場。高岡苦炎熱，遊子悲異鄉。尚喜簡書省，期會無怱忙。猶餘作詩苦，消瘦如東陽〔四〕。

【題解】

本詩作於紹興二十七年（一一五七）夏。李深之，即李濬，字深之，吴興人，紹興二十四年進士，故題云「同年」。浙江通志卷一二五，載紹興二十四年吴興中進士者有李昱、李濬，孔凡禮范成大年譜紹興二十七年注：「似濬即深之，以『濬』有『深之』之意。」

【箋注】

〔一〕風鬢與霧鬟：蘇軾題毛女貞：「霧鬟風鬢木葉衣，山川良是昔人非。」李清照永遇樂：「如今憔悴，風鬟霜鬢，怕見夜間出去。」

〔二〕踏筵：以脚踏地爲節拍，當宴歌舞。蘇軾寄劉孝叔：「公廚十日不生煙，更望紅裙踏筵舞。」施注：「韓退之感春詩：艷姬踏筵舞，清眸射劍戟。」伊梁：即伊州和梁州，均大曲名。

梁州，見次韻温伯涼雨感懷注。伊州，崔令欽教坊記：「教坊人惟得舞伊州、五天，重來疊去，不離此兩曲。」

〔三〕蒹葭蒼：詩經秦風蒹葭：「蒹葭蒼蒼，白露爲霜。」

〔四〕消瘦如東陽：東陽，指沈約，他曾任東陽太守。梁書沈約傳有「革帶常應移孔，以手握臂，率計月小半分」之語。李商隱韓冬郎即席爲詩相送一座盡驚他日余方追吟連宵侍坐裴回久之句有老成之風因成二絶寄酬兼呈畏之員外：「爲憑何遜休聯句，瘦盡東陽姓沈人。」

七月五日夜雨快晴

豐隆坎坎夜伐鼓〔一〕，靈湫老龍撇波舞〔二〕。褰雲掣電上清空，倒捲天潢作飛雨。向來炎官作夏旱，萬里彤霞烘玉宇。豈惟牛馬困蚊蝱，壠上行人口生土〔三〕。我從雪浪葉舟來，不謂山城熱如許！天公知我愁欲病，施與一涼蘇逆旅。稍聞水繞屋除鳴，不覺星從雲罅吐。千山濯濯浄鬟髻，缺月娟娟炯眉嫵。浮生此景萬事足，但欠清歌對芳醑。天上秋期正多事，趣駕星橋跨銀渚〔四〕。人間四者自難并〔五〕，莫妒黄姑迎織女〔六〕。

【題解】
本詩作於紹興二十六年（一一五六）夏，時在新安掾任上。

【箋注】
〔一〕「豐隆」句：豐隆有二説，一爲雲師，一爲雷師，石湖此句所寫乃爲雷師。淮南子天文：「季春三月，豐隆乃出，以將其雨。」注：「豐隆，雷也。」坎坎，象聲詞，詩魏風伐檀：「坎坎伐檀兮，寘之河之干兮。」

〔二〕「靈湫」句：詩意自李賀李憑箜篌引「老魚跳波瘦蛟舞」化出。

〔三〕「壠上」句：蘇軾起伏龍行：「東方久旱千里赤，三月行人口生土。」

〔四〕「趣駕」句：應劭風俗通義：「織女七夕當渡河，使鵲爲橋。」星橋，即指鵲橋。

〔五〕四者自難并：謝靈運擬魏太子鄴中集詩序：「天下良辰、美景、賞心、樂事，四者難并。」

〔六〕黄姑迎織女：黄姑，星名，即河鼓。爾雅釋天：「河鼓謂之牽牛。」郝懿行爾雅義疏卷四：「河鼓亦名黄姑，聲相轉爾。」牽牛迎織女，乃人間美事。

次韻宗偉、温伯

冉冉流光迫歲餘，青林日夜向人踈。雨滋巖桂重堆粟〔一〕，新安木犀，秋暮再花。風折庭蕉又獻書〔二〕。逋客解蘭思婉娩〔三〕，先生彈鋏厭清虚〔四〕。一塵不立渾輸我，即境心安是故廬。宗偉新議婚，温伯病起無聊，故有解蘭、彈鋏之語。

【題解】

本詩作於紹興二十六年（一一五六）秋暮，時在新安掾任上。

【箋注】

〔一〕「雨滋」句：巖桂，俗稱木犀，廣群芳譜卷四〇「巖桂」條云：「叢生巖嶺間，謂之巖桂，俗呼爲木犀。」巖桂花細小如粟，故云「堆粟」。曾幾巖桂詩云：「粟玉黏枝細。」楊萬里木犀初發呈張功父：「寄在梢頭一粟金。」

〔二〕「風折」句：蕉葉可書寫詩句，方干送鄭台處士歸絳巖：「慣采藥苗供野饌，曾書蕉葉寄新題。」

〔三〕「逋客」句：逋客、解蘭均見孔稚珪北山移文：「請迴俗士駕，爲君謝逋客。」「昔聞投簪逸海岸，今見解蘭縛塵纓。」李善注：「蘭，蘭佩也。」

〔四〕彈鋏：用馮諼故事。戰國策齊策四：齊人馮諼家貧，托食孟嘗君。自言無能，孟嘗君笑予收留。「左右以君賤之也，食以草具。居有頃，倚柱彈其劍，歌曰：『長鋏歸來乎，食無魚！』左右以告，孟嘗君曰：『食之，比門下之客。』居有頃，復彈其鋏，歌曰：『長鋏歸來乎，出無車！』左右皆笑之，以告，孟嘗君曰：『爲之駕，比門下之車客。』于是，乘其車，揭其劍，過其友曰：『孟嘗君客我。』後有頃，復彈其劍鋏，歌曰：『長鋏歸來乎，無以爲家！』左右皆惡之，以爲貪而不知足。孟嘗君問：『馮公有親乎？』對曰：『有老母。』孟嘗君使人給其食用，無使乏。于是馮諼不復歌。」後來馮諼爲孟嘗君謀劃，營就三窟，成爲孟嘗君手下最得力的謀士。史記孟嘗君列傳亦載其事，作「馮驩」。

再韻答子文

浮生飽外莫求餘，羈旅東來計已疎。肩聳已高猶索句〔一〕，眼明無用且繙書。百年子莫占元緒〔二〕，萬法吾今付子虛。惟有登臨心未厭，黄山聞道勝衡廬〔三〕。

【題解】

本詩作於紹興二十六年（一一五六），時在新安掾任上。「再韻」，指再用上一詩之韻，即次韻宗偉温伯詩之韻。

【箋注】

〔一〕「肩聳」句：用孟浩然故事。蘇軾贈寫真何充秀才：「又不見雪中騎驢孟浩然，皺眉吟詩肩聳山。」

〔二〕「百年」句：劉敬叔異苑卷三記載一則龜樹對話的故事。吳孫權時，有人捕一龜獻吳王，過桑樹時，桑樹呼之爲元緒。既至建康，權命煮之，然久煮不爛，諸葛恪曰：「燃以老桑樹乃熟。」權使人伐桑樹煮龜，立爛。至今人呼龜爲元緒。占元緒，即以龜甲占卜吉凶。

〔三〕「黄山」句：詩意謂黄山風景勝過衡山、廬山。范成大遊録（此爲佚文，輯自徐璈黄山紀勝卷四）：「匡廬衡嶽，塊然大山，不得以峰名。最奇秀者，惟池之九華，歙之黄山。」徐霞客贊曰：「薄海内外之名山，無如徽之黄山。登黄山，天下無山，觀止矣。」（趙敏黄山志四種校箋前言引）吴從先曰：「宇内名山，宜若無逾黄山者。」（徐璈黄山紀勝卷四引）

道見蓼花

秋風裊裊露華鮮，去歲如今刺釣船。歙縣門西見紅蓼〔一〕，此身曾在白鷗前。

【題解】

本詩作於紹興二十六年（一一五六）秋，時在新安掾任上。蓼花，水生植物，因花紅色，一名紅蓼，又名水葒花。廣群芳譜卷四七「蓼花」：「諸蓼春苗夏茂，秋始花，花開蓓蘽而細，長二寸，枝枝下垂，色粉紅可觀，水邊甚多。」

【箋注】

〔一〕歙縣：歙州屬縣，郡治所在地。王存元豐九域志卷六：「歙州，新安郡，軍事，治歙縣。」新安志卷三「歙縣沿革」：「歙，望縣，以縣南有歙浦，故名。或曰歙者，翕也，謂山水翕聚也。」

次韻温伯種蘭

靈均墮荒寒，采采紉蘭手。九畹不留客〔一〕，高丘一迴首。峥嶸路孔棘，悽愴肘生柳〔二〕。遂令此粲者，永與窮愁友。不如湯子遠，情事只詩酒。但知愛國香〔三〕，此外付烏有。栽培帶苔蘚，拔拂護塵垢。孤芳亦有遇，洒濯居座右。君看深林下，埋没隨藜莠。

【題解】

本詩作於紹興二十六年（一一五六），時在新安掾任上。湯温伯有種蘭詩，因次其韻。

【箋注】

〔一〕九畹：屈原離騷：「余既滋蘭之九畹兮，又樹蕙之百畝。」

〔二〕肘生柳：語出莊子至樂：「支離叔與滑介叔觀於冥伯之丘……俄而柳生其左肘。」

〔三〕國香：蘭爲國香，顔師古幽蘭賦：「惟奇卉之靈德，稟國香於自然。」黄庭堅書幽芳亭：「士之才德蓋一國，則曰國士；女之色蓋一國，則曰國色；蘭之香蓋一國，則曰國香。」

次韻子文

幻塵久已破狐涎〔一〕，身世誰能料鼠肝〔二〕。暮夜雨收千嶂出，晨朝風卷四維寬。我今無事不如夢，君豈有心猶覓安。但促小槽添壓石，龍頭珠滴夜珊珊〔三〕。

【題解】

本詩作於紹興二十六年（一一五六），時在新安掾任上。子文，即嚴焕。

【箋注】

〔一〕狐涎：指野狐涎，迷惑人的話。何光遠鑑戒録卷六旌論衡引楊德輝嘲僧門詩：「説法謾稱獅子吼，魅人多使野狐涎。」

〔二〕鼠肝：莊子大宗師：「俄而子來有病……子犂往問之……倚其户與之語曰：偉哉造化，又將奚以汝爲？將奚以汝適？以汝爲鼠肝乎？以汝爲蟲臂乎？」

〔三〕「但促」二句：江南人用小槽壓製紅酒，名小槽酒，又名真珠紅。胡仔苕溪漁隱叢話前集卷二一：「江南人造紅酒，色味兩絶，李賀將進酒云：『小槽酒滴真珠紅。』蓋謂此也。」秦觀江城子：「小槽春酒滴珠紅，莫匆匆，滿金鍾。」范成大是吴人，熟知此酒，故描寫極爲生動。

次韻知郡安撫九日南樓宴集三首

雙旌暮捲小春容，畫棟雲生笑語中。但覺山光侵酒緑，不知日脚染溪紅〔一〕。控臨縹緲疑無地，指點虚無欲馭風。誰遣玉蟾催騎吹，歸來人影在朦朧。

珠履參陪北海觴〔二〕，仍邀擁節舊中郎〔三〕。碧城香霧連天暝，黄葉霜風捲地涼。佳節轉頭論聚散，清波從古閲興亡。明年重把茱萸醉，公在叢霄貢玉堂。

斯民鄒魯更豐年〔四〕，雅道淒涼見此賢。萬隴登禾新霽色，千村鳴柝舊寒煙。鏘金絶世詩情妙，倚劍凌空隸墨鮮〔五〕。太守新題南樓榜。珍重北窗山六六〔六〕，使君名與汝俱傳。

【題解】

本詩作於紹興二十七年（一一五七）重九日。此日，李稙宴群僚於南樓。孔凡禮范成大年譜紹興二十七年譜文云：「重九，李稙南樓宴集，成大有詩。」知郡安撫，指李稙。李稙於乾道二年任江南東路安撫使兼知建康府，見宋史本傳。事在知徽州後十餘年，可知本詩題是後來編集時添加。新安志卷九「牧守」：「李椬，右朝散大夫，(紹興)二十六年十一月九日到官。」九日宴請群僚必在紹興二十七年。李椬，字元直，泗州臨淮(一作招信，見李心傳建炎以來繫年要録卷一)人。晁無咎之婿。靖康初，康王趙構開大元帥府於濟州(今山東鉅野)，椬奉京畿轉運使向子諲之命，賫銀糧詣軍門獻納，并上表勸進。高宗即位後，曾知湘陰，通判鄂州，擊敗馬友、孔彦舟。以才兼文武、幹練明達，深爲張浚所知，薦於朝，通判荆南府。秩滿，除尚書户部員外郎。秦檜當國，丐祠奉親，居醴陵十九年。檜死，除户部郎中。紹興二十六年，知徽州，後知鎮江，紹興三十年遷江淮、荆湘都大提點坑冶鑄錢公事(見建炎以來繫年要録卷一八五)，直敷文閣，京西河北路計度轉運使。乾道元年，爲江西提刑，二年，直敷文閣、江南東路轉運使兼知建康兼本路安撫使。後以太府卿召，因疾不能赴任，以中奉大夫、寶文閣學士致仕。卒年七十六，謚忠襄，有臨淮集(陸游渭南文集卷二八跋李徂徠集，即李椬臨淮集)，胡銓爲之序。其生平詳宋史卷三七九本傳。

【箋注】

〔一〕日脚：陽光透過雲層，斜射在地面上，稱爲「日脚」。杜甫羌村三首之一：「峥嶸赤雲西，日脚下平地。」

〔二〕北海觴：北海，指李邕。李邕(六七八—七四七)，字泰和，揚州江都人，李善子。玄宗時曾任北海太守，時稱「李北海」，邕工書善文，長於碑頌，爲人剛强激烈，得罪權貴，後被李林甫所殺。杜甫有八哀詩贈秘書監江夏李公邕詩，哀其不幸。兩唐書有傳。本詩石湖借以指李植。

〔三〕舊中郎：指中郎將蔡邕。蔡邕（一三二—一九二），字伯喈，東漢陳留人。靈帝時拜郎中，與楊賜等人奏定六經文字，立碑於太學門外。董卓時，任中郎將，後死於獄中。邕博學，善辭章，工書，後人輯其文爲蔡中郎集。後漢書有傳。石湖因蔡邕之名與李邕相同，兩人又都善文工書，因而連類相及，極藝術想象之能事。

〔四〕鄒魯：古國名，鄒，孟子的故鄉，魯，孔子的故鄉，兩地爲古代禮義之邦，史記孟嘗君列傳：「太史公曰：吾嘗過薛，其俗閭里率多暴桀子弟，與鄒、魯殊。」

〔五〕「倚劍」句：句下自注：「太守新題南樓榜。」可知「倚劍凌空」，乃形容李植書法筆勢雄健。「隸墨」，指李植題寫匾額所用書體爲隸書。

〔六〕六六：指黄山三十六峰。

晚集南樓

浪隨兒女怨萍蓬，笑拍闌干萬事空〔一〕。宇宙勳名無骨相，江山詩句有神功〔一〕〔二〕。掉頭莫覷秋高鶚，留眼來賓日暮鴻。懶拙已成三昧解，此生還證一圓通〔三〕。

【校記】

㊀江山詩句：「詩」字原作「得」字，活字本、叢書堂本、董鈔本均作「江山詩句」。周小山云：「此詩爲七律，頷聯當對仗，『宇宙勳名』與『江山得句』顯然不合格律，改『得』爲『詩』，此結迎刃而解。」（古典文獻研究第十二輯載范石湖集校正舉隅）言之成理。今據改。

【題解】

本詩作於紹興二十七年（一一五七），時在新安掾任上。本詩緊次次韻知郡安撫九日南樓宴集三首之後，景物亦爲秋時，當作於同時。孔凡禮范成大年譜紹興二十七年譜文云：「成大嗣有晚集南樓詩，中有『宇宙勳名無骨相，江山得句有神功』之句，蓋自勉自勵。」

【箋注】

〔一〕「笑拍」句：王闢之澠水燕談録卷五：「（劉槩）先生少時，多寓居龍興僧舍之西軒，往往凴欄靜立，懷想世事，吁唏獨語，或以手拍欄干，嘗有詩曰：『讀書誤我四十年，幾回醉把欄干拍。』」

〔二〕「江山」句：四庫全書總目卷一六〇集部別集類三著録石湖詩集，評曰：「自官新安掾以後，骨力乃以漸而遒，蓋追溯蘇、黄遺法，而約以婉峭，自爲一家，伯仲於楊、陸之間，固亦宜也。」本句乃石湖總結自己創作經驗，擷出詩境之變化全在江山之助。劉勰文心雕龍物色：「然屈平所以能洞監風騷之情者，抑亦江山之助乎！」

〔三〕「懶拙」二句：三昧、圓通，均爲佛家語，佛家認爲妙智所證之理曰圓通。三藏法數卷三六：「性體周徧曰圓，妙用無礙曰通，乃一切衆生本有之心源，諸佛菩薩所證之聖境也。」觀世音菩薩以耳根之圓通爲最上，耳聞爲圓通之三昧，故觀音菩薩别號「圓通大士」。三昧，參本集卷四歲旱邑人禱第五羅漢得雨樂先生有詩次韻注。

賞雪騎鯨軒，子文夜歸酒渴，侍兒薦茗飲蜜漿，明日以姹同游㊀，戲爲書事，邀宗偉同作

溪山四時佳，今日更奇絶。天公妙莊嚴，施此一川雪。飛花浩如海，眩轉塞空闊。水西萬珠樹，玉塔照銀闕。碧溪不受凍，長瀨瀉清咽。漁舟晚猶泛，樵擔寒未歇㊁。懸知畫不到〔一〕，未省詩能説。歸來强搜句〔二〕，冰硯冷於鐵。不如嚴夫子㊂，迎門生煖熱。梅香不可耐，梅即侍兒小名。但覺酒腸竭。蜜融花氣動，茶泛乳膏發。寧辭春笋寒，爲暖花甆滑。瞢騰畫屏暖〔三〕，喚起眼餘纈〔四〕。笑我獨何事，作此淡生活。想像高唐賦〔五〕，何如徑排闥〔六〕。

【校記】

㊀以姹同游：「姹」字原作「詫」，活字本、叢書堂本、董鈔本均作「姹」。按，「詫」與「姹」本可通用，

然本詩「以奼同游」，奼作姹女講，即指侍兒梅香。今據活字本、叢書堂本、董鈔本改。

㊁樵擔：原作「樵檐」，富校：「『檐』黄刻本、宋詩鈔作『擔』，是。」按，活字本、叢書堂本、董鈔本均作「擔」，今據改。

㊂不如：原作「不知」，富校：「『知』黄刻本、宋詩鈔作『如』，是。」按，活字本、叢書堂本、董鈔本均作「如」，今據改。

【題解】

本詩作於紹興二十七年（一一五七）冬，時在新安掾任上。與嚴焕賞雪騎鯨軒，子文夜歸，侍兒以蜜漿解醉，因戲作本詩以紀事。

【箋注】

〔一〕「懸知」句：美景難畫，古人早已説過。唐蘇頲扈從鄠杜間奉呈刑部尚書舅崔黄門馬常侍：「雲山一一看皆美，竹樹蕭蕭畫不成。」辛棄疾好事近西湖：「山色雖言如畫，想畫時難邈。」

〔二〕搜句：語出裴説詩句（全唐詩卷七二〇引苕溪漁隱）：「讀書貧裏樂，搜句静中忙。」

〔三〕瞢騰：亦作「懵騰」，指神志不清，朦朧迷糊。韓偓格卑：「惆悵後塵流落盡，自拋懷抱醉懵騰。」

〔四〕眼餘纈：眼邊有紋路。李賀蝴蝶舞：「楊花撲帳春雲熱，龜甲屏風醉眼纈。」蘇軾聖星堂雪：「未嫌長夜作衣稜，却怕初陽生眼纈。」胡仔苕溪漁隱叢話後集卷一二「李長吉」條云：

「苕溪漁隱曰：……『東坡雪詩：「未嫌長夜作衣稜，却怕初陽生眼纈。」觀此則不獨醉眼可言也。』」

〔五〕高唐賦：宋玉所作之賦，描寫楚王與巫山神女夢中相會的故事。石湖以此形容子文與侍兒之親密，故曰「想像」、「戲書」。

〔六〕排闥：推開門。王安石書湖陰先生壁：「一水護田將緑遶，兩山排闥送青來。」

從聖集乞黄巖魚鮓

截玉凝膏膩白，點酥粘粟輕紅。千里來從何處？想看舶浪帆風。

【題解】

本詩作於紹興二十七年（一一五七），時在新安掾任上。向趙聖集乞要黄巖之魚鮓，因作本詩。黄巖，縣名，王存元豐九域志卷五兩浙路台州有黄巖縣。魚鮓，腌製過的海魚。鮓，此指海蜇。博物志卷三：「東海有物，狀如凝血，從廣數尺方圓，名曰鮓魚，無頭目處所，内無藏。衆蝦附之，隨其東西，人煮食之。」觀石湖詩意，當即此海蜇。

從宗偉乞冬笋山藥

竹塢撥沙犀頂鋭，藥畦粘土玉肌豐。裹芽束緼能分似，政及萊蕪甑釜空〔一〕。

【題解】

本詩作於紹興二十七年（一一五七），時在新安掾任上。向胡宗偉乞要冬笋、山藥，因作本詩。

【箋注】

〔一〕萊蕪甑釜空：杜甫贈裴南部：「塵滿萊蕪甑。」仇注：「後漢書：范丹，字史雲，爲萊蕪長，清貧。人歌曰：『甑中生塵范史雲，釜中生魚范萊蕪。』」

雪後守之家梅未開，呈宗偉

瓦溝凍殘雪，檐溜粘輕冰。破寒一竿日，春隨人意生。瑞葉再三白〔一〕，南枝尚含情。定知司花女，未肯嫁娉婷。官居苦無賴，一笑如河清〔二〕。落木露荒山，寒溪繞孤城。朝暮何所見？雲黄叫飢鷹。東風不早計，愁眼何當明？北鄰小橫斜，薜地可班荆。憑君趣花信〔三〕，把酒撼瓊英。

【校記】

㊀瑞葉：原作「端葉」。富校：「『端』黄刻本作『瑞』，是。」今據改。

【題解】

本詩作於紹興二十七年（一一五七）冬，時在新安掾任上。雪後守之家梅花仍未開，因作本詩記之，並呈胡宗偉。

【箋注】

〔一〕瑞葉：指雪花。石湖集中多次使用，如卷二一雪後雨作：「瑞葉飛來麥已青，更煩膏雨發欣榮。」卷二九起巖又送立春日再得雪詩亦次韻：「已遣梅花斜竹外，更飄瑞葉向人間。」

〔二〕「一笑」句：沈括夢溪筆談卷二二「謬誤」條云：「孝肅（包拯）天性峭嚴，未嘗有笑容，人謂包希仁笑比黄河清。」宋史包拯傳：「人言其笑比黄河清。」

〔三〕花信：即花信風。程大昌演繁露卷一：「三月花開時風名花信風。初而泛觀，則似謂此風來報花之消息耳。按吕氏春秋曰：春之得風，風不信則其花不成。乃知花信風者，風應花期，其來有信也。」周輝清波雜志卷九：「江南自初春至首夏，有二十四番風信。梅花風最先，楝花風居後。」

閉户成癡坐，扶藜得意行。樓臺浮霽色，市井碎春聲。雪盡小橋出，煙消千嶂生。病多無脚力，遥羨落鴻輕。

次韻温伯城上

【題解】本詩作於紹興二十七年（一一五七）春，時在新安掾任上，温伯有城上詩，石湖次其韻作本詩。

知郡安撫，以立春日揭所書新安郡，榜南樓之上，曉雪紛集，邦人以爲善祥，遂開宴以落之。輒賦長句一篇，以附風謡之末

碧瓦朱甍上牛斗，妙墨新題森鎖鈕。使君筆力挽春來，一夜飛花暗梅柳。南山與樓相對高，向來千載争雄豪。八分三字一彈壓〔一〕，衆峰戢戢如兒曹。人間盛事天不隔，急催此雪成三白〔二〕。未論千古福邦人，先卜明年滿岡麥。東風酒面吹凝酥，不辭醉倒歸相扶。短歌萬一傳樂府，湛輩亦與公名俱〔三〕。

【題解】

本詩作於紹興二十七年（一一五七）立春日，時在新安掾任上。本年立春在歲前，故詩云：「先卜明年滿岡麥。」知郡安撫，指李稙。稙以所書「新安郡」三字，榜南樓上，此即次韻知郡安撫九日南樓宴集三首自注：「太守新題南樓榜。」從本詩首句「碧瓦朱甍上牛斗」及「南山與樓相對高」句看，南樓應爲徽州南門之城樓。

【箋注】

〔一〕「八分」句：本詩言榜南樓之字爲「八分三字」，而次韻知郡安撫九日南樓宴集三首云：「倚劍凌空隸墨鮮。」一言「八分」，一言「隸」。按，八分，書體名，字體似隸書而多波磔，秦王次仲所作。張懷瓘書斷卷上：「學者務之，蓋其歲深，漸若八字分散，又名之爲八分。」蔡邕獨擅其體，唐韓擇木承繼之。宣和書譜卷二：「韓擇木，昌黎人也，官至工部尚書、散騎常侍，工隸，兼作八分字，隸學之妙，唯蔡邕一人而已，擇木乃能追其遺法。」杜甫李潮八分小篆歌：「大小二篆生八分，秦有李斯漢蔡邕。」「尚書韓擇木，騎曹蔡有鄰，開元以來數八分，潮也奄有二子成三人。」錢謙益錢注杜詩注釋「二篆生八分」，詳考篆、八分、隸三種書體遞變發展後，作出結論云：「故知隸不能生八分矣。八分則小篆之捷，隸亦八分之捷。」因隸書接近八分，故石湖將二者並稱。彈壓，有制服之意，謂李稙三字足以鎮住衆山。淮南子本經訓：「秉太一者，牢籠天地，彈壓山川。」

〔二〕三白：通俗編卷一：「要宜麥，見三白。朝野僉載引西北人諺語云云，謂臘中三見雪也。」蘇軾次韻王觀正喜雪：「行當見三白，拜舞謹萬歲。」

〔三〕湛輩：詩人自稱，語出晉書羊祜傳：「（鄒）湛曰：『……至若湛輩，乃當如公言耳。』」

次韻知郡安撫元夕賞倅廳紅梅三首

春入林梢一再風㈠，破寒匀染費天工。雖然媚蕩新粧別，只與横斜舊格同。午枕乍醒鉛粉退，曉奩初罷蠟脂融。後來顔色休論似，夾路漫山取次紅。

真色生香絶世逢，煙光池面兩溶溶。楚鄰不待施朱好㈡〔一〕，虢國翻嫌傅粉濃〔二〕。晴日暧雲春照耀㈢，温風霽月夜春容。酒闌且駐紗籠看，慢破團團一壁龍。

司花一笑爲誰開？知道朱幡得得來。疎影有情當洞户，薌香無語墮空杯㈣。風生翰墨留連看，月入笙歌次第催〔三〕。來歲如今翻舊唱，五雲叢裏望三台〔四〕。

【校記】

㈠一再風：富校：「『再』黄刻本作『夜』，是。」活字本、叢書堂本、董鈔本、詩淵第四册第二五四五均作「再」。

㈡ 楚鄰：富校：「『鄰』黄刻本作『憐』，是。」按，活字本、叢書堂本、董鈔本、詩淵均作「楚鄰」，且本詩爲七言律詩，「楚鄰」與「虢國」相對，而「楚憐」不合格律。

㈢ 暖雲：叢書堂本、詩淵作「暖雲」。

㈣ 薦香：富校：「『薦』黄刻本作『暗』。」

【題解】

本詩作於紹興二十八年（一一五八）正月十五日，時在新安掾任上。倅廳，指徽州通判廳。新安志卷一「官府」云：「通判州軍事一員……廳在州衙東，舊有棣華堂，宣和中吴郡李彌綸兄弟繼踵，故名。」李稙原唱，已佚。

【箋注】

〔一〕「楚鄰」句：楚人宋玉在登徒子好色賦裏形容東鄰女子「着粉則太白，施朱則太赤」，石湖此句由此生發。

〔二〕「虢國」句：張祜集靈臺二首之二：「虢國夫人承主恩，平明騎馬入宫門。却嫌脂粉污顔色，淡掃蛾眉朝至尊。」石湖檃括其意。

〔三〕次第催：張相詩詞曲語辭匯釋卷四「次第（四）」：「次第，多數之辭。辛棄疾鷓鴣天詞：『只愁畫角樓頭起，急管哀絃次第催。』次第催，猶言陣陣催也。」

〔四〕「五雲」句：此爲祝頌之詞，期望李稙早日入廟堂任職。

新安絶少紅梅，惟倅廳特盛，通判朝議召幕僚賞之，坐皆有詩，亦賦古風一首

華燈收盡江梅落，别有横枝照林薄。天教閬苑染芳根〔一〕，小住山城慰蕭索。騰騰醉後酒紅醺，淡淡粧成笑靨新。斟酌東君已傾倒，爲渠都費十分春。别乘胸懷有風月，催唤清尊洗愁絶。花知主客得不凡㊀，一夜光風融絳雪。樓頭煙暝吹單于〔二〕，花梢挂星光有無。歸來境熟落春夢，夢入鎖香紅綺疏。

【校記】

㊀得不凡：富校：「『得』黄刻本作『俱』，是。」叢書堂本、詩淵第四册第二五四五頁亦作「俱」。

【題解】

本詩作於紹興二十八年（一一五八）。通判朝議，指趙積中，孔凡禮范成大年譜紹興二十八年注：「通判朝議或即彦强。」不當。按，趙積中，即趙子英，黄巖縣志卷一〇：「（紹興五年縣丞）趙子英，字積中，宗室。秩滿，家於西橋。歷官朝議大夫、宗正卿、秘閣修撰。」本集卷七有送通守趙積中朝議詩，即此人。

【箋注】

〔一〕閬苑：又作閬風苑，神仙居處。太平廣記卷五六西王母：「所居宮闕，在龜山春山西那之都，崑崙之圃，閬風之苑。有城千里，玉樓十二；瓊華之闕，光碧之堂；九層玄室，紫翠丹房；左帶瑤池，右環翠水；其山之下，弱水九重，洪濤萬丈。」

〔二〕單于：樂府詩集卷二四横吹曲辭四梅花落：「按唐大角曲有大單于、小單于、大梅花、小梅花等曲，今其聲猶有存者。」李益曉角：「無限塞鴻飛不度，秋風卷入小單于。」

胡宗偉罷官改秩，舉將不及格，往謁金陵丹陽諸使者，遂朝行在，頗有倦游之歎，作詩送之

凍雲埋山天冥濛，北風無情雪塞空。道傍人稀鳥飛絶〔一〕，問君東游何忽忽？君言薄官淡無味，免俗未能聊復爾〔二〕！我評茲事一鴻毛，因行且看佳山水。陵陽樓閣壓高城，煙屏百疊雙流横。宣城疊嶂樓、雙溪閣〔三〕。姑孰江亭更奇絶，濃黛兩抹長眉青。當塗蛾眉亭望東西梁山如雙眉〔四〕。山形成龍復成虎，六代遺蹤供弔古。謂金陵鍾山、石頭。大荒莽蒼江水黄，兩涘風煙眇吴楚㊀。賞心亭雨花臺所見。却浮一葦下長川，浮玉低昂波聒天。長蘆，真州寺。浮玉，丹陽金山也〔五〕。梁溪南岸小停櫓，一酌人間第二泉。無錫惠

山陸子泉。閶門峨峨過吾國，姑蘇，僕故里。閶門，北門也。姑蘇臨波照金碧。太湖三萬六千頃，上有垂虹跨南極。吴江長橋三高亭，鴟夷子在焉〔六〕。我家越相尚神游，試從煙浪訪扁舟〔七〕。問訊白鷗相記否，謂言久客不勝愁。軟紅三尺長安道，九重城闕乾坤繞。西湖山寺浙江樓，君昔曾游今更好。故人客館中天開，非君誰上黄金臺〔八〕？挽着天衢五雲上，却望江湖如夢迴。萬境何如一丘壑，幾時定解冠裳縛。幔亭山下桂叢深，清社向來都寂莫。幔亭、清社皆宗偉舊隱故事〔九〕。

【校記】

〔一〕兩涘：原作「雨淚」，富校：「『雨淚』，黄刻本作『兩涘』，是。按『兩涘』字出莊子秋水篇。兩涘，兩岸。」按，活字本、叢書堂本、董鈔本均作「兩涘」。今據改。

【題解】

本詩作於紹興二十八年（一一五八）春，時在新安掾任上。因胡璉罷官改秩，舉不及格，將謁諸使者推舉，生倦游之歎，石湖因賦本詩寬慰之。「舉將不及格」，沈欽韓范石湖詩集注卷上：「宋制，選人以官滿擢京職者，須舉主五人，乃及格。」按，宋史選舉志六：「初，選人四考，有舉者四人，得磨勘遷京官；始詔增爲六考，舉者五人，須有本部使者。」胡璉因無五人舉，因往謁金陵、丹陽諸使者。

【箋注】

〔一〕人稀鳥飛絶：語出柳宗元江雪：「千山鳥飛絶，萬徑人踪滅。」

〔二〕「免俗」句：據宋史選舉志，知胡璉此行蓋爲謀尋舉薦之人，故云「免俗未能」。

〔三〕「陵陽」二句：陵陽，山名，在宣州境内。二句下自注：「宣城疊嶂樓、雙溪閣。」按方輿勝覽卷一五寧國府：「陵陽山，在宣城。一峰爲疊嶂樓，一峰爲譙樓，一峰爲景德寺。」「疊嶂樓，在府治。唐刺史獨孤霖建。」「雙溪閣，在府治。取宛、句二水以名。」

〔四〕「姑孰」三句：姑孰，一作姑熟，即當塗縣。李吉甫元和郡縣圖志卷二八江南道四宣州當塗縣：「姑熟水在縣南二里，縣名因此。」太平寰宇記卷一〇五：「姑熟溪在太平州當塗縣南二里。姑熟即古縣名。」三句下自注：「當塗蛾眉亭望東西梁山如雙眉。」郭祥正采石峨嵋亭登覽贈翰林張唐公：「前登千丈峰，萬里瞰瀰漫。峨嵋聳雙碧，斬斬天塹斷。……披榛構危亭，突兀出天半。」陸游入蜀記卷三：「十八日，小雨，解舟出姑熟溪，行江中。江溪相接，水清濁各不相亂。挽行夾中三十里，至大信口泊舟。蓋自此出大江，須風便乃可行，往往連日阻風。兩小山夾江，即東梁、西梁，一名天門山。」李白望天門山：「兩岸青山相對出，孤帆一片日邊來。」即咏此景。

〔五〕「却浮」二句：句下自注：「長蘆，真州寺。浮玉，丹陽金山也。」長蘆，寺名，在真州西。陸游入蜀記卷二：「四日，風便，解纜挂帆，發真州。……入夾行數里，沿岸園疇衍沃，廬舍竹樹極盛，大抵多長蘆寺莊。出夾望長蘆，樓塔重複，自江淮兵火，官寺民廬，莫不殘壞，獨此寺之盛，不減承平。」李白送當塗趙少府赴長蘆：「維舟至長蘆，目送烟雲高。」即此長蘆寺。浮玉，即鎮江之金山。太平寰宇記卷八九：「金山，在城西北江中，一名浮玉，唐裴頭陀於此開山得金，故名。」

〔六〕「上有」句：自注：「吴江長橋三高亭，鴟夷子在焉。」吴江長橋，即利往橋，橋有亭曰「垂虹」，又名垂虹橋。朱長文吴郡圖經續記卷中「橋梁」云：「吴江利往橋，慶曆八年，縣尉王廷堅所建也。東西千餘尺，用木萬計，縈以修欄，甃以淨甓，前臨具區，横截松陵，湖光海氣，蕩漾一色，乃三吴之絶景也。橋成，而舟楫免於風波，徒行者晨暮往歸，皆爲坦道矣。橋有亭，曰垂虹。」長橋旁，有鱸鄉亭，舊有范蠡、張翰、陸龜蒙像，榜曰「松陵三高」，因名三高亭，後因亭圮壞，因遷於雪灘地，詳見范成大三高祠記。「鴟夷子在焉」，指范蠡在「三高」中。因范蠡於越國滅吴後，入太湖隱逸，自號「鴟夷子皮」。

〔七〕「我家」二句：我家越相，指范蠡，因助越王，謀攻吴國，被封相國。趙曄吴越春秋卷九勾踐陰謀外傳：「越王勾踐十年二月……乃登漸臺，望觀其群臣有憂與否，相國范蠡、大夫種、句如之屬，儼然列坐，雖懷憂患，不形顔色。」故石湖稱之爲「越相」，因與石湖同姓，故云「我家」。又同書卷一〇：「二十四年，九月丁未，范蠡辭於王……乃乘扁舟，出三江，入五湖，人莫知其所適。」詩云「訪扁舟」，指後人尋訪范蠡踪迹。范成大三高祠記：「遂從而歌之曰：

『若有人兮扁舟，撫湖海兮遠遊。』」即咏范蠡乘扁舟遠遊。

〔八〕黄金臺：故址在今河北省易縣，爲戰國時燕昭王築，置千金放臺上以延聘天下人才。文選鮑照放歌行李善注引上谷郡圖經：「黄金臺在易水東南十六里，燕昭王置千金於臺上，以延天下之士。」

〔九〕「幔亭」二句：自注：「幔亭、清社皆宗偉舊隱故事。」幔亭山，在歙縣西，康熙徽州府志卷二：「幔亭山，在歙縣西。」

黄伯益官舍賞梅

一杯何處洗愁顔，黄法曹家玉樹寒〔一〕。翠袖撚香留客看，春風都在小闌干。

【題解】

本詩作於紹興二十八年（一一五八）春，時在新安掾任上。黄伯益，時任徽州司法參軍，由詩中「黄法曹」可知。

【箋注】

〔一〕法曹：即州府司法參軍。宋史職官志七：「諸曹官。……司法參軍掌議法斷刑。」高承事物紀原卷六「法曹」條云：「漢公府掾史有賊曹掾，主刑法曹之任也。歷代皆有，或爲法曹，隋以後與功曹同。陳孝意爲東郡司法書佐，是也，唐爲參軍事。」

次韻朱嚴州從李徽州乞牡丹三首

佳人絶世墮空谷，破恨解顔春亦來。莫對溪山話京洛，碧雲西北漲黄埃。

歙浦煙山蟠萬疊〔一〕，釣臺雲日擁千章〔二〕。兩侯好事洗寒劣㊀，寶檻移春入燕香。

閬風苑裏司花女，肯作山腰水尾來。十二玉欄天一笑，只今歸路五雲開。時傳使君有召命〔三〕。

【校記】

㊀ 洗寒劣：富校：「『劣』字原脱，據黄刻本補。」董鈔本亦作「劣」。叢書堂本、詩淵第四册第二四九八頁作「洗寒乞」。

【題解】

本詩作於紹興二十八年（一一五八）春，時在新安掾任上。朱嚴州，即朱翌。朱翌（一〇九八—一一六七），字新仲，號灊山居士，舒州人。政和八年賜同上舍出身，紹興中爲中書舍人，秦檜惡其不附己，謫居韶州十餘年。宋史無傳，寶慶四明志卷八有朱翌傳：「翌字新仲，政和八年賜同上舍出身。歷官至中書舍人。……在朝敢言事，嘗奏論信夷狄太堅，待虜使太厚，排衆論太切，始息諸將太深，待大臣太嚴，立志太弱，忤權臣意，一斥十四年。起知嚴州、寧國、平江府。」延祐四明志卷四人物考先賢：「朱翌，字新仲，舒州灊山人。漢桐鄉嗇夫邑之後，以太學生賜第。初爲建康府溧水縣主簿，高宗南渡，爲秘書監屬，喜其材，俾預修徽宗實録。方是時，范冲領史局，翌以文詞進，删潤功居多。秦檜相逐趙鼎，翌以鼎黨，久貶韶州。後召還，詔領嚴、宣、徽三郡，翌告老不赴，朝廷憫其飢寒，計貶所十四年衣俸，悉與之，遂卜居鄞。」嚴州圖經卷一賢牧題名附：「朱翌，紹興二十七年七月十一日以左朝散郎秘閣修撰知。二十八年十二月初十日改知宣州。」宋會要輯稿職官七十紹興三十二年閏二月除太平州新命，復爲人論罷。朱翌有灊山集三卷、猗覺寮雜記二卷，陸游曾爲其自作墓志作跋云：「秦丞相擅國十九年，而朱公竄嶠南者十有四年，僅免僵仆于炎瘴中耳。以此，胸中浩然無愧。將終，自識其墓，辭氣山立。向使公諂附以苟富貴，至暮年，世事一變，方憂愧内積，惟恐聞人道其平日事，其能慨然奮筆自叙如此乎？慶元六年秋社日，笠澤陸某謹書。」（渭南文集卷二八）朱翌工詩，四庫館臣評其詩：「筆力排奡，實足睥睨一世。」石湖讀其乞牡丹詩後，次韻酬之。

【箋注】

〔一〕歙浦：新安志卷三「水源」：「歙浦，在縣東南十五里，源出揚之水，一名新安江，歙之名縣，由此浦也，南流百五里，入嚴州界。」

〔二〕釣臺：在睦州桐廬縣，嚴子陵垂釣處。元和郡縣圖志卷二五江南道一睦州桐廬縣：「嚴子陵釣臺，在縣西三十里，浙江北岸也。」

〔三〕「只今」句：句下自注：「時傳使君有召命。」使君，指徽州守李稙，春時傳言李稙將有新的任命，新安志卷九「敘牧守」：「李稙，二十八年四月十八日，除荆湘北路轉運判官。」

送琴客許揚歸永嘉

烏帽休衝九陌埃，瘦藤定約到秋迴。龍湫雁蕩經行處〔一〕，斷取松風萬壑雷㊀。

【校記】

㊀雷：原作「來」，活字本、叢書堂本、董鈔本、詩淵第六册第四四三三頁同。富校：「『來』黄刻本作『雷』，是。」按，據詩意，作「雷」妥。今據改。

【題解】

本詩作於紹興二十八年（一一五八），時在新安掾任上。琴客許揚，生平不詳。永嘉，縣名，元和郡縣圖志卷二六江南道二温州有永嘉縣。

【箋注】

〔一〕「龍湫」句：龍湫，流瀑名，有大瀧湫、小龍湫，在雁蕩山，爲「雁蕩三絶」之一，樓鑰大龍湫：「北上太行東禹穴，雁蕩山中最奇絶。龍湫一派天下無，萬衆贊揚同一舌。」雁蕩，山名，在温州，分北、南、西三山。王存新定九域志卷五温州：「北雁蕩山，圖經云：昔有高僧全了入山洞，見此山巖，云是第五羅漢諸矩羅尊者所居。」

送李徽州赴湖北漕

徂徠千丈松，閲世聳絶壁。高標上霄漢，峻節貫金石〔一〕。惟有孤生竹，亭亭附微植〔二〕。月夜借清景，春朝分秀色。託根未渠央，萬牛挽山澤〔三〕。昂藏轉江湖，夷路入王國。明堂五雲上，一柱屹天極。可望不可攀，清都與塵隔。依然此清士，空山淡愁閴。悲吟發清籟，摇蕩風雨夕。

【題解】

本詩作於紹興二十八年（一一五八）夏，時在新安掾任上。李稙於本年四月十八日接到任命，本詩當作於其後不久。新安志卷九「叙牧守」：「李稙，右朝散大夫二十六年十一月九日到官，任内轉右朝請大夫，二十八年四月十八日除荆湖北路轉運判官。」

【箋注】

〔一〕「徂徠」四句：詩經魯頌閟宫：「徂來之松。」水經注汶水：「又西南流逕徂徠山西，山多松柏，詩所謂『徂徠之松』也。」孔凡禮評本詩前四句曰：「盛贊稙峻節。」（見范成大年譜紹興二十八年附注）

〔二〕「惟有」兩句：「孤生竹」喻雖有清節，然孤立無援。孔凡禮評兩句曰：「則露攀附之意。」（見范成大年譜紹興二十八年附注）

〔三〕「萬牛」句：言萬牛牽挽山林之松材。杜甫古柏行：「大厦如傾要梁棟，萬牛回首丘山重。」黄庭堅秋思寄子由：「老松閲世卧雲壑，挽著滄江無萬牛。」

送通守林彦强寺丞還朝

雁蕩之山天下無，奔岸絶壑不可圖。地靈境秀有人物，新安府丞今第一。紛綸草木變暄寒，竹節松心故凛然。窮山薄宦我無恨，識公大勝荆州韓〔一〕。梅風漲溪緑如酒，曉插檣烏上南斗。只今廣厦論唐虞〔二〕，斟酌正須醫國手〔三〕。秀眉津津雙頰丹，想看鳴佩翔九關。諸公倘欲持公議，莫遣此賢思故山。

【題解】

本詩作於紹興二十八年（一一五八），時在新安掾任上。林彦强還朝，石湖賦詩送之。孔凡禮范成大年譜紹興二十八年譜文：「通守林彦强還朝，成大有詩送之。」附注：「通守蓋即通判。」

【箋注】

〔一〕「識公」句：李白與韓荊州書：「生不用封萬户侯，但願一識韓荊州。」

〔二〕「只今」句：唐虞，是唐堯和虞舜的合稱，即堯舜時代，古人以之爲太平盛世。論語泰伯：「唐虞之際，於斯爲盛。」全句意謂若論盛世棟梁之材，要推林彦强。

〔三〕醫國手：稱譽林爲醫國手。國語晉語：「上醫醫國，其次疾人。」蘇軾端午帖子詞太皇太后閣：「願儲醫國三年艾，不作沉湘九辯文。」

送温伯歸福唐納婦，且約復游雲川

攬秀堂前一笑傾，都忘身世兩浮萍。扶藜處處從君賞，落筆時時得我驚。荔熟閩山勞夢想〔一〕，蘋香苕水約逢迎。祗愁誤入桃源後〔二〕，從此車輪四角生〔三〕。

【題解】

本詩作於紹興二十八年（一一五八），時在新安掾任上，汤温伯歸福唐納婦，因作本詩賀送之。

福唐，縣名，屬福州。元和郡縣圖志卷二九江南道五福州：「福唐縣，聖曆二年析長樂縣東南界置萬安縣，天寶元年改名福唐。」

【箋注】

〔一〕「荔熟」句：福建産荔枝，蔡襄有荔枝譜，第一篇記述福建荔枝的故實及作該譜之由，可參看。

〔二〕誤入桃源：用劉晨、阮肇故事。太平廣記卷六一引神仙傳「天台二女」條，謂劉、阮二人採藥，入桃源，遇二女，遂留半年。石湖以此故事賀温伯納婦。

〔三〕車輪四角生：陸龜蒙古意：「願得雙車輪，一夜生四角。」

次韻宗偉閱番樂

十日閒愁晝掩關，起尋一笑共清歡。罷休詩社工夫淡，洗浄書生氣味酸㊀〔一〕。盡遣餘錢付桑落，莫隨短夢到槐安。繡韉畫鼓留花住，賸舞春風小契丹〔二〕。

【校記】

㊀ 洗浄：原作「先浄」，富校：「『先』黄刻本、宋詩鈔作『洗』，是。」按，活字本、叢書堂本、董鈔本均作「洗」，今據改。

【題解】

本詩作於紹興二十八年（一一五八），時在新安掾任上。胡宗偉作閱番樂詩，石湖次韻和之。

【箋注】

〔一〕氣味酸：蘇軾次韻答邦直子由四首之三：「老弟東來殊寂寞，故人留飲慰酸寒。」

〔二〕小契丹：納蘭性德淥水亭雜識：「遼曲宴宋使，酒一行，觱篥起歌；酒三行，手伎入；酒四行，琵琶獨彈，然後食入，雜劇進，繼以吹笙、彈箏、歌擊架、樂角觝。王介甫詩：『涿州沙上飲盤桓，看舞春風小契丹。』蓋紀其事也。至范致能北使，有鷓鴣天詞，亦云：『休舞銀貂小契丹，滿堂賓客盡關山。』則金源燕賓，或襲爲故事，未可定耳。」

題漫齋壁

漢陰無械可容機〔一〕，歲晚功名一衲衣。槁木間身隨念懶，浮雲幻事轉頭非〔二〕。三彭已罷庚申守〔三〕，五鬼從教乙丑歸〔四〕。富貴神仙兩俱累，此心安處是真依〔五〕。

【題解】

本詩作於紹興二十八年（一一五八），時在新安掾任上。

【箋注】

〔一〕「漢陰」句：語出莊子天地漢陰丈人曰：「吾聞之吾師：有機械者，必有機事；有機事者，必有機心。」

〔二〕轉頭非：蘇軾西江月：「休言萬事轉頭空，未轉頭時皆夢。」陸游讀史二首之二：「榮悴紛紛醉夢中，轉頭何事不成空。」

〔三〕「三彭」句：太平廣記卷二八引張讀宣室志：「契虛因問捀子曰：『吾向者謁見真君，真君問我三彭之仇，我不能對。』曰：『彭者三尸之姓，常居人身中，伺察功罪，每至庚申日，籍於上帝。故學仙者當先絶其三尸，如是則神仙可得；不然，雖苦其心，無補也。』」雲笈七籤膾部章第十四：「上尸彭琚，使人好滋味，嗜欲癡滯。中尸彭質，使人貪財寶，好喜怒。下尸彭矯，使人愛衣服，耽婬女色。」

〔四〕「五鬼」句：詩意從韓愈送窮文化出。文云：「凡此五鬼（其名曰智窮、學窮、文窮、命窮、交窮），爲吾五患，飢我寒我，興訛造訕，能使我迷，人莫能間。」韓愈送窮文所具之年月日爲「元和六年五月乙丑晦」，故石湖詩云：「從教乙丑歸。」

〔五〕此心安處：景德傳燈録卷三：「可（慧可）曰：『我心未寧，乞師與安。』祖（達磨）曰：『將心來與汝安。』可良久曰：『覓心了不可得。』祖曰：『我與汝安心竟。』」陸游晨起：「心安已到無心處。」

四月十六日拄笏亭偶題

轉午聞鷄日正長，小亭方丈納空光。緑陰一雨濃如黛，何處風來百種香？

【題解】

本詩作於紹興二十八年（一一五八）四月十六日，時在新安掾任上，與休寧縣主簿李結同遊拄笏亭，因賦此詩。本集卷一〇有李次山自畫兩圖其一泛舟湖山之下小女奴坐船頭吹笛其一跨驢渡小橋入深谷各題一絶（其二）「當年拄笏漫看山」，即指本年事。拄笏亭，在徽州府治。

次韻即席

留連銀燭照金荷〔一〕，腸斷華年一擲梭。月姊有情難獨夜，天孫無賴早斜河。晶晶霜瓦寒生粟，衮衮風幃細涌波。鴶鸅曉啼鳴鵲散〔二〕，許多佳景奈愁何！

【題解】

本詩作於紹興二十八年（一一五八），時在新安掾任上。

【箋注】

〔一〕金荷：金屬製成的荷形酒杯。黄庭堅念奴嬌：「共倒金荷家萬里，難得尊前相屬。」又，八音歌贈晁堯民：「金荷酌美酒，夫子莫留殘。」

〔二〕鵮鶡：鵮，鳥名，俗名灰鶴。急就篇卷四：「鷹鷂鴇鵮翳雕尾。」注：「鵮者，鶬也，關西謂之鵮鹿，山東謂之鵮捋，皆象其鳴聲也。」鶡，鳥名，即鶡鷄。山海經中山經：「（煇諸山）其鳥多鶡。」注：「似雉而大，青色，有毛，勇健，鬭死乃止。」

五月聞鶯二首

桑陰浄盡麥頭齊，江上聞鶯每歲遲。不及曉風鵯鵊子〔一〕，迎春啼到送春時。

一聲初上最高枝，忙殺嘔啞百舌兒〔二〕。老盡西園千樹緑，却憐槐眼正迷離。

【題解】

本詩作於紹興二十八年（一一五八）五月，時在新安掾任上。

【箋注】

〔一〕鵯鵊：鳥名，似鳩，身黑尾長而有冠。春分始見，凌晨先鷄而啼。歐陽修鵯鵊詞：「緑窗鵯鵊催天明。」

〔二〕百舌：鳥名，以其鳴聲反復似百鳥之音，故名。杜甫百舌：「百舌來何處，重重祇報春。」

知郡檢詳齋醮禱雨，登時感通，輒賦古風，以附輿頌〔一〕

六月火雲高偃蹇，使君有意憐焦卷。一封紅篆驛金龍，雨氣倏隨爐燎滿。風師避路雷車鳴，石破天驚檐溜傾〔二〕。不知稻本頗甦否？但覺溪聲如百霆。税駕朱旛未云久〔二〕，造化功成屈伸肘。我評兹事與天通，知公小試調元手〔三〕。清壇深夜賓衆真，前驅霓旌後飈輪。定有靈官識仙伯，報道紫皇思侍臣〔四〕。

【校記】

〔一〕檢詳：原作「檢計」，誤。活字本、叢書堂本之目録、正文，董鈔本正文均作「檢詳」。按，「檢詳」，爲「樞密院檢詳諸房文字」之簡稱，乃潘莘知徽州任之前之官職，詳見本詩「題解」。今據改。

【題解】

本詩作於紹興二十八年（一一五八）六月，時在新安掾任上。知郡檢詳，指潘莘，潘莘於本年六月八日到任，知徽州，新安志卷九「叙牧守」：「潘莘，左朝散大夫二十八年六月八日到任。」檢詳，乃樞密院檢詳諸房文字之簡稱，潘莘自樞密院檢詳出知徽州，故石湖稱之爲「知郡檢詳」。李心傳建炎以來繫年要録卷一七七：「（紹興二十七年九月）考功郎中潘莘爲樞密院檢詳諸房文字。」同書卷一七八「（紹興二十七年十一月）戊寅，樞密院檢詳諸房文字潘莘知徽州。」（按，此爲受命年月，實際到任在紹興二十八年六月。）吴儆送范石湖序（竹洲集卷一二）：「吴郡范至能爲户曹新安三年，州三易將。始安撫李公，剛毅有大度，爲郡以嚴稱，人視之肅然者也；李公既遷，繼以檢詳潘公，仁厚變易，號長者，然謹繩墨，不可撓以非法。」潘莘初到任，適逢乾旱，乃齋醮求雨，石湖有感於斯，乃賦古風頌之。

【箋注】

〔一〕石破天驚：語出李賀李憑箜篌引：「石破天驚逗秋雨。」

〔二〕「税駕」句：指潘莘剛剛到任不久。税駕，即停車。曹植洛神賦：「爾迺税駕乎蘅皋，秣駟乎芝田。」

〔三〕調元手：調和陰陽，喻執掌政柄。王珪賜宰臣曾公亮免恩命不允批答：「當抑謙風之固，往調大化之元。」

〔四〕紫皇：指天帝。李白飛龍引二首之二：「載玉女，過紫皇。」王琦注：「太平御覽：秘要經曰：太清九宫，皆有僚屬，其最高者稱天皇、紫皇、玉皇。」

石湖居士詩集卷七

送子文雜言

陰谷雲低梅雨多，黄山滁源溪涌波。南風匝地送歸客，雙槳下瀨如投梭。嚴夫子，君舉酒，我其爲君歌：萬山叢叢石鑿鑿，官居破屋巢煙蘿。杜鵑曉啼猿暮叫，客行到此真蹉跎！窮愁無復理，一飯三歎息㈠。城東甍舍有佳人〔一〕，邂逅使我加餐食。同鄉更同調，目擊心已傳。蟄蟲欲作雷奮地，萬籟方寂風行山。吹竽唤我醒，連鼓相追攀。飈車電轂不可羈，但覺兩腋生飛翰〔二〕。狂歌不必終曲，戲弈不必滿局。有時不揖上馬去，出門大笑驚僮僕〔三〕。窮鄉眼冷見未曾，道上囁嚅相指目。云此陋隘何以有二士？直恐翩翩跨黄鵠。廣文組解登王畿〔四〕，諸公貴人争勸歸。常日心期有定論，贈行不惜重費詞。腰金佩璐衆目好，汗簡沉碑千載癡。一尊有意重山嶽，五鼎無心輕網絲。嚴夫子，應領略，别後頻書相發藥。我既爲萬頃之狎鷗，君勿作九皋之鳴鶴！

【校記】

㊀一飯：原作「一飲」。富校：「『飲』黄刻本作『飯』，是。」按，活字本、叢書堂本、董鈔本均作「飯」，今據改。

【題解】

本詩作於紹興二十八年（一一五八）夏，時在新安掾任上。嚴煥調任臨安府教授，石湖賦雜言詩送之。琴川志嚴煥傳僅云：「調徽州、臨安教官。」無任職年月。孔凡禮范成大年譜紹興二十八年譜文：「夏，嚴煥離徽州教授任，就臨安教授任，成大有送行詩。」于譜同。今從之。雜言，古體詩的一種體式，嚴羽滄浪詩話稱之爲「雜言」，徐師曾文體明辨稱之爲「雜言古詩」。這種詩體，不限字數、篇幅，往往以長短不等的句式相間使用，也可變換詩韻。石湖此詩由三、五、六、七、八、九言句式組成，平仄聲韻交替轉換，靈活自由，便於詩人抒發激越的思想情感。

【箋注】

〔一〕「城東」句：黌舍，學舍。宋書臧燾等傳贊：「藝重當時，所居一日成市，黌舍暫啓，著録或至萬人。」佳人，賢者，有道君子。杜甫佳人：「絶代有佳人，幽居在空谷。」題注：「此詩亦以佳人喻賢者。」

〔二〕兩腋生飛翰：盧仝走筆謝孟諫議寄新茶：「七椀吃不得也，唯覺兩腋習習清風生。」

〔三〕出門大笑：李白南陵别兒童入京：「仰天大笑出門去，我輩豈是蓬蒿人。」石湖詩之氣慨、神情，直取太白詩。

〔四〕「廣文」句：廣文，指鄭虔。鄭虔，字若齊，鄭州滎陽人，天寶九載，授廣文館博士，人稱「鄭廣文」。杜甫醉時歌：「諸公衮衮登臺省，廣文先生官獨冷。」石湖借指嚴煥，亦歎其才高而官冷。登王畿，指嚴煥調任臨安府教授。

新館

露稻粘明璫，風茅衮高浪。荒煙暗白道㊀，行行亂蛩響。日脚午未吐，雲頭晚猶漲。欣此半日涼，籃輿走清曠。病客不堪暑，兹行天肯相。蚊蝱掃無跡，秋意滿千嶂。稍尋泉石盟，略褫簿書障。鴇原定相念〔一〕，因風報無恙。

【校記】

㊀ 荒煙暗白道：宋詩鈔作「荒荒白楊道」。

【題解】

本詩作於紹興二十八年（一一五八）夏末秋初，時在新安掾任上。本詩及以下七首，均爲因公外出，略舒簿書之累。新館，鎮名，在州治東三十里。新安志卷三歙縣「鎮寨」：「新館鎮在東三十里。」讀史方輿紀要卷二八有新館鎮，在徽州府東三十里，爲宋時置官榷酒之所。

【箋注】

〔一〕鴒原：語出詩經小雅常棣：「脊令在原，兄弟急難。」脊令，也作「鶺鴒」。鄭玄箋：「雝渠，水鳥，而今在原，失其常處，則飛則鳴，求其類，天性也，猶兄弟之於急難。」後因以謂兄弟友愛。

臨溪寺

萬山繞𡾰𡸰，二水奔澒洞〔一〕。亭亭林中寺，金碧燦櫩棟。解鞍得蒲團，卧受瓦爐供。少捐一炊頃，暫作百年夢。無人自驚覺，幽禽正清哢。倦客如殘僧，無力供世用。此行端爲山，紫翠迭迎送。漱井出門去，驚塵撲飛鞚〔二〕。

【題解】

本詩作於紹興二十八年（一一五八）夏末秋初，時在新安掾任上，參見上一首詩「題解」。臨溪寺，績溪縣有臨溪水，寺在臨溪水旁。新安志卷五績溪「水源」：「臨溪水出縣北三十里，又名乳溪。」輿地紀勝卷二〇江南東路徽州景物下，有臨溪水，在績溪縣。兩書記載相合。

【箋注】

〔一〕二水：指臨溪（又名乳溪）和徽溪。新安志卷五「績溪沿革」云：「以界内乳溪與徽溪相去一里，詰曲並流，離而後合，故以爲名。」又，同卷「水源」云：「臨溪水，源出縣北三十里，又名乳溪。」「徽溪水出徽嶺，水分爲二。」

〔二〕飛鞚：飛奔的駿馬。杜甫麗人行：「黄門飛鞚不動塵。」石湖變化運用之。

盤龍驛

聞鷄一唱罷，占斗三星没。天高月徘徊，野曠山突兀。暗蛩泣草露，怨亂語還咽。涼螢不復舉，點綴稻花末。惟餘絡緯豪〔一〕，悲壯殷林樾。小蟲亦何情，孤客心斷絶！魂驚板橋穿，足側石子滑。行路如許難，誰能不華髮？高城謾回首〔二〕，疊嶂屹天闕。遥知秋衾夢，千里一飄忽。

【題解】

本詩作於紹興二十八年（一一五八）秋，時在新安掾任上。

【箋注】

〔一〕絡緯：蟲名，俗名紡織娘。李白長相思：「絡緯秋啼金井闌，微霜凄凄簟色寒。」

〔二〕「高城」句：宋黄公度青玉案：「鄰鷄不管離懷苦，又還是、催人去。回首高城音信阻。」陸游題接待院壁：「笙歌凄咽離亭晚，回首高城半掩門。」

竹下

松杉晨氣清，桑柘暑陰薄。稻穗黄欲卧，槿花紅未落。秋鶯尚嬌奼，晚蝶成飄泊。犬駭逐車馬，鷄驚撲籬落。道逢行商問：「平生幾芒屩？」「頳肩走四方，爲口不計脚；劣能濡簞瓢，何敢議囊橐？」我亦縻斗升，三年去丘壑。二俱亡羊耳〔一〕，未用苦商略。

【題解】

本詩作於紹興二十八年（一一五八）秋初，時在新安掾任上，參見本卷新館「題解」。竹下，地名，在徽州休寧縣黄竹嶺下，參見本書卷五早發竹下「題解」。

【箋注】

〔一〕二俱亡羊：用莊子典。莊子駢拇：「臧與穀，二人相與牧羊，而俱亡其羊。問臧奚事，則挾筴讀書；問穀奚事，則博塞以遊。二人者，事業不同，其於亡羊均也。」石湖借以喻己也。

寒亭

溝塍與澗合，隴畝抱山轉。向來六月旱，此地免焦卷。早穗已垂垂，晚苗猶剪剪。一川豐年意，比屋鬧鷄犬。老農霜須鬢，矍鑠黄犢健。自云「足踏地，常賦何能免？刈熟倩人輸，不識長官面。康年無復事，但恐社酒淺。」我亦有二頃，收拾尚可繭。懷哉笠澤路〔一〕，歸鏟犂頭蘚。

【題解】

本詩作於紹興二十八年（一一五八），時在新安掾任，因公外出，經寒亭，賦詩詠老農之樂。孔凡禮范成大年譜紹興二十八年譜文：「夏末，以公事經新館、臨溪寺、盤龍驛、竹下、寒亭、清逸江、隱静山、新嶺，有詩，竹下及小商，寒亭及老農。」附注：「前者（指竹下詩）及行商之苦，後者及豐年老農之樂。」成大關心農村疾苦，於此可見一斑。

【箋注】

〔一〕笠澤路：笠澤，水名，即松江。陸廣微吴地記：「松江，一名松陵，又名笠澤。……其江之源，連接太湖。」笠澤在石湖家鄉，故借「笠澤路」指稱家鄉。

清弋江㊀

微生本漁樵，長日渺江海。扣舷濯滄浪，尚説天宇隘。揭來車馬路，悒悒佳思敗。黄塵撲眉鬢，驅逐似償債。羸驂繫傴仄，狂犬吠荒怪。鄉心入旅夢，一葉舞澎湃。晨興過墟市，喜有魚鰕賣。眼明見清江，積雨助横潰。褰裳唤扁舟，舭脆不勝載〔一〕。不辭野渡險，弄水聊一快！

【校記】

㊀弋：原作「逸」。富校：「『逸』黄刻本作『弋』，是。」活字本目録、正文，叢書堂本目録、正文，董鈔本正文均作「逸」，黄刻本僅供參考。按，清弋江在宣城縣，史書無作「逸」者，今改。

【題解】

本詩作於紹興二十八年（一一五八）夏末秋初，時在新安掾任上，參見本卷新館解題。孔凡禮范成大年譜紹興二十八年譜文附注：「青逸江當即青弋江。」元和郡縣圖志卷二八宣州宣城縣：「青弋水，州西九十九里。」元豐九域志卷六江南東路宣州：「宣城縣，有青弋水。」

【箋注】

〔一〕舭脆：易困：「困于葛藟，于舭脆。」正義：「舭脆，動摇不安之辭。」

隱静山　杯渡師道場

五峰抱巖扉，千柱奠雲壑。荒原蕞爾縣〔一〕，有此寶樓閣。維昔經營初，衣錫化雙鶴。杖頭具隻眼，矯矯雲中落。尊者一笑許，璇題照林薄。庭柏有祖意，石泉韻天樂。清簧轉碧鷄，飛梭擲蒼鵲㊀。號風飢虎怒，失木啼猿愕。英遊偶然同，吏檄乃不惡。題名記吾曾，醉墨疥丹堊。

【校記】

㊀鶚：原作「鵲」。富校：「『鵲』黄刻本作『鶚』，是。」活字本、叢書堂本、董鈔本均作「鵲」。按，全詩押入鐸韻，「鵲」爲入藥韻，今據改。

【題解】

本詩作於紹興二十八年（一一五八）夏末秋初，時在新安掾任上，參見本卷新館「題解」。隱靜山，在繁昌縣。元豐九域志卷六江南東路太平州：「繁昌縣，有隱靜山。」輿地紀勝卷一八江南東路太平州景物下有隱靜山，在繁昌縣東南七十里。沈欽韓范石湖詩注卷上：「輿地紀勝寧國府『仙釋門』：杯渡著屐登山，以錫擲空，至五峰而止，遂留居，今隱靜山即其處也。」周必大吳郡諸山録：「（乾道壬辰四月）庚申早，隱寺人至，絜家行十里至寺。五峰不高，而形勢環抱，本梁朝杯渡禪師道場，禪師謚慧嚴，寺名普慧，邃廊傑閣，江東之巨刹，隸太平州繁昌縣。寺後三百步碧霄峰下，有泉出石中，流入寺，瀨瀨有聲，且給烹煮灌溉。」周必大與范成大爲同時代人，其記述詳明，尤可信從。

【箋注】

〔一〕蕞爾縣：小縣。蕞爾，小貌。左傳昭公七年：「鄭雖無腆，抑諺曰蕞爾國，而三世執其政柄。」

新嶺

瘦馬兀瞢騰，荒鷄號莽蒼。絲窠罥朝露，籬落萬珠網。宿雲拂樹過，飛泉擘山響。老桑踢潛虯，怪蔓挂騰蟒。山行何許深，空翠滴羈鞅〔一〕。醸愁積雨寒，破悶朝日放。曈曈赤幟張，昱昱金鉦上。浮動草花馥，清和野禽唱。僕夫有好語，沙平路如掌。惟憂三溪阻〔二〕，橋斷山水漲。

【題解】

本詩作於紹興二十八年（一一五八）夏末秋初，時在新安掾任上。參見本卷新館「題解」。新嶺，在績溪縣西。孔凡禮范成大年譜紹興二十八年譜文附注：「康熙徽州府志謂新嶺在績溪縣西北三十里，讀史方輿紀要卷二十八謂在休寧西南七十里。」兩書記載不同。然新安志卷三歙縣「水源」云：「揚之水，出積溪大尖山，東流六十里至臨溪入歙縣界，抵郡城西合四水南入新安江。」詩云「惟憂三溪阻」，新嶺似以績溪爲是。

【箋注】

〔一〕羈靮：泛指馬具。羈，馬籠頭，左傳僖公二十四年：「臣負羈絏，從君巡於天下。」靮，套在馬頸用以負軛之皮帶。左傳襄公十八年：「太子抽劍斷靮，乃止。」

〔二〕三溪：沈欽韓范石湖詩注卷上：「三溪即新安江。」按新安志卷三歙縣「水源」謂揚之水合四水南入新安江。石湖謂三溪，實泛指衆溪水。

送通守趙積中朝議請祠歸天台

城頭千峰青繞屋，城下灘流三百曲。誰云傴仄復傴仄，尚有高軒肯來辱。紅梅花下兩芳春，春風惠和如主人。搶攘塵土簿書裏，見此纍籍天球温。厚禄故人車結轍，掉頭獨泛清溪月。不從世外得超然，世間誰肯如公決。生平我亦一沙鷗〔一〕，葦白蘆黄今正秋。送公使我歸思動，破煙衝雨憶扁舟。明年想見東山起，我亦煎茶石橋水。道逢蓑笠把漁竿，即是馬曹狂掾史〔二〕。

【題解】 本詩作於紹興二十八年（一一五八）秋。詩云「葦白蘆黄今正秋」，正是送行時之景物。孔凡禮范成大年譜紹興二十九年譜文云：「春初，通守趙積中請祠歸天台，有送行詩。」附注舉「紅梅花下兩芳春，春風惠和如主人」兩句爲證。其説不妥。詩中「紅梅花下」，乃指趙積中通判廳中之紅梅樹，「兩芳春」，指趙積中任通判二年。見本集卷六新安絶少紅梅惟倅廳特盛通判朝議召幕僚賞之坐皆有詩亦賦古風一首。

【箋注】

〔一〕「生平」句：語出杜甫旅夜書懷：「飄飄何所似，天地一沙鷗。」

〔二〕「即是」句：石湖自謂，因時任新安掾，即徽州司户參軍，簡稱「户曹」。

送詹道子教授奉祠養親

新安學宫天下稀，先生孝友真吾師。斑衣誤作長裾曳〔一〕，二年思歸今得歸。牋詞上訴人叵挽〔一〕，璽書賜可群公歎。青山百匝不留人，空與諸生遮望眼。白雲孤起越南天，向來恨身無羽翰。下馬入門懷橘拜〔二〕，身今却在白雲邊。鶴髮鬖鬖堂上坐，兒孫稱觴婦供果。世間此樂幾人同，看我風前孤淚墮。一杯送舟下水西〔三〕，我欲贈言無好詞。徑須唤起東廣微，爲君重補南陔詩〔四〕。

【校記】

㈠人叵挽：黄刻本作「人正挽」。

【題解】

本詩作於紹興二十九年（一一五九），時在新安掾任上。詹道子，即詹亢宗，字道子，紹興山陰人，紹興十八年進士，歷官正字、校書郎，紹興二十六年任徽州教授，乾道五年任著作佐郎，六年知處州。南宋館閣録卷七：「詹亢宗，字道子，會稽人。王佐榜同進士出身。治書。（乾道）五年十二月除（著作佐郎），六年六月知處州。」寶應會稽續志卷六「進士」：「紹興十八年，王佐，狀元……詹亢宗。」會稽縣志卷二〇選舉志進士：「紹興十八年戊辰科王佐榜：詹亢宗，林宗弟。」陸游入蜀記卷一：「（六年閏五月）二十六日晚，芮國器司業曄招飲，同集仲高兄、詹道子大著亢宗。」于北山范成大年譜繫本詩於紹興二十八年，孔凡禮范成大年譜繫本詩於紹興二十九年。按，石湖於紹興二十八年送嚴焕教授調任臨安，則詹道子教授奉祠養親，宜在紹興二十九年，故取孔説。

【箋注】

㈠斑衣：老萊子著彩衣爲兒戲以嬉親，後用「斑衣」爲老養父母的典故。南史張嵊傳：「少敦孝行，年三十餘，猶斑衣受稷杖。」錢起送韋信愛子歸覲：「棠花含笑待斑衣。」張孝祥滿庭芳：「斑衣侍，雲母屏風。」

㈡懷橘拜：用陸績故事。三國志吴書陸績傳：「績年六歲，於九江見袁術。術出橘，績懷三枚。去，拜辭，墮地，術謂曰：『陸郎作賓客而懷橘乎？』績跪答曰：『欲歸遺母。』術大奇之。」陸績懷橘是孝親的故事，石湖用此典以應題「奉祠養親」意。

〔三〕水西：李白別山僧：「何處名僧到水西？乘舟弄月宿涇溪。」王琦注引江南通志：「水西山，在寧國府涇縣西五里，林壑邃密，下臨涇溪。舊建寶勝、崇慶、白雲三寺……寶勝寺即水西寺，白雲寺即水西首寺，崇慶寺即天宫水西寺也。」

〔四〕「徑須」二句：束廣微，即束晳，字廣微，晉代陽平元城人，博學多聞。晉書有傳。南陔，詩經小雅之篇名，有目無詩，小序云：「南陔，孝子相戒以養也。」束晳有補亡詩六首。

道子教授奉祠，諸生率余祖席如意院

暫移三席款雲關，木末闌干暮紫間。絳帳莫貪江上路〔一〕，青鞵先試水西山。伯陽有道來重趼〔二〕，禦寇他年憶解顏〔三〕。怪我抗塵驅俗駕〔四〕，諸公何事許追攀。

【題解】 本詩作於紹興二十九年（一一五九），時在新安掾任上，詹亢宗奉祠，見上首「題解」。祖席，送別之席。

【箋注】

〔一〕絳帳：師門、講席之敬稱。後漢書馬融傳：「常坐高堂，施絳紗帳，前授生徒，後列女樂，弟子以次相傳，鮮有入其室者。」

〔二〕「伯陽」句：沈欽韓范石湖詩集注卷上：「南榮趎重趼西見老聃，見莊子庚桑楚篇。趼，讀如繭。」又莊子天道：「士成綺見老子而問曰：『吾聞夫子聖人也，吾固不辭遠道而來願見，百舍重趼而不敢息。』」伯陽，老子之字。

〔三〕「禦寇」句：列子黃帝篇：「列子師老商氏，友伯高子，進二子之道，乘風而歸。」「五年之後，心庚念是非，口庚言利益，（庚，當作更。）夫子始一解顔而笑。」禦寇，即列子。

〔四〕「怪我」句：「抗塵」、「驅俗駕」，均見孔稚珪北山移文：「抗俗塵而走俗狀」、「請迴俗士駕」。

淳　安　以後十五首，沿檄嚴、杭道中。

篙師叫怒破濤瀧，水石如鐘自擊撞。欲識人間奇險處，但從歙浦過桐江〔一〕。

【題解】

本詩作於紹興二十九年（一一五九），時在新安掾任上，春晚，沿檄嚴、杭二州，途中寫下十五首詩，見本詩題注。驂鸞録乾道九年正月初一日紀事：「予自紹興己卯歲，以新安户曹沿檄來識釣臺，題詩壁間。」即指本年沿檄嚴、杭事。己卯歲，即紹興二十九年。淳安，縣名，舊名青溪。淳熙嚴州圖經卷一「歷代沿革」：「宣和三年平方臘，改曰遂安軍，改州曰嚴州，改青溪曰淳安，中興因之。」

【箋注】

〔一〕歙浦：新安志卷三歙縣「水源」：「歙浦在縣東南十五里，源出揚之水，一名新安江，歙之名縣由此浦也。」桐江：即桐廬江，在睦州桐廬縣。元豐九域志卷五兩浙路睦州，桐廬縣有桐廬江。

嚴州　舟人云：自徽至嚴二百灘。

城府黃塵撲馬鞍，一篙重探水雲寒㊀。耳邊眼底無公事，睡過嚴州二百灘。

【校記】

㊀一篙：詩淵第三册一九四〇頁作「一竿」。

【題解】

本詩作於紹興二十九年（一一五九），時在新安掾任上，春晚，沿檄嚴、杭，參見淳安「題解」。嚴州，舊名睦州，宣和中始改嚴州。元豐九域志卷六作「睦州」。張淏雲谷雜記云：「睦州，宣和中始改爲嚴州。」淳熙嚴州圖經卷一「歷代沿革」：「宣和三年平方臘，改曰遂安軍，改州曰嚴州。」

釣臺

臺上題詩甚多，其最膾炙者曰：「世祖功臣二十八，雲臺争似釣臺高？」

山林朝市兩塵埃，邂逅人生有往來。各向此心安處住，釣臺無意壓雲臺〔一〕。

【題解】

本詩作於紹興二十九年（一一五九）。驂鸞録乾道九年正月初一日記事云：「予自紹興己卯歲，以新安户曹，沿檄來識釣臺，題詩壁間。」己卯，即紹興二十九年。題下所引之題詩，乃范仲淹釣臺，前兩句是：「漢包六合網英豪，一個冥鴻惜羽毛。」第三句爲「世祖功臣三十六」，而漢光武帝封雲臺二十八將，石湖詩與之合。

【箋注】

〔一〕雲臺：後漢書陰興傳：「後以（陰）興領侍中，受顧命於雲臺廣室。」注：「洛陽南宫有雲臺廣室殿。」後漢書馬援傳：「（永平中）顯宗圖畫建武中名臣、列將於雲臺，以椒房故，獨不及援。」

桐廬

濕雲垂野淡疎林，十日山行九日陰。梅子弄黄應要雨〔一〕，不知客路已泥深。

【題解】本詩作於紹興二十九年（一一五九），時在新安掾任上，沿檄嚴、杭道中，參見淳安「題解」。桐廬，縣名，元和郡縣圖志卷二五江南道一睦州：「桐廬縣……本漢富春之桐溪鄉，黄武四年分置桐廬縣，以居桐溪地，因名。」元豐九域志卷五睦州有桐廬縣。景定嚴州續志卷七桐廬縣：「縣瀕浙江上流，以舟車所會，素號佳邑。」

【箋注】

〔一〕「梅子」句：庚溪詩話：「江南五月梅熟時，霖雨連旬，謂之黄梅雨。」賀鑄青玉案：「一川煙草，滿城風絮，梅子黄時雨。」參本集卷四病中絶句八首「黄梅細雨天」注。

富陽

不到江湖恰五年〔一〕，歙山青繞屋頭邊。富春渡口明人眼，落日孤舟浪拍天。

【題解】

本詩作於紹興二十九年（一一五九），時在新安掾任上，正沿徽嚴、杭，參見淳安「題解」。富陽，縣名，屬杭州，元豐九域志卷五杭州府有富陽縣。咸淳臨安志卷一七「郡縣境」記富陽縣，在府治西南七十三里，東西五十八里，南北一百。

【箋注】

〔一〕「不到」句：石湖自紹興二十六年春任徽州司户參軍，常在州府，故云「不到江湖」，本年巡徽嚴、杭，經山歷川，恰爲四年，云「五年」爲約數。

餘杭

春晚山花各静芳，從教紅紫送韶光。忍冬清馥薔薇釀〔一〕，薰滿千村萬落香。

【題解】

本詩作於紹興二十九年（一一五九），時在新安掾任上，正沿徽嚴、杭道中，參見淳安「題解」。餘杭，縣名，屬杭州府。元豐九域志卷五杭州府有餘杭縣。咸淳臨安志卷一七「郡縣境」記餘杭縣，在府城西四十五里，東西三十六里，南北八十里。

【箋注】

〔一〕忍冬：藥草名，即金銀花。本草綱目卷一八「草」部：「忍冬……弘景曰：『……藤生，凌冬不凋，故名忍冬。』」又載：「初開者蕊瓣俱色白，經二三日則色變黄，新舊相參，黄白相映，故呼金銀花，氣甚芬芳，四月采花陰乾。」

於　潛

俚語云：「於潛昌化，鬼見亦怕。」

邑居官寺兩淒清，晚市都無菜可羹㊀。何處直能令鬼怕？秖今猶自有人行。

【校記】

㊀ 菜可羹：詩淵第三册第一九六二頁作「菜煮羹」。

【題解】

本詩作於紹興二十九年（一一五九），時在新安掾任上，正沿檄嚴、杭道中，參見淳安「題解」。於潛，縣名，屬杭州府，元豐九域志卷五杭州府，屬縣有於潛縣。咸淳臨安志卷一七「郡縣境」記於潛縣，在府治西二百三里四十三步，東西六十七里，南北一百一十里。

昌　化　雙溪館，絶景也。

翠染南山擁縣門，一洲横截兩溪分。長官日永無公事，卧聽灘聲看白雲。

【題解】本詩作於紹興二十九年（一一五九），時在新安掾任上，正沿檄嚴、杭道中，參見淳安「題解」。昌化，縣名，屬杭州府，元豐九域志卷五杭州府，屬縣有昌化縣。咸淳臨安志卷一七「郡縣境」記昌化縣，在府治西二百四十八里三十步，東西一百二十里，南北一百四十里。雙溪館，昌化縣有雙溪。咸淳臨安志卷三六「溪」：「昌化縣，雙溪，在縣前一百步。」沈欽韓范石湖詩集注卷上引徐冠新亭紀略云：「縣治之前，溪分南北流，舊有雙溪館。熙寧間，縣令陸元長臨北流爲亭。東坡經游亭上，題詩記事，有『雙澗響空』之語。」

百丈山　壽聖寺僧房甚雅潔，去王千嶺尚六十里。

沐雨梳風有底忙，解鞍來宿贊公房〔一〕。傳聞三嶺連天峻，未到王千已斷腸。

【題解】本詩作於紹興二十九年（一一五九），時在新安掾任上，正沿檄嚴、杭道中，參見淳安「題解」。

百丈山，在昌化縣。咸淳臨安志卷二七「山川」：「昌化縣，百丈山，在縣西二十里，高一千五百丈，周回二十里，一名潛山。」壽聖寺，在百丈山麓，又名百丈廣福院。咸淳臨安志卷八五「寺觀十一」：「昌化縣，百丈廣福院，在縣西二十里，舊名寶勝，開寶七年建，熙寧元年改壽聖院，紹興二十二年改今額。」石湖仍用舊名。

【箋注】

〔一〕贊公房：杜甫宿贊公房，題下注：「贊，京師大雲寺主，謫此安置。」石湖借指壽聖寺僧。

昱　嶺

竹輿摇兀走婆娑，石滑泥融側足過。昱嶺不高人已困，晚登新嶺奈君何〔一〕！

【題解】

本詩作於紹興二十九年（一一五九），時在新安掾任上，正沿檄嚴、杭道中，參見淳安「題解」。昱嶺，在歙縣東南一百二十里，沈欽韓范石湖詩集注卷上：「在歙縣東南百二十里，接杭州昌化縣界。」讀史方輿紀要卷八九浙江昱嶺：「昱嶺關，在杭州府昌化縣西七十里，西去南直徽州府百二十里。嶺高七十五丈，地勢險阻，右當歙郡之口，東瞰臨安之郊，南出建德之背，置關于此，蓋三郡之要會也。」

【箋注】

〔一〕新嶺：讀史方輿紀要卷二八徽州府休寧縣：「新嶺，縣西南七十里。高六百餘仞，周二十里，西合婺源芙蓉諸嶺，爲五嶺往來通道。嶺南有地名黄茅，可繇小徑直達，爲防禦要地。」

王千嶺

山靈設險合峥嶸，行客何須向此行。羸馬不前人雨汗，此身安得諱勞生。

【題解】

本詩作於紹興二十九年（一一五九），時在新安掾任上，正沿檄嚴、杭道中，參見淳安「題解」。

刈麥

麥熟連雨妨刈，老農云：「得便晴，即大獲；不爾，當減分數。」

麥頭熟顆已如珠，小阨惟憂積雨餘。匄我一晴天易耳，十分終惠莫乘除！

【題解】

本詩作於紹興二十九年（一一五九），沿檄嚴、杭道中。孔凡禮范成大年譜紹興二十九年譜文：「春晚，沿檄嚴、杭道中……途中刈麥、插秧、曬繭、科桑四詩，抒寫農民憂樂。」

插秧

種密移疎緑毯平，行間清淺縠紋生。誰知細細青青草，中有豐年擊壤聲！

【題解】本詩作於紹興二十九年（一一五九），沿檄嚴、杭道中。參見前刈麥「題解」。

曬繭

俗傳葉貴即蠶熟，今歲正爾。

隔籬處處雪成窩，牢閉柴荆斷客過。葉貴蠶飢危欲死，尚能包裹一絲窠。

【題解】本詩作於紹興二十九年（一一五九），沿檄嚴、杭道中，參見前刈麥「題解」。

科桑

斧斤留得萬枯株，獨速槎牙立暝途。飽盡春蠶收罷繭，更殫餘力付樵蘇。

【題解】

本詩作於紹興二十九年（一一五九），沿檄嚴、杭道中，參見前刈麥「題解」。

龍學尚書新安侯羅公輓詞二首 汝楫

今代丹臺籍，頻年緑野居〔一〕。鐵冠真御史〔二〕，革履舊尚書〔三〕。短世浮雲盡，平生半稿餘。人言公不朽，蘭玉照前除。

一昨更調瑟，如聞欲賜環〔四〕。途殫泣西狩〔五〕，望絶起東山〔六〕。華屋林霏慘，新阡草露班。春風埋玉淚，重爲庾公潸〔七〕。

【題解】

本詩作於紹興二十八年（一一五八）五月，時在新安掾任上。龍學尚書新安侯羅公，指羅汝檝。羅汝檝（一〇八九—一一五八），字彦濟，歙（今屬安徽）人。因其曾任龍圖閣學士，又嘗任吏部尚書，故石湖稱之爲「龍學尚書」；曾封新安侯（洪适羅尚書墓誌銘載其長子襲爵爲新安郡侯），故題云「新安侯羅公」。宋史卷三八〇有傳，新安志卷七有其生平介紹。洪适撰羅尚書墓誌銘（盤洲文集卷七七）：「公，羅氏，諱汝檝，字彦濟。其先自豫章，辟五季之亂，徙家於歙，遂爲歙人。曾祖諱仁昇。祖諱承吉。考諱舉，以公故，纍封至右朝請大夫。羅，本春秋時小國，在襄之宜城，又徙荆之枝江。偃姓，皋陶之後。國近楚，後爲楚所并，苗裔遂氏其國。涉晉及唐，間見史策，其名未彰徹。至公而羅氏始大。公强記，妙言語，年十六貢辟雍，角出儕類。鄉先生胡仲爲司業，每對客誦其文。博士毛友龍雅好古，能於稠衆中辨所作。第政和二年進士，教授郴州。眉山唐庚見其詩，擊節賞之。改興國軍永興丞。遭母胡宜人喪，後爲池州儀曹。歷江東轉運司幹辦公事，通判江州，擢樞密院計議官，又通判鎮江府，監登聞鼓院，除大理丞，遷刑部員外郎。以次面對，謂養子之禁不寬，則殺子之風不革；請因貧困而以襁褓之子與人者，毋拘以異姓。占奏詳盡，即拜監察御史。不閲月，遷殿中侍御史。撫州兩陳四繫獄，誤論輕罪者死。公上疏，寃傷之。始詔天下：斷死刑，守以下引囚問姓名鄉里，然後决。廷議防守江淮，異同乖戾。公言：大駕幸臨安，以江爲牆壁，淮爲籬落，二者備等耳。今武昌至當塗，營壘相望，淮瀆獨山陽一軍，非策也。劉錡以孤軍卻敵於順昌，它師亦踴躍争奮，請更戍以休其衆。間諜各私其畺封，言人人殊，請西府擇一謹信者總其事。江西群盜窟穴潮漳之間，蹤捕者不越境，請三路憲臣通治之。户部符□郡折民户紬絹，一縑八千，請從其便，輸本色；或以田業多寡，率財供軍。公言州縣有被災害什四以上，及盜賊未衰息者，若雷同箕斂，則民不堪命。官吏以趣辦受賞者，請删其科。又乞調武人作兩淮守，置都統制以護湖北諸屯，革竄名賞籍人以勸立功者。遷起居郎，權中書舍人，遷右諫議大夫，兼侍講。上問：『或謂春秋無褒，然乎？』對曰：『春秋上法天道，春生秋殺，若貶而不褒，是有秋無春也。』上曰：『自王安石廢春秋學，聖人之旨寖不明。近日得其要者，胡安國與卿耳。』中官梁邦彦用藍珪例免減借月廪，外戚錢愷用潘長卿例落階官，公皆論其不可。又請獎用五嶺進士，以風厲遠學。遷御史中丞。條陳治獄理財、宣詔握兵之弊，皆中時病。或請下州郡分掾屬，比輯續降條法施行之。公言：祖宗畫一之法，悉出仁恕。艱難以來，奇請它比，有罔密文峻之失。其便於後者，宜疏爲令。否則削之。馬院官佔富陽沙田爲牧地，馬不至而民代輸如故，公請還其地予民。遷吏部尚書，兼侍講東朝。歸自朔方，天子以孝治天下，廷中持橐而奉親者，公及魏公良臣、林公待聘，凡三人。公在經幄，上屢問：『卿父安否？』嘗以當遷一官，易緋魚爲親寵。居頃之，以父母春秋益高，懇求便郡奉甘旨。除龍圖閣學士、知嚴州。三衙卒入州境，捕民爲兵，公執其人歸之。有鈐轄始至，遺鞍馬縑帛之物甚腆，公卻之；已而果有私請。白烏集黄堂，其僚欲奏瑞，不許。居三歲，丐閒，提點江州太平興國宫。四其任。築室烏聊山之陽，疏巖漸壑，亭榭爽曠。父子白首，鄉黨榮之。歲在戊寅，大夫公即世，公執喪茹哀。後一年，五月丁亥薨，年七十。蓋紹興二十八年也。」宋史本傳記載羅汝楫黨於秦檜，曾與何鑄論罷岳飛事，洪适羅尚書墓誌銘和新安志均略去其事，蓋爲親者諱。洪适盤洲文集卷一〇有挽羅汝楫之詩，録以與范成大詩參觀。羅尚書輓詩三首：「周旋儀禁路，契合本孤忠。帝識尚書履，人驚御史驄。貴名青史上，讜論皂囊中。不入三台志，鹽梅事竟空。」「當年持從橐，白髮奉親闈。安否君王問，尊榮簡策稀。祥琴曾未御，丹旐已同飛。蕭瑟千章柏，深藏五綵衣。」「連蹇魚符忝，宗師藻鑑亡。但瞻揚子宅，莫避蓋公堂。遠水松區對，東風紼路長。九原精爽在，遺恨一莊荒。」

【箋注】

〔一〕「頻年」句：緑野居，指裴度緑野堂。舊唐書卷一七〇裴度傳：「度以年及懸輿，王綱版蕩，不復以出處爲意。……又於午橋創别墅，花木萬株，中起涼臺暑館，名曰緑野堂，引甘水貫其中，釃引脈分，映帶左右。度視事之隙，與詩人白居易、劉禹錫酣晏終日，高歌放言，以詩酒琴書自樂。」羅汝檝自紹興十七年知嚴州任滿後，即請祠居家，故石湖以裴度緑野堂故事喻之。宋史羅汝檝傳：「（知嚴州）秩滿，請祠，居喪未終而卒。」很簡略。新安志卷七：「知嚴州……秩滿，請祠以歸，父子白首相娱，自是不復出，凡提點江州太平興國宫連四任，二十六年，遭先大父憂，未終喪，薨。」石湖所説「頻年」，即此十二年，閒居家中。

〔二〕鐵冠真御史：古代御史戴法冠，以鐵爲柱卷，故名。岑參送魏升卿擢第歸東都：「將軍金印嚲紫綬，御史鐵冠重繡衣。」

〔三〕革履舊尚書：漢書鄭崇傳：「哀帝擢爲尚書僕射。數求見諫争，上初納用之。每見曳革履，上笑曰：『我識鄭尚書履聲。』」

〔四〕賜環：荀子大略：「絶人以玦，反絶以環。」楊倞注：「古者臣有罪待放於境，三年不敢去，與之環則還，與之玦則絶，皆所以見意也。」

〔五〕西狩：史記儒林列傳：「仲尼干七十餘君無所遇，曰：『苟有用我者，期月而已矣。』西狩獲麟，曰：『吾道窮矣。』」劉琨重贈盧諶：「誰云聖達節，知命故不憂。宣尼悲獲麟，西狩涕孔丘。」

〔六〕東山：謝安隱居會稽東山，朝廷屢次征召，方復出，晉書謝安傳：「征西大將軍桓温請爲司馬，將發新亭，朝士咸送，中丞高崧戲之曰：『卿累違朝旨，高卧東山，諸人每相與言，安石不肯出，將如蒼生何！蒼生今亦將如卿何！』」

〔七〕「重爲」句：庾公，指庾信，庾信哀江南賦序：「燕歌遠别，悲不自勝，楚老相逢，泣將何及。……追爲此賦，聊以記言，不無危苦之辭，唯以悲哀爲主。」

龍學侍郎清河侯張公輓詞二首㈠

白水名多士〔一〕，清河最有聲。人危孔北海〔二〕，帝識柳宜城〔三〕。蜀險談間固，蠻訌檄到平。凌煙何處在〔四〕？風雨上銘旌。

太息逢萋錦〔五〕，平生付薄冰〔六〕。滄溟淙赤舌〔七〕，白日照青蠅〔八〕。嶽麓身猶健，星維馭已升。天如遺一老，人亦望三登。

【校記】

㈠題：叢書堂本目録、正文題下注：「宗元」。

【題解】

本詩約作於紹興二十九年（一一五九）前後，時在新安掾任上。張澄卒，洪适作張龍學挽詩二首，范成大見到後，也作挽詩二首。龍學侍郎清河侯張公，即張澄，字宗元，清河爲郡望，侍郎，指户部侍郎。張澄，宋史無傳，他先後知臨安府、洪州、福州，紹興二十三年卒。洪适張龍學挽詩：「重鎮四分符。」孔凡禮范成大年譜紹興二十九年譜文附注云：「查咸淳臨安志、南昌郡乘、淳熙三山志，張澄於紹興八年二月知臨安，十四年十一月再知，十九年知洪州，二十三年知福州。」咸淳臨安志卷四七有澄事迹記載，兹録於後：「（紹興八年戊午）二月庚申，以右朝請大夫集英殿修撰知建康府改知（臨安）。上將還臨安，澄先往措置，受命星馳而至。不數日，前所闕者，率皆辦焉。八月，澄升徽猷閣待制。時臨安守臣，任同京邑，而澄有治劇之才，甚得時譽。十一月，澄言：『臨安古都會，引江爲河，支流於城之内外，交錯而相通，舟楫往來，爲利甚博。歲久湮塞，民頗病之，頃由陛對，嘗冒天聽，乞因農隙略加濬治，議者恐其勞民也，至於今未克行之。今駐蹕之地，公私所載資於舟船者，百倍前日所計。特最關利害者，兩河爾，非盡開城中之河也。臣再行講究，更不調夫興工，乞刷那兩浙諸州壯城及厢兵共千人，赴本府量度，緊慢開濬，以工程計之，半年之外，河流無壅塞矣。』從之。（十年庚申）六月初一日，澄除户部侍郎。」知洪州時，洪适作賀張洪州啓（盤洲文集卷五五），除知福州時，洪适有賀張福州啓（盤洲文集卷五五）。張澄卒於紹興二十三年，李心傳建炎以來繫年要録卷一六五：「（紹興二十三年）十有一月（是月丙戌朔）丁亥，慶遠軍節度使，知福州張澄提舉江州太平興國宮，以疾自請也。澄未聞命而卒，贈檢校少保。」洪适作張龍學挽詩，未知確年，約在來徽州後。范成大作本詩，在其後，亦不知確年，姑繫於此。説從孔凡禮范成大年譜。洪适張龍學挽詩二首（盤洲文集卷一〇）：「今代風雲會，何人善論兵。丹墀凝睿想，黄石踵家聲。瑞國儀千仞，籌邊妙兩楹。重泉有遺恨，不見復神京。」「中臺雙挈橐，重鎮四分符。井地觀佳政，林巒鑠異圖。犁添長樂犢，鞭截豫章蒲。處處甘棠淚，黄童白叟俱。」

【箋注】

〔一〕白水：縣名，屬同州，縣境有白水，因以爲名。元豐九域志卷三陝西路同州有白水縣。張澄當即白水人。

〔二〕孔北海：即孔融，字文舉，魯國人，曾任北海太守，人稱孔北海，喜抨議時政，言辭激烈，因迕曹操意而被殺。後漢書有傳。明人張溥輯有孔北海集。

〔三〕柳宜城：即柳渾（七一六—七八九），天寶元年，登進士第，歷仕監察御史、右補闕、殿中侍御史、袁州刺史、尚書右丞。貞元元年，拜兵部侍郎，封宜城縣開國伯。三年，以本官同中書門下平章事。五年，卒。兩唐書有傳。柳宗元故銀青光禄大夫右散騎常侍輕車都尉宜城縣開國伯柳公行狀：「賊平，策勳賜輕車都尉，封宜城縣開國伯，拜尚書兵部侍郎。」

〔四〕「凌煙」句：凌煙，即凌煙閣，唐太宗圖畫功臣之處。劉肅大唐新語褒賜：「貞觀十七年，太宗圖畫太原倡義及秦府功臣趙公長孫無忌……等二十四人於凌煙閣，太宗親爲之贊，褚遂良題閣，閣立本畫。」李賀南園十三首之五：「請君暫上凌煙閣，若箇書生萬户侯。」

〔五〕萋錦：即萋斐，指讒毁之言，語出詩經小雅巷伯：「萋兮斐兮，成是貝錦。彼譖人者，亦已大甚。」鄭箋：「喻讒人集作已過以成於罪，猶女工之集采色以成錦文。」

〔六〕薄冰：詩經小雅小旻：「戰戰兢兢，如履薄冰。」此謂張澄平生謹慎行事。

〔七〕赤舌：讒言。陸龜蒙紀事：「嗟今多赤舌，見善惟蔽謗。」

〔八〕青蠅：指讒譖之人。詩經小雅青蠅：「營營青蠅，止于樊。豈弟君子，無信讒言。」

新安侯夫人俞氏輓詞

蚤兆于凰卜〔一〕，來嬪駟馬車。夫君宜竹帛，子舍各詩書。露薤丹旐舉〔二〕，風楊組帳虚。空餘彤管訓〔三〕，他日照鄉閭。

【題解】

本詩作於紹興二十九年（一一五九）前後，時石湖在新安掾任上。

【箋注】

〔一〕凰卜：春秋時齊懿仲想把女兒嫁給陳敬仲，占卜時得到「鳳凰于飛，和鳴鏘鏘」的吉語。事見左傳莊公二十二年。

〔二〕露薤：指薤露歌，挽歌。蘇軾與胡祠部游法華山：「歸途十里盡風荷，清唱一聲聞露薤。」

〔三〕彤管：女史記事所用之筆，後漢書皇后紀序：「女史彤管，記功書過。」

次韻甄雲卿晚登浮丘亭

賓筵舊壓三千客〔一〕，燕樹新高十二城。潑墨雲頭連樹暗，垂絲雨脚過溪生。葛巾羽扇吾身健，雪椀冰甌子句清。從此相從須痛飲，故應此事勝公榮〔二〕。

【題解】

本詩作於紹興三十年（一一六〇）春夏間，時在新安掾任上。本年，同年甄龍友來訪，同登浮丘亭，共唱酬。甄雲卿，即甄龍友，字雲卿，永嘉樂清人，成大同年，仕至國子監簿，見浙江通志卷一二五。周密齊東野語卷一三：「永嘉甄雲卿字龍友，（按，稗海本作「永嘉甄龍友字雲卿」。）少有俊聲，詞華奇麗。」浮丘亭，在歙縣，參見本卷浮丘亭「題解」。

【箋注】

〔一〕三千客：門客衆多。史記春申君列傳：「春申君客三千餘人，其上客皆躡珠履以見趙使，趙使大慚。」

〔二〕公榮：即劉昶，晉沛國人，仕至兗州刺史。世説新語簡傲載王戎詣阮籍，時劉公榮在坐。阮謂王曰：「偶有二斗美酒，當與君共飲。彼公榮者，無預焉。」阮、王共飲，公榮不得一杯。

古風上知府秘書二首

神仙絶世立，功行聞清都。玉符賜長生，簫雲遊紫虚。鷄犬爾何知，偶舐藥鼎餘〔一〕。身輕亦仙去，罡風與之俱〔二〕。俯視舊籬落，眇莽如積蘇。非無鳳與麟，終然侣蟲魚。微物豈有命，政爾謝泥塗。時哉適丁是〔三〕，邂逅真良圖。

大鵬上扶摇，南溟聒天沸。斥鷃有羽翼，意滿蓬蒿裏。不如附驥蠅，掣電抹荆薊〔四〕。誰云極幺麽，俛仰且萬里。向來庭户間，決起不踰咫。飄飄托方便，意氣乃如此。物生未可料，旦暮倘逢世。君看功名場，得失一交臂。

【題解】

本詩作於紹興二十九年（一一五九）九月，時在新安掾任上。九月十六日，洪适來任徽州知州，本月有書和詩上洪适。知府秘書，即洪适。秘書，指秘書省正字。洪适，字景伯，洪皓長子。紹興十二年，中博學宏詞科，歷仕敕令所删定官、秘書省正字、台州通判、知荆門軍、知徽州、司農少卿、中書舍人、參知政事、尚書右僕射、同中書門下平章事兼樞密使、知紹興府、浙東安撫使。淳熙十一年卒，謚文惠。宋史卷三七三有傳。新安志卷九「叙牧守」：「洪适，左朝奉郎，二十九年九月十六日到任，任内累遷左朝請郎。」錢大昕、洪汝奎洪文惠公年譜：「紹興二十九年己卯，四十三歲，在荆門任。其秋，以左朝奉郎借紫知徽州，九月十六日到任。」「范公至能爲司户參軍，公一見知其遠器，勉以吏事，暇日與范公商榷古今。謂范公曰：『君他日必登兩府，慎自愛。』范深德之。」黄震黄氏日鈔卷六七：「初公任徽州户曹，以書謁其守洪公适。」

【箋注】

〔一〕「鷄犬」二句：王充論衡道虚：「（淮南）王遂得道，舉家升天，畜産皆仙，犬吠於天上，鷄鳴於雲中。此言仙藥有餘，犬鷄食之，并隨王而升天也。」

〔二〕罡風：罡，同剛。朱子語類卷二理氣下：「上面氣漸清，風漸緊，雖微有霧氣，都吹散了，所以不結。若雪，則只是雨遇寒而凝，故高寒處雪先結也。道家有高處有萬里剛風之説，便是那裏氣清緊。低處則氣濁，故緩散。」又，卷四九論語二十七：「只似箇旋風，下面軟，上面硬，道家謂之『剛風』。」「罡風」一詞，爲石湖首用，集中屢見。

〔三〕適丁：適逢意。朱熹詩集傳卷一一：「疾痛故呼父母，而傷己適丁是時也。」

〔四〕「不如」二句：王褒四子講德論：「夫蚊虻終日經營，不能越階序，附驥尾則涉千里。」「抹荆薊」，即涉千里也。

拄笏亭晚望

林泉隨處有清涼，山繞闌干客自忙。溪雨不飛虹尚飲〔一〕，亂蟬高柳滿斜陽。

【題解】
本詩作於紹興三十年（一一六〇），時在新安掾任上。拄笏亭，在郡治内，登亭晚望，作本詩以寫景。

【箋注】
〔一〕虹尚飲：漢書燕刺王劉旦傳：「是時天雨，虹下屬宫中飲井水，井水竭。」

乳灘

徽嚴之間，灘如竹節，乳灘之險居第一。

清溪可怖亦可喜，造物於人真虐戲㊀。轟雷捲雪鬢成絲，一擲平生來此試。險絶無雙是乳灘，舟如滚石下高山。晝樓正倚黄昏雨，豈識江間行路難！

【校記】
㊀造物：原作「造化」，活字本、叢書堂本、董鈔本、詩淵第三册第二一七四頁均作「造物」，今

據改。

【題解】本詩作於紹興三十年（一一六〇），時在新安掾任上。過乳灘，賦本詩以紀行。

浮丘亭 知郡秘書新作，以望黄山，有浮丘、容成峰，浮丘公、容成子之所遊也。

黟山鬱律神仙宅〔一〕，三十六峰雷雨隔〔二〕。碧城欄檻偃雙旌，笑挹浮丘爲坐客。巖扉無鎖晝長開，紫雲明滅多樓臺。雲中仙馭參差是，肯爲使君乘興來。西崑巉絶不可至，東望蓬萊愁弱水〔三〕。誰知芳草徧天涯，玉京只在珠簾底。他年麟閣上清空〔四〕，却訪舊遊尋赤松〔五〕。我亦從公負丹鼎，來斸砂牀汲湯井〔六〕。朱砂峰、温泉皆在黄山，黟山即黄山。

【題解】本詩作於紹興三十年（一一六〇），時在新安掾任上。洪适知徽州之第二年，作浮丘亭，以望黄山。本詩題下自注：「知郡秘書新作，以望黄山，有浮丘、容成峰，浮丘公、容成子之所遊也。」吴儆爲作浮丘仙賦（竹洲集卷七六）：「黄山在新安郡治之西北百里之遥。山之麓有廟，祀浮丘。相傳黄帝嘗煉丹於兹山，故名。……鄱陽洪公爲郡之明年，作亭於雉堞之上，以望黄山，而榜曰浮丘。」徽州府志卷一七「古迹」：「浮丘亭，在郡治西北雉堞上。有兩古木，宋郡守洪适倚木建亭。休寧吴儆爲之作賦。舊斗山亭即此，今廢。」新安志卷三「山阜」：「世復相傳以爲黄帝嘗命駕與容成子、浮丘公同遊合丹於此，其後又有仙人曹阮之屬，故有浮丘、容成之峰，曹谿、阮谿。唐天寶六年六月十七日敕改爲黄山。」

【箋注】

〔一〕黟山：即黄山，新安志卷三「山阜」：「黄山，舊名黟山，在縣西北百二十里。……唐天寶六年六月十七日敕改爲黄山。」黄山圖經：「黄山舊名黟山，當宣、歙二郡界，在歙之西北，高一千一百七十丈，東南屬歙縣，西南屬休寧縣。各一百二十里，即軒轅黄帝棲真之地。」

〔二〕三十六峰：新安志卷三「山阜」：「望之類太華，故自前世亦名爲小華山，有峰三十六，水源亦三十六谿。」

〔三〕弱水：十洲記：「鳳麟洲在西海之中央……洲四面有弱水繞之，鴻毛不浮，不可越也。」

〔四〕麟閣：麒麟閣之省稱，爲漢代圖畫功臣之所。李白塞下曲：「功成畫麟閣，千載有雄名。」

〔五〕赤松：即赤松子，史記留侯世家：「願棄人間事，欲從赤松子遊耳。」司馬貞索隱引列仙傳：「神農時雨師也，能入火自燒，崑崙山上隨風雨上下也。」

〔六〕「來斵」句：新安志卷三「山阜」：「黄山……第四峰下，有泉沸如湯，出香溪中，號朱砂湯。大曆中，刺史薛邕就立廬舍，設盆杅，以病入浴者多愈。後至大中年，刺史李敬方以風疾比歲，凡再入浴，感白龍而疾瘳，乃作龍堂於湯之西陵，後命僧主之，今祥符寺是也。元符三年……八月，耿公南仲以部使者巡按，因至，山僧文太以一器獻，公嗟味久之，而主簿徐元龜亦乞其一器歸以遺親，由是人始信爲朱砂泉焉。」黄山圖經：「第四紫石峰。純是紫石，連青鸞峰，高六百仞，下有湯泉溪。歙州圖經云：黟山東峰下香泉溪中，有湯泉二口，如椀大，出于石澗，熱可煮石。仙經云：山石出硫磺、朱砂，其水即熱。此殆朱砂乎？……尋至唐大曆中，歙州刺史薛邕遣人就立舍宇，大設盆斛，病無輕重，入者皆愈。又至大中五年，刺史李敬方患風疾，遂至湯池浸浴。六年十一月，又入浴，因感白龍見，風疾遂瘥。乃造白龍堂，并勒銘記。」

風月堂

章倅新作，洪守名而記之。

天風無邊吹海月，景入溪山更奇絶。太守文章別乘賢，平分付與金杯滑〔一〕。門闌我亦似彭宣〔二〕，想聞横玉叫蒼煙。讀碑索句仍投轄，誰是揚州控鶴仙〔三〕？

【校記】

㈠平分：原作「平生」，活字本、叢書堂本、董鈔本、詩淵第五册第三〇五九頁均作「平分」，今據改。

【題解】

本詩作於紹興三十年（一一六〇），時在新安掾任上。章氏任新安郡通判後，作風月堂，洪适爲之題名並作記，風月堂記云：「宣城子章子監新安郡之數月，拔園葵作小堂，竹以風鳴，月在花下，誦宋玉、謝希逸之賦，哦翰林公三千首之詩，不捐一錢，清景自致，問名於番陽子洪子。洪子方爲癡兒了官事，籍書横陳，思慮不越凡格。顧嘗登高墉之堂，臨東偏之觀，左規黄山，右迎紫陽，峰巒層出，應接不暇，曾不辦發一詞以酬景物，而塵埃迷人，江山愁予，介然亦莫吾荅也。今章子無一於是，直欲挹浮丘許聶而友之，清風佳月，蓋專饗獨有，可以驕穉子而千萬，非所能中鴻溝而東西之也。持以命兹堂，豈其不然？若夫歸雲赴山，丞掾且去，涼颸徐來，嫦娥顧影，停杯攬結，奮髯長嘯，予將進胡牀於坐隅，必有桓野王爲公作三弄者。」洪适於紹興二十九年十一月到徽州任，故風月堂記必作於紹興三十年，而本詩當亦作於是年。

【箋注】

〔一〕彭宣：漢書彭宣傳：「彭宣，字子佩，淮陽陽夏人也。治易，事張禹，舉爲博士，遷東平太傅。禹以帝師見尊信，薦宣經明有威重，可任政事，繇是入爲右扶風，遷廷尉，以王國人出爲太原太守。數年，復入爲大司農、光禄勳、右將軍。……會元壽元年正月朔日蝕，鮑宣復言，上乃召宣爲光禄大夫，遷御史大夫，轉爲大司空，封長平侯。」

〔二〕揚州控鶴仙：用騎鶴到揚州故事，殷芸小説卷六：「有客相從，各言所志，或願爲揚州刺史，或願多貲財，或願騎鶴上升。其一人曰：『腰纏十萬貫，騎鶴上揚州。』欲兼三者。」

寄贈泉石使李元直入覲

漢圖昔中天，百六啓真主。當時鄧高密，徒步赴光武〔一〕。諸公上雲臺，一葉渺湘浦〔二〕。聲名三十年，玉氣貫晴宇。向來宣室問，天語道舊故〔三〕。不圖太平日，復見起兵簿。雙旌奠侯服，三節臨江滸。垂欲大用公，少駐議圜府。人言山澤官〔四〕，底用廟廊具？果聞一乘傳，已踵追鋒去〔五〕。翔鳳覽輝來，風采照鴛鷺㊀。平生經濟心〔六〕，十不一二吐。兹行公勿遜，安國如鼎吕〔七〕。

【校記】

㊀ 鴛鷺：叢書堂本、詩淵第一册第七六七頁作「鵷鷺」，義長。

【題解】

本詩作於紹興三十年（一一六〇），時在新安掾任上。元直，即李稙。泉石使，提點坑冶鑄錢公事。宋史職官志七：「提舉坑冶司，掌收山澤之所産及鑄泉貨，以給邦國之用。」宋史李稙傳：「改知鎮江府，遷江、淮、荆湖都大提點坑冶鑄錢公事。」按，嘉定鎮江志卷一五，李稙任鎮江府後，次年除太府少卿，則遷江、淮、荆湖都大提點坑冶鑄錢公事，在知鎮江府之前。周必大神道碑：「會（李稙）遷提點坑冶，辟公（指石湖）幹辦公事，不就。」未記年月。李稙於紹興二十八年四月八日調湖北漕，即荆湖北路轉運判官。石湖有送李徽州赴湖北漕，則任提點坑冶鑄錢公事，應在紹興三十年知鎮江府以前。李稙辟石湖爲幹辦公事，即在此時。「不就」而寄詩贈之。

【箋注】

〔一〕「當時」三句：鄧高密，即鄧禹，因封高密侯，故云。光武，即後漢光武帝劉秀。後漢書鄧禹傳：「鄧禹字仲華，南陽新野人也。年十三，能誦詩，受業長安。時光武亦游學京師，禹年雖幼，而見光武知非常人，遂相親附。……及聞光武安集河北，即杖策北渡，追及於鄴。」石湖借光武、鄧禹故事，贊譽李稙助高宗事。宋史李稙傳載，靖康初，李稙總押犒師銀百萬、糧百萬石，抵達鉅野高宗處。

〔二〕一葉渺湘浦：據宋史李稙傳記載：秦檜當國，屏黜康王大元帥府舊僚，「稙即丐祠奉親，寓居長沙之醴陵十有九年，杜門不仕」。

〔三〕「向來」二句：宣室，漢未央宫有宣室殿，孝文帝召見賈誼的地方，後來文人用爲明君求賢的故事。宋史李稙傳：「稙始入見，帝曰：『朕故人也。』」

〔四〕山澤官：指提舉坑冶鑄錢公事，即泉石使，因「掌收山澤之所産及鑄泉貨」。

〔五〕追鋒：車行迅速，以追鋒爲名。晉書宣帝紀：「乃乘追鋒車晝夜兼行，自白屋四百餘里，一宿而至。」

〔六〕平生經濟心：指李稙「漕運有才略」。宋史李稙傳：「高宗既即位，爲東南發運司幹辦公事。」「金人敗盟，朝廷將大舉，以稙漕運有才略，授直敷文閣、京西河北路計度轉運使。稙措畫有方，廷議倚重。」「（乾道）二年，直寶文閣、江南東路轉運使兼知建康軍府兼本路安撫使。」

〔七〕鼎吕：國家之重臣。史記平原君虞卿列傳：「毛先生一至楚，而使趙重於九鼎大吕。」司馬貞索隱：「九鼎大吕，國之寶器。言毛遂至楚，使趙重於九鼎大吕，言爲天下所重也。」

休寧

南街豪郡城，東圃壓州宅。誰云沸鑊地，氣象不偪仄。林園富瓜笋，堂密美杉柏。山醪極可人，溪女能醉客。吴子邑中彦，毫端萬人敵。傳杯相勞苦，不覺東方白。吴益恭，豪士也。

【題解】本詩作於紹興三十年（一一六〇），時在新安掾任上。秋，有休寧、祁門、浮梁之役，晤吳儆，因賦本詩。詩尾注：「吴益恭，豪士也。」吴益恭，即吴儆。吴儆，字益恭，休寧人，宋史無傳。四庫全書總目卷一五九：「竹洲集二十卷，附棣華雜著一卷，宋吴儆撰。儆字益恭。初名偁，避秀邸諱改名。休寧人。紹興二十七年第進士。歷朝散郎、廣南西路安撫使、主管台州崇道觀，卒謚文肅。其集宋史藝文志、書録解題、文獻通考皆不著録。集首有端平乙未敷文閣學士程珌序。稱其文峭直而紆餘，嚴潔而平淡，質而非俚，華而不雕。今觀其詩文，皆意境劖削，於陳師道爲近，雖深厚不逮，而模範略同。」休寧，徽州屬縣，新安志卷四「休寧沿革」：「休寧，望縣，本漢歙縣之西鄉……隋大業中，新安郡治於此，改海寧爲休寧。」

祁門

石梁平波心，金刹駕巖腹。溪藤卷霜繒，山骨琢紫玉。東堂有嘉名，窈窕窗紗緑。落花掃無迹㈠，蕉葉森似束。主人甚愛客，挽袖語陸續。衝雨出門去，役役媿童僕。

【校記】

㈠落花：活字本、叢書堂本、董鈔本、詩淵第五册第三一七五頁均作「洛花」。

【題解】

本詩作於紹興三十年（一一六〇），時在新安掾任上。秋，有休寧、祁門、浮梁之役。過祁門，作本詩紀事。祁門，縣名，屬歙州。元豐九域志卷六江南東路歙州：「祁門，州西一百七十九里，七鄉，有祁山、閶門灘。」

靈山口

陵高類登天，斗下劇窺井。衡從十里近，底用許多嶺？秋雨釀春泥，掀淖力扛鼎。僕夫負隅哭，邂逅憂性命。舊嗤子猷狂，夜半槳歸艇。方知興盡處，頃步令人癭㈠。

【題解】

本詩作於紹興三十年（一一六〇），時在新安掾任上。靈山，在歙縣西北。新安志卷三「歙縣」：「靈山，在縣西北三十里，高三百五十仞，周七十七里。……輿地志云：山甚高俊，天欲雨，先聞鼓角聲。」孔凡禮范成大年譜紹興三十年譜文附注：「『靈山口『陵高類登天，斗下劇窺井』，寫山勢之險。」

【箋注】

〔一〕「舊嗤」四句：子猷，即王子猷。王子猷雪夜忽憶戴安道，便乘小舟訪之，造門而不前，興盡而返。事見世説新語任誕。

浮　梁

大灘石如林，小灘石如枿。微生抛擲過，兩槳砉將割。一灘復一灘，食頃經七八。崎嶇幸脱免，已足凋鬢髮。我家五湖船〔一〕，鏡面貼天闊。行迷勿浪遠，歸歟泛花月。

【題解】

本詩作於紹興三十年（一一六〇）秋，時在新安掾任上。有休寧、祁門、浮梁之役，因作本詩紀事。浮梁，縣名，屬饒州。元豐九域志卷六江南東路饒州，有浮梁縣。孔凡禮范成大年譜紹興三十年譜文附注：「浮梁『大灘石如林，小灘石如枿』，寫灘石之姿態。」

【箋注】

〔一〕五湖：此指太湖，文選郭璞江賦：「注五湖以漫漭，灌三江而潰沛。」李善注引張勃吴録：

「五湖者，太湖之别名也。」石湖爲吴縣人，故云「我家五湖船」。

番陽湖

淒悲鴻雁來，泱漭魚龍蟄。雷霆一鼓罷，星斗萬里濕。波翻漁火碎，月落村春急。折葦已紛披，衰楊尚僵立。長年畏簡書，今夕念簑笠。江湖有佳思，逆旅百憂集。

【題解】

本詩作於紹興三十年（一一六〇）秋，時在新安掾任上。有休寧、祁門、浮梁之役，又至番陽湖，因作本詩以紀行。番陽湖，即鄱陽湖，尚書禹貢稱「彭蠡」，史記夏本紀「彭蠡既都」，張守節正義引括地志云：「彭蠡湖在今江州潯陽縣東南二十五里。」隋時因湖近鄱陽山，故又名鄱陽湖，見嘉慶一統志卷三〇四南昌府一。元和郡縣圖志卷二八江南道江州：「禹貢揚、荆二州之境，揚州云『彭蠡既瀦』，今州南五十二里彭蠡湖是也。」北宋時地志尚稱彭蠡，元豐九域志卷六南康軍星子縣，有彭蠡湖；同卷江州德化縣有彭蠡湖。石湖詩已用新名。孔凡禮范成大年譜紹興三十年譜文附注：「鄱陽湖：『波翻漁火碎，月落村春急。』寫夜泊湖上所見所聞之景。」

回黄坦

渥丹楓凋零，濃黛柏幽獨。畦稻晚已黄，陂草秋重緑。平遠一横看，浩蕩供醉目。落帆金碧溪，嘶馬錦繡谷。世界真莊嚴，造物極不俗。向非來遠遊，那有此奇矚！

【題解】本詩作於紹興三十年（一一六〇），過鄱陽湖，回黄坦，因作本詩以寫景。孔凡禮范成大年譜紹興三十年譜文附注：「回黄坦：『落帆金碧溪，嘶馬錦繡谷。』寫世界之莊嚴。」

桑嶺

回腸山百盤，揮手天一握。俯驚危棧穿，仰訝飛石落。挽輿如挽舟，絶叫斷雙筰。怪蔓纏枯槎，瘠草被幽壑。此豈車馬路，誰云强刊鑿。人言遠遊好，呼來試着脚。

【題解】本詩作於紹興三十年（一一六〇），時在新安掾任上。過鄱陽湖，回黄坦、桑嶺，作本詩以寫景。

天都峰 黄山

維帝有下都，作鎮此南國。孤撑紫玉樓，横絶太霄碧。晶熒砂竇紅，夭矯泉紳白。晴雲無盡藏，竟日裊幽石。諸峰三十五，離立侍傍側。會稽眇小哉，請議職方籍。

【題解】本詩作於紹興三十年（一一六〇），時在新安掾任上。秋後有休寧、祁門、浮梁之役，又游黄山，作本詩以紀行。天都峰，黄山三十六峰之一，黄山圖經：「第二天都峰，高九百仞，與煉丹峰相並，如天中群仙之所都。峰下有香谷源，長聞異香馥郁。又有香泉溪，泉水中常香美也。」孔凡禮范成大年譜紹興三十年譜文附注：「天都峰（詩略）寫黄山之雄奇、幽深，因物賦形，功力益進。」

温　泉　黄山朱砂峰下

砂牀毓靈源，石液漱和氣。鬱攸甑常蒸，鬵沸鼎百沸。人生本無垢，安用滌腸胃。一瓢灩清肥，回首謝羅罽。山深人跡罕，政以遠爲貴。君看華清池，談者至今諱。

【題解】本詩作於紹興三十年（一一六〇），時在新安掾任上。游黄山温泉，作本詩紀異，參見天都峰「題解」。温泉，自注：「黄山朱砂峰下。」黄山圖經：「第七朱砂峰，宛如削成，高九百仞。……下有朱砂洞、朱砂巖、朱砂溪，溪口水向東，流入湯泉溪。」陳鼎黄山史概：「下爲紫石峰，温湯之源出焉，注於湯溪，趨湯口。」「泉十有九，曰湯泉，在紫石峰之下，味甘，性温無硫氣，有丹砂之臭，爲天下第一，惟滇之安寧州者可與伯仲。」